KB053922

현진건 중단편선
운수 좋은 날

책임 편집 · 김동식

서울대학교 국어국문학과와 같은 과 대학원 졸업.

현재 인하대학교 한국어문학과 교수. 저서로는 『90년대 문학 어떻게 볼 것인가』(공저)
『냉소와 매혹』『소설에 관한 작은 이야기』『한국 근대문학의 풍경들』『기억과 흔적』 등이
있음.

한국문학전집 34

운수 좋은 날

현진건 중단편선

초판 1쇄 발행   2008년 3월 4일
초판 21쇄 발행   2022년 1월 21일

지 은 이   현진건
책임 편집   김동식
펴 낸 이   이광호
펴 낸 곳   ㈜문학과지성사
등록번호   제1993–000098호

주   소   04034 서울 마포구 잔다리로7길 18(서교동 377-20)
전   화   02)338-7224
팩   스   02)323-4180(편집) 02)338-7221(영업)
전자우편   moonji@moonji.com
홈페이지   www.moonji.com

ⓒ ㈜문학과지성사, 2008. Printed in Seoul, Korea

ISBN 978-89-320-1838-6 04810
ISBN 978-89-320-1552-1(세트)

현진건 중단편선
운수 좋은 날

김동식 책임 편집

문학과지성사 한국문학전집 34

| 차 례 |

| 일러두기 |

1. 이 책에 실린 작품은 현진건이 1920년부터 1931년까지 발표한 작품 중에서 선정한 20편
의 단편소설과 1편의 중편소설이다. 각 작품의 정확한 출처는 주에 명기되어 있다.

2. 이 책의 맞춤법은 1988년 1월 19일 문교부 교시 '한글 맞춤법'에 따르는 것을 원칙으
로 하였다. 단 작품의 분위기에 영향을 준다고 판단되는 방언이나 구어체 표현, 의성
어, 의태어 등은 그대로 두었다.

> 예) 모친꺼정 <u>돌아갔구마.</u>
>
> 요새 <u>모숨기</u>에 바빠서 못 가겠는걸.

3. 원본의 한자는 가급적 한글로 바꾸었으며, 작품 이해에 도움이 될 만한 한자는 그대로
두고 괄호 안에 넣었다. 반복적으로 등장하는 한자어는 최초에만 괄호 안에 한자를 병
기하고 후에는 한글로만 표기하였다.

4. 대화를 표시하는「 」혹은『 』는 모두 " ."로, 대화가 아닌 강조의 경우에는 ' '로
바꾸었다. 책 제목은『 』로, 노래 제목은「 」로 표시하였다. 말줄임표 '‥' '‥'
'……' 등은 모두 '……'로 통일하였다. 단 원문에서 등장인물의 머릿속 생각을 표시
하는 괄호는 작은따옴표(' ')로 바꾸었고, 작가가 편집자적 논평을 붙인 부분은 괄호
(( )) 안에 표시하였다.

5. 외래어 표기는 1986년 1월 7일 문교부 고시 '외래어 표기법'에 따라 바꾸었다. 단 작
품의 분위기에 영향을 준다고 판단되는 경우에는 원본을 그대로 살렸다.

> 예) 소유권을 주장한다면 그야말로 <u>뿌르조아</u> 사상이지.
>
> (현 표기법은 '부르주아')

6. 과도하게 사용된 생략 부호나 이음 부호는 읽기에 편하도록 조정하였다.

7. 당시에 검열로 삭제된 것으로 짐작되는 부분은 원문대로 ○, × 등의 표기를 그대로
두었다.

8. 책임 편집자가 부가적으로 설명이나 단어 풀이가 필요하다고 판단한 경우에는 미주
로 설명을 붙여놓았다.

희생화

1

어머님은 우리 남매를 데리고 사직골 막바지에서 쓸쓸한 가정을 이루어 있었다.

우리 아버지는 내가 세 살 먹던 가을에 돌아가셨다 한다. 어머님께서 시시로 눈물을 머금고 아버지께서 목사로 계시던 것이며, 그 열렬한 웅변이 죄 많은 사람을 감동시켜 하느님을 믿게 하던 것이며, 자기 몸은 조금도 돌아보지 아니하고 교회 일에 진심갈력(盡心竭力)[1]하던 것을 이야기하신다. 나보다 사 년 맏이인 누님은 이 말을 들을 적마다 그 맑고 고운 눈에 눈물이 어리었다. 철모르는 나는 그 이야기보다 어머님과 누님이 우는 것이 슬퍼서 눈물을 흘리었다.

집안은 넉넉지는 아니하나마 많지 않은 식구라 아버지 생전에

장만하여주신 몇 섬지기나 추수하는 것으로 기한은 면할 수 있었다.

아버지의 감화인지는 모르나 어머님은 우리 남매를 학교에 다니게 하였다. 벌써 십여 년 전 일이라 누님 공부시키는 데 대하여 별별 비평이 다 많았다. 그러나 어머님은 무슨 까닭에 여자 교육이 필요한 것인 줄은 모르셨겠지마는 아마 여자도 교육시키는 것이 좋은 줄로 아신 것 같다.

2

누님은 십팔 세의 꽃 같은 처녀로 ○○학교 여자부 사 년급에 우등 성적으로 진급되고 나도 그 학교 이 년급에 진급되던 봄의 일이다.

나의 손을 붉게 하고 내 얼굴을 푸르게 하던 추위는 없어진 지 오래이다. 햇볕은 따뜻하고 바람 끝은 부드럽다. 잔디밭에는 새싹이 돋아나고 개나리와 진달래는 벌써 산야를 붉고 누르게 수놓았다.

어느덧 버드나무 얽힌 곳에 꾀꼬리는 벗을 찾고 아지랑이 희미한 하늘에 종달새는 높이 떴다.

우리 집 뜰 앞에 심어둔 두어 나무 월계화도 춘군(春君)의 고운 빛을 나도 받았노라 하는 듯이 난만히 피었었다.

하룻날 떠오르는 선명한 햇빛이 어렴풋이 조는 듯한 아침 안개에 위황(煒煌)한 금색을 흘을 적에 누님은 가늘게 숨 쉬는 춘풍에 머리카락을 날리며 어리인 듯이 월계화를 바라보고 섰다. 쏘아오는 햇발이 그의 눈을 비추니 고개를 갸웃하며 한 손을 이마 위에 얹고 눈을 스르르 감더니 아직도 어슴푸레하게 조는 월계화 그늘에 몸을 숨기매 이슬 젖은 꽃송이가 누님의 뺨을 스친다. 손으로 가벼이 화판(花瓣)을 만지며 고개를 숙여 꽃을 들여다본다……

나도 한참 누님과 월계화를 바라보다가 학교에 갈 시간이나 아니 되었나 하고 방에 걸린 시계를 보니 아니나 다를까 벌써 시간이 다 되어간다. 급히 건넌방에 들어가 책보를 싸 가지고 나오며,

"누님, 어서 학교에 가요, 벌써 시간이 다 되었어요."

"응, 벌써!"

하고 누님은 내 말에 놀라 돌아서더니 허둥허둥 건넌방에 들어가 책보를 싸더니 또 망연히 앉아 있다.

"어서 가요."

나는 조급히 부르짖었다. 누님은 또 한 번 놀라 몸을 일으켰다.

요사이 누님의 하는 일이 매우 이상하였다. 그 열심히 하던 공부도 책을 보다가 말고 망연히 자실하여 먼 산만 멀거니 바라보고 있을 적이 많았다. 누님이 잠은 어머님을 모시고 큰방에서 자되 공부는 나를 데리고 건넌방에서 하였으므로 누님이 정신 잃고 앉은 것을 여러 번 보았다.

그날 밤 새로 한 시나 되어 잠을 깨니 갑자기 뒤가 보고 싶었다. 나는 급히 일어나 뒷간에 갔었다. 뒤를 보고 나오니 이미 이지러진 어스름 반달이 중천에 걸리어 있다. 나는 달을 치어다보며 한

걸음 두 걸음 마당 가운데로 나왔다. 뜰 앞 월계화는 희미한 달빛에 어슴푸레하게 비치는데, 꽃 사이로 하야스름한 무엇이 보인다. 자세히 보니 누님이 꽃에다 머리를 파묻고 서 있다. 그의 흰 옥양목 겹저고리가 내 눈에 뜨임이라. 왜 누님이 저기 저러고 서 있나? 온 세상이 따뜻한 봄의 탄식에 싸이어 고요히 잠든 이 밤중에 무슨 까닭으로 나와 섰나? 나는 어린 가슴을 두근거리며,

"누님, 거기서 무엇 해요?"

내 소리에 깜짝 놀랐는지 몸을 움칫하더니 아무 대답이 없다. 가만가만히 가까이 가서 어깨를 가볍게 흔들었다. 숨을 급히 쉬는지 등이 들먹들먹한다. 나오는 울음을 물어 멈추는지 가늘고 떨리는 오열성(嗚咽聲)이 들린다. 나는 바싹 대들어 누님의 얼굴을 보았다.

분결 같은 두 손 사이로 보이는 얼굴은 발그레하였다. 나는 웬일인가 하고 얼굴 가린 두 손을 힘써 떼었다. 두 손은 젖어 있었다. 누님의 두 눈으로 눈물이 흘러내린다. 구슬 같은 눈물이 점점이 월계화에 떨어진다. 월계화는 그 눈물을 머금어 엷은 명주로 가린 듯한 달빛에 어렴풋이 우는 것 같다. 누님의 머리는 불덩이 같이 더웠다.

"왜 안 자고 나왔니……?"

하며 내 손을 밀치는 그 손은 떠는 듯하였다. 나는 목멘 소리로,

"누님, 왜 우셔요? 네?"

하고 내 눈에도 눈물이 핑 돌았다.

이슬에 젖은 꽃향기는 사랑의 노래와 같이 살근살근 가슴을 여

의고 따뜻한 미풍은 연애에 타는 피처럼 부드럽게 뺨을 스쳐 지나간다. 이런 밤에 부드러운 창자에 느낌이 없으랴! 꽃다운 마음에 수심이 없으랴!

철모르는 나는,

"누님, 어서 들어가셔요."

하고 누님의 손목을 이끌었다. 맥이 종작없이 뛰는 것을 감각하였다. 누님은 눈물을 씻으며,

"먼저 들어가거라, 나도 곧 들어갈 것이니……"

하였다.

"대관절 웬일이야요? 어데가 편찮으셔요?"

"아니, 공연히 마음이 뒤숭숭하구나."

하더니 한 손으로 월계화 가지를 부여잡고 이마를 팔에다 대며 흑흑 느끼어 운다.

어스름 달빛은 쓰린 이별에 우는 눈의 시선같이 몽롱하게 월계화 나무 위에 흘러 있다.

3

이틀 후 공일날 누님과 나는 창경원 구경을 갔었다.

창경원 사쿠라꽃이 한창이란 기사가 수일 전부터 신문에 게재되고 일기도 화창하므로 구경꾼이 구름같이 모여들어 넓으나넓은 어원(御苑)이 희도록 덮여 있다. 과연 사쿠라는 필 대로 피어 동

물원에서 식물원 가는 길 양편에는 만단홍금(萬段紅錦)을 펼친 듯하다.

"국주(國柱)야, 우리는 동물원은 그만두고 저 잔디밭에 앉아 꽃 구경이나 실컷 하자?"

누님은 찬성을 구하는 듯이 나를 들여다보며 웃는다. 나도 짐승 곁에 가니 야릇한 무슨 냄새가 나던 것을 생각하고,

"그럽시다."

라고 곧 찬성하였다.

우리는 길옆 잔디밭 은근한 편 소나무 밑에 좌정하였다. 붉은 놀 같은 꽃 다리 밑으로 지나가는 흰옷 입은 유객들이 꽃빛에 비치어 불그스름해 보이는 것이 말할 수 없는 춘흥을 자아낸다. 어린 나도 따뜻한 듯한 부드러운 듯한 봄의 기쁨을 깨달아 웃는 낯으로 누님을 돌아보니 누님은 나직이 한숨을 쉬며 고개를 숙이더니, 푸른 풀 사이에 핀 누른 꽃을 하나 꺾어 뺨에다 대인다. 무슨 걱정이나 있는 듯이 눈살을 찌푸렸다. 나는 그날 밤에 누님이 월계화 사이에서 울던 광경을 가슴에 그리면서 유심히 누님의 행동을 살피었다.

누님이 얼굴에 수색을 띤 것이 퍽 애처로워서 무슨 이야기를 하여 누님의 흥미를 끌까 하고 곰곰 생각하며 이리저리 살피었다.

우연히 식물원 편을 바라보다가 그곳을 가리키고 누님을 흔들며,

"저기를 좀 보셔요"

하였다. 웬일인지 누님은 깜짝 놀란다. 곤한 잠을 깬 사람에게 흔히 있는 표정으로 내가 가리키는 곳을 바라본다. 거기서 우리 학

교 교복을 입은 학생 하나가 이리로 내려온다. 그는 우리 학교 사 년급 급장이었다. 누님이 한참 멀거니 바라보다가 두 추파가 마주친 것 같다. 누님은 고개를 숙이었다. 나는 누님의 귀밑이 발그레해진 것을 보았다. 누님이 내 무릎을 꼭 잡으며,

"거기 무엇이 있다고 날다려 보라니?"

간신히 귀에 들리리만큼 말하였다.

"아야! 아이고 아파요. 왜 저이를 모르셔요? 그이가요, 이번에 첫째로 사 년급에 진급한 이야요. 공부를 썩 잘하고 또 재조가 비범하대요. 게다가 얼굴이 저렇게 잘났겠지요."

나는 바로 내나 그런 듯이 기뻐하면서 입에 침이 없이 칭찬하였다. 누님은 부끄럽게 웃으며,

"왜 내가 그를 모른다디? 사 년이나 한 학교에 다녔는데…… 그래 그 사람 보라고 사람을 흔들고 야단을 했니?"

"그러면요…… 그런데요, 어저께 내가 누님보다 좀 일찍이 나왔지요? 집에 오니까 어머님 친구 몇 분이 오셨는데 누님 칭찬이 야단입디다. '어쩌면 인물도 그다지 잘나고 재조도 그렇게 좋을꼬. 참 복 많이 받았습니다'라고요. 나는 그 말을 듣고 춤이라도 출 듯이 기뻐하였어요. 저 사람도 장하지만 누님은 더 장해요."

나는 그 사람을 너무 칭찬하여 행여나 누님이 그에게 질까 보아서 또 한참 누님을 추어올렸다. 누님은 또 얼굴을 붉히며,

"너는 별소리를 다 하는구나, 누가 네게 칭찬 듣고 싶다디?"

우리가 이런 수작을 하는 틈에 그가 벌써 우리 앞을 지나가며 슬쩍 누님을 엿보았다. 두 시선은 또 한 번 마주쳤다. 누님의 얼

굴은 갑자기 다홍빛을 띠었다. 그가 중인총중(衆人叢中)에 섞이어 점점 멀어가는 양을 누님이 물끄러미 바라본다. 그는 나가버렸다. 누님의 눈이 이리로 도는 바람에 그 사람의 뒤꼴을 보는 누님을 도적해 보던 내 눈이 잡히었다.

"너는 남의 얼굴을 왜 빤히 들여다보니?"

하고 누님의 얼굴은 또다시 붉어졌다.

"보기는 누가 보아요?"

하고 나는 빙그레 웃었다.

4

그 이튿날 아침에 누님은 좀처럼 바르지 않던 분을 약간 바르며 더럽지도 않은 옷을 벗고 새 옷을 갈아입었다.

"네가 오늘은 웬일이냐?"

하고 어머님이 의아해하신다.[2] 누님이 머뭇머뭇하더니 어린애 모양으로 어머님 가슴에 안기며,

"제가 오늘은 퍽 잘나 보이지요?"

하고 웃는다. 그 웃음과 함께 누님의 얼굴에 홍조가 퍼진다. 과연 오늘은 누님이 더 어여뻐 보였다. 두 손으로 기운 없이 뒤로 큰방 문을 짚고 비스듬히 문에다 몸을 반만 실려 웃는 양이 말할 수 없이 어여뻤다. 어리인 우유에 분홍 물을 들인 듯한 두 뺨은 부풀어오른 듯하고, 장미꽃빛 같은 입술이 방실 벌어지며 보일 듯 말 듯

이 흰 이빨이 번쩍거린다. 춘산(春山)을 그린 듯한 눈썹은 살짝 위로 치어오른 듯하며 그 밑에서 추수(秋水)³같이 맑은 눈이 웃음의 가는 물결을 친다.

어머님이 누님을 보고 웃으시며,

"언제는 못났디?"

"그런데 오늘은요?"

누님이 되질러 묻는다.

"오냐, 오늘은 더 이뻐 보인다."

"어머님, 정말이야요?"

하고 누님은 또 빵긋 웃는다. 수색(羞色)에 싸인 희색(喜色)이 드러난다.

"오늘은 정말 더 이뻐 보인다. 너의 부친이 보셨던들 작히 기뻐하시겠니?"

하시며 어머님의 눈에는 눈물이 스르르 어리었다. 곱게 빛나던 누님의 얼굴에도 구름이 끼인 것 같다. 그러나 얼마 아니 되어 그 구름이 스러지고 또다시 기쁨과 희망의 빛이 번쩍거린다.

우시는 어머님을 민망히 바라보던 누님이 지은 듯한 슬픈 어조로,

"어머님, 마음 상하지 마셔요."

하였다.

"애, 시간이 다 되었겠다. 내 걱정일랑 말고 어서 학교에나 가거라."

하고 어머님은 눈물을 삼키셨다.

우리는 책보를 끼고 나섰다.

학교 문턱에 들어서니 종소리가 들린다. 우리는 달음박질하여 들어갔다. 전교 생도가 다 모였다. 모두 행렬과 번호를 마치자,

"기착(氣着), 경례, 출석원 도합 ○○명."

이라 하는 카랑카랑한 소리가 들리었다. 그는 사 년급 급장의 소리다. 이 소리가 끝나자 여자부 편에서도 이와 같은 호령과 보고를 하는 소리가 들리었다. 그는 옥을 바수는 듯한 날카로운 소리였다. 그는 우리 누님의 소리다. 오늘은 웬셈인지 이 두 소리가 나의 어린 가슴을 뛰게 하였다.

그다음 토요일 하학한 후에 교우회가 모인다고 사 년급 생도들이 학교 문을 걸고 파수를 보며 철없는 일이 년급들이 나가는 것을 막아섰다. 우리가 늘 모이는 강당에 들어가니 벌써 이편에는 남학생, 저편에는 여학생이 빽빽이 앉아 있었다. 나도 거기 앉았노라니 무엇이니 무엇이니 하고 한참 야단들이더니 얼마 아니 되어 사 년급생이 흰 종잇조각을 돌리며,

"지육부(智育部) 간사 투표권이요, 한 장에 한 명씩 쓰시오."

하며 외친다. 내 곁에 앉은 녀석이 똑똑한 체로,

"유기명 투표야요, 무기명 투표야요?"

묻는다.

"물론 무기명 투표지요."

아까 외치던 사 년급생이 대답한다. 저편에서,

"무기명 투표란 무엇이오?"

하는 녀석이 있다.

"그것도 모르면서 회(會)할 적마다 집에만 가려고 하지! 무기

명 투표란 것은 선거자의 이름을 쓰지 않는 것이오."

꾸짖는 듯이 그 사 년급생이 말하고 기색이 엄숙하다. 나는 무의식적으로 단박 사 년급 급장의 이름을 썼다. 필경 남자부에는 최다점으로 그가 선거되고, 여자부에서는 최다점으로 우리 누님이 선거되었다.

그후부터 누님이 간사회 한다, 지육부 간사회 한다 하고 저녁 먹고 나가면 밤 아홉 점 열 점이나 되어 돌아오는 일이 빈빈(頻頻)히 있었다. 그 회에 갈 적마다 안 보던 거울도 보고 늘어진 머리카락도 쓰다듬어 올리며 옷고름도 고쳐 매었다.

하룻밤은 누님이 지육부 간사회 한다고 저녁 먹고 나가더니 열 점 반이 되어도 돌아오지 않는다. 어머님은 별별 염려를 다 하시다가,

"너 누이가 여태껏 돌아오지를 않니? 회는 벌써 끝났을 것인데. 너 좀 가보아라."

나는 두루마기를 입고 집을 나와 사직골 막바지로부터 광화문 통에 가는 길로 타박타박 걸어간다. 달도 없는 오월 그믐밤이었다. 전등도 별로 없고 행인도 희소한 어둠침침한 길을 걸어가려니 무시무시한 생각이 난다. 나는 무서운 생각을 쫓느라고 발을 쾅쾅 구르며 '하나, 둘' 하고 달음박질하였다. 한참 뛰어가니 숨이 헐떡거리고 진땀이 흐른다. 모자를 벗어 부채질하면서 천천히 걸어간다. 내 앞 멀지 않은 곳에 이리로 향하여 젊은 남녀가 짝을 지어 올라온다. 그는 남학생과 여학생이었다! 그와 누님이었다! 나는 가슴이 설렁하며 일종 호기심이 일어났다. 살짝 남의 집 담

모퉁이에 은신하였다. 둘은 내가 거기 숨어 있는 줄은 모르고 영어로 무어라고 소곤소곤[4]거리며 지나간다. 그중에 이 말이 제일 똑똑히 들리었다.(그때는 몰랐지만 지금 생각하니 아마 이 말인 것 같다.)

"Love is blind.(사랑은 맹목적이라지요.)"
라니까 누님은 소리를 죽여 웃으며,

"But, our love has eyes!(그런데 우리의 사랑은 보는 사랑이지요.)"
하였다. 그들이 지나가자 나도 가만가만 뒤를 따랐다. 어두운 속이라 누님의 흰 적삼이 퍽 눈에 뜨인다. 전등 켠 뉘 집 대문 앞을 지날 때에 나는 그의 바른손이 누님의 왼손을 꼭 쥔 것을 보았다. 나는 웬일인지 싱긋이 웃었다. 그들이 행여나 나를 돌아볼까 보아서 발자취를 죽이고 남의 담에 몸을 비비대며[5] 꽤 멀리 떨어져 갔었다. 우리 집 가까이 와서 둘이 걸음을 멈추더니 서로 악수를 하고 또 악수를 하는 것 같았다. 연연(戀戀)히 서로 떠나기를 싫어하는 것 같다. 한참이나 그리하다가 그가 손을 놓고 또 무어라고 한참 수군거리더니 그가 돌아서 온다. 누님은 우리 집 문 앞에 서서 한참 그의 가는 양을 바라보고 서 있다. 그는 또 내 곁으로 지나간다. 그의 걸음걸이는 허둥허둥하였다. 그가 지나간 후 나는 달음박질하여 집에 돌아왔다. 대문턱에 들어서니 어머님과 누님의 문답하는 소리가 들린다.

"왜 그처럼 늦었니? 나는 별별 근심을 다 했다."

"오늘은 상의할 일이 좀 많아서……"

누님이 머뭇머뭇한다.

"그 애는 어데로 갔니? 같이 오지를 안 하니? 오는 길에 못 봤어?"

어머님이 묻는다.

"그 애가 어데로 갔을꼬?…… 길에서 만났을 것인데."

누님이 걱정한다.

나는 안방 문을 열고 시침을 뚝 떼고,

"누님 인제 왔어요?"

하고 빙그레 웃었다. 어머님은 놀라며,

"너 뺨에, 옷에 맨 흙투성이니 웬일이냐?"

하신다.

"담에 붙어 와…… 아니야요. 저 저……"

하고 누님을 보고 빙글빙글 웃었다. 누님의 얼굴은 또 발개졌다.

5

그 후 더운 날 달밤에 누님은 친구하고 어디를 간다, 어디를 간다 하고 자주자주 나갔었다. 누님은 늘 나를 따돌리고 혼자 나갔으므로 푸른 풀 잦아진 곳과 달빛 고요한 데에서 그와 누님이 만나 꿀 같은 사랑의 속살거림을 몇 번이나 하였는지 나는 모른다.

누님의 출입이 자조롭고 기색이 수상하였던지 어머님이,

"인제 네가 어데 나가거든 꼭 네 동생을 다리고 다녀라."

하신 뒤로는 누님이 집에 들면 공연히 짜증을 내며 하염없는 수색(愁色)이 적막한 화용(花容)을 휩쌌었다. 그리고 때때로 머리가 아프다 하며 이불을 쓰고 누웠었다.

하루는 우리가 점심을 마친 후 누님이 날더러,

"너 나하고 남산공원에 산보 가련?"

하였다. 그때는 유월 염천이라 더운 기운이 사람을 찌는 듯하였다. 나도 거기 가서 서늘한 공기도 마시고 무성한 초목으로부터 뚝뚝 듣는 취색(翠色)에 땀난 몸을 씻으리라 생각하고 곧,

"네."

하였다.

우리는 광화문통에서 전차를 타고 진고개를 거쳐 남산공원을 올라갔었다. 저편 언덕 위에 그가 기다리기 지루하다 하는 듯이 앉았다가 일어섰다가 하는 것이 보였다. 누님이 갑자기 돌아서 나를 보며,

"너 이것 가지고 진고개 가서 과자 좀 사 와! 응?"

하며 돈 이십 전을 주었다. 나는 급히 진고개로 나왔다. 얼른 과자를 사 가지고 가본즉 그와 누님은 그림자도 보이지 않았다.

"어데로 갔을까?"

나는 누님이 무슨 위험한 곳에나 간 것같이 가슴이 팔딱거리었었다. 이리저리 아무리 살펴도 그들은 없다. 나는 이편으로 기웃기웃, 저편으로 기웃기웃하였다. 한참이나 취색이 어린 남산 정상을 쳐다보다가 또다시 걸어갔었다. 한동안 걸어가도 보이지 않는다.

'아이고, 어데로 또 그만 가버렸어? 이리로는 아마 아니 갔나 보다.'

하고 돌아서 오던 길로 도로 온다.

갔던 길로 도로 오려니 퍽 먼 것 같다.

'에이그, 그동안에 내가 퍽도 걸었네.'

속으로 중얼중얼하였다. 골딱지가 나니까 더 더운 것 같다. 대기는 햇불에 와글와글 끓는 것 같다. 나는 이 대기에 잠기어 몸이 삶아지는지? 땀이 줄줄 흘러내리고 숨은 헐떡헐떡 차오른다. 모자를 벗으니 머리에서 김이 무럭무럭 난다. 나는 부글부글 고여오르는 심술을 억지로 참으며 아까 그가 있던 곳까지 돌아왔다.

"어데로 갔을까? 저리로 가 보자."

혼잣말로 투덜거리고 아까 갔던 반대 방면으로 걸어갔었다. 한동안 걸어가도 그들은 또 보이지 않는다. 참고 참았던 짜증이 일시에 폭발이 되었다. 잔디밭에 털썩 주저앉아 엉엉 울었다. 풀들을 쥐어뜯으며 한참 울다가 하도 내가 어린애 같은 것이 부끄럽고 우스웠다. 그렁그렁한 눈물을 씻고 히히 한번 웃은 뒤 이리저리 또 살펴보기 시작하였다.

저편, 좀처럼 사람 눈에 뜨이지 않을 소나무 그늘 밑에 그들이 나란히 앉아 있는 것을 보았다. 나는 잃었던 보배를 발견한 듯이 기뻐하였다.

"누님! 거기 계셔요?"

고함을 지르고 뛰어가려다가 에라 무슨 이야기를 하는지 좀 엿들으리라 하고 어느 밤에 그들의 뒤를 따라가던 모양으로 가만가만 걸어 가까이 갔었다. 한낮이므로 유객(遊客) 하나 없고 바람 한 점 불지 않는다. 더운 공기는 기름 언 것같이 조금도 파동이 없다. 남이 들을까 보아서 가만가만히 하는 이야기도 낱낱이 내 귀에 들리었다.

"물론 그렇게 해야지요, 그런데 요사이는 어째 볼 수가 없어 요?"

그가 말하였다.

"어머님께서 어데 나가게 하셔야지요, 나가거든 꼭 네 동생을 다리고 다녀라 하시겠지요. 그래서 오늘도 같이 왔지요."

그리고 누님이 웃으며 말을 이어,

"딴 이야기 하느라고 잊었구려, 기다리신다고 오죽 지리하셨겠 어요?"

"한 시간이나 넘어 기다렸어요. 오늘도 아마 못 오시는가 보다 하고 그만 가버릴까까지 하였어요."

"네? 가버릴까 하였어요? 제가 언제 약속 어긴 일이 있어요? 저는 어찌 급했던지 점심을 먹는데 밥이 입으로 들어가는지 코로 들어가는지 몰랐어요."

둘이 웃는다. 나도 웃었다. 나는 어린애가 꽃에 앉은 나비를 잡 으러 간 때에 가는 걸음걸이로 한 걸음 두 걸음 가까이 갔었다. 사랑하는 이들은 달디단[6] 이야기에 얼이 빠져 사람 오는 줄도 모 른다. 그들 앉은 소나무 뒤에 살짝 붙었었다. 두 어깨는 닿아 있 고 누님의 풀린 머리카락이 그의 뺨을 스친다. 그와 누님의 눈과 입에는 정이 찬 웃음이 넘친다. 그러다가 두 손길을 마주 잡고 실심한 사람 모양으로 멀거니 서로 들여다본다. 누님의 몸으로부터 발산하는 따뜻하고 향기로운 기운에 나도 싸인 것 같았다. 나는 와락 달려들며,

"누님, 여기 계셔요? 나는 어데 가셨다고…… 아이 사람 애도 픽도 먹이시지!"

둘은 깜짝 놀래었다. 누님의 모시 적삼이 달싹달싹하는 것을 보고 누님의 가슴이 팔딱거리는구나 하였다.

그는 시치미를 뚝 떼려 하였으나 '부끄럼'이란 원소가 얼굴에 퍼뜨리는 붉은빛을 감출 길이 없었다.

"에그, 나는 누구라구, 픽도 놀랐다."

누님은 두근거리는 가슴을 한 손으로 어루만지며 말하였다. 누님이 그를 향하며,

"이 애가 제 동생이야요, 아직 철이 안 나서…… 많이 사랑해주셔요."

한 뒤 나를 보고 그를 눈으로 가리키며,

"너 이보고 이훌랑은 형님이라 하여라."

"어째서 형님이라 해요?"

내가 애를 먹었다. 누님의 얼굴은 새빨개지며 나를 흘겨본다.

"왜 누님 성나셨소? 그러면 형님이라 하지요."

하고 어리광을 부리며,

"형님, 누님! 과자 잡수셔요."

하고 쥐었던 과자를 앞에 내놓았다. 누님이 나를 보고 방그레 웃으며,

"우리는 먹기 싫으니 너 혼자 저쪽에 가서 먹고 있거라. 우리 갈 때 부를 것이니……"

나도 길게 방해 놀기가 싫었다. 과자를 쥐고 나와 풀밭에 앉아 먹으면서 혼잣말로,

"내 뱃속에 영감쟁이가 열둘이나 들어앉았는데 어린애로만 여기지……"

하고 웃었다.

그 긴긴 해가 벌써 서산에 걸리었다. 낙조에 비치는 녹수와 방초는 불이 붙은 것같이 붉어 보인다.

나도 이 동안에 퍽도 심심하였다. 풀을 자리 삼아 눕기도 하고, 기지개도 켜고 몸을 비비 틀기도 하며 곡조도 모르는 창가를 함부로 부르기도 하였다. 이제나 올까, 저제나 부를까 고대고대하여도 그 둘의 그림자는 어른도 아니한다. 무슨 이야기가 그렇게 많은고. 아마 사랑하는 사람끼리의 이야기는 끝이 없는가 보다. 벌써 이야기한 것이 수만 마디가 넘건마는 말 몇 마디 못하여 해는 어이 수이 가나, 하는 것이다.

남산 밑 풀과 나무에 빛나던 붉은빛은 점점 걷히고 모색(暮色)이 가물가물 쳐들어온다. 햇빛은 쫓기어 남산 정상을 향하여 자꾸 기어올라가더니 남산 맨 꼭대기에 옴츠리고 앉았을 뿐이다.

검푸른 저문 빛이 남산 밑을 에워싸자 정상에 비치는 햇빛조차 스러지고 저편 하늘에 붉은 놀이 흰 구름을 붉고 누렇게 물들인다.

나는 참다 못하여 몸을 일으켜 그곳으로 갔다. 어두운 빛에 놀랐는지 그들도 일어섰다. 나는 걸음을 멈추고 나무로 깎아 세워

놓은 사람 모양으로 주춤 섰다. 누님의 걱정스러운 떨리는 소리가 나의 이막(耳膜)을 울림이라.

"K씨! 우리가 목전에 즐거움만 다행히 여겨 그냥 이리 지내다가 우리의 꿈 같은 행복이 끝에는 소태 같은 고통으로 변할 것 같아요. 우리 각각 꼭 아까 말한 것과 같아야 됩니다."

"아모럼요! 꼭 그리해야 될 터인데…… 아까도 말했지만 우리 집은 워낙 완고라……"

그의 말은 떨리었다.

나는 가슴이 선뜻하였다. 무슨 말을 하였나? 무슨 일을 하려는가? 엿듣지 못한 것이 한이 되었다. 둘은 이리로 걸어온다. 누님의 눈은 약간 발그레하였다. 그 고운 뺨에 눈물 흔적이 보였다. 나는 또 웬일인가 하고 가슴이 선뜻하였다.

6

그날 밤에 나의 어린 소견에도 별별 생각을 다하고 씩씩히 잠도 잘 자지 못하였다. 내가 어렴풋이 잠을 깰 적마다 어머님과 누님이 무어라고 이야기하는 소리가 간단없이 들리었다.

새로 한 점이나 되어 내가 또 잠을 깨니 큰방에서 훌쩍훌쩍 우는 소리가 들린다. 울음 섞인 어머님의 말소리가 난다.

"그래, 네가 요사이 늘 탈기'를 하고 행동이 수상하더라…… 나는 허락한다 하더래도 만일 그 집에서 안 된다면 네 신세가 어떻게 되니?…… 네가 다만 하나 있는 어미 몰래 그 사람과 약혼한 것이 괘씸하다. 아비 없이 너를 금옥같이 길러내어 이런 일이 날 줄이야! 남편 없다고 너까지 나를 업수이 여기는 게지……"

누님은 흑흑 느끼며,

"어머님, 잘못하였습니다, 무어라고 말씀을 여쭈어야 좋을지…… 친키도 전에 말씀 여쭈기도 부끄러운 일이고…… 친한 뒤에는 몇 번이나 말씀 여쭈려 하였지만 입이 잘 떨어지지를 않았어요…… 들어주셔요. 암만 어머님이라도 그때는 부끄러웠어요. 이젠 서로 약혼까지 해놓으니 몸과 마음이 달아 부끄럼도 돌아볼 수 없게 되었어요. 그래서 뻔뻔스럽게 여쭌 것이야요. 어머님 말씀같이 그가 저를 잊을 리는 없어요, 버릴 리는 없어요. 그다지 다정한 그가 그럴 리가 있다고요? 어제 공원에서 단단히 맹서하였습니다. 각각 부모님께 여쭈어 들으시면 이 위에 더 좋은 일이 없거니와 만일 그렇지 않거든 멀리멀리 달아나겠다구요. 배가 고프고 옷이 차더라도 부모도 못 보고 형제도 못 보더라도 둘이 같이만 있으면 행복이라구요. 온갖 곤란과 갖은 고통을 달게 겪겠다구요. 정말 그래요. 저도 그 없으면 미칠 것 같아요. 어머님이 허락을 아니 하신다 할 것 같으면 저는 이 세상에 살아 있을 것 같잖아요."

밀려오는 물을 막았던 방축을 무너버릴 때에 물밀 듯이 누님이 말하였다. 흔히 순결한 처녀가 사랑의 불을 가슴속에 깊이깊이 숨겨두고 행여나 남이 알까 보아서 전전긍긍하며 홀로 간장을 태우다가도 한번 자기 친한 이에게 발설하기 시작하면 맹렬히 소회를 베푸는 것이라.

나는 가슴을 울렁거리며 안방에 건너왔다.

누님은 어머님 무릎에 머리를 파묻고 울며, 어머님은 누님의 등에다 이마를 대고 운다. 나도 한참 초연히 섰다가 어머님 곁에 앉았다. 어머님을 흔들며 목멘 소리로,

"어머님, 우지 마셔요."

이 말을 마치자 가슴이 찌르르해지며 흐르는 눈물을 금할 길이 없었다. 어머님은 눈물을 삼키고 누님을 흔들며,

"이 애 이 애, 그만 그쳐라."

누님은 더 섧게 운다.

"이 애, 남부끄럽다. 그만두어라. 오냐, 네 원대로 하마. 그도 한번 다리고 오너라."

어머님은 그만 동곳을 빼었다.[8]

'여자가 수약(女子雖弱)이나 위모즉강(爲母則强)'이란 말은 어찌 생각하고 한 소리인고?

이틀 후 누님이 그를 데리고 왔다. 그의 곱상스러운 얼굴과 얌전한 거동이 당장 어머님의 사랑을 이끌었다. 참 내 딸의 짝이라 하였다. 애녀(愛女)의 평생이 유탁(有託)하다 하였다. 단꿈이 꾸이리라 하였다. 기쁜 날이 오리라 하였다. 더구나 맑은 눈과 까만 눈썹이 내 딸과 흡사하다 하였다. 누님과 그가 영어로 말하는 양을 보고 뜻도 모르면서 웃으셨다. 재미스러운 딸의 장래 가정을 꿈꾸고 사랑스러운 외손자를 꿈꾸었다.

그 후부터는 남의 이목을 피해가며 몇 번이나 서로 맞추어서 길

게 기다려가지고 짧게 만나던 애인들은 자조로이 우리 집에서 만나 웃고 즐기게 되었다.

7

어떤 날 저녁에 그가 우리 집에 왔다. 그때 마침 어머님은 어디 가시고 나와 누님과 단둘이 있었다.

나는 와락 내달으며,

"형님 오셔요?"

라고 반갑게 인사하였다. 누님도 반가이 맞으며,

"요사이는 왜 오시지 안 하셔요?"

"아니, 내가 언제 왔는데."

하고 그는 지어서 웃는다.

누님은 눈을 스르르 감으며 무엇을 생각하는 듯하더니,

"오늘이 칠월 초열흘이고, 초칠일이 공일이라……공일날 오시고 오늘 처음이지요?"

"그래요, 한 사흘밖에 더 되었어요?"

"사흘! 저는 한 삼 년이나 된 듯하였어요, 사흘 만에 한 번씩 만나? 멀어요! 퍽 멀구말구요! 사흘이 그다지 가까운 것 같습니까?"

하고 누님은 무엇을 찾는 듯이 그를 바라본다.

"사흘 만에 한 번씩 와도 장하지요."

하고 그는 또 웃는다.

"장해요! 사흘 동안에 제가 몇 번이나 문밖을 내다보는지 아셔요? 저는 온갖 걱정을 다 했지요. 몸이나 편찮으신가, 꾸중이나 뫼셨는가?"

하고 목소리는 전성(顫聲)을 띠어가며 눈에는 눈물이 괴어진다.

"저는 우리 일에 대하여 무슨 큰 걱정이나 생겼나 하고 얼마나 애간장을 태웠는지요!"

하고는 눈물이 그렁그렁 넘쳐흐른다.

"아니야요! 여하간 죄 없이 잘못하였습니다."

하고 그는 눈살을 찌푸리다가 선웃음을 치며,

"어린애 모양으로 걸핏하면 울기는 왜 울어요? 저 동생 부끄럽지 않요?(갑자기 어조를 야릇하게 변하며) 그런데 내가 어제도 올라 카고 아레도 올라 켔지마는 올라 칼 때마다 동무가 찾아와서 올 수가 있어야지."

울던 누님이 웃음을 띠었다. 나도 웃었다.

그는 대구 사람이다. 그의 부모는 아직도 대구에서 산다. 서울 있는 오촌 당숙 집에 그는 유숙하고 있다. 그는 서울 온 지가 벌써 오륙 년이 지내었으므로 사투리는 거의 안 쓰게 되었으나 때때로 우리를 웃기려고 야릇한 말을 하였다.

"올라 카고, 갈라 카고."

흉내를 내며 나는 방바닥에 뚤뚤 굴러가며 웃었다. 그는 시치미를 뚝 떼고,

"남 이야기하는데 웃기는 와 웃소? 갸 참 얄궂다."

하였다. 누님은 어떻게 웃었는지 얼굴이 붉어지고 배를 훔켜쥐고

숨찬 소리로,

"그만두셔요, 그만 웃기셔요."

한참 동안 우리는 이렇게 웃고 즐기다가 나를 누님이 또 무슨 심부름을 시켰다! 무슨 심부름이던가 생각이 아니 난다. 그가 오기만 하면 누님이 무엇 좀 사 오너라, 어디 좀 갔다 오너라 하고 늘 나를 따돌렸다.

"에그, 누님도 왜 나를 늘 따돌려."

투덜투덜하면서 집을 나왔다. 반달은 비스듬히 푸른 하늘에 걸리어 있다. 만경창파에 외로이 떠나가는 일엽편주와 같았다.

나 없는 동안에 그들이 무슨 이야기를 하는지를 듣고 싶어서 급히 오느라고 오는 것이 한 시간이나 넘어 걸리었다. 나는 벌써 엿듣기에 익숙하여 사뿐 중문에 들어서며 가만히 살펴보니 애인들은 달 비치는 월계화 나무 밑에 평상을 내어놓고 나란히 앉아서 무어라고 소곤거린다. 나는 숨소리도 크게 아니 쉬고 귀를 기울였다.

"그러면 어째요? 어머님께서는 좀처럼 올라오시지 않을 것이고…… 왜 그러면 상서(上書)로 이 사정을 못 아뢸 것이야 있어요?"

누님의 애타는 소리가 들린다.

"글쎄요, 몇 번이나 상서를 썼지만…… 부치지를 못하겠어요."

"만일 차일피일하다가 딴 데 혼인을 정해놓으시면 어째요?"

"정해놓아도 안 가면 그만이지요."

"그러면 어렵지 안 해요?"

"그런데 오촌 당숙 내외분은 아마 이 눈치를 아시는 것 같아요…… 네? 아마 그런 것 같아요, 그래서 집에 무슨 통기가 있었는지 할아버지께서 일간 올라오신대요."

"올라오시면 죄다 여쭙겠단 말씀이구려."

"글쎄요, 그런데…… 우리 할아버지는 참 호랑이 같은 어룬이라…… 완고 완고 참 완고신데…… 나도 어찌 할 줄을 모르겠어요. 그래서 밤에 잠이 잘 오지 않아요."

하고 머리를 긁적긁적하고 눈살을 찡기더니 또 말을 이어,

"오늘 또 아버지께서 하서(下書)하셨는데 이번 울산 김승지 집에서 너를 선보러 간다니 행동을 단정히 하여라 하는 뜻입디다. 참 기막힐 일이야요."

하고 한숨을 내쉰다.

"부모님께 하루바삐 이 사정을 여쭙지 않으면 큰일 나겠습니다 그려."

누님의 안타까운 소리가 들린다.

"여하한 꾸중을 보시더라도 장가를 못 가겠다 할 터이야요! 조금도 걱정 마셔요."

그는 결심한 듯이 고개를 들며 단연히 말하였다.

밝은 달은 애태우는 양인의 가슴을 나는 몰라 하는 듯이 저리로 저리로 미끄러져가며 더운 공기에 맑은 빛을 흩날린다. 월계화는 더욱 붉고 더욱 곱다. 진세(塵世)의 우수 고뇌를 나는 잊었노라 하는 것 같았다.

8

그 이튿날 일어난 누님의 얼굴은 해쓱하였다. 머리카락이 흩어질 대로 흩어진 것을 보아도 작야(昨夜)에 잠을 못 이루어 몇 번이나 베개를 고쳐 벤 것을 가히 알러라. 누님이 사랑의 맛이 쓰고 떫은 것을 처음으로 맛보았도다! 행복의 해당화를 꺾으려면 가시가 손 찌르는 줄 비로소 알았도다.

하루 가고 이틀 가고 어느덧 일주일이 지내었건만 누님이 오늘이나 와서 호음(好音)을 전해줄까 내일이나 와서 희식(喜息)을 알려줄까 고대고대하는 그는 코끝도 보이지 않았다.(내가 학교에를 가도 그를 볼 수 없었고 누님도 이때부터 심사가 산란하여 학교에 못 갔었다.)

이 동안에 누님은 어찌 애를 태웠던지 양협(兩頬)⁹에 고운 빛이 사라져가고 눈언저리는 푸른 기를 띠고 들어갔다. 입술은 까뭇까뭇 타들어가고 두 팔은 맥없이 늘어졌다.

일주일 되던 날 누님은 생각다 못하여 편지 한 장을 주며,

"너 이 편지 가지고 그 댁에서 그가 있거든 전하고 못 보거든 도루 가지고 오너라."

하였다.

전일에 그를 따라 한번 그 집에 갔던 일이 있으므로 그 집을 자세히 알아두었다. 그 집 대문에 들어서니 행랑 사람도 없고 그가 있던 사랑문도 닫히어 있다.

안에서 기운찬 노인의 성난 말소리가 나의 귀를 울린다.

"이놈, 아직 학생이니 장가를 못 가겠다. 핑계야 좋지, 이놈 괘씸한 놈, 들으니 네가 어떤 여학생을 얻어가지고 미쳐 날뛴다는 구나! 아니야요란 다 무엇이야, 부모가 들이는 장가는 학생이라 못 가겠고, 학생 신분으로 계집은 해도 관계찮으냐, 이놈 고약한 놈! 네 원대로 그 학교나 마치고 장가들일 것이로되 벌써 어린 놈이 못 견뎌서 여학생을 얻느니, 무엇을 얻느니 하니 그냥 두다간 네 신세를 망치고 가문을 더럽힐 터이야! 그래서 하로바삐 정혼하고 혼수까지 보내었는데 지금 와서 가느니 마느니 하면 어찌하잔 말이냐. 암만 어린 놈의 소견이기로…… 그 집은 울산 일판에 유명한 집안이라 재산도 있고 양반도 좋고…… 다 된 혼인을 이편에서 퇴혼하면 그 신부는 생과부로 늙으란 말이냐! 일부함원(一婦含怨)에 오월비상(五月飛霜)이란 말도 못 들었어! 죽어도 못 가겠다. 허허, 이놈 박살할 놈! 조부모도 끊고 부모도 끊고 일가친척도 끊으려거든 네 마음대로 좀 해보아라."

나는 이 말을 들으니 소름이 쭉 끼치었다. 한편으로는 분하기 짝이 없었다. 깨끗한 누님이 이다지 모욕을 당한 것이 절절이 분하였다. 곧 들어가 분풀이나 할 듯이 작은 눈을 홉뜨고 고사리 같은 손을 불끈 쥐었다.

"허허 이놈, 괘씸한 놈! 에이 화나, 거기 내 두루막 내."
하는 노인의 우렁찬 소리가 또 들린다. 나는 간담이 서늘하였다. 그 노인이 신을 찍찍 끌고 이리로 나오는 것 같다. 나는 무서운 증이 나서 급히 달음박질하여 그 집을 나왔다.

9

그날 밤 어머님 잠드신 후 누님이 살짝 내게로 건너와서,

"이 애, 너 본 대로 좀 이야기하여다고, 응?"

이 말을 하는 누님의 얼굴은 고뇌와 수괴(羞愧)의 빛이 보인다. 이런 동생에게 애인의 말을 물어도 부끄러워하였다! 나는 입을 다물고 묵묵히 앉았었다. 차마 그 이야기를 할 수가 없었다.

"왜, 또 심술이 났니? 어서 이야기를 좀 하려무나. 편지를 도루 가지고 온 것을 보니 형님을 못 만났니? 만나도 못 전했니? 혹은 무슨 일이 났더냐? 남의 속 그만 태우고 어서 좀 이야기하여다고. 가련한 네 누이의 청이 아니냐."

이 말 소리는 애완 처량하였다. 나는 어린 가슴이 찌르는 듯하며 눈물이 넘쳐 나온다. 이다지 나에게 정다이 구는 누님의 가슴에 그리던 꿀 같은 장래가 물거품에 돌아가고 만 것이 슬펐음이라. 그리고 순결한 우리 누님이 그 노인에게 '어떻다'든가, '계집을 했다'든가 하는 더러운 소리를 들은 것이 이가 떨리었다.

나는 비분한 어조로 그 집에서 들은 것을 이야기하였다. 정신 없이 듣고 있던 누님은 내 말이 끝나자 기운 없이 쓰러지며 이 이야기 들을 적부터 괴었던 눈물이 불덩이 같은 뺨을 쉬일 새 없이 줄줄 흘러내린다.

"누님! 누님!"

하고 나도 누님의 가슴에 안기며 울었다.

이럴 즈음에 누가 대문을 가벼이 흔들며 떨리는 소리로,

"S씨! S씨! 주무셔요?"

한다. 누님은 이 소리를 듣고 얼른 일어났다. 애인의 음성은 이럴 때라도 잘 들리는 것이다. 나올 듯, 나올 듯한 울음을 입술로 꼭 다물어 막으며 급히 나갔다.

대문 소리가 나더니,

"K씨! 오셔요?"

하며 우는 소리가 들린다. 나도 나갔다. 둘은 서로 붙들고 눈물비가 요란히 떨어진다. 누님이 울음 반 말 반으로,

"저는 또다시…… 못…… 뵈올 줄…… 알았지요."

하였다. 그도 흑흑 느끼며,

"다 내 잘못이야요."

하였다.

"저 까닭에 오늘 매우 꾸중을 뫼셨지요?"

"어떻게 알았어요?"

누님이 내가 편지를 가지고 그 집에 갔다가 내가 들은 이야기를 하였다. 그리고 우는 소리로,

"좀 들어가셔요."

하였다.

"아니야요, 명일은 할아버지께서 꼭 다리고 가실 모양이야요. 지금 곧 멀리멀리 달아나려고 합니다. 그래서 이런 말이나 몇 마디 할 양으로 왔어요."

누님은 자기의 귀를 의심하는 듯이,

"네? 멀리멀리 가셔요? 부모도 버리시고 형제도 버리시고 멀리
가셔요? 제 신세는 벌써 불쌍하게 되었습니다. 불쌍한 저 때문에
전정(前程)이 구만 리 같은 당신을 또 불행하게 만들 것이야 무엇
있습니까? 절랑 영영히 잊으시고 부모님 말씀으로 장가드셔요.
장가드시는 이하고나 백 년이 다 진토록 정다운 짝이 되어주셔
요. 아들 낳고 딸 낳고…… 저의 모든 것을 바쳐도 당신이 행복되
신다면 그만이 아니야요? 곧 당신의 기쁨이 제 기쁨이 아니야요?
당신의 행복이 제 행복이 아니야요? 한숨 쉬고 눈물 흘리면서도
당신의 행복의 그늘에서 웃어볼까 합니다."

열정 찬 눈으로부터 하염없이 흘러내리는 눈물에 적막한 화용
이 아롱진다.

"아아, S씨를 내 손으로 불행하게 만들고 나 혼자 행복을……
사랑을 떠나 행복이 있을까요? 나에게 행복을 줄 S씨가 눈물바다
에 허우적거릴 때 나 혼자 행복의 정상에서 나려다보며 웃을 수
가 있을까요? 없어요! S씨 없고는 나 혼자 행복을 누릴 수가 없어
요!"

"제 불행은 제 손으로 맨든 것입니다. 그러나 우리가 오늘날 이
렇게 된 것이 당신의 잘못도 아니고 저의 잘못도 아니야요. 그 묵
고 썩은 관습이 우리를 이렇게 맨든 것입니다! 그러하지만 저 때
문에 당신의 마음을 수란(愁亂)하게 맨든 것 같아서 어떻게 가엾
고 애달픈지 몰라요! 그런데 이 위에 더 당신을 영영히 불행하게
하겠어요. 당신이 행복되신다면 저는 오늘 죽어도 아깝잖아요."

"안 될 말씀입니다. 그런 말씀을 들을수록…… 기가 막혀요!

해야 늘 그 말이니까 길게 말할 것 없이 나는 가겠어요 S씨! 부디
안녕히!"

그는 흐르는 눈물을 씻으며 결심한 듯이 돌아서 가려 한다.

"K씨!"

안타까운 떠는 소리로 부르더니 북받쳐 나오는 울음이 말을 막
는다. 그는 또 한 번 돌아다보고,

"S씨! 부디 안녕히……"

말을 마치자 그는 떨어지지 않는 발길을 돌려 마음은 이리로 몸
은 저리로 멀어간다……

나는 심장을 누가 칼로 싹싹 에이는 것 같았다.

10

그 후 그는 어디로 갔는지 영영히 소식을 들을 수가 없고 누님
은 시름시름 병들기 시작하여 날이 가고 달이 갈수록 병은 점점
깊어온다.

이슬 젖은 연화같이 불그스름하던 얼굴이 청색 창경(窓鏡)에
비치는 이화(梨花)처럼 해쓱하였다. 익어가는 임금(林檎)같이 혈
색 좋던 살이 서리 맞은 황엽(黃葉)처럼 배배 말라간다. 거슴츠레
한 눈은 흰 눈물에 붉어졌다.

그러다가 차마 볼 수 없이 바싹 말라버렸다. 마치 백골을 엷은
백지로 덮어두고 물을 흠씬 품어놓은 것같이 되고 말았다. 마침

내 한강 얼음 얼고 남산에 눈 쌓일 제 누님은 그에게 한숨을 주고 눈물을 주던 이 세상을 떠나버렸다.

 아아, 사랑, 아 사랑의 불아! 네가 부드럽고 따뜻한 듯하므로 철없는 청춘들은 그의 연하고 부드러운 심장에 너를 보배만 여겨 강징난다. 잔인한 너는 그만 그 심장에다 불을 붙인다. 돌기둥 같은 불길이 종작없이 오른다. 옥기(玉肌)[10]도 타버리고, 홍안도 타버리고 금심(錦心)도 타버리고 수장(繡腸)[11]도 타버린다! 방 안에 켰던 촛불 홀연히 꺼지거늘 웬일인가 살펴보니 초가 벌써 다 탔더라! 양협이 젖던 눈물 갑자기 마르거늘 무슨 연유 묻잤더니 숨이 벌써 끊겼더라!

빈처

1

"그것이 어째 없을까?"

아내가 장문을 열고 무엇을 찾더니 입안말로 중얼거린다.

"무엇이 없어?"

나는 우두커니 책상머리에 앉아서 책장만 뒤적뒤적하다가 물어보았다.

"모본단¹ 저구리가 하나 남았는데……"

"……"

나는 그만 묵묵하였다. 아내가 그것을 찾아 무엇 하려는 것을 앎이라. 오늘 밤에 옆집 할멈을 시켜 잡히려 하는 것이다.

이 이 년 동안에 돈 한 푼 나는 데는 없고 그래도 주리면 시장할 줄 알아 기구(器具)와 의복을 전당국 창고에 들여밀거나 고물상

한구석에 세워두고 돈을 얻어오는 수밖에 없었다. 지금 아내가 하나 남은 모본단 저고리를 찾는 것도 아침거리를 장만하려 함이라. 나는 입맛을 쩝쩝 다시고 폈던 책을 덮어놓고 후— 한숨을 내쉬었다.

봄은 벌써 반이나 지내었건마는 이슬을 실은 듯한 밤기운이 방 구석으로부터 슬금슬금 기어 나와 사람에게 안기고, 비가 오는 까닭인지 밤은 아직 깊지 않건만 인적조차 끊어지고 온 천지가 빈 듯이 고요한데 투닥투닥 떨어지는 빗소리가 한없는 구슬픈 생각을 자아낸다.

"빌어먹을 것, 되는대로 되어라."

나는 점점 견딜 수 없어 두 손으로 흩어진 머리카락을 쓰다듬어 올리며 중얼거려보았다. 이 말이 더욱 처량한 생각을 일으킨다. 나는 또 한 번 '후—' 한숨을 내쉬며 왼팔을 베고 책상에 쓰러지며 눈을 감았다.

이 순간에 오늘 지낸 일이 불현듯 생각이 난다.

늦게야 점심을 마치고 내가 막 권연(卷煙) 한 개를 피워 물 적에 한성은행 다니는 T가 공일이라고 놀러 왔었다. 친척은 다 멀지 않게 살아도 가난한 꼴을 보이기도 싫고 찾아갈 적마다 무엇을 꾸어내라고 조르지도 아니하였건만 행여나 무슨 구차한 소리를 할까 봐서 미리 방패막이를 하고 눈살을 찌푸리는 듯하여 나도 발을 끊고 따라서 찾아오는 이도 없었다. 다만 이 T는 촌수가 가까운 까닭인지 자주 우리를 방문하였다.

그는 성실하고 공순하여 설설(屑屑)한 소사(小事)에 슬퍼하고 기뻐하는 인물이었다. 동년배인 우리 둘은 늘 친척 간에 비교 거리가 되었었다. 그리고 나의 평판이 항상 좋지 못하였다.

"T는 돈을 알고 위인이 진실해서 그 애는 돈푼이나 모을 것이야! 그러나 K(내 이름)는 아모짝에도 못쓸 놈이야. 그 잘난 언문 섞어서 무어라고 끄적거려놓고 제 주제에 무슨 조선에 유명한 문학가가 된다니! 시러베아들놈!"

이것이 그네들의 평판이었다. 내가 문학인지 무엇인지 하는 소리가 까닭없이 그네들의 비위에 틀린 것이다. 더군다나 나는 그네들의 생일이나 혹은 대사 때에 돈 한 푼 이렇다는 일이 없고, T는 소위 착실히 돈벌이를 하여가지고 국수 밥소라²나 보조를 하는 까닭이다.

"얼마 아니 되어 T는 잘살 것이고, K는 거지가 될 것이니 두고 보아!"

오촌 당숙은 이런 말씀까지 하였다 한다. 입 밖에는 아니 내어도 친부모 친형제까지라도 심중으로는 다 이렇게 생각할 것이다. 그래도 부모는 달라서 화가 나시면,

"네가 그리 하다가는 말경에 비렁뱅이가 되고 말 것이야."
라고 꾸중은 하셔도,

"사람이란 늦복 모르느니라."

"그런 사람은 또 그렇게 되느니라."

하시는 것이 스스로 위로하는 말씀이고, 또 며느리를 위로하는 말씀이었다. 이것을 보아도 하는 수 없는 놈이라고 단념을 하시면서 그래도 잘되기를 바라시고 축원하시는 것을 알겠더라.

여하간 이만하면 T의 사람됨을 가히 알 수가 있다. 그러고 그가 우리 집에 올 것 같으면 지어서 쾌활하게 웃으며 힘써 재미스러운 이야기를 하였다. 단둘이 고적하게 그날그날을 보내는 우리에게는 더할 수 없이 반가웠었다.

오늘도 그가 활발하게 집에 쑥 들어오더니 신문지에 싼 기름한 것을 '이것 봐라' 하는 듯이 마루 위에 올려놓고 분주히 구두끈을 끄른다.

"이것은 무엇인가?"

나는 물어보았다.

"저 ― 제 처의 양산이야요. 쓰던 것이 벌써 다 낡았고 또 살이 부러졌다나요."

그는 구두를 벗고 마루에 올라서며 나오는 웃음을 참지 못하여 벙글벙글하면서 대답을 한다. 그는 나의 아내를 보며 돌연히,

"아지머니, 좀 구경하시랍니까?"

하더니 싼 종이와 집을 벗기고 양산을 펴 보인다. 흰 비단 바탕에 두어 가지 매화를 수놓은 양산이었다.

"검정이는 좋은 것이 많아도 너무 칙칙해 보이고…… 회색이나 누렁이는 하나도 그것이야 싶은 것이 없어서 이것을 산걸요."

그는 '이것보다 더 좋은 것을 살 수가 있나!' 하는 뜻을 보이려고 애를 쓰며 이런 발명까지 한다.

"이것도 퍽 좋은데요."

이런 칭찬을 하면서 양산을 펴 들고 이리저리 홀린 듯이 들여다보고 있는 아내의 눈에는 '나도 이런 것을 하나 가졌으면' 하는

생각이 역력히 보인다.

나는 갑자기 불쾌한 생각이 와락 일어나서 방으로 들어오며 아내의 양산 보는 양을 빙그레 웃고 바라보고 있는 T에게,

"여보게, 방에 들어오게그려, 우리 이야기나 하세."

T는 따라 들어와 물가 폭등에 대한 이야기며, 자기의 월급이 오른 이야기며, 주권(株券)을 몇 주 사두었더니 꽤 이익이 남았다든가, 이번 각 은행 사무원 경기회에서 자기가 우월한 성적을 얻었다든가, 이런 것 저런 것 한참 이야기하다가 돌아갔었다.

T를 보내고 책상을 향하여 짓던 소설의 결미를 생각하고 있을 즈음에,

"여보!"

아내의 떠는 목소리가 바로 내 귀 곁에서 들린다. 핏기 없는 얼굴에 살짝 붉은빛이 돌며 어느 결에 내 곁에 바싹 다가앉았더라.

"당신도 살 도리를 좀 하셔요."

"……"

나는 또 '시작하는구나' 하는 생각이 번개같이 머리에 번쩍이며 불쾌한 생각이 벌컥 일어난다. 그러나 무어라고 대답할 말이 없어 묵묵히 있었다.

"우리도 남과 같이 살아보아야지요?"

아내가 T의 양산에 단단히 자극을 받은 것이다. 예술가의 처 노릇을 하려는 독특한 결심이 있는 그는 좀처럼 이런 소리를 입 밖에 내지 아니하였다. 그러나 무엇에 상당한 자극만 받으면 참고 참았던 이런 소리를 하게 되는 것이다. 나도 이런 소리를 들을 적

빈처 43

마다 '그럴 만도 하다'는 동정심이 없지 아니하나 심사가 어쩐지 좋지 못하였다.

이번에도 '그럴 만도 하다'는 동정심이 없지 아니하되 또한 불쾌한 생각을 억제키 어려웠다. 잠깐 있다가 불쾌한 빛을 드러내며,

"급작스럽게 살 도리를 하라면 어찌할 수가 있소? 차차 될 때가 있겠지!"

"아이구, 차차란 말씀 그만두구려, 어느 천년에……"

아내의 얼굴에 붉은빛이 짙어가며 전에 없던 홍분한 어조로 이런 말까지 하였다. 자세히 보니 두 눈에 은은히 눈물이 고이었더라.

나는 잠시 멍멍하게 있었다. 성낸 불길이 치받쳐 올라온다. 나는 참을 수 없었다.

"막벌이꾼한테나 시집을 갈 것이지 누가 내게 시집을 오랬어! 저따위가 예술가의 처가 다 뭐야!"

사나운 어조로 몰풍스럽게 소리를 꽥 질렀다.

"에그!……"

살짝 얼굴빛이 변해지며 어이없이 나를 보더니 고개가 점점 수그러지며 한 방울 두 방울, 방울방울 눈물이 장판 위에 떨어진다.

나는 이런 일을 가슴에 그리며 그래도 내일 아침거리를 장만하려고 옷을 찾는 아내의 심중을 생각해보니 말할 수 없는 슬픈 생각이 가을바람과 같이 설렁설렁 심골(心骨)을 분지르는 것 같다.

쓸쓸한 빗소리는 굵었다 가늘었다 의연히 적적한 밤공기에 더욱 처량히 들리고 그림 앉은 등피(燈皮) 속에서 비추는 불빛은 구

름에 가린 달빛처럼 우는 듯 조는 듯 구차히 얻어 산 몇 권 양책
(洋冊)의 표제 금자(金字)가 번쩍거린다.

2

장 앞에 초연히 서 있던 아내가 무엇이 생각났는지 고개를 끄덕
끄덕하며 들릴 듯 말 듯 목 안의 소리로,

"오호…… 옳지, 참 그날……"

"찾았소?"

"아니야요, 벌써…… 저 인천 사시는 형님이 오셨던 날……"

"……"

아내가 애써 찾던 그것도 벌써 전당포의 고운 먼지가 앉았구
나! 종지 하나라도 차근차근 아랑곳하는 아내가 그것을 잡혔는지
아니 잡혔는지 모르는 것을 보면 빈곤이 얼마나 그의 정신을 물
어뜯었는지 가히 알겠다.

"……"

"……"

한참 동안 서로 아무 말이 없었다. 가슴이 어째 답답해지며 누
구하고 싸움이나 좀 해보았으면, 소리껏 고함이나 질러보았으면,
실컷 울어보았으면 하는 일종 이상한 감정이 부글부글 피어오르
며 전신에 이가 스멀스멀 기어다니는 듯, 옷이 어째 몸에 끼이고
견딜 수가 없다. 나는 이런 감정을 노골적으로 드러내며,

"점점 구차한 살림에 싫증이 나서 못 견디겠지?"

아내는 무엇을 생각하는지 모르게 정신을 잃고 섰다가 그 게슴츠레한 눈이 둥그레지며,

"네에? 어째서요?"

"무얼 그렇지!"

"싫은 생각은 조금도 없어요."

이렇게 말이 오락가락함을 따라 나는 흥분의 도가 점점 짙어간다.

그래서 아내가 떨리는 소리로,

"어째 그런 줄 아세요?"

하고 반문할 적에,

"나를 숙맥으로 알우!"

라고 격렬하게 소리를 높였다.

아내는 살짝 분한 빛이 눈에 비치며 물끄러미 나를 들여다본다. 나는 괘씸하다 하는 듯이 흘겨보며,

"그러면 그것 모를까! 오늘날까지 잘 참아오더니 인제는 점점 기색이 달라지는걸, 뭐! 물론 그럴 만도 하지마는!"

이런 말을 하는 내 가슴에는 지난 일이 활동사진 모양으로 어른어른 나타난다.

육 년 전에(그때 나는 십육 세이고 저는 십팔 세였다.) 우리가 결혼한 지 얼마 아니 되어 지식에 목마른 나는 지식의 바닷물을 얻어 마시려고 표연히 집을 떠났었다. 광풍에 나부끼는 버들잎 모양으로 오늘은 지나(支那), 내일은 일본으로 굴러다니다가 금전

의 탓으로 지식의 바닷물도 흠씬 마셔보지도 못하고 반거들충이
가 되어 집에 돌아오고 말았다. 내게 시집올 때에는 방글방글 피
려는 꽃봉오리 같던 아내가 어느 결에 이울어가는 꽃처럼 두 뺨
에 선연한 빛이 스러지고 이마에는 벌써 두어 금 가는 줄이 그리
어졌다.

처가 덕으로 집간도 장만하고 세간도 얻어 우리는 소위 살림을
하게 되었다. 처음에는 그럭저럭 지내었지마는 한 푼 나는 데 없
는 살림이라 한 달 가고 두 달 갈수록 점점 곤란해질 따름이었다.
나는 보수 없는 독서와 가치 없는 창작으로 해가 지고 날이 새며,
쌀이 있는지 나무가 있는지 망연케 몰랐다. 그래도 때때로 맛
난 반찬이 상에 오르고 입은 옷이 과히 추하지 아니함은 전혀 아
내의 힘이었다. 전들 무슨 벌이가 있으리오, 부끄럼을 무릅쓰고
친가에 가서 눈치를 보아가며, 구차한 소리를 하여가지고 얻어온
것이었다. 그것도 한 번 두 번 말이지 장구한 세월에 어찌 늘 그
럴 수가 있으랴! 말경에는 아내가 가져온 세간과 의복에 손을 대
는 수밖에 없었다. 잡히고 파는 것도 나는 알은체도 아니하였다.
그가 애를 쓰며 퉁명스러운 옆집 할멈에게 돈푼을 주고 시켰었다.

이런 고생을 하면서도 그는 나의 성공한 마음속으로 깊이깊이
믿고 빌었었다. 어느 때에는 내가 무엇을 짓다가 마음에 맞지 아
니하여 쓰던 것을 집어던지고 화를 낼 적에,

"왜 마음을 조급하게 잡수셔요! 저는 꼭 당신의 이름이 세상에
빛날 날이 있을 줄 믿어요. 우리가 이렇게 고생을 하는 것이 장래
에 잘될 근본이야요."

하고 그는 스스로 흥분되어 눈물을 흘리며 나를 위로한 적도 있었다.

내가 외국으로 돌아다닐 때에 소위 신풍조에 띄어 까닭 없이 구식 여자가 싫었었다. 그래서 나의 일찍이 장가든 것을 매우 후회하였다. 어떤 남학생과 어떤 여학생이 서로 연애를 주고받고 한다는 이야기를 들을 적마다 공연히 가슴이 뛰놀며 부럽기도 하고 비감스럽기도 하였었다.

그러나 낫살이 들어갈수록 그런 생각도 없어지고 집에 돌아와 아내를 겪어보니 의외에 그에게 따뜻한 맛과 순결한 맛을 발견하였다. 그의 사랑이야말로 이기적 사랑이 아니고 헌신적 사랑이었다. 이런 줄을 점점 깨닫게 될 때에 내 마음이 얼마나 행복스러웠으랴! 밤이 깊도록 다듬이를 하다가 그만 옷 입은 채로 쓰러져 곤하게 자는 그의 파리한 얼굴을 들여다보며,

"아아, 나에게 위안을 주고 원조를 주는 천사여!"
하고 감격이 극하여 눈물을 흘린 일도 있었다.

내가 알다시피 내가 별로 천품은 없으나 어쨌든 무슨 저작가로 몸을 세워보았으면 하여 나날이 창작과 독서에 전심력을 바치었다. 물론 아직 남에게 인정될 가치는 없는 것이다. 그 영향으로 자연 일상생활이 말유(末由)하게 되었다.

이런 곤란에 그는 근 이 년 견디어왔건마는 나의 하는 일은 오히려 아무 보람이 없고 방 안에 놓였던 세간이 줄어가고 장롱에 찼던 옷이 거의 다 없어졌을 뿐이다.

그 결과 그다지 견딜성 있던 저도 요사이 와서는 때때로 쓸데없

는 탄식을 하게 되었다. 손잡이를 잡고 마루 끝에 우두커니 서서 하염없이 먼 산만 바라보기도 하며, 바느질을 하다가 말고 실심한 사람 모양으로 멍멍히 앉았기도 하였다. 창경(窓鏡)으로 비추는 으스름한 햇빛에 나는 흔히 그의 눈물 머금은 근심 있는 눈을 발견하였다. 이럴 때에는 말할 수 없는 쓸쓸한 생각이 들며 일없이,

"마누라!"

하고 부르면, 그는 몸을 흠칫하고 고개를 저리로 돌리어 치맛자락으로 눈물을 씻으며,

"네에!"

하고 울음에 떨리는 가는 대답을 한다. 나는 등에 찬물을 끼얹은 듯 몸이 으쓱해지며 처량한 생각이 싸늘하게 가슴에 흘렀었다. 그렇지 않아도 자비(自卑)하기 쉬운 마음이 더욱 심해지며,

'내가 무자격한 탓이다.'

하고 스스로 멸시를 하고 나니 더욱 견딜 수 없다.

'그럴 만도 하다.'

는 동정심이 없지 아니하되, 그래도 그만 불쾌한 생각이 일어나며,

'계집이란 할 수 없어.'

혼자 이런 불평을 중얼거리었다——

환등 모양으로 하나씩 둘씩 이런 일이 가슴에 나타나니 무어라고 말할 용기조차 없어졌다. 나의 유일의 신앙자이고 위로자이던 저까지 인제는 나를 아니 믿게 되고 말았다. 그는 마음속으로,

'네가 6년 동안 내 살을 깎고 저미었구나! 이 원수야!'

할 것이다. 이렇게 생각하매 그의 불 같던 사랑까지 엷어져가는

것 같았다. 아니 흔적도 없이 사라지고 만 것 같았다. 나는 감상적으로 허둥허둥하며,

"낸들 마누라를 고생시키고 싶어 시켰겠소! 비단옷도 해주고 싶고, 좋은 양산도 사주고 싶어요. 그렇기에 왼종일 쉬지 않고 공부를 아니 하오? 남 보기에는 편편히 노는 것 같아도 실상은 그렇지 않아! 본들 모른단 말이오?"

나는 점점 강한 가면을 벗고 약한 진상을 드러내며 이와 같은 가소로운 변명까지 하였다.

"왼 세상 사람이 다 나를 비소(誹笑)하고 모욕하여도 상관이 없지마는 마누라까지 나를 아니 믿어주면 어쩌한단 말이오?"

내 말에 스스로 자극이 되어 마침내,

"아아!"

길이 탄식을 하고 그만 쓰러졌다. 이 순간에 고개를 숙이고 아마 하염없이 입술만 물어뜯고 있던 아내가 홀연,

"여보!"

울음소리를 떨면서 무너지는 듯이 내 얼굴에 쓰러진다.

"용서……"

하고는 북받쳐 나오는 울음에 말이 막히고 불덩이 같은 두 뺨이 내 얼굴을 누르며 흑흑 느끼어 운다. 그의 두 눈으로부터 샘솟듯 하는 눈물이 제 뺨과 내 뺨 사이를 따뜻하게 젖어 퍼진다.

내 눈에서도 눈물이 흘러내린다. 뒤숭숭하던 생각이 다 이 뜨거운 눈물에 봄눈 슬듯 스러지고 말았다.

한참 있다가 우리는 눈물을 씻었다. 내 속이 얼마큼 시원한 듯

하였다.

"용서하여주셔요! 그렇게 생각하실 줄은 참 몰랐어요."

이런 말을 하는 아내는 눈물에 불어오른 눈꺼풀을 아픈 듯이 끔적거린다.

"암만 구차하기로니 싫증이야 날까요? 나도 한번 먹은 마음이 있는데……"

가만가만히 변명을 하는 아내의 눈물 흔적이 어룽어룽한 얼굴을 물끄러미 바라보며 겨우 심신이 가든하였다.

3

어제 일로 심신이 피곤하였던지 그 이튿날 늦게야 잠을 깨니 간밤에 오던 비는 어느 결에 그치었고 명랑한 햇발이 미닫이에 높았더라. 아내가 다시금 장문을 열고 잡힐 것을 찾을 즈음에 누가 중문을 열고 들어온다. 우리는 누군가 하고 귀를 기울일 적에 밖에서,

"아씨!"

하는 소리가 들리었다.

아내는 급히 방문을 열고 나갔다. 그는 처가에서 부리는 할멈이었다. 오늘이 장인 생신이라고 어서 오라는 말을 전한다.

"오늘이야, 참 옳지, 오늘이 이월 열엿샛날이지! 나는 깜빡 잊었어!"

"원, 아씨는 딱도 하십니다. 어쩌면 아버님 생신을 잊으신단 말씀이오? 아무리 살림이 재미가 나시더래도……"

시큰둥한 할멈은 선웃음을 쳐가며 이런 소리를 한다. 간난한 살림에 골몰하느라고 자기 친부의 생신까지 잊었는가 하매 아내의 정지(情地)³가 더욱 측연(惻然)하였다.

아내는 할멈을 수작해 보내고 방으로 들어오며,

"오늘이 본가 아버님 생신이라요, 어서 오라시는데……"

"어서 가구려……"

"당신도 가셔야지요, 우리 같이 가셔요."

아내는 하염없이 얼굴을 붉힌다.

나는 처가에 가기가 매우 싫었었다. 그러나 아니 가는 것도 내 도리가 아닐 듯하여 하는 수 없이 두루마기를 입었다.

아내는 머뭇머뭇하며 양미간을 보일 듯 말 듯 찡그리다가 곁눈으로 살짝 나를 보더니 돌아서 급히 장문을 연다.

'흥, 입을 옷이 없어 망설거리는구나.'

나도 슬쩍 돌아서며 생각하였다.

우리는 서로 등지고 섰건마는 그래도 아내가 거의 다 빈 장 안을 들여다보며 입을 만한 옷이 없어 눈살을 찌푸린 양이 눈앞에 선연하며 어찌할 수가 없었다.

"자아 가셔요."

무엇을 생각는지 모르게 정신을 잃고 섰다가 아내의 부르는 소리를 듣고 나는 기계적으로 고개를 돌리었다. 아내는 당목 옷을 갈아입고 내 마음을 알았던지 나를 위로하는 듯이 방그레 웃었다. 나는 더욱 쓸쓸하였다.

우리 집은 천변 배다리 곁에 있고, 처가는 안국동에 있어 그 거리가 꽤 멀었다. 나는 천천히 가느라고 가고, 아내는 속히 오느라고 오건마는 그는 늘 뒤떨어졌었다. 내가 한참 가다가 뒤를 돌아보면 그는 꽤 멀리 떨어져 나를 따라오려고 애를 쓰며 주춤주춤 걸어온다. 길가에 다니는 어느 여자를 보아도 거의 다 비단옷을 입고 고운 신을 신었는데 아내는 당목 옷을 허술하게 차리고 청목당혜로 타박타박 걸어오는 양이 나에게 얼마나 애연한 생각을 일으켰는지!

한참 만에 나는 넓고 높은 처가 대문에 다다랐다. 내가 안으로 들어갈 적에 낯선 사람들이 나를 흘끔흘끔 본다. 그들의 눈에 '이 사람이 누구인가? 아마 이 집 차인인가 보다' 하는 경멸히 여기는 빛이 있는 것 같았다. 안 대청 가까이 들어오니 모두 내게 분분히 인사를 한다. 그 인사하는 소리가 내 귀에는 어째 비소하는 것 같기도 하고 모욕하는 것 같기도 하여 공연히 가슴이 두근거리고 얼굴이 후끈거리었다.

그중에 제일 내게 친숙하게 인사하는 사람이 있다. 그는 아내보다 삼 년 맏이인 처형이었다. 내가 어려서 장가를 들었으므로 그때 그는 나를 못 견디게 시달렸다. 그때는 그가 싫기도 하고 밉기도 하더니 지금 와서는 그때 그리한 것이 도리어 우리를 무관(無關)하고 정답게 만들었다. 그는 인천 사는데 자기 남편이 기미(期米)⁴를 하여가지고 이번에 돈 십만 원이나 착실히 땄다 한다. 그는 자기의 잘사는 것을 자랑하고자 함인지 비단을 내리감고 치감고 얼굴에 부유한 태가 질질 흐른다. 그러나 분으로 숨기려고 애쓴 보람도 없이 눈 위에 퍼렇게 멍든 것이 내 눈에 띄었다.

"왜 마누라는 어쩌고 혼자 오셔요?"

그는 웃으며 이런 말을 하다가 중문 편을 바라보더니,

"그러면 그렇지! 동부인 아니 하고 오실라구!"

혼자 주고받고 한다. 나도 이 말을 듣고 슬쩍 돌아다보니 아내가 벌써 중문 안에 들어섰더라. 그 수척한 얼굴이 더욱 수척해 보이며 눈물 고인 듯한 눈이 하염없이 웃는다. 나는 유심히 그와 아내를 번갈아 보았다. 처음 보는 사람은 분간을 못 하리만큼 그들의 얼굴은 혹사하다. 그런데 얼굴빛은 어쩌면 저렇게 틀리는지? 하나는 이글이글 만발한 꽃 같고 하나는 시들시들 마른 낙엽 같다. 아내를 형이라 하고 처형을 아우라 하였으면 아무라도 속을 것이다. 또 한 번 아내를 보며 말할 수 없는 쓸쓸한 생각이 다시금 가슴을 누른다. 딴 음식은 별로 먹지도 아니하고 못 먹는 술을 넉 잔이나 마시었다. 그래도 바늘방석에 앉은 것처럼 앉아 견딜 수가 없다. 집에 가려고 나는 몸을 일으켰다. 골치가 띵하며[5] 내가 선 방바닥이 마치 폭풍에 흉흉(洶洶)하는 파도같이 높았다 낮았다 어질어질해서 곧 쓰러질 것 같다. 이 거동을 보고 장모가 황망히 일어서며,

"술이 저렇게 취해가지고 어데로 갈라구? 여기서 한잠 자고 가게."

나는 손을 내저으며,

"안 돼요, 안 돼요, 집에 가겠어요."

취한 소리로 중얼거리었다.

"저를 어쩌나!"

장모는 걱정을 하시더니,

"할멈! 어서 인력거 한 채 불러오게."

한다.

취중에도 인력거를 태워주지 말고 그 인력거 찻삯을 나를 주었으면 책 한 권을 사 보련만 하는 생각이 있었다. 인력거를 타고 얼마 아니 가서 그만 잠이 들고 말았다.

한참 자다가 잠을 깨어보니 방 안에 벌써 램프 불이 키었는데, 아내는 어느 결에 왔는지 외로이 앉아 바느질을 하고 화로에서는 무엇이 끓는 소리가 보글보글하였다. 아내가 나의 잠 깬 것을 보더니 급히 화로에 얹은 것을 만져보며,

"인제 고만 일어나 진지를 잡수셔요."

하고 부리나케 일어나 구들목에 파묻어둔 밥그릇을 꺼내어 미리 차려둔 상에 얹어서 내 앞에 갖다놓고 일변 화로를 당기어 더운 반찬을 집어 얹으며,

"자! 어서 일어나셔요."

나는 마지못하여 하는 듯이 부시시 일어났다. 머리가 오히려 아프며 목이 몹시 말라서 국과 물을 연해 들이켰다.

"물만 잡수셔 어째요? 진지를 좀 잡수셔야지."

아내는 이런 근심을 하며 밥상머리에 앉아서 고기를 뜯어주고 생선 뼈도 추려주었다. 이것은 다 오늘 처가에서 가져온 것이다. 나는 맛나게 밥 한 그릇을 다 먹었다. 내 밥상이 나매 아내가 밥

을 먹기 시작한다. 그러면 지금껏 내 잠 깨기를 기다리고 밥을 먹지 아니하였구나 하고 오늘 처가에서 본 일을 생각하였다. 어제 일이 있은 후로 우리 사이에 무슨 벽이 생긴 듯하던 것이 그 벽이 점점 엷어져가는 듯하며 가엾고 사랑스러운 생각이 일어났었다. 그래서 우리는 정답게 이런 이야기 저런 이야기 하게 되었다. 우리의 이야기는 오늘 장인 생신 잔치로부터 처형 눈 위에 멍든 것에 옮겨갔다.

처형의 남편이 이번 그 돈을 딴 뒤로는 주야 요리점과 기생집에 돌아다니더니 일전에 어떤 기생을 얻어가지고 미쳐 날뛰며 집에만 들면 집안사람을 들볶고 걸핏하면 처형을 친다 한다. 이번에도 별로 대단치 않은 일에 처형에게 밥상을 냅다 갈겨 바로 눈 위에 그렇게 멍이 들었다 한다.

"그것 보아! 돈푼이나 있으면 다 그런 것이야."

"정말 그래요. 없으면 없는 대로 살아도 의좋게 지내는 것이 행복이야요."

아내는 충심으로 공명해주었다. 이 말을 들으매 내 마음은 말할 수 없이 만족해지며 무슨 승리자나 된 듯이 득의양양하였다. 그리고 마음속으로,

'옳다, 그렇다, 이렇게 지내는 것이 행복이다.'

하였다.

4

이틀 뒤 해 어스름에 처형은 우리 집에 놀러 왔었다. 마침 내가 정신없이 무엇을 생각하고 있을 즈음에 쓸쓸하게 닫혀 있는 중문이 찌그덩하며[6] 비단옷 소리가 사르륵사르륵 들리더니 아랫목은 내게 빼앗기고 윗목에서 바느질을 하고 있던 아내가 문을 열고 나간다.

"아이고, 형님 오셔요?"

아내의 인사하는 소리가 들리더니 처형이 계집 하인에게 무엇을 들리고 들어온다. 나도 반갑게 인사를 하였다.

"그날 매우 욕을 보셨지요? 못 먹는 술을 무슨 짝에 그렇게 잡수셔요?"

그는 이런 인사를 하다가 급작스럽게 계집 하인이 든 것을 앗더니 그 속에서 신문지로 싼 것을 끄집어내어 아내를 주며,

"내 신 사는데 네 신도 한 켤레 샀다. 그날 청목당혜를……"

말을 하려다가 나를 곁눈으로 흘끔 보고 그만 입을 닫친다.

"그것을 왜 또 사셨어요?"

해쓱한 얼굴에 꽃물을 들이며 아내가 치사하는 것도 들은 체 만체하고 또 이야기를 시작한다.

"올 적에 사랑양반을 졸라서 돈 백 원을 얻었겠지. 그래서 오늘 종로에 나와서 옷감도 바꾸고, 신도 사고……"

그는 자랑과 기쁨의 빛이 얼굴에 퍼지며 싼 보를 끌러,

"이런 것이야!"

하고 우리 앞에 펼쳐놓는다.

자세히는 모르나 여하간 값 많고 품 좋은 비단일 듯하다. 무늬 없는 것, 무늬 있는 것, 회색·옥색·초록색·분홍색이 갖가지로 윤이 흐르며 색색이 빛이 나서 나는 한참 황홀하였다. 무슨 칭찬을 해야 되겠다 싶어서,

"참 좋은 것인데요."

이런 말을 하다가 나는 또 쓸쓸한 생각이 일어난다. 저것을 보는 아내의 심중이 어떠할까? 하는 의문이 문득 일어남이라.

"모다 좋은 것만 골라 샀습니다그려."

아내는 인사를 차리느라고 이런 칭찬은 하나마 별로 부러워하는 기색이 없다.

나는 적이 의외의 감이 있었다.

처형은 자기 남편의 흉을 보기 시작하였다. 그 밉살스럽다는 둥, 그 추근추근하다는 둥, 말끝마다 자기 남편의 불미한 점을 들다가 문득 이야기를 끊고 일어섰다.

"왜 벌써 가시려고 하셔요? 모처럼 오셨다가 반찬은 없어도 저녁이나 잡수셔요."

하고 아내가 만류를 하니,

"아니 곧 가야 돼. 오늘 저녁차로 떠날 것이니까 가서 짐을 매어야지, 아직 차 시간이 멀었어? 아니 그래도 정거장에 일찍 나가야지, 만일 기차를 놓치면 오죽 기다리실라구, 벌써 오늘 저녁차로 간다고 편지까지 하였는데……"

재삼 만류함도 돌아보지 아니하고 그는 총총히 나간다. 우리는 그를 보내고 방에 들어왔다. 나는 웃으며 아내더러,

"그까짓 것이 기다리는데 그다지 급급히 갈 것이 무엇이야!"

아내는 하염없이 웃을 뿐이었다.

"그래도 옷감 바꿀 돈을 주었으니 기다리는 것이 애처롭기는 하겠지!"

밉살스러우니, 추근추근하니 하여도 물질의 만족만 얻으면 그 것으로 위로하고 기뻐하는 그의 생활이 참 가련하다 하였다.

"참 그런가 보아요."

아내도 웃으며 내 말을 받는다. 이때에 처형이 사준 신이 그의 눈에 띄었는지(혹은 나를 꺼려, 보고 싶은 것을 참았는지 모르나) 그것을 집어 들고 조심조심 펴보려다가 말고 머뭇머뭇한다. 그 속에 그를 해(害)케 할 무슨 위험품이나 든 것같이.

"어서 펴보구려."

아내가 하도 머뭇머뭇하기로 보다 못하여 내가 최촉을 하였다.

아내는 이 말을 듣더니 '작히 좋으랴' 하는 듯이 활발하게 싼 신문지를 헤친다.

"퍽 이쁜걸요."

그는 근일에 드문 기쁜 소리를 치며 방바닥 위에 사뿐 내려놓고 버선을 당기며 곱게 신어본다.

"어쩌면 이렇게 맞어요!"

연해연방 감탄사를 부르짖는 그의 얼굴에 흔연한 희색이 넘쳐 흐른다.

"……"

묵묵히 아내의 기뻐하는 모양을 보고 있는 나는 또다시 '여자란 할 수 없어!' 하는 생각이 들며 '조심하였을 따름이다!' 하매 밤빛 같은 검은 그림자가 가슴을 어둡게 하였다. 그러면 아까 처형의 옷감을 볼 적에도 물론 마음속으로는 부러워하였을 것이다. 다만 표면에 드러나지 아니하였을 따름이다. 겨우 '어서 펴보구려' 하는 한마디에 가슴에 숨겼던 생각을 속임 없이 나타내는구나 하였다.

내가 무엇을 생각하고 있는지 저는 모르고 새 신 신은 발을 조금 쳐들며,

"신 모양이 어때요?"

"매우 이뻐!"

겉으로는 좋은 듯이 대답을 하였으나 마음은 쓸쓸하였다. 내가 제게 신 켤레를 사주지 못하여 남에게 얻은 것으로 만족하고 기뻐하는도다.

웬일인지 이번에는 그만 불쾌한 생각이 일어나지 아니하였다. 처형이 동서를 밉다거니 무엇이니 하면서도 기차 놓치면 남편이 기다릴까 염려하여 급히 가던 것이 생각난다. 그것을 미루어 아내의 심사도 알 수가 있다. 부득이한 경우라 하릴없이 정신적 행복에만 만족하려고 애를 쓰지마는 기실 부족한 것이다. 다만 참을 따름이다. 그것은 내가 생각해야 된다. 이런 생각을 하니 전날 아내에게 그런 말을 한 것이 후회가 난다.

'어느 때라도 제 은공을 갚아줄 날이 있겠지!'

나는 마음을 좀 너그럽게 먹고 이런 생각을 하며 아내를 보았다.

"나도 어서 출세를 하여 비단신 한 켤레쯤은 사주게 되었으면 좋으련만……"

아내가 이런 말을 듣기는 참 처음이다.

"네에?"

아내는 제 귀를 못 믿어 하는 듯이 의아한 눈으로 나를 보더니 얼굴에 살짝 열기가 오르며,

"얼마 안 되어 그렇게 될 것이야요."

라고 힘 있게 말하였다.

"정말 그럴 것 같소?"

나도 약간 흥분하여 반문하였다.

"그러면요, 그렇고말고요."

아직 아무도 인정해주지 않은 무명작가인 나를 다만 저 하나가 깊이깊이 인정해준다! 그렇기에 그 강한 물질에 대한 본능적 요구도 참아가며 오늘날까지 몹시 눈살을 찌푸리지 아니하고 나를 도와준 것이다.

'아아, 나에게 위안을 주고 원조를 주는 천사여!'

마음속으로 이렇게 부르짖으며 두 팔로 덥석 아내의 허리를 잡아 내 가슴에 바싹 안았다. 그다음 순간에는 뜨거운 두 입술이……

그의 눈에도 나의 눈에도 그렁그렁한 눈물이 물 끓듯 넘쳐흐른다.

술 권하는 사회

"아이그 아야."

홀로 바느질을 하고 있던 아내는 얼굴을 살짝 찌푸리고 가늘고 날카로운 소리로 부르짖었다. 바늘 끝이 왼손 엄지손가락 손톱 밑을 찔렀음이다. 그 손가락은 가늘게 떨며 하얀 손톱 밑으로 앵두 빛 같은 피가 비친다. 그것을 볼 사이도 없이 아내는 얼른 바늘을 빼고, 다른 손 엄지손가락으로 그 상처를 누르고 있다. 그러면서 하던 일가지를 팔꿈치로 고이고이 밀어 내려놓았다. 이윽고 눌렀던 손을 떼어보았다. 그 언저리는 인제 다시 피가 아니 나려는 것처럼 혈색이 없다. 하더니, 그 희던 꺼풀 밑에 다시금 꽃물이 차츰차츰 밀려온다. 보일 듯 말 듯한 그 상처로부터 좁쌀낟 같은 핏방울이 송송 솟는다. 또 아니 누를 수 없다. 이만하면 그 구멍이 아물었으려니 하고 손을 떼면 또 얼마 아니 되어 피가 비치어 나온다.

인제 헝겊 오락지[1]로 처매는 수밖에 없다. 그 상처를 누른 채 그는 바느질고리에 눈을 주었다. 거기 쓸 만한 오락지는 실패 밑에 있다. 그 실패를 밀어내고 그 오락지를 두 새끼손가락 사이에 집어 올리려고 한동안 애를 썼다. 그 오락지는 마치 풀로 붙여둔 것 같이 고리 밑에 착 달라붙어 세상 집혀지지 않는다. 그 두 손가락은 헛되이 그 오락지 위를 긁적거리고 있을 뿐이다.

"왜 집혀지지를 않아!"

그는 마침내 울 듯이 부르짖었다. 그리고 그것을 집어줄 사람이 없나 하는 듯이 방 안을 둘러보았다. 방 안은 텅 비어 있다. 어느 뉘 하나 없다. 호젓한 허영(虛影)만 그를 휩싸고 있다. 바깥도 죽은 듯이 고요하다. 시시로 퐁퐁 하고 떨어지는 수도의 물방울 소리가 쓸쓸하게 들릴 뿐. 문득 전등불이 광채를 더하는 듯하였다. 벽상에 걸린 괘종의 거울이 번들하며 새로 한 점을 가리키려는 시침이, 위협하는 듯이 그의 눈을 쏜다. 그의 남편은 그때껏 돌아오지 않았다.

아내가 되고, 남편이 된 지는 벌써 오래의 일이다. 어느덧 칠팔 년이 지내었으리라. 하건만 같이 있어본 날을 헤아리면 단 일 년이 될락 말락 한다. 막 그의 남편이 서울서 중학을 마쳤을 제 그와 결혼하였고 그러자마자 그만 동경에 부급(負芨)[2]한 까닭이다. 거기서 대학까지 졸업을 하였었다. 이 길고 긴 세월에 아내는 얼마나 괴로웠으며 외로웠으랴! 봄이면 봄, 겨울이면 겨울, 웃는 꽃을 한숨으로 맞았고 얼음 같은 베개를 뜨거운 눈물로 덥히었다. 몸이 아플 제, 마음이 쓸쓸할 제, 얼마나 그가 그리웠으랴! 하건만 아내는 이 모든 고생을 이를 악물고 참았었다. 참을 뿐이 아니라 달게 받았었다. 그것은 남편이 돌아오기만 하면! 하는 생각이 그에게 위로를 주고 용기를 준 까닭이었다. 남편이 동경에서 무엇을 하고 있나? 공부를 하고 있다. 공부가 무엇인가? 자세히는 모른다. 또 알려고 애쓸 필요도 없다. 어찌하였든지 이 세상에 제일 좋고 제일 귀한 무엇이라 한다. 마치 옛날이야기에 있는 도깨비의 부자 방망이 같은 것이어니 한다. 옷 나오라면 옷 나오고, 밥 나오라면 밥 나오고, 돈 나오라면 돈 나오고…… 저 하고 싶은 무엇이든지, 청해서 아니 되는 것이 없는 무엇을, 동경에서 얻어 가지고 나오려니 하였었다. 가끔 놀러 오는 친척들의 비단옷 입은 것과 금지환 낀 것을 볼 때에 그 당장엔 그윽이 부러워도 하였지만 나중엔,

"남편만 돌아오면!"

하고 그것에 경멸하는 시선을 던지었다.

남편이 돌아왔다. 한 달이 지나가고 두 달이 지나간다. 남편의 하는 행동이 자기의 기대하던 바와 조금 배치되는 듯하였다. 공부 아니 한 사람보다 조금도 다른 것이 없었다. 아니다. 다르다면 다른 점도 있다. 남은 돈벌이를 하는데 그의 남편은 도리어 집안 돈을 쓴다. 그러면서도 어디인지 분주히 돌아다닌다. 집에 들면 정신없이 무슨 책을 보기도 하고, 또는 밤새도록 무엇을 쓰기도 하였다.

'저러는 것이 참말 부자 방망이를 맨드는 것인가 보다.'

아내는 스스로 이렇게 해석하였다.

또 두어 달 지나갔다. 남편의 하는 일은 늘 한 모양이었다. 한 가지 더한 것은 때때로 깊은 한숨을 쉬는 것뿐이었다. 그리고 무슨 근심이 있는 듯이 얼굴을 펴지 않았다. 몸은 나날이 축이 나간다.

'무슨 걱정이 있는고?'

아내도 따라서 근심을 하게 되었다. 하고는 그 여윈 것을 보충하려고 갖가지로 애를 썼다. 곧 될 수 있는 대로 그의 밥상에 맛난 반찬 가지를 붙게 하며 또 곰³ 같은 것도 만들었다. 그런 보람도 없이 남편은 입맛이 없다 하며 그것을 잘 먹지도 않았었다.

또 몇 달 지나갔다. 인제 출입을 뚝 끊고 늘 집에 붙어 있다. 걸핏하면 성을 낸다. 입버릇 모양으로 화난다, 화난다 하였다.

어느 밤 새벽, 아내가 어렴풋이 잠을 깨어, 남편의 누웠던 자리를 더듬어보았다. 쥐이는 것은 이불자락뿐이다. 잠결에도 조금 실망을 아니 느낄 수 없었다. 잃은 것을 찾으려는 것처럼, 눈을 부스스 떴다. 책상 위에 머리를 쓰러뜨리고, 두 손으로 그것을 움켜쥐고 있는 남편을 보았다. 흐릿한 의식이 돌아옴을 따라 남편의 어깨가 들썩들썩 움직임도 깨달았다. 흑흑 느끼는 소리가 귀를 울린다. 아내는 정신을 바짝 차리었다. 불현듯 몸을 일으켰다. 이윽고 아내의 손은 가볍게 남편의 등을 흔들며, 목에 걸리고 잘 나오지 않는 소리로,

"왜 이러고 계셔요?"

라고 물어보았다.

"……"

남편은 아무 대답이 없다. 아내는 손으로 남편의 얼굴을 괴어

들려고 할 즈음에, 그것이 뜨뜻하게 눈물에 젖은 것을 깨달았다.

또 한 두어 달 지나갔다. 처음처럼 다시 출입이 자조로웠다. 구역이 날 듯한 술 냄새가 밤늦게야 돌아오는 남편의 입에서 나게 되었다. 그것은 요사이 일이다. 오늘 밤에도 지금까지 돌아오지 않았다. 초저녁부터 아내는 별별 생각을 다 하면서 남편을 고대고대하고 있었다. 지루한 시간을 속히 보내려고 치웠던 일가지를 또 꺼내었었다. 그것조차 뜻같이 아니 되었다. 때때로 바늘은 헛되이 움직이었다. 마침내 그것에 찔리고 말았다.

"어데를 가서 이때껏 오시지 않아!"

아내는 인제 아픈 것도 잊어버리고 짜증을 내었다. 잠깐 그를 떠났던 공상과 환영이 다시금 그의 머리에 떠돌기 시작하였다. 이상한 꽃을 수놓은, 흰 보 위에 맛난 요리를 담은 접시가 번쩍인다. 여러 친구와 술을 권커니 작커니 하는 광경이 보인다. 어떤 기생년이 애교가 흐르는 웃음을 띠고, 살근살근 제 남편에게로 다가드는 꼴이 보인다. 그의 남편은 미친 듯이 껄껄 웃는다. 나중에는 검은 휘장이 스르르 덮이는 듯이 그 모든 것이 사라져버리더니 낭자한 요리상만이 보이기도 하고 술병만 희게 빛나기도 하고, 아까 그 기생이 한 팔로 땅을 짚고 진저리를 쳐가며 웃는 꼴이 보이기도 하였다. 또는 남편이 길바닥에 쓰러져 우는 것도 보이었다.

"문 열어라!"

문득 대문이 덜컥 하고 혀가 꼬부라진 소리로 부르는 듯하였다.

"네."

저도 모르게 대답을 하고 급히 마루로 나왔다. 잘못 신은, 발에 아니 맞는 신을 질질 끌면서 대문으로 달렸다. 중문은 아직 잠그지도 않았고 행랑방에 사람이 없지 않지마는 으레 깊은 잠에 떨어졌을 줄 알고 자기가 뛰어나감이었다. 가느름한 손이 어둠 속에서 희게 빗장을 잡고 한참 실랑이를 한다. 대문은 열렸다.

밤바람이 선득하게 얼굴에 앉힌다. 문밖에는 아무도 없다! 온 골목에 사람의 그림자도 볼 수 없다. 검푸른 밤빛이 허연 길 위에 그믈그믈 깃들었을 뿐이었다.

아내는 무엇에 놀란 사람 모양으로 한참 멀거니 서 있었다. 문득 급거(急遽)히 대문을 닫친다. 마치 그 열린 사이로 악마나 들어올 것처럼.

"그러면 바람 소리였구면."

하고 싸늘한 뺨을 쓰다듬으며, 해쭉 웃고 발길을 돌리었다.

"아니, 내가 분명히 들었는데…… 혹 내가 잘못 보지를 않았나?…… 길바닥에나 쓰러져 있었으면 보이지도 않을 터야……"

중문간까지 다다르자 별안간 이런 생각이 그의 걸음을 멈추게 하였다.

"대문을 또 좀 열어볼까?…… 아니야, 내가 헛들었지…… 그래도 혹…… 아니야, 내가 헛들었지."

망설거리면서도 꿈꾸는 사람 모양으로, 저도 모를 사이에, 마루까지 올라왔다. 매우 기묘한 생각이 번개같이 그의 머리에 번쩍인다.

"내가 대문을 열었을 제 나 몰래 들어오지나 않았나?……"

과연 방 안에 무슨 소리가 나는 것 같았다. 확실히 사람의 기척이 있다. 어른에게 꾸중 모시러 가는 어린애처럼 조심조심 방문 앞에 왔다. 그리고 문간 아래로 손을 대며 하염없이 웃는다. 그것은 제 잘못을 용서해줍시사 하는 어린애 같은 웃음이었다. 조심조심 방문을 열었다. 이불이 어째 움직움직하는[4] 듯하였다.

'나를 속이려고 이불을 쓰고 누웠구먼.'

하고 마음속으로 소곤거렸다. 가만히 내려앉는다. 그 모양이 이것을 건드려서는 큰일이 나지요 하는 듯하였다. 이불을 펄쩍 쳐들었다. 빈 요가 하얗게 드러난다. 그제야 확실히 아니 온 줄 안 것처럼,

"아니 왔구먼, 안 왔어!"

라고 울 듯이 부르짖었다.

남편이 돌아오기는 새로 두 점을 훨씬 지낸 뒤였다. 무엇이 털썩 하는 소리가 들리고 잇따라,

"아씨, 아씨!"

라고 부르는 소리가 귀를 때릴 때에야 아내는 비로소 아직도 앉았을 자기가 이불 위에 쓰러져 있음을 깨달았다. 기실, 잠귀 어두운 할멈이 대문을 열었으리만큼 아내는 깜박 잠이 깊이 들었다. 하건만, 그는 몽경에서 방황하는 정신을 당장에 수습하였다. 두어 번 얼굴을 쓰다듬자마자 불현듯 밖으로 나왔다.

남편은 한 다리를 마루 끝에 걸치고 한 팔을 베고 옆으로 누워 있다. 숨소리가 씨근씨근한다.

막 구두를 벗기고 일어난 할멈은 검붉은 상을 찡그려 붙이며,

"어서 일어나 방으로 들어가셔요."

라고 한다.

"응, 일어나지."

'나리'는 혀를 억지로 돌리어 코와 입으로 대답을 하였다. 그래도 몸은 꿈쩍도 않는다. 도리어 그 개개풀린 눈을 자려는 것처럼 스르르 감는다. 아내는 눈만 비비고 서 있다.

"어서 일어나셔요, 방으로 들어가시라니까."

이번에는 대답조차 아니 한다. 그 대신, 무엇을 잡으려는 손처럼 손을 내어 젓더니,

"물 물! 냉수를 좀 주어."

라고 중얼거렸다.

할멈은 얼른 물을 떠다 이취자(泥醉者)의 코밑에 놓았건만, 그사이에 벌써 아까 청을 잊은 것같이 취한 이는 물을 먹으려고도 않는다.

"왜 물을 아니 잡수셔요?"

곁에서 할멈이 깨우쳤다.

"응, 먹지 먹어."

하고 그제야 주인은 한 팔을 짚고 고개를 든다. 한꺼번에 물 한 대접을 다 들이켜버렸다. 그러고는 또 쓰러진다.

"에그, 또 눕네."

하고 할멈은 우물로 기어드는 어린애를 안으려는 모양으로 두 손을 내어민다.

"할멈은 고만 가 자게."

주인은 귀치않다 하는 듯이 말을 한다.

이를 어찌해, 하는 듯이 멀거니 서 있는 아내도, 할멈이 그만 갔으면 하였다. 남편을 붙들어 일으킬 생각이야 간절하지마는 할멈 보는데, 어찌 그럴 수 없는 것 같았다. 혼인한 지가 칠팔 년이 되었으니 그런 파수(破羞)야 되었으련만, 같이 있어본 날을 꼽아보면 그는 아직 갓 시집온 색시였다.

"할멈은 가 자게."

란 말이 목까지 올라왔지만 입술에서 사라지고 말았다. 마음 그윽이 할멈이 돌아가기만 기다릴 뿐이다.

"좀 일으켜드려야지."

가기는커녕 이런 말을 하고 할멈은 선웃음을 치면서 마루로 부득부득 올라온다. 그 모양은 마치 주인 나리가 약주가 취하시거든 방에까지 모셔다드려야 제 도리에 옳지요 하는 듯하였다.

"자아, 자아."

할멈은 아씨를 보고 히히 웃어가며, 나리의 등 밑으로 손을 넣는다.

"왜 이래 왜 이래, 내가 일어날 터야."

하고 몸을 움직이더니, 정말 주인은 부스스 일어난다. 마루를 쾅쾅 눌러 디디며 비틀비틀 곧 쓰러질 듯한 보조로 방문을 향하고 걸어간다. 와직끈하며 문을 열어젖히고는 방 안을 들어간다. 아내도 뒤따라 들어왔다. 할멈은 중문 턱을 넘어설 제 몇 번 혀를 차고는 저 갈 데로 가버렸다.

벽에 엇비슷하게 기대서 있는 남편은 무엇을 생각하는 듯이 고개를 숙이고 있다. 그의 말라붙은 관자놀이에 펄떡거리는, 푸른 맥을 아내는 걱정스럽게 바라보면서 남편 곁으로 다가온다. 아내의 한 손은 양복 깃을, 또 한 손은 그 소매를 잡으며 화한 목성으로,

"자아, 벗으셔요."

하였다.

남편은 문득 미끄러지는 듯이 벽을 타고 내려앉는다. 그의 쭉 뻗친 발끝에 이불 자락이 저리로 밀려간다.

"에그, 왜 이리 하셔요? 벗자는 옷은 아니 벗으시고."

그 서슬에 넘어질 뻔한 아내는 애달프게 부르짖었다. 그러면서도 같이 따라 앉는다. 그의 손은 또 옷을 잡았다.

"옷이 구겨집니다. 제발 좀 벗으셔요."

라고 아내는 애원을 하며, 옷을 벗기려고 애를 쓴다. 하나 취한 이의 등이 천근같이 벽에 척 들러붙었으니 벗겨질 리가 없다. 애를 쓰다 쓰다 옷을 놓고 물러앉으며,

"원 참, 누가 술을 이처럼 권하였노?"

라고 짜증을 낸다.

"누가 권하였노? 누가 권하였노? 흥흥."

남편은 그 말이 몹시 귀에 거슬리는 것처럼 곱삶는다.

"그래 누가 권했는지, 마누라가 좀 알아내겠소?"

하고 껄껄 웃는다. 그것은 절망의 가락을 띤 쓸쓸한 웃음이었다. 아내도 따라 방긋 웃고는 또 옷을 잡으며,

"자아, 옷이나 먼저 벗으셔요. 이야기는 나중에 하지요. 오늘

밤에 잘 주무시면 내일 아침에 알려드리지요."

"무슨 말이야, 무슨 말이야? 왜 오늘 일을 내일로 미루어? 할
말이 있거든 지금 해!"

"지금은 약주가 취하셨으니, 내일 약주가 깨시거든 하지요."

"무엇? 약주가 취해서?"

하고 고개를 쩔레쩔레 흔들며,

"천만에, 누가 술이 취했단 말이오? 내가 공연히 이러지, 정신
은 말뚱말뚱하오. 꼭 이야기하기 좋을 만해, 무슨 말이든지……
자아."

"글쎄, 왜 못 잡수시는 약주를 잡수셔요? 그러면 몸에 축이 나
지 않아요?"

하고, 아내는 남편의 이마에 흐르는 진땀을 씻는다.

이취자는 머리를 흔들며,

"아니야 아니야, 그런 말을, 듣자는 것이 아니야."

하고 아까 일을 추상하는 것처럼 말을 끊었다가, 다시금 말을
이어,

"옳지, 누가 나에게 술을 권했단 말이오? 내가 술이 먹고 싶어
서 먹었단 말이오?"

"자시고 싶어 잡수신 건 아니지요. 누가 당신께 약주를 권하는
지, 내가 알아낼까요. 저…… 첫째는 화증이 술을 권하고, 둘째
는, 하이칼라가 약주를 권하지요."

아내는 살짝 웃는다. 내가 어지간히 알아맞혔지요 하는 모양이
었다.

남편은 고소(苦笑)한다.

"틀렸소, 잘못 알았소. 화증이 술을 권하는 것도, 아니고, 하이 칼라가, 술을 권하는 것도 아니오. 나에게 권하는 것은 따로 있 어. 마누라가 내가 어떤 하이칼라한테나 홀려 다니거니, 그 하이 칼라가 늘 내게 술을 권하거니, 하고, 근심을 했으면, 그것은 헛 걱정이지. 나에게 하이칼라는 아무 소용도 없소. 나의 소용은 술 뿐이오. 술이 창자를 휘돌아, 이것저것을 잊게 맨드는 것을 나는 취[取]할 뿐이오."

하더니 홀연 어조를 고쳐 감개무량하게,

"아아 유위유망(有爲有望)한 머리를, 알코올로 마비 아니 시킬 수 없게 하는, 그것이 무엇이란 말이오?"

하고 긴 한숨을 내어쉰다. 물큰물큰한 술 냄새가 방 안에 흩어진다.

아내에게는 그 말이 너무 어려웠다. 그만 묵묵히 입을 다물었 다. 눈에 보이지 않는 무슨 벽이 자기와 남편 사이에 가리는 듯하 였다. 남편과 말이 길어질 때마다 아내는 이런 쓰디쓴 경험을 맛 보았다. 이런 일은 한두 번이 아니었다.

이윽고 남편은 기막힌 듯이 웃는다.

"흥, 또 못 알아듣는군. 묻는 내가 그르지, 마누라야 그런 말을 알 수 있겠소? 내가 설명을 해드리지. 자세히 들어요. 내게 술을 권하는 것은, 화증도 아니고, 하이칼라도 아니오, 이 사회란 것이 내게 술을 권한다오. 이 조선 사회란 것이, 내게 술을 권한다오. 알았소? 팔자가 좋아서 조선에 태어났지, 딴 나라에 났더면 술이 나 얻어먹을 수 있나……"

사회란 것이 무엇인가? 아내는 또 알 수가 없었다. 어찌하였든,
딴 나라에는 없고, 조선에만 있는 요릿집 이름이어니 한다.

"조선에 있어도, 아니 다니면 그만이지요."

남편은 또 아까 웃음을 재우친다. 술이 정말 아니 취한 것같이,
또렷또렷한 어조로,

"허허, 기막혀. 그 한 분자 된 이상에 다니고 아니 다니는 게 무
슨 상관이야? 집에 있으면 아니 권하고, 밖에 나가야 권하는 줄
아는가 보아? 그런 게 아니야. 무슨 사회란 사람이 있어서, 밖에
만 나가면, 나를 꼭 붙들고 술을 권하는 게 아니야…… 무어라 할
까…… 저어 우리 조선 사람으로 성립된 이 사회란 것이 내게 술
을 아니 못 먹게 한단 말이오…… 어째 그렇소?…… 또 내가 설
명을 해드리지. 여기 회를 하나 꾸민다 합시다. 거기 모이는 사람
놈치고, 처음은 민족을 위하느니, 사회를 위하느니 그러는데, 제
목숨을 바쳐도 아깝지 않다 아니하는 놈이 하나도 없지. 하다가,
단 이틀이 못 되어, 단 이틀이 못 되어……"

한층 소리를 높이며 손가락을 하나씩 둘씩 꼽으며,

"되지못한 명예 싸움, 쓸데없는 지위 다툼질, 내가 옳으니, 네
가 그르니, 내 권리가 많으니, 네 권리가 적으니…… 밤낮으로 서
로 찢고 뜯고⁵ 하지. 그러니 무슨 일이 되겠소? 무슨 사업을 하겠
소? 회뿐이 아니지, 회사고 조합이고…… 우리 조선 놈들이 조직
한 사회는 다 그 조각이지. 이런 사회에서 무슨 일을 한단 말이
오? 하려는 놈이 어리석은 놈이야. 적이 정신이 바루 박힌 놈은,
피를 토하고, 죽을 수밖에 없지, 그렇지 않으면, 술밖에 먹을 게

도무지 없지. 나도 전자에는 무엇을 좀 해보겠다고, 애도 써보았어. 그것이 모두 수포야. 내가 어리석은 놈이었지, 내가 술을 먹고 싶어 먹는 게 아니야. 요사이는 좀 낫지마는, 처음 배울 때에는, 마누라도 알다시피, 죽을 애를 썼지. 그 먹고 난 뒤에 괴로운 것이야, 겪어본 사람 아니면 알 수 없지, 머리가 지끈지끈 아프고, 먹은 것이 다 돌아 올라오고…… 그래도 아니 먹은 것보담 나았어, 몸은 괴로워도, 마음은 괴롭지 않았으니까. 그저 이 사회에서 할 것은, 주정꾼 노릇밖에 없어……"

"공연히, 그런 말 말아요. 무슨 노릇을 못 해서 주정꾼 노릇을 해요! 남이라서……"

아내는 부지불식간에 흥분이 되어, 열기 있는 눈으로 남편을 바라보고, 불쑥 이런 말을 하였다. 그는 제 남편이 이 세상에 가장 거룩한 사람이어니 한다. 따라서 어느 뉘보다 제일 잘될 줄 믿는다. 몽롱하나마 그의 목적이 원대하고 고상한 것도 알았다. 얌전하던 그가 술을 먹게 된 것은 무슨 일이 맘대로 아니 되어 화풀이로 그러는 줄도 어렴풋이 깨달았다. 그러나 술은 노상 먹을 것이 아니다. 그러면 패가망신하고 만다. 그러므로 하루바삐 그 화가 풀리었으면, 또다시 얌전하게 되었으면 하는 생각이 그의 머리를 떠날 때가 없었다. 그리고 그날이 꼭 올 줄 믿었었다. 오늘부터는 내일부터는…… 하건만 남편은 어제도 술이 취하였다. 오늘도 한 모양이다. 자기의 기대는 나날이 틀려간다. 좇아서 기대에 대한 자신도 엷어간다. 애달프고 원통한 생각이 가끔 그의 가슴을 누른다. 더구나 수척해가는 남편의 얼굴을 볼 때에, 그런 감정을 걷잡을 수 없었다. 지금 저도 모르게 흥분한 것이 또한 무리가 아니었다.

"그래도, 못 알아듣네그려. 참, 사람 기막혀. 본정신 가지고는, 피를 토하고 죽든지, 물에 빠져 죽든지 하지, 하루라도 살 수가 없다 말이야, 흉장(胸腸)이 막혀서, 못 산단 말이야. 에엣, 가슴 답답해."

라고, 남편은 소리를 지르고 괴로워서 못 견디는 것처럼 얼굴을 찌푸리며 미친 듯이 제 가슴을 쥐어뜯는다.

"술 아니 먹는다고, 흉장이 막혀요!"

남편의 하는 짓은 본체만체하고, 아내는 얼굴을 더욱 붉히며 부르짖었다.

그 말에 몹시 놀란 것처럼 남편은 어이없이 아내의 얼굴을 바라보더니 그다음 순간에는 말할 수 없는 고뇌의 그림자가 그의 눈을 거쳐간다.

"그르지, 내가 그르지. 너 같은 숙맥더러 그런 말을 하는 내가 그르지. 너한테 조금이라도 위로를 얻으려는 내가 그르지, 후우."

스스로 탄식한다.

"아아 답답해!"

문득 기막힌 듯이, 외마디 소리를 치고는 벌떡 몸을 일으킨다. 방문을 열고 나가려 한다.

왜 내가 그런 말을 하였던고? 아내는 불시에 후회하였다. 남편의 저고리 뒷자락을 잡으며 안타까운 소리로,

"왜 어데를 가셔요? 이 밤중에 어데를 나가셔요? 내가 잘못하

였습니다. 인제는, 다시 그런 말을, 아니 하겠습니다…… 그러게 내일 아침에 말을 하자니까……"

"듣기 싫어, 놓아, 놓아요."

하고 남편은 아내를 떠다 밀치고 밖으로 나간다. 비틀비틀 마루 끝까지 가서는 털썩 주저앉아 구두를 신기 시작한다.

"에그, 왜 이리 하셔요? 인제 다시 그런 말을 아니 한대도……"

아내는 뒤에서, 구두 신으려는 남편의 팔을 잡으며 말을 하였다. 그의 손은 떨고 있었다. 그의 눈에는 단박에 눈물이 쏟아질 듯하였다.

"이건 왜 이래, 저리로 가!"

뱉는 듯이 말을 하고 휙 뿌리친다. 남편의 발길은 뚜벅뚜벅 중문에 다다랐다. 어느덧 그 밖으로 사라졌다. 대문 빗장 소리가 덜컥 하고 난다. 마루 끝에 떨어진 아내는 헛되이 몇 번,

"할멈, 할멈!"

이라고 불렀다. 고요한 공기를 울리는 구두 소리는 점점 멀어간다. 발자취는 어느덧 골목 끝으로 사라져버렸다. 다시금 밤은 적적히 깊어간다.

"가버렸구면, 가버렸어!"

그 구두 소리를 영구히 아니 잃으려는 것처럼 귀를 기울이고 있는 아내는 모든 것을 잃었다 하는 듯이 부르짖었다. 그 소리가 사라짐과 함께 자기의 마음도 사라지고, 정신도 사라진 듯하였다. 심신이 텅 비어진 듯하였다. 그의 눈은 하염없이 검은 밤안개를 물끄러미 바라보고 있다. 그 사회란 독한 꼴을 그려보는 것같이.

이 쓸쓸한 새벽바람이 싸늘하게 가슴에 부딪친다. 그 부딪치는 서슬에 잠 못 자고 피곤한 몸이 부서질 듯이 지극하였다.

죽은 사람에게뿐, 볼 수 있는 해쓱한 얼굴이 경련적으로 떨며 절망한 어조로 소곤거렸다.

"그 못쓸 사회가, 왜 술을 권하는고!"

유린踩躪

  ××여학교 삼 년급생 정숙(晶淑)은, 새로 한 점이 넘어 주인집에 돌아왔건만, 여름밤이 다 밝지도 않아 잠을 깨었다. 이 짧은 동안이나마, 그는 잠을 잤다느니보다, 차라리 주리난장을 맞은 사람 모양으로, 송장같이 뻐드러져 있었다. 뒤숭숭한 꿈자리에 가위눌리고만 있었다. 물같이 흐른 땀이 입은 옷과 이불을 흠씬 적시고 있었다.

  어째 제 주위의 모든 것이 변한 듯싶었다. 그는 의아히 여기는 듯이, 이리저리 시선을 던지었다.

  새벽빛은 허여스름하게 미닫이에 깃들이고 있다. 맞대 놓인 두 책상 위에, 세워 있는 책들이 희미하게 보인다. 제 곁에는 깊이 잠든 정애의 까만 머리가, 흰 베개 위에 평화롭게 얹히어 있다. 이불이고, 요고, 베개고 변한 것은 하나도 없었다. 모든 것이 있던 그대로 있었다. 변해진 것은 제 자신이었다.

그는 어젯밤에 겪은 일을 생각하려 하였다. 그러나 그 경과는 부연 안개에나 가린 듯이 흐리멍덩하였다. 몹쓸 악몽을 꾸기는 꾸었으되, 모다 어떠한 것이든지, 회상할 수 없는 모양으로.

그러다, 문득 어슴푸레한 박명(薄明) 가운데, 빙그레 웃는 K의 얼굴이, 뚜렷하게 나타났다. 그 웃음은 남의 불행을 기뻐하는 듯한, 홍 네가 인제는 내 것이로구나 하는 듯한, 모욕과 조소가 몰린, 신랄한 그것이었다.

그는 무서워 못 견디는 것처럼, 몸을 부르르 떨었다. 그러자마자, 제 당한 일이 또렷또렷하게 가슴에 떠나오기 비롯하였다……

정숙은 사피(辭避)[1]타 못하여 K의 강권하는 포도주 잔을 받아들었다. 그리고 그 달큼한 붉은 물을, 조금씩 조금씩 오래오래 마시었다. 그때에는 어지럼증도 그치었고, 하녀가 가져다 놓은 덴뿌라 소바의 뜨신 국물이 따스하게 정숙의 창자에 흐르고 있을 적이었다.

"그것 보시오. 내 말이 거짓말인가. 설탕같이 달지 않아요?"

K는 수없이 반복한 제 말을 증명이나 하는 듯이 이런 말을 하고 있었다.

정숙은 포도 물이 발그레하게 적신 입술로부터, 고뿌[2]를 떼면서 그 말을 시인하는 것처럼 방그레 웃었다.

"저는 인제 고만하겠습니다. 얼굴이나 붉으면 어찌하게요?"

정숙은 두 고뿌에 새로이 꽃물이 펑펑 하고 쏟아지는 것을 바라보면서, 미리 거절하였다.

"이것은 술이 아니래도 또 그러십니다그려. 얼굴이 붉을 리야 조금도 없지요."

라고, K는 확신 있는 어조로 또 재우쳤다.

"아니야요. 고만두십시오. 정말 못 먹겠습니다."

하고 정숙은 K의 들어주는 술잔을 밀치었다.

"괜찮아요. 설령 얼굴이 조금 붉어진다 한들, 밤에 어데 보입니까?"

"그래도……"

"그래도 어떠하단 말입니까? 내 말만 믿읍시오. 이것은 술이 아닙니다."

하고, K는 그 잔을 정숙의 입에 들이대었다.

"에그, 인 주셔요."

정숙은 술이 옷에 쏟칠까 염려하며, 그 잔을 받아 들었다. 그리고 무슨 쓴 약이나 먹을 때같이, 얼굴을 찡기고 있다.

"그냥 쭉 들이마십시오."

K는 제 잔을 단숨에 들이마시고, 또 한 번 재촉하면서, 앞으로 다가들었다. 붉은 액체는 또 조금씩 조금씩 빨리어 들어가기 시작하였다. 사나이의 거친 숨결이, 계집의 얼굴에 서릴 만치, 그들의 거리는 좁았다.

"그것 잡숫기가 그렇게 어렵습니까?"

라고, K는 조급히 부르짖을 사이도 없이, 안을 듯이 한 팔을 정숙의 어깨 너머로 돌리며, 한 손으로 입술에 댄 고뿌를 밀었다. 정숙은 몸에 불이 흐름을 느끼었다. 기계적으로 열린 목구멍으론 달큼한 물이 쏟아져 넘어갔다. 야릇하게 흥분된 애젊은 육체는 부들부들 떨었다. 심장의 미친 듯한 고동이 귀를 울리었다.

정열을 띤 네 눈은 서로 잡아먹을 듯이 마주 보고 있었다. 정숙의 뺨은 화끈화끈 타는 듯하였다.

"정숙씨!"

란 말이 떨어지자마자 정숙은 회오리바람같이 가슴에 안치는 남성을 느끼었다. 녹신녹신한 가냘픈 허리는 쇠깍지 같은 팔 안에 들고 말았다. 그럴 겨를도 없이, 뜨거운 두 입술은 부딪쳤다. 이열렬한 키스는 양성의 육체를 단 쇠끝같이 자극하였다. 그것은 온전히 정신이 착란한 찰나였다……

일 분 뒤에 정숙의 풀린 머리는 베개 위에 흩어져 있었다. 아무것도 보이지 않고, 아무것도 들리지 않았다. 여기는 동물적 본능이 절대로 지배하고 있었다……

얼마 후 정신이 돌린 정숙은 검게 빛나는 K의 눈을 보았다. 그리고 쇠뭉치같이 등을 누르고 있는 남성의 팔을 느끼자, 제 몸을 빼려고 애를 썼다.

K는 감았던 팔을 슬며시 풀면서 빙그레 웃었다. 그 웃음이야말로 악마의 웃음 그것이었다. 정숙은 소름이 쭉 끼치었다. 그제야 모든 것을 알았다. 그는 다시 헤어날 수 없는 구렁에 깊이 빠지고 말았다. 눈물이 샘솟듯 눈초리에 넘치었다. 그는 공포로 하여 울었다. 절망으로 하여 울었다. 목숨보다 더한 순결을 잃은 것이 슬펐다. 꽃다운 처녀를 길이 작별함이 슬펐다. 그것은 남성에게 짓밟힌 여성의 속절없는 눈물이었었다.

정숙은 더할 수 없이 흥분한 머리 가운데 무섭게도 분명하게 또 한번 그 최후의 찰나를 경험하였다.

잠이 그의 뺨 위에 그린 장미꽃 빛은 어느 결에 사라지고 말았다. 그 대신, 죽은 사람의 얼굴에만 볼 수 있는 납[鉛]빛이 그 자리를 차지하였다. 그러나 어제 저녁은 얼마나 아름다웠는가!

찌는 해는 드디어 불볕을 거두고 말았다. 눈빛 같은 구름이 봉오리 봉오리 하늘가에 피어올랐다. 밝은 달이, 그 신비롭고 서늘한 빛을, 온 누리에 펼치었다. 이런 밤에 뭍을 떠나, 사람을 떠나 애인과 단둘이 일엽편주에 몸을 실리고 귀 없고 눈 없는 수국(水國)으로 헤맴은 얼마나 시적이랴! 미적이랴!

어제 저녁에 정숙은 이 시경(詩境)에 취할 수 있었다. 이 미미(美味)를 맛볼 수 있었다. K와 단둘이 꿀 같은 사랑을 속살거리면서 돈짝³만 한 배로 한강의 흐름을 지치고 있었음이다. 달빛 깔린 푸른 하늘은 꿈결같이 물속에 가로누워 있었다. 그 위를 지나가는 배는 마치 제애(際涯)⁴도 없는 명랑한 공간에 일렁대는 듯하였다.

뛰이 하는 기적이 맑은 공기를 뚫자 우르르 우르르하며, 철교를 지나가는 바퀴 소리도 음악적이었다.

서늘한 강바람이 사르륵 하며 불기도 한다. 엷고 가는 외겹 모시 적삼 속에 든 정숙의 살은 선득선득하기도 하였다. 물결이 철썩 하고 뱃머리를 때리기도 하였다. 은가루 같은 수연(水烟)⁵이 눈앞에 흩어지며, 선체가 비틀거리었다. 두 몸은 슬쩍슬쩍 닿았다. 그 짜릿짜릿한 접촉이 정숙을 얼마나 황홀케 하였으랴!

정숙은 무한한 행복을 느끼었다. 마침내 바람머리⁶를 앓으리만큼 언제든지 언제든지 이 행락(行樂)을 누리고 싶었다. 할 수만 있으면 은하수 끝까지라도 저어 가고 싶었다.

배를 내린 그는 어질어질하였다. 전차에 흔들리매, 속이 뉘엿뉘엿하여 견딜 수 없었다. 간신히 남대문까지 와서는 K의 권고로 전차를 내리었다. 진정을 해야 된다는 구실 밑에 거기서 멀지 않는 K의 머물고 있는 일본 여관으로 끌려갔었다.

행복의 절정이 절망의 심연이 될 줄이야!

정숙은 어젯밤에 지낸 일이 모두 꿈이라 하였다. 암만해도 있을 수 없는 사실인 것 같았다. 하나 뒤미처 제 가슴을 누르고 있던 불덩이 같은 남자의 몸뚱어리를 생각하고 괴로운 한숨을 내어쉬는 수밖에 없었다.

방 안은 점점 밝아온다. 정확하고 분명한 아침 빛이 조는 듯한 잿빛을 쫓고 구석구석으로 희게 퍼졌다.

그는 문득 갈고리에 걸린 제 치마를 보았다. 오랫동안 습관이 저도 모를 사이에 그것을 거기 걸었음이리라. 모시 치마는 짓비벼놓은 듯이 꾸기어 있었다. 그 구김살 하나하나가 무서운 일의 가지가지를 설명하고 있는 듯하였다.

그는 불현듯 몸을 일으켰다. 그것을 벗기자 소리가 아니 나도록 가만가만히 구김살을 펴기 시작하였는데 정애의 이불자락이 움찔움찔할 때마다 차디찬 빛발이 온몸에 흩뿌리는 듯하였다.

정애는 눈을 떴다. 일어앉은 정숙을 보더니,

"어젯밤에 어데 갔던?"

이라고 묻는다.

정숙의 가슴은 방망이질하였다. 대답할 말이 없어 머뭇머뭇하다가, 돌차간(咄嗟間)[7]에 이렇게 꾸며대었다.

"저어…… 청년회 음악회에 갔었지."

이 최초의 거짓말이 입에서 떨어지자 청정하고 순결하고 자랑 높던 처녀는 그림자를 감추었다. 영원히 송두리째 사라지고 말았다. 그와 반대로 허위에 싸인 비열하고 추악한 별다른 생물이 정숙의 속에 꾸물거리고 있었다. 정애가 옷을 입고 세수를 하는 동안 정숙은 맑은 눈에 정신을 모아 유심히 그의 하는 양을 살피었다. 문득 제 동무는 옥이나 구슬같이 깨끗하고 영롱하거늘, 자기는 짓밟힌 지렁이 모양으로 구역이 날 듯이 더러운 것임을 깨달았다. 그러고 보니 정애의 움직이는 곳에만 일광이 비추어 밝기도 하고 즐겁기도 하건마는 저 있는 데는 묵장같이 검고 검은 암흑이 휩싸고 있는 듯도 하였다.

정애가 이렇게 정숙의 눈에 보임은 오늘이 처음이었다. 정애는 얼굴이 검고 맵시도 없는 여자였다. 그 위로 치켜오른 코와 쪽 빠진 볼[8]은 정숙의 오목한 그것과 불그레한 뺨 모습과는 야릇한 대조였다. 또 재주로 말하여도 정애의 그것이 정숙을 따르려야 따를 수 없는 것이었다.[9] 한 학교 한 학년에 다니며 한 주인에 있으면서도 정숙은 노상 그를 업수이 여기었었다.(미완)

피아노

궐(厥)[1]은 가정의 단란에 흠씬 심신을 잠그게 되었다.

보기만 하여도 지긋지긋한 형식상의 아내가, 궐이 일본 ×××
대학을 졸업하자마자 불의에 죽고 말았다. 궐은 중등교육을 마친
어여쁜 처녀와 신식 결혼을 하였다. 새 아내는 비스듬히 가른 머
리와 가벼이 옮기는 구두 신은 발만으로도 궐에게 만족을 주고
남았다. 게다가 그 날씬날씬한 허리와 언제든지 생글생글 웃는
듯한 눈매를 바라볼 때에 궐은 더할 수 없는 행복을 느끼었다. 살
아서 산 보람이 있었다.

부모의 덕택으로 궐은 날 때부터 수만 원 재산의 소유자였다.
수 년 전 부친이 별세하시매, 무서운 친권(親權)의 압박과 구속을
벗어난 궐은 인제 맏형으로부터 제 모가치[2]를 타기로 되었다. 새
아내의 따뜻한 사랑을 알뜰살뜰히 향락하기 위함에 번루(煩累)
많고 방해 많은 고향 ××부를 떠난 궐은 바람 끝에, 꽃 날리는

늦은 봄에 서울에서 신살림을 차리기로 하였다. 위선 한 스무남은 간 되는 집을 장만한 그들은 다년의 동경대로 포부대로 이상적 가정을 꾸미기에 노력하였다. 마루는 한복판에 도화심목(桃花心木)³ 테이블을 놓고, 그 주위를 소파로 둘러 응접실로 만들었다. 그리고 안방은 침실, 건넌방은 서재, 뜰아랫방은 식당으로 정하였다. 놋그릇은 위생에 해롭다 하여 사기그릇, 유리그릇만 사용하기로 하고, 세간도 조선의(朝鮮衣)걸이, 삼층장 같은 것은 거창스럽다 하여 전부 폐지하였다. 누구든지 그 집에 들어서면 첫눈에 뜨이는 것은 마루 정면 바람벽 한가운데 놓인, 큰 체경 박힌 양복장과 그 양편, 화류목으로 만든 소쇄한 탁자에 아기자기하게 얹힌 사기그릇, 유리그릇이리라.

식구라야 단둘뿐인데 찬비(饌婢)⁴와 침모를 두고 보니 지어미의 할 일도 없었다. 지아비로 말하여도 먹을 것이 넉넉한 다음에야 인재를 몰라주는 이 사회에 승두미리(蠅頭微利)⁵를 다툴 필요도 없었다. 독서·정담·화투·키스·포옹이 그들의 일과였다.

이외에 그들의 일과가 있다고 하면 이상적 가정에 필요한 물품을 사들이는 것이리라. 이상적 아내는 놀랄 만한 서리(犀利)한 관찰과 치밀한 주의로써 이상적 가정에 있어야만 할 물건을 찾아내었다. 트럼프, 손톱 깎는 집게 같은 것도 그 중요한 발견의 하나이었다.

하루는 아내는 그야말로 이상적 가정에 없지 못할 무엇을 깨달았다.——그것은 내가 어째 입때 그것 생각이 아니 났는고, 하고 스스로 놀랄 만한 무엇이었다. 홀로 제 사색의 주도(周到)한 데

연거푸 만족의 미소를 띠며, 마침 어디 출입하고 없는 남편의 돌아옴을 기다리기에 제삼자로는 상상도 할 수 없이 지루하였다.

남편이 돌아오자마자 아내는 무슨 긴급한 일을 말하려는 사람 모양으로 회오리바람같이 달려들었다.

"나 오늘 또 하나 생각했어요."

"무엇을?"

"그야말로 이상적 가정에 없지 못할 물건이야요!"

남편은 빙그레 웃으며,

"또 무엇을 가지고 그리우?"

"알아맞혀보셔요."

아내의 눈에는 자랑의 빛이 역력하였다.

"무엇일까……?"

남편은 먼 산을 보기도 하고, 이리저리 세간을 둘러도 보며 진국으로 이윽히 생각하더니, 면목 없는 듯이,

"생각이 아니 나는걸……"

하고, 무안새김으로 또 한 번 웃었다.

"그것을 못 알아맞히셔요."

아내는 뱉는 듯이 한마디를 던지었다. 한동안 남편의 얼굴을 생글생글 웃는 눈으로 물끄러미 바라보고 있다가, 무슨 중대한 사건을 밀고하려는 사람 모양으로 입술을 남편의 귀에다 대고 소곤거리었다.

"피아노!"

"오옳지! 피아노!"

남편은 대몽(大夢)이 방성(方醒)하였다는 듯이 소리를 버럭 질렀다. 피아노가 얼마나 그들에게 행복을 줄 것은 상상만 하여도 즐거웠다. 멍하게 뜬 남편의 눈에는 벌써 피아노 건반 위로 북같이 쏘대이는 아내의 보얀 손이 어른어른하였다.

그 후 두 시간이 못 되어 훌륭한 피아노 한 채가 그 집 마루에 여왕과 같이 임어(臨御)하였다. 지어미 지아비는 이 화려한 악기를 바라보며 기쁨이 철철 넘치는 눈웃음을 교환하였다.

"마루에 무슨 서기(瑞氣)가 뻗친 듯한걸요."

"참 그래, 왼 집안이 갑자기 환한 듯한걸."

"그것 보시오. 내 생각이 어떤가?"

"과연 주도한걸. 그야말로 이상적 아내 노릇 할 자격이 있는걸."

"하하하……"

말끝은 웃음으로 마치었다.

"그런데 한번 쳐볼 것 아니오? 이상적 아내의 음악에 대한 솜씨를 좀 봅시다그려."

하고, 사나이는 행복에 빛나는 얼굴을 아내에게로 향하였다. 계집의 번쩍이던 얼굴은 갑자기 흐려지고 말았다. 궐녀의 상판은 피로 물들인 것같이 새빨개졌다. 궐녀는 억지로 그런 기색을 감추려고 애를 쓰며, 기어들어가는 소리로,

"먼저 한번 쳐보셔요."

하였다.

이번에는 사나이가 서먹서먹하였다. 답답한 침묵이 한동안 납

덩이같이 그들을 누르고 있었다.

　"그러지 말고 한번 쳐보구려. 그렇게 부끄러워할 거야 무엇 있소?"

　이윽고 남편은 달래는 듯이 말을 하였다. 그러나 그 소리는 자리가 잡히지 않았다.

　"나…… 나 칠 줄 몰라."

　모기 같은 소리로 속살거린 아내의 두 뺨에는 불이 흐르며 눈에는 눈물 그림자가 어른거리었다.

　"그것을 모른담!"

하고 남편은 득의양양한 웃음을 웃고는,

　"내 한번 치지."

하고, 피아노 앞에 앉았다. 궐도 또한 이 악기를 매만질 줄 몰랐다. 함부로 건반 위를 치훑고 내리훑을 따름이었다. 그제야 아내도 매우 안심된 듯이 해죽 웃으며, 이런 말을 하였다.

　"참, 잘 치십니다그려."

할머니의 죽음

'조모주 병환 위독.'

삼월 그믐날, 나는 이런 전보를 받았다. 이는 ××에 있는 생가
에서 놓은 것이니 물론 생가 할머니의 병환이 위독하단 말이다.
병환이 위독은 하다 해도 기실 모나게 무슨 병이 있는 게 아니라,
벌써 여든을 둘이나 넘은 그 할머니는 작년 봄부터 시름시름 기
운이 쇠진해서 가끔 가물가물하기 때문에 그동안 자손들로 하여
금 한두 번 바쁜 걸음을 많이 치게 하였다.[1]

그 할머니의 오 년 맏이인 양조모는 갑자기 울기 시작하였다.

"아이고……이승에서는 다시 못 보겠다. 동서라도 의로 말하면
친형제나 다름이 없었다…… 육십 년을 하로같이 어데 뜻 한번
거슬려보았을까……"

연해연방 이런 넋두리를 섞어가며 양조모는 울었다. 운다 하여
도 눈 가장자리가 붉어지고 목소리가 떨릴 뿐이었다. 워낙 연만

한 그는 제법 울음답게 울 근력조차 없었다.

"그래도 그 할머님은 팔자가 좋으시다. 자손이 늘은 듯하고……
아이고."

끝으로 이런 말을 하며 울음이 한숨으로 변하였다. 자기가 너무
수(壽)한 까닭으로 외동자들을 앞세워, 원(怨)이 되고 한이 되어,
노상 자기의 생을 저주하는 그는 아들이 둘(본래 셋이더니 그중에
중부(仲父)가 일찍이 돌아갔다), 직손자가 여덟이나 되는 그 할머
니를 언제든지 부러워하였다.

"지금 돌아가시면 호상(好喪)이지. 아드님의 백발이 허연데."
라고, 양모도 맞방망이를 치며 눈을 멍하게 뜬다. 나도 과연 그렇
기도 하겠다 싶었다.

나는 그날 밤차로 ××를 향하고 떠났다.

새로 석 점이 지나 기차를 내린 나는 벌써 돌아가시지나 않았나
고, 염려를 마지않으며, 캄캄한 좁은 골목을 돌아들어 생가의 삽
짝(柴扉)[2]가까이 다다를 제, 곡성이 나는 듯 나는 듯하여 마음이
조마조마하였다. 하건만 다행히 그 불길한 소리는 들리지 않았
다. 삽짝은 빠끔히 열려 있었다.

마당에 들어서니 추녀 끝에 달린 그름[3] 앉은 괘등이 간 반밖에
아니 되는 마루와 좁직한 뜰을 쓸쓸하게 비쳐 있었다. 우물 둑과
장독간의 사이에, 위는 거적으로 덮고 양 가는 삿자리로 두른 울
막을 보고, 나는 가슴이 덜컥하고 내려앉았다. 상청(喪廳)[4]이 아
닌가?……

그러나 나의 어림짐작은 틀리었다. 마루에 올라선 내가 안방,

아랫방에서 뛰어나온 잠 못 잔 피로한 얼굴들에게 이끌리어, 할머니의 거처하는 단칸 건넌방으로 들어가니, 할머니는 까라진 듯이 아랫목에 누웠으되 오히려 숨은 붙어 있었다. 그 앞에 앉는 나를 생선의 그것 같은 흐릿한 눈자위로 의아롭게 바라본다.

"얘가 누구입니까? 어머니, 얘가 누구입니까?"

예안 이씨(禮安李氏)로 예절 알기와 효성 있기로 집안 중에 유명한 중모(仲母)는 나를 가리키며 병자의 귀에 대고 부르짖었다.

"몰라……"

환자는 담이 그르렁그르렁하면서 귀찮은 듯이 대꾸하였다.

"제가 누구입니까? 할머니!"

나는 그 검버섯이 어룽어룽한 뼈만 남은 손을 만지며 물어보았다. 나의 소리는 떨리었다.

"저를 모르시겠습니까? 제가 ○○이 아닙니까?"

"응, 네가 ○○이냐……"

우는 듯이 이런 말을 하고, 그윽하나마 내가 잡은 손에 힘을 주는 듯하였다. 그 개개풀린 눈동자 가운데도 반기는 빛이 역력히 움직였다.

할머니의 병환이 어젯밤에는 매우 위중해서 모두 밤새움을 한 일, 누구누구 자손을 찾던 일, 그중에 내 이름도 부르던 일, 지금은 팔결 돌린 일……, 온갖 것을 중모는 나에게 가르쳐주었다.

나는 그날 밤을 누울락 앉으락 깰락 졸락 할머니 곁에서 밝히었다. 모였던 자손들이 제각기 돌아간 뒤에도 중모만은 할머니 곁을 떠나지 않았다. 불교의 독신자인 그는 잠 오는 눈을 비비기도 하고 기침으로 목청을 가다듬기도 하면서 밤새도록 염불을 그치지 않았다. 그 소리는 적적한 새벽녘에 해가(薤歌)[5]와 같이 처량히 들리었다. 나는 새삼스럽게 그 효심의 지극함과 그 정성의 놀라움에 탄복하였다.

아침저녁으로 각지에 흩어져 있는 자손들이 모여들기 시작하였다. 방이라야 단지 셋밖에 없는데, 안방은 어머니, 형수들이 점령하고, 뜰아랫방 하나 있는 것은 아버지, 삼촌, 당숙들에게 빼앗긴 우리 젊은이패—사륙촌 형제들은 밤이 되어도 단 한 시간을 눈 붙일 곳이 없었다. 이웃집과 누누이 교섭한 끝에 방 한 칸을 빌려서 번차례로 조금씩 쉬기로 하였다. 이 짧은 휴식이나마 곰부임부[6] 교란되었나니 그것은 십 분들이로 집에서 불러들이는 까닭이다. 아버지와 삼촌네들의 큰 심부름, 잔심부름도 적지 않았지만 할머니 곁에 혼자 앉은 중모의 꾸준한 명령일 때가 많았다. 더욱이 밤새 한 시에나 두 시에나 간신히 잠을 들어 꿀보다 더 단잠이 온몸에 나른하게 퍼진 새벽녘에, 우리는 끄들리어 일어나는 수밖에 없었다.

"할머님 병환이 이렇듯 위중하신데 너희는 태평 치고 잠을 잔단 말이냐?"

우리가 건넌방에 들어서면 그는 다짜고짜로 야단을 쳤다. 그중에도 가장 나이 어리고 만만한 내가 이 꾸중받이가 되었다. 인정사정없는 그의 태도가 불쾌는 하였지만 도덕적 우월을 아는 우리는 대꾸 한마디 할 수 없었다.

"다들 뭐란 말이냐. 나는 한 달이나 밤을 새웠다. 며칠들이나 된다고."

졸음 오는 눈을 비비는 우리를 보고 그는 자랑스럽게 또 이런 꾸중도 하였다.

'놀라운 효성을 부리는 게 도무지 우리 야단칠 밑천을 장만하는 게로구나.'

나는 속으로 꿀꺽꿀꺽하며 이런 생각을 하였다.

한번은 또 그의 명령으로 우리는 건넌방에 모여들었다. 그 방문은 열어젖히었는데 문지방 위에 할머니의 지팡이가 놓이고 그 밑에 또 신으시던 신이 놓여 있었다. 방 안 할머니의 머리맡 벽에는 다라니(陀羅尼)가 걸리었다.

'할머니가 운명을 하시나 부다!'

우리는 번개같이 이런 생각을 하며 할머니 곁으로 다가들었다. 그는 담을 그르렁거리며 혼혼(昏昏)히 누워 있었다. 중모는 흐르는 눈물을 걷잡지 못하며, 그의 귀에 들이대고 울음소리로 아미타불과 지장보살을 구슬프게 부르짖고 있었다.

한동안 엄숙한 긴장이 여기 있었다. 모두 같은 일을 기대하면서.

십 분! 이십 분! 환자의 신상에는 아무 별증이 나타나지 않았다.

"아마, 잠이 드신 모양입니다."

이윽고 아버지가 이 긴장한 침묵을 깨뜨렸다. 그리고 중모를 향하여,

"잠 주무시게스리 염불을 고만 외십시오."

하고 나가버렸다. 그 뒤를 따라 빽빽하게 들어섰던 자손들이 하

나씩 둘씩 헤어졌다.

그래도 눈물을 섞어가며 염불을 마지않던 중모가 얼마 뒤에 제물에 부처님 찾기를 그쳤다. 그리고 끝끝내 남아 있던 나에게, 할머니가 중부가 왔다고 하던 일, 자기를 데리러 교군이 왔다던 일, 중모의 손을 잡아 비틀며 어서 가자고 야단을 치던 일을 이야기하였다. 그러다가 숨구멍에서 무엇이 꿀꺽하더니 그만 저렇게 정신을 잃으신 것을 설명해 듣기었다.

그날 저녁때에 할머니는 여상히 깨어났었다. 이런 일이 한두 번이 아니었다. 몇 번이나 신과 지팡이가 놓였다 치웠다, 다라니가 벽에 걸리었다 떼였다 하였다. 그러는 동안에 자손의 얼굴은 자꾸자꾸 축이 나갔었다. 말하기는 안되었지만 모두 불언 중에 할머니의 하루바삐 끝장 나기를 기다리고 있었다. 관조차 맞추어서 칠까지 먹여놓았다. 내가 처음 오던 날 상청이 아닌가고 놀라던 그 울막도 이 관을 놓아두려는 의지간[7]이었다.

그러하건만 할머니는 연해 한 모양으로 그물그물하다가 또 정신을 차리었다. 아니, 정신이 돌아오는 때가 도리어 많아간다. 자기 앞에 들어서는 자손들을, 거의 틀림없이 알아맞히었다.

그리고 가끔 몸부림을 치면서 일으켜달라고 야단을 쳤다. 이럴 때에 중모는 기벽스럽게도 염불을 모시었다.

"어머니 어머니, 가만히 계셔요, 가만히 계셔요."

그는 몸부림하는 할머니를 제지하면서 이렇게 타일렀다.

"저를 따라 염불을 외셔요. 나무아미타불, 나무아미타불."

"나 일어날란다."

"에그, 왜 그리셔요? 가만히 계셔요, 제발 덕분에. 나무아미타불, 나무아미타불······"

"나무아미타불, 나무아미타불."

할머니는 마지못하여 중모를 따라 두어 번 입술을 달싹달싹하더니, 또 얼굴을 찡그리며 애원하는 어조로,

"인제 고만 뫼시고 날 좀 일으켜다고. 내 인제 고만 가련다."

"인제 가셔요! 가만히 누워 가시지요. 왜 일어나시긴. 나무아미타불······ 왕생극락······ 나무아미타불······"

할머니는 귀찮아 못 견디겠다는 듯이 팔을 내어저으며,

"듣기 싫다! 염불 소리 듣기 싫다! 인제 고만 해라."

하며 몸을 일으키려고 애를 쓴다.

"그게 무슨 말씀입니까?"

중모는 질색을 하며 더욱 비장하게 부처님을 찾았다.

"듣기 싫다! 듣기 싫어. 나는 고만 갈 테야."

할머니는 또 이렇게 재우쳤다.

나는 이 광경을 보고 적이 의외의 감이 있었다— 할머니는 중모보다 못하잖은 불교의 독신자이다. 몇 십 년을 하루같이 새벽마다 만수향*을 켜놓고, 염불 모시기를 잊지 않은 어른이다. 정신이 혼혼된 뒤에도 염주 담은 상자와 만수향만은 일일이 아랑곳하던 어른이다.

"······하로도 만수향을 세 갑 네 갑 켜시겠지. 금방 사다 드리면 세 개씩 네 개씩 당장 다 켜버리시고 또 안 사 온다고 꾸중이시구나······"

작년 가을, 내가 귀성하였을 제, 계모가 웃으며, 할머니의 노망 이야기를 하는 가운데 만수향 켜는 것을 그 하나로 헤아렸다.

그러하던 할머니가 왜 지금 와서 염불을 듣기 싫다는가? 그다지 할머니는 일어나고 싶으신가? 죽어가면서도 일어나려는 이 본능 앞에는 모든 것이 권위를 잃는 것인가?

"저렇게 일어나시려니 좀 일으켜드리지요."

나는 보다 못해 이런 말을 하였다.

"안 된다, 일으켜드릴 수가 없다. 하도 저러시길래 한번 일으켜드렸더니 어떻게 아파하시는지 차마 뵈올 수가 없었다."

"어째 그래요?"

나는 이렇게 반문하였다. 이 반문에 대한 중모의 설명은 더욱 놀랄 것이었다.

할머니가 작년 봄부터 맑은 정신을 잃은 결과에 늙은이가 어린애 된다고 뒤를 가리지 않게 되었다. 게다가 이 두어 달 전부터 무엇을 자꾸 청해 잡수시고 옷에고 요 바닥에 함부로 뒤를 보았다. 그것을 얼른 빨아드리지 못한 때문에 제풀에 뭉켜지고 말라붙은 데다가 뜨거운 불목에 데이어, 궁둥이 언저리가 모두 벗겨졌다. 그러므로 일어나려면 그곳이 당기고 배기어 아파하는 것이라 한다.

이 말을 들은 나는 할머니를 모로 누이고 그 상처를 보았다. 그 자리는 손바닥 넓이만치나 빨갛게 단 쇠로 지진 듯이 시커멓게 벗겨졌는데 그 위에는 하얀 해가 징그럽게 끼었고 그 가장자리는 독기를 품고 아른아른히 부르터 올라 있다. 나는 차마 더 볼 수가 없었다!

이것이 무슨 일인가! 양조모, 양모가 부러워하던 늘은 듯한 자손은 다 무엇을 하고 우리 할머니를 이 지경이 되게 하였는가? 왜 자주 옷을 갈아입혀드리며 빨아드리지 못하였는가? 나는 이 직접 책임인 계모가 더할 수 없이 괘씸하였다.

그러나 가만히 생각해보면 그를 그르다고도 할 수 없다. 위에도 말하였거니와 할머니가 이리 된 지는 하루이틀이 아니다. 벌써 몇 달이 되었다. 이 긴 시일에 제 아무리 효부라 한들 하루도 몇 번을 흘리는 뒤를 그때 족족 빨아낼 수 없으리라. 더구나 밤에 그런 것이야 일일이 알 수도 없으리라. 하물며 계모는 시집오던 첫날밤부터 골머리를 앓으리만큼 큰 병객이다. 병명은 의원을 따라 혹은 변두머리°라고도 하고, 혹은 뇌진이라고도 하고, 혹은 선천부족(先天不足)이라고도 하였지마는 하나도 고쳐주지는 못하였다.

삼십이 될락 말락 하건만 육십이나 칠십이 다 된 노인 모양으로 주야장천 자리보전하고 누워 있는 터이다. 제 몸이 괴로우니 모든 것이 싫은 것이다. 그리고 나까지 아우르면 아버지 슬하에 아들만 넷이나 되건마는 지금 육십 노경에 받드는 어느 아들 어느 며느리 하나 없다. 집안이 넉넉지 못한 탓으로, 사방에 흩어져서 제 입 풀칠하기에 눈코를 못 뜨는 까닭이다.

이 책임을 누구에게 돌릴까? 나는 알 수가 없었다. 쓴 물만 입안에 돌 뿐이었다.

그 후에 또 이런 일이 있었다. 어느 때 내가 할머니 곁에 갔을 적이었다. 할머니는 그 뼈만 남은 손으로 나의 손을 만지고 있었다.

"○○아, ○○아!"

할머니는 문득 나를 불렀다.

"인제는 다시 못 보겠다, 인제는 다시 못 보겠다."

"왜 그런 말씀을 하십니까?"

"인제 내가 안 죽니? 그런데 너 내 청 하나 들어주겠니?"

"네? 무슨 말씀입니까?"

"나, 날 좀 일으켜다고."

나는 눈물이 날 듯이 감동하였다. 어찌 차마 이 청을 떼칠 건가. 나는 다짜고짜로 두 손을 할머니 어깨 밑으로 넣으려 하였다. 이것을 본 중모는 깜짝 놀라며 나를 말리었다.

"애, 네가 왜 또 그러니? 일으켜드리면 아파하신대도 그 애가 그러네."

"그때 약을 사다 드렸으니 그 자리가 인제는 아물었겠지요."

나는 데었단 말을 듣는 그날, 약 사다 드린 것을 생각하고 이런 말을 하였다.

"아니야, 아직 다 낫지 않았어. 오늘 아침에도 일으켜드렸더니 몹시 아파하시더라."

나는 주춤하였다. 할머니의 앓는 것이 애처로웠음이다.

"어머니! 어머니! 가만히 누워 계셔요. 네? 일어나시면 아프십니다."

중모는 또 잔상히 타이르듯 말하였다. 할머니는 물끄러미 나와 중모를 번갈아 보시더니 단념한 듯이 눈을 감았다. 한참 앉아 있다가 나는 몸을 일으켰다. 이때에 할머니가 눈을 번쩍 뜨며 문득,

"어데를 가?"

라고 물었다. 나는 주춤 발길을 멈추었다.

할머니는 퀭한 눈으로 이윽히 나를 쳐다보더니 무엇을 잡을 듯이 손을 내어저으며 우는 듯한 소리로,

"서방님! 제발 나를 좀 일으켜주십시오. 서방님! 제발 나를 좀 일으켜주십시오."

라고 부르짖었다.

"에그머니! 그게 무슨 말씀입니까? 그 애가 ○○이 아닙니까? 서방님이 무엇이야요?"

중모는 바싹 할머니에게 다가들며 애처롭게 가르쳐드렸다. 이때 마침 할머니의 잡수실 배즙을 가지고 들어오던 둘째 형수가 무슨 구경거리나 생긴 듯이 안방을 향하고 외쳤다.

"에그, 할머니! 좀 보아요. 서울 아지버님더러 서방님! 서방님! 하십니다."

이 외침을 듣고 자부와 손부들은 모여들었다. 그들의 눈은 호기심에 번쩍이고 있었다.

나는 또 할머니의 청을 물리칠 수는 없었다. 그것이 어떠한 나쁜 영향을 초치(招致)[10]할지라도 아니 일으켜드릴 수가 없었다.

그러나 할머니는 요 바닥 위로 반 자를 떠나지 못하여,

"아야야……"

라고 외마디소리를 쳤다. 나는 얼른 들어올리던 손을 빼는 수밖

에 없었다.

다시금 눕기 싫어하던 요 위에 누운 뒤에도 할머니는 앓기를 마지않았다. 나는 적지 아니한 꾸중을 모시었다.

이윽고 조금 진정이 되더니만 또 팔을 내저으며 기를 쓰고 가슴을 덮은 이불자락을 자꾸자꾸 밀어 내리었다. 감기나 들까 염려하는 중모는 그것을 꾸준히 도로 집어 올리었다.

할머니는 또 손을 내어밀더니 이번에는 내 조끼 단추를 붙잡아 당기었다.

"왜 이리 하십니까? 단추를 빼란 말씀입니까?"

할머니는 고개를 끄덕이었다. 끄덕였다 하여도 끄덕이려는 의사를 보였을 뿐이었다. 나는 단추 한 개를 뺐다. 그래도 할머니는 자꾸 조끼의 단추와 씨름을 마지아니하였다. 나는 단추를 낱낱이 빼는 수밖에 없었다. 그러고 나니 그는 또 옷고름과 실랑이를 시작하였다.

"옷고름을 끄를까요?"

"응."

나는 또 옷고름을 끌렀다. 끄른 뒤엔 할머니는 또 소매를 잡아 당기었다.

"왜 이리 하셔요?"

"버 벗어라…… 답답지 않니?"

여기저기서 물어 멈추려고 애쓰는 웃음이 키키 하였다.

나는 경멸과 모욕의 시선을 그들에게 던지었다. 자기가 얼마나 답답하고 갑갑하기에 나의 단추 끼운 것과 옷고름 맨 것과 저고리 입은 것조차 답답해 보일 것이랴! 여기는 쓰디쓴 눈물과 살을 저미는 슬픔이 있어야 하겠거늘 이 기막힌 광경을 조소로 맞아야 옳을까?

나는 곧 그들에게 침이라도 뱉고 싶었다. 하되 나의 마음을 냉정하게 살펴본즉 슬프다! 나에게는 그들을 모욕할 권리가 없었다. 형수들 앞에서 앞가슴을 풀어 젖히려는 할머니가 민망스럽기도 하고 딱하기도 하였다. 환자를 가엾다 생각하면서도 나의 속 어디인지 웃음이 움직인 것은 부정할 수 없는 사실이었다. 더구나 내가 젊은이 패가 모인 이웃집 방에 들어갔을 때 무슨 재미스러운 일이나 보고 온 사람 모양으로 득의양양히 이 이야기를 하고서 허리를 분질렀다……

거기에서는 할머니의 병세에 대하여 의논이 분분하였다. 그들은 하나도 한가한 이가 없었다. 혹은 변호사, 혹은 은행원, 혹은 회사원으로 다 무한년하고[1] 있을 수 없는 형편이었다.

"나는 암만해도 내일은 좀 가보아야 되겠는데…… 나는 그 전보를 보고 벌써 돌아가신 줄 알았어. 올 때에 친구들이 북포(北布)니 뭐니 부의(賻儀)를 주길래, 아직 돌아가시지도 않았는데 이게 웬일이냐 하니까, 그 사람들 말이 돌아가셔도 자손들에겐 그렇게 전보를 놓느니, 하데그려. 그래 모두 받아 왔는데…… 허허허……"

그중에 제일 연장자로, 쾌활하고 말 잘하는 백형은 웃음 섞어 이런 말을 하고 있었다.

"……암만해도 오늘내일 돌아가실 것 같지는 않은데…… 이거

큰일 났는걸. 가는 수도 없고……"

"딴은 곧 돌아가실 것 같지는 않아……"

은행원으로 있는 육촌은 이렇게 맞방망이를 쳤다.

"의사를 불러서 진단을 해보는 것이 어떨까요?"

부산 방직회사에 다니는 사촌이 이런 제의를 하였다.

"옳지. 참 그래보아야 되겠군."

아버지께 이 사연을 아뢰었다.

"시방 그물그물하시지 않나? 그러면 하여간 의원을 좀 불러올
까?"

의원은 아버지와 절친한 김주부를 청해오기로 하였다.

갓을 쓴 그 의원은 얼마 아니 되어 미륵 같은 몸뚱어리를 환자
방에 나타내었다. 매우 정신을 모으는 듯이 눈을 내리감고 한나
절이나 집맥을 하더니 고개를 절레절레 흔들며 물러앉는다.

"매우 말씀하기 안되었소마는 아마 오늘 밤 아니면 내일은 못
넘길 것 같소."

매우 말하기 어려운 듯이, 기실 조금도 말하기 어렵지 않은 듯
이 그 의원은 최후의 판결을 언도하였다.

"글쎄 그래. 워낙 노쇠하셔서 오래 부지를 하실 수 없지……"

그러면 그렇지 하는 얼굴로 아버지는 맞방망이를 쳤다.

가려던 자손은 또 붙잡히었다. 그러나 할머니는 그날 저녁부터
한결 돌리었다. 가끔 잡수실 것을 찾기도 하였다. 잡숫는 건 쭉하
여야 배즙, 국물에 만 한 술도 안 되는 진지였다. 죽과 미음은 입
에 대기도 싫어하였다. 그리고 전일에 발라드린 양약이 효험이

나서 상처가 아물었던지 자부와 손부에게 부축되어 꽤 오래 일어나 앉아 있게도 되었다.

그 이튿날이 무사히 지나가자 한의의 무지를 비소하고, 다른 것은 몰라도 환자의 수명이 어느 때까지 계속될 시간 아는 데 들어서는 양의가 나으리란 우리 젊은 패의 주장에 의하여 ○○의원 원장으로 있는 천엽(千葉) 의학사를 불러오게 되었다.

그는 진찰한 결과에 다른 증세만 겹치지 않으면 이삼 주일은 무려(無慮)하리라 하였다.

"그래, 그저 그럴 거야. 아직 괜찮으신데 백주에 서둘고 야단을 하였지."

하고 일이 바쁜 백형은 그날 밤으로 떠나갔다.

그 이튿날 아침이었다.

우리가 집에 돌아오니까 할머니 곁을 떠난 적 없던 중모가 마당에서 한가롭게 할머니의 뒤 흘린 바지를 빨고 있다가 웃는 낯으로 우리를 맞으며,

"할머님이 오늘 아침에는 혼자 일어나셨다. 시방 진지를 잡수시고 계시다. 어서 들어가보아라."

나는 뛰어 들어갔다. 자부와 손부의 신기해 여기는 시선을 받으면서 할머니는 정말 진지를 잡숫고 있었다.

나는 빙글빙글 웃으며,

"할머니, 어떻게 일어나셨습니까?"

할머니는 합죽한 입을 오물오물하여, 막 떠 넣은 밥 알맹이를 삼키고,

"내가 혼자 일어났지, 어떻게 일어나긴. 흉악한 놈들! 암만 일
으켜달라니 어데 일으켜주어야지. 인제 나 혼자라도 일어난다."
하며 자랑스럽게 대답하였다.

"어제 의원이 왔지요. 인제 할머니가 곧 나으신대요."

"정말 낫겠다고 하던? 응?"
하고, 검버섯 핀 주름을 밀며, 흔연한 웃음의 그림자가 오래간만
에 그의 볼을 스치었다.

나의 눈엔 어쩐지 눈물이 핑 돌았다.

그날 밤차로 모였던 자손들은 제각기 흩어졌다. 나도 그날 밤에
서울로 올라왔다.

어느 아름다운 봄날이었다. 말갛게 개인 하늘은 구름 한 점도
없고 아른아른한 아지랑이가 그 하늘거리는 깁 올로 봄 비단을
짜내는 어느 아름다운 봄날이었다. 나는 깨끗하게 춘복을 차리고
친구 몇몇과 우이동 앵화(櫻花) 구경을 막 나가려던 때였다. 이때
에 뜻 아니한 전보 한 장이 닥치었다.

'오전 삼 시 조모주 별세.'

우편국에서

　진체구좌저금(振替口座貯金)을 난생전 처음으로 찾아본 이야기다. 물론 진출인(振出人)은 내가 아니다. 부끄러운 말이나 ××잡지사에서 원고료 중으로 돈 십 원을 주는데 그것이나마 현금이 없다고 그 어음 조각을 받게 된 것이다.

　주머니에 쇠천 샐 닢'도 없어서 쩔쩔매던 판이니 그것이나마 어떻게 고마웠던지 몰랐다.

　무슨 살 일이나 생긴 듯이 지정한 광화문국으로 내달았다. 상식이 넉넉지 못한 나는 이것도 보통위체금(普通爲替金) 찾던 표만 들어뜨리면 될 줄 알았다.

　"여보, 수취인의 이름을 써야 하지 않소?"

　까무잡잡한 얼굴에 어울리지 않게 팔자수염을 거슬린 사무원이 나의 들이민 그 표를 한번 뒤집어 보더니 꾸짖는 듯이 말을 하였다.

"네, 그렇습니까."

하고 나는 내 이름 아닌 ×××이란 이름을 뒷장 '우금정확수취후야(右金正確收取後也)'라고 박힌 밑에 써가지고 또 디밀었다. 마침 돈 찾으러 온 사람이 두엇 있기 때문에 나는 한 십 분가량 기다리는 수밖에 없었다. 그리고 날더러 ×××이냐고 물으면 내가 틀림없는 본인이라고 대답할 것을 생각하고 있었다.

"여기 국명(局名)을 쓰고 여기 진출인(振出人)의 성명을 써야 하지 않소?"

하고 그 사무원은 또다시 그 표를 내치었다.

나는 비위가 좀 틀렸지만 하는 수 없이 또 시키는 대로 하였다. 그제야 사무원은 그 말썽 많은 어음 조각을 받고 그 대신 십삼 번이란 목패(木牌)를 내주었다. 인제야 돈을 찾았구나 하고 속으로 기뻐할 겨를도 없이 그 사무원은 명령적 어조로,

"한 두 시간쯤 기다리시오."

나는 적지 않게 실망하였다.

"두 시간을 기다려요?"

"두 시간은 기다려야 됩니다. 통지가 와야 하니깐."

"네?"

"체신성에서 통지가 와야 됩니다."

체신성의 관리(官吏) 된 것을 자랑하는 듯이 체신성이란 말에 힘을 주었다.

"그러면 동경에서 통지가 와야 된단 말이오?"

라고 한 마디를 지르려다,

"네, 그렇습니까?"

하고 물러서는 수밖에 없었다.

두 시간!

벤치에 한 십 분 동안 걸어앉았다가 나는 몸을 일으켰다.

"좀 속히 될 수 없을까요?"

"두 시간은 있어야 됩니다. 어데 다녀와도 좋습니다."

사무원은 귀찮다는 듯이 말을 던졌다. 나는 그 말대로 하였다.
지루한 두 시간을 보낸 뒤에 나의 모양은 또다시 우편국에 나타
났다.

"통지가 왔습니까?"

"아직 아니 왔습니다."

또 기다리는 수밖에 없다. 나는 초조하여 견딜 수 없다. 뿐만 아
니라 벌써 새로 석 점을 반이나 지냈으니 오래지 않아 넉 점이 되
고 보면 시간이 지났다고 안 줄 것이 염려이다.

"오늘 내로 찾을 수 있을까요?"

"그렇게 되겠지요."

"좀 속히 해줄 수 없을까요?"

"글쎄요, 통지가 오지를 않습니다그려."

사무원도 매우 딱해 하는 모양이었다. 속이 부글부글 괴어오르
는 것을 꿀꺽꿀꺽 참으며 기다리는 동안에 갑발한 체전부(遞傳
夫)가 네모난 궤짝을 들고 들어오더니, 그 사무원에게 그것을 내
어밀었다. 나는 직각적으로 그 함 속에 소위 통지가 들어 있음을
깨닫고 벌떡 몸을 일으켰다. 아니나 다를까 그 함이 짤깍 하고 사

무원의 손에서 열리자 아까 내가 준 그 말썽꾸러기 진체구좌표가 뛰어나온다.

나는 시원스러움과 기쁨을 한꺼번에 느끼면서 그 사무원 앞으로 다가들었다. 그다지 여러 번 말을 주고받았으니 나의 얼굴만 보면 묻지 않고 돈을 내어줄 줄 알았다. 그러나 그 사무원은 나를 물끄러미 보면서도 나에게는 아무 상관이 없는 것처럼 또는 나 말고 다른 사람을 부르는 것처럼 큰소리로 외쳤다.

"×××이 있소?"

나는 ×××이 누구인가 하였다. 남의 일에 동정하는 것처럼 눈을 이리저리 돌리며 부르는 사람을 찾을 찰나였다.

"노형이 ×××이오?"

나는 쥐어질린 듯이 가슴이 꿈틀하였다. 나는 ○○○이거늘 ××이란 말이 웬 겐가? '아니오'란 성난 소리가 불쑥 목구멍까지 치밀다가 문득 '네, 그렇소!' 하여야 될 것을 번개같이 깨달았다. 하건만 웬일인지 시원스럽게 대답이 나오지 않았다. 나는 눈을 멀뚱거리며 얼없이 사무원을 바라보고 있을 뿐이었다.

"노형이 ×××이오?"

사무원은 괴이하다는 듯이 다시금 채쳐 물었다.

"네?"

네 말을 당초에 알아들을 수 없다는 듯이 나도 채쳐 물었다.

"노형이 본인이오?"

나는 또 당황하였다. 나는 물론 본인이 아니다. 이런 데 쓰는 공인적 사기(公認的詐欺)를 모르는 바 아니로되 내 속에 들어앉

110

은 자아는 무의식한 가운데 완명(頑冥)하게 저(자기)를 주장하고 있었다. 나는 무슨 중대한 죄나 범하려는 때처럼 온몸을 떨고 있었다.

일순간 뒤에 나의 고개가 밑으로 끄덕임과 같이 기어들어가는 소리로 간신히 '네!' 하였다. 그러면서도 나는 나의 허위가 발각되어 돈을 주지 않을까 하는 공겁(恐怯)이 없지 않았으되 그 사무원이 내가 본인 아닌 줄 간파하고 돈을 치러주지 않았으면 하는 기대가 내 속 어디인지 움직이고 있었다.

그러나 사무원은 의심 없이 돈을 내어주었다. 나는 돈을 받기는 받았으되 소태나 먹은 듯이 마음이 씁쓸하였다……

까막잡기[1]

"자네, 음악회 구경 아니 가려나?"

저녁 먹던 맡에 상춘(相春)은 학수(學秀)를 꼬드겼다. 상춘은 사내보다 여자에 가까운 얼굴의 남자였다. 분을 따고 넣은 듯한 살결, 핏물이 듣는 듯한 붉은 입술, 초승달 모양 같은 가늘고도 진한 눈썹, 은행 꺼풀 같은 눈시울── 여자라도 여간 어여쁜 미인이 아니리라. 그와 정반대로 학수의 얼굴은 차마 볼 수 없이 못생긴 것이다. 살빛의 검기란 아프리카의 흑인인가 의심할 만하다. 조금 거짓말을 보태면 귀까지 찢어졌다고 할 수 있는 입, 장도리나 무엇으로 퍽퍽 찍어서 내려앉힌 듯한 콧대, 광대뼈는 불거지고 뺨은 후벼 파놓은 듯, 그 우툴두툴한 품이 마치 천병만마가 지나간 고(古) 전쟁터와 같은 느낌이 있었다. 이 미남과 추남의 표본이라고 할 만한 두 청년은 한 고장 사람으로 같이 ××전문학교에 다니는 터이었다.

"오늘 저녁에 어데 음악회가 있나?"

"있구말구, 종로 청년회관에 학생 주최로 춘기 대음악회가 있다네. 종로로 지나다니면서 그 광고도 못 봤단 말인가. 참말이지, 이번 음악회는 굉장하다네. 그 학당의 자랑인 꽃 같은 여학생들의 코러스는 말할 것도 없거니와 조선서 음악깨나 한다는 사람은 총출이라데. 그리고 그 나라에서도 울렸다는 프오크 양의 독창도 있고 또 요사이 로서아에서 돌아온 리니콜라이의 바이올린 독주도 있고……"

"여보게, 그만 늘어놓게. 그만해도 기막히게 훌륭한 음악회인 줄 알겠네. 그러나 내가 어데 음악을 아는가? 내 귀에는 한다는 성악가의 독창이나 도야지 목 따는 소리나 다른 것이 없네. 바이올린으로 타는 좋다는 곡조나, 어린애의 앙얼거리는 울음이나 마찬가지이데."

"그래, 음악회에 가기 싫단 말인가?"

"자네 혼자 다녀오게."

"여보게, 음악은 모른다 하더래도, 여학생 구경이라도 가세그려. 주최가 여학교 측이고 보니, 그 학교 학생은 물론이겠고, 서울 안에 하이칼라 여학생은 다 끌어올 것일세."

하고, 매우 초조한 듯이,

"입장권은 내가 삼세. 음악이 싫거든 여학생 구경이라도 가세그려."

"왜?"

"왜라니? 여학생의 구경이라도 가자는 밖에."

학수는 배앝는 듯이,

"여학생은 보아 쓸데가 무엇이란 말인가?"

상춘은 펄쩍 뛰며,

"쓸데란 말이 웬 말인가? 자네같이 쓸데 있는 것만 찾는다면 인생은 쓸쓸한 황야일 것일세. 캄캄한 그믐밤일 것일세. 아름다운 음악을 들으며 아름다운 여성을 보는 것이 벌써 시가 아닌가, 행복이 아닌가?"

"시다? 행복이다? 흥, 내야 자네같이 어데 취미성이 있어야지."

빈정대는 듯이 이런 말을 하건마는, 찡그린 그 얼굴엔 말할 수 없는 고뇌의 그림자가 떠돌았다. 상춘은 제 동무의 말은 들은 체만 체하고 꿈꾸는 듯하는 눈자위를 더욱 반들반들하게 적시며, 시나 읊조리는 어조로,

"여자는, 더구나 새로운 학문을 배우는 여학생은 인생이란 거친 들의 꽃일세, 어두운 밤에 불일세. 햇발이 왜 따스한 줄 아나? 그들의 가슴을 덥히기 위함일세. 달빛이 왜 밝은 줄 아나? 그들의 얼굴을 바래기 위함일세. 꽃이 피기도 그들의 눈을 기쁘게 하려는 까닭이요, 새가 울기도 그들의 귀를 즐겁게 하려는 까닭일세. 그런데……"

하고, 잠깐 가쁜 숨을 돌리었다. 학수의 얼굴엔 고뇌의 그림자가 더욱더욱 짙어가며 단박 울음이 터져나올 듯이 온 상판의 근육이 경련적으로 떨린다.

"듣기 싫네, 듣기 싫어. 그만해도 자네가 시와 소설을 많이 본 줄 알겠네."

"……그런데 말이지. 그들이 하나도 아니고 둘이 아니고 백여 명이 모였단 말이다. 생각을 해보게, 백여 명이 모였단 말이다. 그곳은 백화난만한 꽃동산일 것일세. 거기 종달새 격으로 꾀꼬리 격으로 피아노가 운다, 바이올린이 껄떡인다. 그나 그뿐인가, 꽃 그것이 노래를 부르니 이게 낙원이 아니고 어데가 낙원이란 말인가. 거기 가기를 싫어하는 자네는 사람이 아닐세, 사내가 아닐세, 목석일세."

하고, 상춘은 못 견디겠다 하는 듯이 뻘떡 일어나 방 안을 왔다 갔다 한다. 그의 눈에는 쉴 새 없이 미소가 떠올랐다. 제 얼굴에 지나치게 자신을 가진 그는, 여성과 접촉을 안 했기 망정이지, 접촉만 하고 보면——불행한 일은 아직 여성과 흠씬 접촉해본 일이 없었다——손끝 한번 까딱해서, 눈 한번 깜짝해서, 다 저에게 꿀 같은 사랑을 바치려니 생각한다. 젊고 어여쁘고 지식 있고 마음이 상냥한 여성은 언제든지 저의 애인이 될 가능성이 있다. 그러므로 그들을 비난하거나 미워할 생각은 꿈에도 없었다. 따라서 그는 어디까지 여성 찬미자——더구나 새로운 학문을 배우는, 배운 여성의 찬미자였다. 그들의 말이 나오면 턱없이 흥분하는 법이었다.

"사람이 아니래도 좋고, 사내가 아니래도 좋네. 목석이라도 좋아. 음악회 구경도 싫고, 여학생 구경도 딱 싫으이."

마침내 학수도 버럭 화증을 내었다.

"참말이지, 요새 여학생은 눈잔등이가 시어서 못 보겠데. 기름을 바를 대로 바르고, 왜 귀밑머리는 풀고 다니는지, 살찐 종아리

자랑인지는 모르지만, 왜 정강이까지 올라오는 잠뱅이를 입고 다
니는지, 발등뼈가 퉁겨나와야 맛인가, 구두 뒤축은 왜 그리 높은
지, 암만해도 까닭 모를 일이어. 옆에만 지나가도 그 퀴퀴한 향수
냄새란 구역이 날 지경이다. 그리고 이름이 좋아서 하눌타리[2]로
사랑은 자유라야 쓰느니, 연애는 신성한 것이니 하면서 얼굴만
반드레해도 그만 반하고, 피아노 한 채만 보아도 마음이 솔곳하
고, 애꾸눈이라도 서양 갔다 온 사람이면 추파를 건넨다던가. 그
런 천착(舛錯)[3]하고 경박하고 허영에 뜬 년들에게 침을 깨흘리는
놈도 흘리는 놈이지. 그래, 그런 것들이 우글우글 끓는 음악회에
간단 말인가? 차라리 요귀가 끓는 지옥엘 가는 게 낫지. 바루 제
가 젠 체하고 단 위에 올라서서, 몸짓 고갯짓을 하면서 주리난장
을 맞는 듯이 아가리를 딱딱 벌리는 꼴이란 장님으로 못 태어난
것이 한이 될 지경이다."

라고 학수도 까닭 모를 흥분에 목소리를 떨며, 그 험상궂은 얼굴
이 푸르락붉으락하며 부르짖었다. 제 스스로 제 얼굴이 다시 더
못생길 수 없이 못생긴 것을 잘 아는 그는, 여성을 대할 적마다,
저 아닌 남으론 상상도 못할 만큼 심각한 고통을 느끼었다. 여성
의 시선이 제 얼굴에 떨어지면 못생긴 제 얼굴이 열 곱 스무 곱
더 못생겨지는 듯싶었다. 조소와 멸시를 상상치 않고는 여성의
눈길을 느낄 수 없었다. 이러구러 그는 어느 결엔지 미소지니스
트(여자를 미워하고 싫어하는 이)가 되고 말았다. 구식 여자보다
자유연애를──저는 일평생 가야 맛보지 못할 자유연애를 한다는
신식 여자가 더욱이 밉고 싫고 침이라도 뱉고 싶을 만치 더럽고

추해 보였다.

상춘은 어이없이 학수를 바라보다가,

"여보게 웬 야단인가? 여학생하고 무슨 불공대천지원수나 졌단 말인가? 모욕을 해도 분수가 있지."

"압다, 그러면 자네는 여학생한테 무슨 재생지은덕[4]이나 입었단 말인가? 왜 여학생이라면 사지를 못 쓰나?"

두 친구는, 잠깐 마주 보면서 입을 닫치었다. 이윽고 상춘은 또 방 안을 거닐다가 화증 난 듯이 문을 열고 튀 하고 침을 뱉었다. 봄밤이다. 생각에 젖은 처녀의 눈동자 같은 봄밤이다. 전등 불빛의 세력 범위를 벗어난 어스름한 마당 구석에는 달빛조차 어른거린다. 단성사인지 우미관인지 사람 모으는 젓(笛)대 소리가 바람결에 들린다.

상춘에게는 일찰나가 몇 세기나 되는 듯싶었다. 아름다운 음악회의 광경이 무지개같이 그의 머리에 비추인다. 그는, 마치 애인과 밀회할 시간이 늦어가는 모양으로, 앉았다 일어섰다 조를 비빈다.[5] 저 혼자 같으면 좋으련만 같이 있는 처지에 학수를 버리고 가는 것이, 실없는 말다툼으로 감정이나 낸 듯도 싶고, 그보다 많은 여자에게 제가 얼마나 잘난 것을 돋보이게 하려면 못생긴 동반자가 필요도 하였다. 그는 다시 제 동무를 달래고 꼬드기고 조르기 시작하였다. 오늘 저녁이 봄밤인 것과, 이러고 들어박혀 있을 때가 아닌 것과, 정 음악이 듣기 싫고 여학생이 보기 싫더라도 제 얼굴을 보아 가달라고, 비대발괄[6]하였다. 친구 따라 강남도 간다니, 이렇게 청을 하는데, 아니 갈 게 무어냐고, 성도 내었다. 얼굴과 달라 마음은 싹싹한 학수라, 그렇게 조르는 친구의 청을 떨치기도 무엇하고, 또 얼마큼 상춘의 달뜬 기분이 전염이 되어 혼자 빈방을 지키기도 을씨년스러웠다. 마침내 학수는 싫으나마 도수장에 끌려가는 소 모양으로 상춘을 따라서고 말았다.

상춘이와 학수가 음악회에 들어선 때에는 벌써 회를 여는 관현악이 아뢰일 적이었다. 만일 상춘이가 대분발을 해서 이 원을 내고 일등표 두 장을 사지 않았던들——그들은 일등표를 산 덕택에 바로 좌석 옆 악단 멀지 않게 자리를 잡을 수 있었다——구경도 못하고 돌아설 뻔하였다. 그다지 모인 사람이 많았다. 상춘의 짐작과 틀리지 않아 자리를 반분하다시피 여자의 구경꾼도 많았다. 띄엄띄엄 쪽 찐 이와 땋은 이가 없지 않았으되, 대개는 푸수수한 트레머리의 꽃밭이었다. 그래, 탐스럽게 핀 검은 목단화 송이의 동산이었다. 머리를 꽃송이에 견주면 보얀 목덜미는 그 흰 줄기일러라. 문에 쑥 들어서면서 이 송이와 줄기만 보아도 젊은이의 가슴은 이상하게 뛰놀았다.

그윽한 향수와 기름내, 많은 젊은 몸에서 발산하는 훈훈한 살내, 입내, 옷내——그곳의 공기는 온실과 같이 눅눅하고 향긋하고 따스하였다. 일분은 음악으로 하고, 구분은 이성으로 하여 이들은 우단을 감는 듯한 포근한 느낌과 아지랑이에 싸인 듯한 황홀한 심사에 사라지며 있다. 이따금 파름파름 잎 나는 포플러 가지를 흔들고 온 듯한 바람이 우 하고 유리문을 찌걱거리면, 시방이 봄철인 것과, 꽃구경이 한창인 것과 오늘 저녁이야말로 음악 들기에 꼭 좋은 밤임을 새삼스럽게 생각해내며, 공연히 마음이 놀아들 나서, 이성의 눈결은 더 많이 이성에게로 몰킨다.

상춘은 아까부터 보아둔 여학생이 하나 있었다. 그이는 모시 치마와 옥양목 저고리를 입은 얼굴 갸름한 처녀인데, 저와 슬쩍 한번 눈길이 마주친 후로 자꾸 저를 보는 듯하였다. 가장 잘 음악을 아는 체로 얼굴에 미소를 띠고 발로 박자를 맞추는 사이, 그이의 눈결은 꼭 저만 쏘고 있는 듯하였다. 고개만 돌리면 그와 나의 시선은 또 마주치렷다. 그는 부끄러워 얼굴을 붉히렷다. 남에게 무안을 주는 것은 좋지 못한 일이다. 얼마든지 나를 보게 해두자. 아마도 나에게 마음이 끌린 모양이야. 얼마든지 보라지, 가만히 내버려두어— 열기 있고 짜릿짜릿한 눈살의 쏘임을 견디다 못해서 상춘은 문득 고개를 돌렸다. 저편에서 어느 결에 눈결을 돌렸다. 그이의 눈은 저 아닌 바이올린 타는 이를 똑바로 보고 있다. 인제 이편에서 한동안 노리며, 보아주기를 기다렸으나 그이는 매우 감동된 듯이 눈을 번쩍이며 깽깽이 시루는 이의 손을 따르고 있을 뿐이었다. 빌어먹을! 하고 성낸 듯이 제 고개를 돌이키자마자, 어째 저편의 고개가 얼른 제 편으로 돈 듯하였다. 또 놓쳐서 될 말인가 하고, 이번에는 날쌔게 돌아다보았다. 그편의 눈은 한결같이 바이올린에 박혔을 뿐. 몇 번을 고개를 바루었다 틀었다 해보건만 한결같이 그이의 눈은 저를 쏘지 않았다.

"나를 보지 않는군. 안 보면 대순가?"

화증 낸 듯이 속으로 중얼거리고, 또 다른 눈 맞는 이를 찾아내려 하였다. 한참이나 헛되이 돌아다니던 눈이 얼마 만에 저를 보고 웃는 듯한 눈을 잡아내었다. 그이의 얼굴은 동그스름한데 아까 저 보던 이보다 몇 곱절이나 아름다운 듯싶었다. 옳다구나? 할 새도 없이 염통이 파득파득 소리를 내었다. 슬쩍 눈결을 피하였다가 슬쩍 눈결을 던지매 그이는 시방도 웃기는 웃건마는, 곁에 앉은 제 동무와 속살거리고 웃을 뿐이고 저를 보지는 않았다. 또 아까 번으로 눈살을 놓았다 거두었다 하는 사이에 용하게 두번째 그이의 눈을 맞출 수 있었다.

"두 번이다, 두 번이야. 이번 것은 틀림없이 나한테 호의를 가졌나 부다."

상춘은 이렇게 확신 있게 속살거리며, 사람이 헤어져 돌아갈 때에 문 앞에서 기다리면 그이가 나와 저를 보고 반겨 웃을 것과 저더러 같이 가자든지, 그렇지 않으면 저를 따라올 것과, 어떻게 꿀 같은 사랑을 맛볼 것을 생각하였다. 악수, 키스, 달밤에 산보, 꽃 사이의 헤매임―― 그림보다도 더 아름다운 정경을 역력히 그리고 있을 때였다.

곁에 앉아 있던 학수, 신트림이나 올라오는 사람 모양으로 보기 싫게 찡그린 얼굴을 주체를 못하는 듯이 숙였다 들었다 하며 여자 편과 외면을 하고 될 수 있는 대로 남자의 편을 향하고 있는 학수. 맡지 않으려 할수록 속을 뒤흔드는 이성의 냄새와 느끼지 않으려 할수록 몸에 서리는 이성의 훈기에 축축이 진땀이 흘렀다 으슬으슬 한기가 들었다 하던 학수가, 한창 꿈결 같은 환상에 녹는 상춘의 옆구리를 꾹 질렀다. 제 친구의 존재를 깜빡 잊어버렸던 상춘은 발부리에서 메추라기가 날아간 듯이 놀래었다.

학수는 목 안에서 나는 듯한 그윽한 소리로,

"여보게 상춘이, 여보게 상춘이, 여기 변소가 어데인가? 오줌이 마려워서 견딜 수 없네."

"뭐?"

하고, 상춘은 네 말을 못 알아듣겠다는 듯이 물끄러미 학수를 보았다.

학수는 여간 급하지 않은 듯이,

"변소가 어데냐 말일세. 오줌이 마려워서 죽을 지경일세."

"뭐, 오줌이 마려워. 참게 참아."

상춘은 뱉는 듯이 퉁을 주었다. 저의 꽃다운 환상을 이따위 일에 부순 것이 속이 상하였다.

"여보게, 인제 더 참을 수 없네. 여기 오는 맡에 마려운 것을 이때까지 참았네. 인제 할 수 없네. 아랫배가 뻑적지근하게 아파 견딜 수 없네."

"원, 사람도. 그러면 저 문으로 나가게."

상춘은 어처구니없이 픽 웃고는 악단의 오른편에 있는 조그만 문을 가리키며,

"나가면 오른편에 층층대가 있으니. 그리 내려가면 거기 변소가 있네."

하였다.

학수는 엉거주춤하고 겸연쩍은 듯이 고개를 숙이고 가리키는 대로 그 문을 열고 밖을 나왔다. 밝은 데 있다가 나온 까닭에 눈앞이 캄캄하였다. 손으로 더듬어서 층층대를 내려는 왔으나 어디

까막잡기 **121**

가 어디인지 도무지 알 수가 없었다. 공장 옆에 있는 변소를 대강당 밑에서 찾으니 찾아질 리가 없었다. 헛되이 층층대를 끼고 얼무적얼무적하다가 하는 수 없이, '층층대 밑에라도' 할 즈음이었다.

괴상하고 야릇한 일이 일어나기는 그때였다. 문득 뒤에서 똑 찍, 똑 찍 하는 소리가 들리자마자 방망이 같은 무엇이 훌쩍 어깨를 넘을 겨를도 없이 등 뒤에 물씬한 것이 닿으며 보드랍고 싸늘한 무엇이 눈을 꼭 감긴다. 학수는 전신에 소름이 쭉 끼치며, 하도 놀라 '악' 소리도 지를 수 없었다.

"내가 누구예요?"

물어 죽이는 웃음과 함께 낮으나마 또렷또렷한 목성이 묻는다.

"왜 아무 말도 않으셔요? 놀래었어요?"

하는 소리가 나면서 눈 가렸던 물건이 떨어진다. 일시에 등에 대었던 것도 떨어지며 가벼운 힘이 어깨를 흔들자 눈앞에 보얀 얼굴이 어른하였다. 이 불의에 나타난 괴물이 학수의 얼굴을 알아보자마자 그편에서도 매우 놀란 듯,

"에그머니?"

하고 부르짖음과 함께 그 괴물은 천방지축으로 달아난다.

학수는 얼없이 제 앞에 나는 듯이 떠나가는 괴물의 뒤 꼴을 바라보고 있었다. 얼마 후 놀랐던 가슴이 가라앉은 뒤에야 시방 제 눈을 감기고 달아난 것이 결코 귀신도 아니요 괴물도 아니요, 한갓 아름다운 여성임을 확실히 깨달을 수 있었다. 그러자 그 여성의 대이었던 자리가 전기로나 지진 듯이 욱신욱신하고 근질근질

해온다. 무주룩하게 어깨를 누르는 팔뚝, 말씬말씬하게 등때기를 비비는 젖가슴, 위 뺨과 눈언저리에 왕거미 모양으로 붙었던 두 손을 참보다 더 참다이 느낄 수 있었다. 그 근처의 공기조차 따스하고 향긋하게 코 안으로 기어드는 듯하였다.

그는 몽유병자의 걸음걸이로 그 여자의 간 곳을 향해서 몇 걸음 걸어가보았다. 그때에 찾고 찾아도 찾을 수 없던 뒷간인 듯한 집이 보이었다. 그는 늘어지게 소변을 보고 몸이 날 듯이 가든해오매, 이 이상한 일의 까닭을 캐어보았다.

그것은 어렵지 않게 풀 수 있는 수수께끼였다. 눈을 감긴 이는 저의 애인과 함께 이 음악회에 왔음이리라. 그런데 그들은 무슨 까닭으로든지 이 층층대 밑에서 남 몰래 만나자고, 무슨 군호로— 눈짓 같은 것으로 맞추었음이리라. 사내가 그 군호를 몰랐던지 그렇지 않으면 사내의 발길은 더디고 계집의 발길은 일찍이 층층대 아래서 학수가 어름어름하는 걸 보고 꼭 제 애인인 줄만 여겨서 아양 피움으로 까막잡기를 하였음이리라.

이윽고 그 층층대를 도로 올라와서 음악회에 통한 문을 여는 학수는 제 얼굴이 여지없이 못생긴 것과 여성에 대한 미움을 씻은 듯이 잊어버리었다. 전등불이 급작스럽게 밝아지며, 모든 사람이 저에게 호의 있는 시선을 보내는 듯하였다. 그중에도 여자들은 미소를 건네는 듯하였다. 바이올린은 이미 끝났음이리라. 어느 양녀 하나가 보얀 손가락을 북같이 쏘다니게 하며 피아노를 치고 있다. 전 같으면 시답지 않을 그 악기의 소리가 제 가슴속의 무슨 은실 같은 것을 스치어서 어느 결엔지 멋질린[7] 발길이 춤추는 듯이 박자를 맞춘다.

그는 바로 여자석의 옆 걸상 줄에 있는 제 자리에 한 두어 걸음 남겨놓고, 걸상 줄 밖에 나온 어느 여학생의 구두코를 지척하고 밟아버렸다. 학수는 그 얼굴에 애교를 넘쳐 흘리며 제 잘못을 사과하였다. 그 여학생은 당황히 발을 끌어들이며 괜찮다 하였다. 발 밟힌 이의 얼굴이 아무 일도 아니 일어난 것처럼 새침하게 바루어진 뒤에도 발 밟은 이는 사과를 되풀이하며 빙글빙글 웃는다. 그 여학생은 한번 힐끗 학수를 쳐다보더니 고개를 팍 숙이고는 제 옆 동무를 꾹 찌르며 웃는다. 제 자리에 앉는 학수도 자기의 한 일이 가장 재미있고 우스운 것같이 킬킬 소리를 내어 웃었다. 그러는 가운데, 언뜻 깨달으니 그 여학생이 갈데없는 제 눈을 감기던 사람 같았다. 북받치는 웃음으로 하여 가늘게 떠는 그 동그스름한 어깨, 서너 올 머리칼이 하늘거리는 보얀 귀밑— 그렇다, 그렇다, 분명히 그 여자다. 내 눈을 감기고 달아난 그 여자다, 하였다. 이런 생각을 하고 있을 제 그 여학생의 입이 비죽비죽하는 웃음을 간신히 참으며, 또 한 번 학수의 편을 보았다. 그의 광대뼈가 조금 내민 것을 알아보자, 학수는 그이가 아니로구나 하고 고개를 쩔레쩔레 흔들었다.

찡그린 상판을 남자 편으로 향하고 있던 학수는 인제 번쩍이는 얼굴을 여자 편에게로만 돌리어서, 저와 까막잡기하던 이를 찾기에 골몰하였다. 여러 번 그이인 듯한 여학생을 찾아내었건만, 눈썹이 경성다뭇도 하고 입이 크거나 작거나 하고, 이마가 좁기도 하며, 코가 높거나 낮거나 해서, 정말 그이를 알아맞히는 도리가 없었다. 그릇 알았든 옳게 알았든, 비록 눈도 한 번 못 깜짝일 짧은 동안이라 할지라도 저를 애인으로 생각해준 그 여자는 여성으로의 모든 아름다움을 갖추고 있었을 듯하였음이라.

상춘은 상춘으로 그 얼굴이 동그스름한 여학생과 눈을 맞추며 기뻐하고 있었다. 시선이 맞질리기가 벌써 네 번이나 된다.

음악회는 그럭저럭 끝나고 말았다.

상춘은 저와 네 번이나 눈이 마주친 그이를 기다리면서, 학수는 혹 제 동무들과 섭슬리어 나올는지 모르는 제 눈 감기던 그이를 기다리면서, 두 청년은 청년회관 문 앞에 서 있다……

상춘의 그이는 나왔다. 무슨 할 말이나 있는 듯이 상춘은 한 걸음 다가들었건만, 그이는 거들떠보지도 않고 제 갈 데로 가버렸다. 나오는 이 족족 새로이 얼굴을 검사해보았건만 학수의 그이는 없었다.

사람들이 다 헤어진 뒤에도 잘난 이와 못난 이는 사라지려는 아름다운 꿈을 아끼는 듯이 우두커니 서 있었다.

아까 음악당의 유리창을 비걱거리던 바람은 획획 먼지를 날리며 포플러 가지를 우쭐거리게 한다. 반 넘어 서쪽으로 기울어진 초승달은 새색시의 파리한 뺨 같은 모양을 구름자락 사이에 드러내었다.

"달이 있군."

상춘은 하늘을 쳐다보며 한숨지었다.

"시방, 집에 가면 잠 오겠나? 우리 종로를 한번 휘 돌까?"

두 청년은 걷기 시작하였다. 광화문통까지 올라갔다가 도로 내려왔다. 그들의 묵고 있는 집은 사동(寺洞)에 있었다.

"음악회란 기실 아무것도 보잘게없어. 그 많은 여학생 가운데 하나나 그럴듯한 게 있어야지."

상춘은 탄식하는 듯이 이런 혼잣말을 하였다.

"왜, 그렇게 가자고 사람을 들볶더니."

"갈 적에는 좋았지만 나와보니 그런 싱거운 일이 없네그려. 돈이 원만 날아갔는걸."

"나는 재미있던데."

상춘은 턱없이 빙글빙글하는 학수를 바라보며 의아한 듯이,

"왜 음악회라면 대경실색을 하더니?"

"딴 음악회는 다 재미없어도 오늘 것은 매우 재미있었어…… 그런데 여보게, 사랑 맡은 귀신은 장님이라지?"

"그것은 왜 묻나?"

"글쎄 말일세."

"그렇다네. 사랑을 하면 곧 이성의 눈이 감긴단 말이겠지."

"흥. 그러면 나는 오늘 저녁에 사랑을 하였는걸. 사랑 맡은 귀신의 은총을 입었는걸."

"사랑을 하였다니?"

"흥, 세상에는 이상한 일도 있지."

"무슨 일이 그렇게 이상하단 말인가?"

"이야기할까?"

"이야기할 테면 하게그려."

상춘은 별로 흥미가 끌리지 않는 듯하였다. 학수는 주춤 걸음을

멈추더니 다짜고짜로 등 뒤에서 상춘의 눈을 감기었다.

"이게 무슨 미친 짓인가?"

상춘은 놀라 부르짖었다.

"내가 사내가 아니고 여자일 것 같으면 자네 마음이 어떠하겠나?"

"그게 다 무슨 소리인가?"

"오늘 음악회에서 어느 여자가 나를 그리했다네."

상춘은 어이없이 웃으며,

"예끼 미친 사람……"

"미치기는 누가 미쳐? 왜 거짓말인 줄 아나?"

하고, 학수는 입에 침이 없이 아까 층층대 밑에서 일어난 일의 자초지종을 이야기하였다.

호기의 눈을 번쩍이고 있던 상춘은, 이야기가 끝나자 웬일인지 그 여자를 여지없이 타매하였다. 어디 밀회할 곳이 없어서 그 어둠침침한 층층대 밑에서 그런 짓을 하느냐는 둥, 그런 년이 있기 때문에 여학생의 풍기가 문란하다는 둥, 필연 여학생 모양을 한 은근짜*나 갈보라는 둥, 내가 그런 일을 당했으면 꼭 붙들어가지고 톡톡히 망신을 주었으리라는 둥, 그리 못한 학수가 반편이라는 둥……

"왜 샘이 나니? 생각을 해보게, 보들보들한 손이 살짝 내 눈을 가리었단 말이지. 내 등에 그 따뜻한 가슴이 닿았단 말이지. '내가 누구예요?' 하는 그 목소리! 그야말로 꾀꼬리 소리란 말이지……"

하고, 학수는 못 견디겠다는 듯이, 몸을 비꼬자마자 상춘을 부둥 켜안았다.

"이 사람이 정말 미쳤나?"

하고, 상춘은 사정없이 뿌리쳤다. 학수는 넘어질 듯이 비틀비틀 하면서 허허 하고 소리쳐 웃었다. 그들은 벌써 사동 입새에 다다랐다.

상춘은 부인 상회로 무슨 살 것이나 있는 듯이 들어간다. 어디 갔다가 돌아오는 길에는 이 상회를 거치는 것이 그의 버릇이었다. 전일엔 상춘이가 암만 졸라도 좀처럼 들어가지 않던 학수이언만 오늘 밤에는 서슴지 않고 상춘을 따라 들어설 수 있었다.

상회에 들어온 뒤에도 학수의 온 얼굴에 퍼진 웃음의 그림자는 사라지지 않았다. 이 꼴을 보고 상춘은 의미 있게 웃고는, 벙글거리는 이를 슬며시 색경과 경대를 벌여둔 데로 끌고 와서 귀에 대고 소곤거렸다.

"여보게, 거울을 좀 보게."

벙글거리던 이는 무심코 거울을 들여다보았다— 저놈이 웬 놈인가? 지옥의 굴뚝 속에서 뛰어나온 아귀 같은 상판으로 빙그레 웃는 저놈이 웬 놈인가? 입은 찢어진 듯이 왜 저리 크며 잔등이 움퍽한 콧구멍은 왜 저리 넓은가? 학수는 제 앞에 나타난 이 추 (醜)의 그것 같은 괴물을 차마 제 자신으로 생각할 수가 없었다. 얼마 전에 사랑 맡은 여신의 은총을 입은 제 자신으로 생각할 수 없었다. 그러나 이 더할 수 없이 못생긴 괴물이야말로 갈데없는 저임에 어찌하랴, 다른 사람 아닌 제 본체임에 어찌하랴?……

──그의 눈앞은 갑자기 한 그믐밤같이 캄캄하였다.

그리운 흘긴 눈

그이와 살림을 하기는, 내가 열아홉 살 먹던 봄이었습니다. 시방은 이래도——삼십도 못 된 년이 이런 소리를 한다고 웃지 말아요. 기생이란 스무 살이 환갑이라니, 삼십이면 이를테면 백세 상수한 할미쟁이가 아니야요?——그때는 괜찮았답니다. 이 푸르족족한 입술도 발그스름하였고 토실한 뺨 볼이라든지, 시방은 촉루(髑髏)¹란 별명조차 듣지마는 오동통한 몸피라든지, 살성도 희고, 옷을 입으면 맵시도 나고, 걸음걸이도 멋이 있었답니다. 소리도 그만저만히 하고 춤도 남의 흉내는 내었답니다. 화류계에서는 그래도 누구 하고 이름이 있었는지라, 호강도 우연만히 해보고 귀염도 남부럽쟎이 받았습네다. 망할 것, 우스워 죽겠네. 하자는 이야기는 아니 하고 제 칭찬만 하고 앉았구면.

어쨌든 나도 한시절이 있은 것은 사실입니다. 해구멍이 막히지도 않아 요릿집에서 인력거가 오고, 가고만 보면 새로 두 점 석

점 전에는 집에 돌아온 적이 별로 없었습니다. 그나마 집에 와서 곧 자느냐 하면, 그렇지도 않아, 대개 집에 손님이 기다리고 있기도 하고, 또는 손님과 같이 올 때가 많았습니다. 그래가지고 또 고달픈 몸을 밤새도록 고달프게 굴다가, 해 뜬 뒤에야, 인제 내 세상인가 보다 하고, 간신히 눈을 붙이면 사정 모르는 손들이 낮부터 달겨들어서 고단한 몸을 끌고 꽃구경을 간다, 들놀이를 간다, 절에를 나간다, 합니다그려. 그러니 몸이 피로 않을 수 있습니까? 놀기란 참 고된 일입네다. 어느 때는 사지가 늘어지고, 노는 것이 딱 싫고 귀찮아서,

'이년의 노릇을 언제나 마나!'
하고, 탄식이 나옵니다.

그럴 때 나의 눈앞에 그이가 나타났습니다. 나보다 네 해 맏이인 그는, 귀공자답게 얼굴도 곱상스럽고 돈도 잘 쓰며 노는 품도 재미스럽고 호기스러웠습니다. 나는 그만 그에게로 마음이 솔깃하고 말았지요. 그이도 나에게 적지 않게 빠진 모양이었습니다. 그럭저럭 관계가 깊어가자, 그이는 나와 살자고 조르지 않겠습니까? 마침 기생 노릇도 하기 싫던 차이고 밉지도 않은 사내라, 내심으론 이게 웬 떡이냐 싶었지만, 그래도 기생 행투가 그렇지 않아 이 핑계 저 핑계로 그이를 바싹 달게 해서 돈 천 원이나 착실히 빼앗아서 어머니를 주고 마지못해 하는 듯이 살림을 들어가게 되었습니다.

그이는 간이라도 빼어 먹일 듯이 나를 사랑해주었습니다. 나를 얻기 전에도 오입깨나 해본 모양이었으나, 나이가 나이라, 어리

고 참다운 곳이 있었습니다. 나의 말이면 콩을 팥이라 해도 곧이 들었습니다. 나의 청이라면 무엇이고 낙종치 않는 것이 없었습니다. 이 눈치를 알아본 나는, 그이로부터 갖은 것을 졸라내었습니다. 우리 든 집문서도 내 이름으로 내게 하고, 자개농이랑, 자개 의걸이랑, 한 칸 벽에 맞는 큰 체경이랑, 물론 온갖 비단과 포목을 필필이 들여오게 하고, 철철에 따르는 비녀며, 사흘돌이로 진고개에 가서는 순금 반지, 진주 반지, 보석 반지를 사게 하였습니다. 이 외에 어머니의 생신이라는 둥, 일가의 혼례에 쓴다는 둥, 장사에 쓴다는 둥, 빚을 졌다는 둥 갖은 핑계를 만들어서 그의 돈을 긁어내었습니다. 무슨 내 변명이 아니라 이런 짓을 한 게 전수이 나의 욕심 사나운 까닭도 아닙니다. 사라고 하고 달라고 하는 그것이 어쩐지 좋고 재미스럽기도 하였어요. 그리고 또 그것이 그에게 피우는 애교이고 아양이었어요. 그것뿐도 아니지요. 내 말이라면 어느 정도까지 들어주나, 곧 그이가 나한테 얼마나 홀리었는지를 자질도 하고 싶고, 뜻대로 성공을 하면 물건 얻은 것보다 몇 갑절 더 기뻤습니다. 물론 어머니가 뒷구멍으로 부추기기도 하였지만.

그인들 몇 만금을 제 수중에 두고 쓰는 게 아니라, 아버지를 팔고 빚을 내는 것이니, 하루 이틀 아니고 물 쓰듯 하는 돈을 언제까지 대어갈 수가 있겠습니까? 같이 산 지 석 달이 못 되어 돈 주변할 길이 막힌 모양이었습니다. 아무리 귀한 자식의 빚봉수[2]라도 한 번 두 번이지 전부 아버지가 갚아줄 리가 있겠어요? 더구나 구두쇠로 유명한 그의 부친이 그때까지 참은 것도 장한 일이지요.

마침내,

"너 같은 놈은 자식으로 알지 않으니 죽든지 살든지 나는 모르겠다."

하게 되었습니다. 그 전에도 여러 번 그러고 얼렀지만 인제는 아주 사실로 나타나게 되었겠지요.

빚쟁이는 벌 떼같이 일어났습니다. 요릿집에서 금은방에서 선전(縇廛)[3] 드팀전[4]에서 더구나 고리대금업자한테서 빚쟁이는 문간을 떠날 새가 없었습니다. 부잣집 외동아들로 자라나, 도무지 졸리는 것을 모르던 그이는 단박에 입술이 바싹바싹 말라가기 시작하였습니다. 문간에서 찾는 소리만 나면 온몸을 옹송그리고 얼굴이 파랗게 질리는 꼴이란 곁에서 보아도 가이없었습니다. 내 탓으로 이 곤란을 받건마는 그래도 나를 원망하거나 미워하는 기색은 보이지 않았습니다. 빚에 졸리는 것이 딱하기도 하고, 또 자격지심도 나서,

"나 때문에 이런 곤란을 당하시지요? 내가 몹쓸 년이야."

하면은, 그이는,

"그게 무슨 말이야?"

하며 질색을 하고,

"왜 채선(彩仙)이 때문이람? 내가 못생긴 탓이지."

하고는 도리어 면목 없는 듯이 고개를 숙이었습니다.

이런 중에 그에게는 또 기막힌 일이 생기었지요. 그것은 다른 일이 아니라 그이가 돈 쓰기도 급하였고, 또 못된 동무의 꾀임에 빠지어 아버지 도장을 위조하여 빚을 낸 일이 발각이 된 것이야

요. 돈 뀌어준 놈도 물론 알고 한 일이지만 그의 아버지가 나는 모른다고 딱 거절을 하니까 인제는 그이를 보고 으르딱딱거리며 사기를 했느니 인장 위조를 했느니 만일 일주일 안으로 갚지 않으면 고소를 하느니 하고 야단을 합니다. 간이 작고 마음이 여린 그는 얼굴이 샛노랗게 타들어가겠지요. 몇 번 그의 어머니를 새에 두고 또는 직접으로 자기 아버지께 말을 해보는 모양이었으나 도무지 일이 안 된 줄은 그 찡긴 눈썹과 부러진 새 죽지 같은 어깨를 보아도 짐작할 수 있습디다. 그이는 조바심이 되어서 못 견디는 듯이 누웠다 앉았다 일어섰다 금세로 집을 뛰어나가는가 하면 금세로 또 뛰어들어오겠지요.

그러다가 나중에는 돌부처나 무엇같이 한자리에 우두커니 앉으면 멍하니 바람벽만 바라보고 어느 때까지 손끝 하나 꼼짝도 아니하였습니다.

내일같이 그 일주일이란 기한 날이고 오늘 같은 저녁이었습니다. 여름답게 흰 구름이 봉오리 봉오리 솟은 하늘엔 밝은 달이 걸리었습니다. 우리는 저녁을 먹고 나서 마루로 나와 달을 쳐다보고 있었습니다. 그때에 나는 문득,

"작년 이맘때에는 한강에서 선유를 하였는데."

하였습니다. 굼실거리는 시원한 물결은, 그림자를 부수는 배가 눈앞에 선하게 떠 보이매 갑자기 덥고 갑갑해서 견딜 수 없겠지요. 그러나 아무리 뻗치 좋은 나인들 사면팔방으로 빚에 졸리어 머리를 못 드는 그이에게 뱃놀이 가잘 염의야 있어요?

"이런 밤에 집에 처박히어 나가지도 못하구."

하매 번화롭던 옛날 기생 생활이 그리웠습니다. 살림 들어온 것이 후회가 났습니다. 이렇게 마음이 달뜨는 판에 곁에서 훌쩍훌쩍하는 소리가 나지 않겠습니까? 돌아다보니 그이가 울고 있지 않아요!

"왜 우셔요?"

하니까 얼른 대답은 아니하고 설움이 북받치어 참을 수 없다는 듯이 이윽히 코만 들이마시다가 껄떡대는 목청으로,

"채선이는, 채선이는 내가 내가 감옥엘 들어가면 또 기생으로 나가겠지?"

하고 눈물이 그렁거리는 눈을 나에게로 돌리겠지요. 내 속을 알아채었나 보다 하고 가슴이 뜨끔하였으되 놀아먹은 보람이 있어서 단박에,

"흉업게스리 그게 무슨 말씀이야요?"

하고 질색을 하였습니다.

"아니야, 내가 감옥엘 가면 채선이는 또 기생에 나가서 뭇놈의 사랑을 받을 거야."

감옥에 간단 말이 조금 안되었지만 속으로는 암 그렇지 하면서도 입 밖에 내어서는,

"그럴 리가 있겠어요? 설령 나으리가 감옥에 간다손 치더라도 내야 당신 사람이 아니야요? 왜 또 기생에 나가겠습니까? 댁에 가서 행랑방 구석으로 돌아다닐지라도 나으리의 나오시기만 기다리지요."

라고 꿀을 담아 붓는 듯한 마음에 없는 딴청을 부리었습니다. 이

말에 그이는 매우 감동된 모양이었습니다. 바싹 다가들며,

"그게 참말이야?"

"그럼, 참말 아니구."

"그래, 내가 감옥엘 가도 수절을 하고 나를 기다리겠단 말이야?"

"그럼, 수절하구말구."

천연덕스럽게 꼭 그리할 듯이 딱 끊어서 대답을 하였으되 속으로는 수절이란 말이 어째『춘향전』이나 읽는 듯해서 우스웠습니다.

"만일 내가 감옥엘 아니 가고 죽는다면?"

하고 그이는 나의 얼굴을 딱 노리었습니다. 그 시선이 전에 없이 날카로워서 슬쩍 외면을 하면서도,

"따라 죽지."

하고서 청승맞게, 너 죽고 나 살면 열녀 되나, 한강수 깊은 물에 빠져나 죽지 하는 노래를 읊었습니다. 나도 죽일 년이지요. 그 소리를 들으며 그이는 또 얼빠진 듯이 우두커니 앉았다가 무슨 단단한 결심을 한 것같이 벌떡 일어서며,

"채선이, 내 할 말이 있으니 방으로 들어가자."

하지 않겠어요? 나는 흥 또 안고 끼고 하려나 보다 하였습니다. 그이는 아직도 숫기가 남아 있어 남 보는 데 아니 남이 볼 만한 데에서는 나의 손목 한번 시원스럽게 못 쥐고 그리하고 싶을 때엔 꼭 방으로 끌고 들어갔습니다. 더구나 요사이 와서 몹시 근심을 한 뒤라든지 또는 비관한 뒤라든지 반드시 나를 쓰다듬고 어루만지기를 잊지 않았습니다. 이런 짐작을 한 나는 조금 앙탈도 하고 싶었으나 그의 운 것이 가엾어서 말대로 방에 들어갔습니

다. 방에 들어온 그는 방문을 모두 안으로 닫아걸겠지요. 내 짐작이 틀리지 않구나 하면서도,

"이 유월 염천에 방문을 왜 닫아요? 남 더워 죽겠는데."

라고 까짜를 올렸건만 그 말에는 아무 대답이 없고 제 할 일을 다 해버립디다. 전 같으면 부끄러운 듯이 눈을 찡긋하기도 하고 손짓으로 말 말라고도 하였으련만. 나는 벌써 내 입술에 닿는 그의 입술, 나의 젖가슴으로 허리로 도는 그의 팔을 기다렸건만 그이는 이상스럽게 엄연한 얼굴로 마주 앉아 있을 뿐입니다. 얼마 만에 그이는 가라앉은 목소리로,

"채선이! 네나 내나 이 세상에 더 구차히 산다 한들 또 무슨 낙을 보겠니? 차라리 고만 죽어버리는 게 어떠냐?"

하겠지요. '미쳤나, 죽기는 왜 죽어' 하면서도,

"그래요, 고만 죽어버려요."

라고 쉽사리 찬성을 하였습니다.

"그래 나하구 같이 죽을 테냐?"

"나으리하구 죽는다면 죽는 것도 꿀이지요."

"내야말로 너하구 같이 죽는다면 한이 없겠다."

하는 그이의 소리는 떨리었습니다. 나도 일부러 목이 메이며,

"내야말로 나으리하구 죽으면 한이 없어요."

"말만 들어도 고맙다만 정말 나하구 죽을 테냐?"

"원 다심도 하이. 죽는다면 죽는 게지. 그렇게 내가 못 미덥단 말이야요?"

하고 가장 남의 속을 못도 알아준다는 듯이 새파랗게 성을 내었

습니다. 그리하는 것이 어째 신파 연극을 하는 듯싶어 재미스러웠어요. 설마 죽을 리는 만무하고 이왕이면 이대도록 너한테 정이 깊다는 걸 표시함도 좋았어요. 그이는 나의 기색을 살피더니 그만하면 되었다 하는 듯이 벌떡 일어나 자기가 쓰는 가방을 가져오더니 그 안에서 흰 봉지를 하나 끌어내겠지요. 그 봉지 속으로는 밤낱만 한 고약 같은 것 두 개가 나왔습니다.

'저것이 아편이구나.'

하매 가슴이 조금 섬뜩거리었으되 그리 놀라지는 않았습니다. 그 약으로 말하면 그이가 돈 안 주는 자기 아버지를 놀라게 하려고 몇 번 자기 어머니에게 보이는 것을 곁에서 구경을 하였으니까요. 그것을 먹고 죽는다고 야단을 해서 돈을 얻어 온 일도 있으니까요. 그러니 시방 와서 새삼스럽게 놀랄 것도 없지마는 같이 죽자는 말끝에 그것이 나온지라 시방껏 달떴던 마음이 조금 긴장은 됩디다. 그이는 자리끼⁵를 당기더니 그 약을 앞에다 놓고 이윽히 내려다보며 닭의 똥 같은 눈물을 뚝뚝 떨어뜨리지 않겠습니까. 그때만은 나의 가슴도 찌르르하였습니다.

한참 약을 내려다보고 울고 있던 그이는 무슨 비장한 결심을 한 듯이 몸을 흠칫하더니 그 약 한 개를 얼른 입에 집어넣고 한 개를 집어 나를 주지 않겠습니까. 나도 서슴지 않고 그 약을 받아 입에 넣었습니다. 약을 머금은 그는 손가락으로 자리끼를 가리켜 나한테 물을 마시란 뜻을 보이었습니다. 나는 그의 시키는 대로 물을 마시었으나 물만 넘기었지 약은 혀 밑에 감춰둔 것은 물론입니다. 내야 꿈에도 죽을 마음이 없었습니다. 같이 사는 정의에 그이

138

의 빚에 졸리는 것이 딱하지 않은 바 아니고 그 때문에 살림살이가 전같이 호화롭지는 못하였을망정 그걸로 비관할 까닭은 조금도 없었습니다. 정 못 살게 되면 도로 기생으로 나갈 뿐입니다. 벌써 살림살이에 물려서 그렇지 않아도 기생 생활이 그립던 나인데 아직 나이 어리고 남에게 귀염 받던 일, 호강하던 일이 어제 일같이 역력히 기억에 남아 있는 나인데, 앞길에도 기쁨과 호강이 춤추며 기다리고 있는 줄 믿는 나인데, 왜 죽자는 마음이 추호만친들 생기겠습니까? 내 몸뿐만 아니라 그이가 죽는다는 것도 믿지 않았습니다. 처음엔 실없는 거짓말로 알았고 약을 머금은 뒤에라도 또 무슨 연극을 꾸미는가 보다, 내일이고 모레면 그 댁에서 허덕지덕 돈을 갖다줄 터이니 또 흥청거릴 수 있구나 하고 도리어 기쁘기도 하였습니다. 독약을 먹고 하는 노릇이라 가슴이 조금 아니 떨린 것도 아니지만.

그러나 어찌해요! 그이는 나의 물 마시는 것을 보더니 매우 안심된 듯이 내 손에서 자리끼를 빼앗아 꿀떡 마셔버렸습니다. 그이가 정말 약을 삼킨 것은 좁은 목구멍으로 굵은 약덩이가 넘어가느라고, 얼굴이 새빨개지고 어깨를 추스르며 목줄기가 구불텅거리는 것만 보아도 알 수 있습디다. 그러더니 고만 뒤로 벌떡 자빠지겠지요. 약 힘이 삽시간에 퍼진 것은 아니겠지만 약을 먹었다 하는 생각에 정신을 잃었는가 보아요.

이 뜻밖의 일에—그이로 보면 조금도 뜻밖의 일이 아니겠지만—나는 더할 수 없이 놀래었습니다. 저이가 정말 죽었구나, 하는 생각이 칼날같이 가슴을 찌르자마자, 뭐라고 형용할 수 없는 감정이 온몸을 뒤흔들었습니다. 무어니무어니 하여도 고작해야 열아홉 살 먹은 계집애가 아니야요? 이 난생 처음 당하는 큰일에 어안이 벙벙하여 '악' 소리도 치지 못하고, 가위눌린 눈만 휘둥그리다가, 나도 죽었네 하는 듯이 뒤로 자빠졌습니다……

얼마 되지 않아 그이가 벌떡 일어나 미친 듯이 방 안을 왔다 갔다 하지 않아요? 아편을 먹으면 자는 듯이 죽는다는 것은 빨간 거짓말인가 보아요. 답답하고 뉘엿거려서 못 견디겠다는 듯이 두 손으로 가슴을 쥐어뜯으며 핫핫 하고 괴로운 숨을 토합디다. 그러더니 다짜고짜로 두 손을 입 안으로 넣어 왝왝 헛구역질을 하겠지요. 아마 속이 너무도 괴로우매 죽자는 결심도 간 곳 없고 먹은 약을 토해낼 작정이던가 보아요. 그러나 약은 아니 나오는 듯하였습니다.

이 광경을 바라보는 나도 일변 무섭기도 하였지만 못 견디리만큼 괴롭기도 하였습니다. 그의 받는 고통이 도무지 내 탓이 아니야요? 날로 하여 돈을 쓰고 그 돈에 몰리다 못하여 죽는 죽음이니 내 탓이 아니고 누구의 탓이겠습니까? 그런데 나는 죽을 때까지 그를 속이었습니다. 거짓 죽는 시늉을 해서 그를 속이었습니다. 내가 만일 따라 죽는다 아니 하고, 그를 말리었던들 그이는 아니 죽고 말았을지도 모르지요. 그 약을 먹고 저런 욕을 아니 볼는지도 모르지요. 그러면 내 손으로 그이를 죽인 것이나 진배가 무엇입니까? 그때에야 물론 이렇게 사리를 쪼개서 생각은 안 했지마는 차마 그이의 괴로워하는 꼴을 볼 수는 없었습니다. 나는 진저리를 치고 눈을 딱 감았습니다. 그때입니다. 무엇이 나의 어깨를 흔들지 않아요? 번쩍 눈을 떠 보니까 그이가 걷어 쳐 올라가는 개개풀린 눈으로 내 옆에 앉아서 나를 내려다보고 있겠지요. 나는 소름이 쭉 끼치어 흠칫하고 몸을 소스라쳐 일으켰습니다.

　나의 일어나는 것을 보고 그이도 따라 일어서며, 용서해달라는 표정으로,

"괴롭지, 괴롭지? 공연히 나 때문에."

라고, 더듬거리고는 눈에 눈물이 핑 도는 듯하였습니다. 그 소리는 어쩐지 무서움에 떠는 나의 창자 속까지 스며들어가는 듯하였습니다. 나의 눈에도 뜨거운 눈물이 쏟아졌습니다. 그러자 그이는 바싹 다가들며, 한 손으로 내 목덜미를 안고 또 한 손일랑 나의 입에 들이대입디다. 죽어가는 그이, 아니 벌써 송장이나 진배없는 그이의 손이 나에게 닿았건만 나는 조금도 전같이 두렵고 무서운 증이 들지 않았습니다.

"배알아라 배알아, 어서 배알아."

하고, 그이는 손가락을 내 입안으로 꾀역꾀역 들이밀겠지요. 이때에 입 안에 든 약을 생각한 나는 흘리던 눈물을 뚝 그치고 에그머니! 싶었습니다. 나는 그이의 지중한 사랑에 감읍하였으되, 그이가 돌려내려고 애를 쓰는 것이로되, 나는 그 약을 내어놓기가 죽어도 싫었습니다. 나는 차라리 삼켜버리려 하였습니다. 몇 번을 침을 모아 그 약을 넘기려 하였으나 원수의 덩이가 큰 까닭인지 세상 넘어가지를 않습디다. 그러는 판에 내 입에 들어온 그이의 손가락이 벌써 그 약을 집어내겠지요. 그 약을 집어내자 나를 바라보던 그이의 얼굴은 시방도 잊히지 않습니다.

어쩌면 그 곰상스럽던 얼굴이 그렇게 무섭게 변할까요! 나는 어떻다 형용할 수가 없었습니다. 제 계집이 딴 사내를 끼고 자는 것을 보는 본남편의 얼굴이나 그러할는지요? 그 얼굴의 표정은 분노 그것이었습니다, 원한 그것이었습니다. 입술을 악물고 드러난 이빨 하나만 보고라도 누구든지 질겁을 할 것입니다. 더구나 잊히지 않는 것은 그 눈자위예요. 일상 생글생글 웃는 듯하던 그 눈매가, 위로 홉뜨이어서 미친개 눈깔같이 핏발을 세워 나를 흘긴 것이야요. 그 무섭기란 시방 생각하여도 몸서리가 치어요. 그이는 숨이 진 뒤에도 그 홉뜬 눈을 감지 않았습니다.

물론 나는 고약한 년이지요. 그를 죽을 때까지 속인 몹쓸 년이지요. 그러나 그이는 나에게,

"괴롭지?"

라고 묻지 않았어요?

"배알아."

라고 하지 않았어요? 돌려내려고 내 입에 손까지 넣지 않았어요? 그러다가 약을 삼키지 않고 그저 있음을 보았으면 내 마음은 어떠하든지 그이는——죽어가면서도 나를 생각한 만큼 거룩한 사랑을 가진 그이는 기뻐해야 옳을 일이 아니에요? 좋아해야 옳을 일이 아니에요? 그렇게 성을 내고 나를 흘길 일이 무엇이에요? 내 그른 것은 어�찌겠든지 그때에는 그이가 야속한 듯싶었어요. 야속하다느니보다 의외였어요. 그런데 시방 와서는 그 흘긴 눈이 떠나올 적마다 몸서리가 치이면서도 어째 정다운 생각이 들어요, 그리운 생각이 들어요!

운수 좋은 날

새침하게 흐린 품이 눈이 올 듯하더니 눈은 아니 오고 얼다가 만 비가 추적추적 내리는 날이었다.

이날이야말로 동소문 안에서 인력거꾼 노릇을 하는 김첨지에게 는 오래간만에도 닥친 운수 좋은 날이었다. 문안에(거기도 문밖은 아니지만) 들어간답시는 앞집 마마님을 전찻길까지 모셔다 드린 것을 비롯으로 행여나 손님이 있을까 하고 정류장에서 어정어정 하며 내리는 사람 하나하나에게 거의 비는 듯한 눈결을 보내고 있다가 마침내 교원인 듯한 양복쟁이를 동광학교(東光學校)까지 태워다 주기로 되었다.

첫번에 삼십 전, 둘째 번에 오십 전——아침 댓바람에 그리 흉치 않은 일이었다. 그야말로 재수가 옴 붙어서 근 열흘 동안 돈 구경 도 못한 김첨지는 십 전짜리 백동화 서 푼, 또는 다섯 푼이 찰깍 하고 손바닥에 떨어질 제 거의 눈물을 흘릴 만큼 기뻤었다. 더구나 이날 이때에 이 팔십 전이란 돈이 그에게 얼마나 유용한지 몰랐다. 컬컬한 목에 모주 한 잔도 적실 수 있거니와 그보다도 앓는 아내에게 설렁탕 한 그릇도 사다 줄 수 있음이다.

그의 아내가 기침으로 쿨룩거리기는 벌써 달포가 넘었다. 조밥도 굶기를 먹다시피 하는 형편이니 물론 약 한 첩 써본 일이 없다. 구태여 쓰려면 못 쓸 바도 아니로되 그는 병이란 놈에게 약을 주어 보내면 재미를 붙여서 자꾸 온다는 자기의 신조(信條)에 어디까지 충실하였다. 따라서 의사에게 보인 적이 없으니 무슨 병인지는 알 수 없으되 반듯이 누워가지고 일어나기는 새려 모로도 못 눕는 것을 보면 중증은 중증인 듯. 병이 이토록 심해지기는 열흘 전에 조밥을 먹고 체한 때문이다. 그때도 김첨지가 오래간만에 돈을 얻어서 좁쌀 한 되와 십 전짜리 나무 한 단을 사다 주었더니, 김첨지의 말에 의지하면 그 오라질 년이 천방지축으로 냄비에 대고 끓였다. 마음은 급하고 불길은 달지 않아 채 익지도 않은 것을 그 오라질 년이 숟가락은 고만두고 손으로 움켜서 두 뺨에 주먹덩이 같은 혹이 불거지도록 누가 빼앗을 듯이 처박질하더니만 그날 저녁부터 가슴이 땅긴다, 배가 켕긴다고 눈을 홉뜨고 지랄병을 하였다. 그때 김첨지는 열화와 같이 성을 내며,

"에이 오라질 년, 조랑복[1]은 할 수가 없어. 못 먹어 병, 먹어서 병! 어쩌란 말이야. 왜 눈을 바루 뜨지 못해!"

하고 김첨지는 앓는 이의 뺨을 한 번 후려갈겼다. 홉뜬 눈은 조금 바루어졌건만 이슬이 맺히었다. 김첨지의 눈시울도 뜨끈뜨끈한 듯하였다.

이 환자가 그러고도 먹는 데는 물리지 않았다. 사흘 전부터 설렁탕 국물이 마시고 싶다고 남편을 졸랐다.

"이런 오라질 년! 조밥도 못 먹는 년이 설렁탕은, 또 처먹고 지랄병을 하게."

라고 야단을 쳐보았건만 못 사주는 마음이 시원치는 않았다.

인제 설렁탕을 사줄 수도 있다. 앓는 어미 곁에서 배고파 보채는 개똥이(세 살먹이)에게 죽을 사줄 수도 있다──팔십 전을 손에 쥔 김첨지의 마음은 푼푼하였다.

그러나 그의 행운은 그걸로 그치지 않았다. 땀과 빗물이 섞여 흐르는 목덜미를 기름 주머니가 다 된 왜목 수건으로 닦으며 그 학교 문을 돌아 나올 때였다. 뒤에서 '인력거!' 하고 부르는 소리가 난다. 자기를 불러 멈춘 사람이 그 학교 학생인 줄 김첨지는 한 번 보고 짐작할 수 있었다. 그 학생은 다짜고짜로,

"남대문 정거장까지 얼마요?"

라고 물었다. 아마도 그 학교 기숙사에 있는 이로 동기방학을 이용하여 귀향하려 함이리라. 오늘 가기로 작정은 하였건만 비는 오고 짐은 있고 해서 어찌 할 줄 모르다가 마침 김첨지를 보고 뛰어나왔음이리라. 그렇지 않으면 왜 구두를 채 신지도 못해서 질질 끌고 비록 고구라² 양복일망정 노박이로³ 비를 맞으며 김첨지를 뒤쫓아나왔으랴.

"남대문 정거장까지 말씀입니까?"

하고 김첨지는 잠깐 주저하였다. 그는 이 우중에 우장도 없이 그먼 곳을 철벅거리고 가기가 싫었음일까? 처음 것 둘째 것으로 그

만 만족하였음일까? 아니다, 결코 아니다. 이상하게도 꼬리를 맞물고 덤비는 이 행운 앞에 조금 겁이 났음이다. 그러고 집을 나올 제 아내의 부탁이 마음이 켕기었다— 앞집 마마한테서 부르러 왔을 제 병인은 그 뼈만 남은 얼굴에 유일의 생물 같은, 유달리 크고 움푹한 눈에 애걸하는 빛을 띠며,

"오늘은 나가지 말아요. 제발 덕분에 집에 붙어 있어요. 내가 이렇게 아픈데……"

라고 모깃소리같이 중얼거리고 숨을 거르렁거르렁하였다. 그때에 김첨지는 대수롭지 않은 듯이,

"압다, 젠장맞을 년, 별 빌어먹을 소리를 다 하네. 맞붙들고 앉았으면 누가 먹여살릴 줄 알아."

하고 훌쩍 뛰어나오려니까 환자는 붙잡을 듯이 팔을 내저으며,

"나가지 말라도 그래. 그러면 일찍이 들어와요."

하고 목메인 소리가 뒤를 따랐다.

정거장까지 가잔 말을 들은 순간에 경련적으로 떠는 손, 유달리 큼직한 눈, 울 듯한 아내의 얼굴이 김첨지의 눈앞에 어른어른하였다.

"그래, 남대문 정거장까지 얼마란 말이오?"

하고 학생은 초조한 듯이 인력거꾼의 얼굴을 바라보며 혼잣말같이,

"인천 차가 열한 점에 있고 그다음에는 새로 두 점이던가?"

라고 중얼거린다.

"일 원 오십 전만 줍시오."

이 말이 저도 모를 사이에 불쑥 김첨지의 입에서 떨어졌다. 제

입으로 부르고도 스스로 그 엄청난 돈 액수에 놀랐다. 한꺼번에 이런 금액을 불러라도 본 지가 그 얼마 만인가! 그러자 그 돈 벌 용기가 병자에 대한 염려를 사르고 말았다. 설마 오늘 내로 어떠랴 싶었다. 무슨 일이 있더라도 제일 제이의 행운을 값친 것보다도 오히려 곱절이 많은 이 행운을 놓칠 수 없다 하였다.

"일 원 오십 전은 너무 과한데."

이런 말을 하며 학생은 고개를 기웃하였다.

"아니올시다. 이수로 치면 여기서 거기가 시오 리가 넘는답니다. 또 이런 진날은 좀 더 주셔야지요."

하고 빙글빙글 웃는 차부의 얼굴에는 숨길 수 없는 기쁨이 넘쳐흘렀다.

"그러면 달라는 대로 줄 터이니 빨리 가요."

관대한 어린 손님은 이런 말을 남기고 총총히 옷도 입고 짐도 챙기러 제 갈 데로 갔다.

그 학생을 태우고 나선 김첨지의 다리는 이상하게 거뿐하였다. 달음질을 한다느니보다 거의 나는 듯하였다. 바퀴도 어떻게 속히 도는지 구른다느니보다 마치 얼음을 지쳐 나가는 스케이트 모양으로 미끄러져 가는 듯하였다. 언 땅에 비가 내려 미끄럽기도 하였지만.

이윽고 끄는 이의 다리는 무거워졌다. 자기 집 가까이 다다른 까닭이다. 새삼스러운 염려가 그의 가슴을 눌렀다.

"오늘은 나가지 말아요. 내가 이렇게 아픈데!"

이런 말이 잉잉 그의 귀에 울렸다. 그리고 병자의 움쑥 들어간

눈이 원망하는 듯이 자기를 노리는 듯하였다. 그러자 엉엉 하고
우는 개똥이의 곡성을 들은 듯싶다. 딸꾹 딸꾹하고 숨 모으는 소
리도 나는 듯싶다……

"왜 이러우? 기차 놓치겠구먼."

하고 탄 이의 초조한 부르짖음이 간신히 그의 귀에 들어왔다. 언
뜻 깨달으니 김첨지는 인력거 채를 쥔 채 길 한복판에 엉거주춤
멈춰 있지 않은가.

"예예."

하고 김첨지는 또다시 달음질하였다. 집이 차차 멀어갈수록 김첨
지의 걸음에는 다시금 신이 나기 시작하였다. 다리를 재게 놀려
야만 쉴 새 없이 자기의 머리에 떠오르는 모든 근심과 걱정을 잊
을 듯이.

정거장까지 끌어다 주고 그 깜짝 놀란 일 원 오십 전을 정말 제
손에 쥐매, 제 말마따나 십 리나 되는 길을 비를 맞아가며 질퍽거
리고 온 생각은 아니하고 거저나 얻은 듯이 고마웠다. 졸부나 된
듯이 기뻤다. 제 자식뻘밖에 안 되는 어린 손님에게 몇 번 허리를
굽히며,

"안녕히 다녀오십시오."

라고 깍듯이 재우쳤다.

그러나 빈 인력거를 털털거리며 이 우중에 돌아갈 일이 꿈밖이
었다. 노동으로 하여 흐른 땀이 식어지자 굶주린 창자에서, 물 흐
르는 옷에서 어슬어슬 한기가 솟아나기 비롯하매 일 원 오십 전
이란 돈이 얼마나 괴치 않고 괴로운 것인 줄 절절히 느끼었다. 정

거장을 떠나가는 그의 발길은 힘 하나 없었다. 온몸이 웅송그려지며 당장 그 자리에 엎어져 못 일어날 것 같았다.

"젠장맞을 것, 이 비를 맞으며 빈 인력거를 털털거리고 돌아를 간담? 이런 빌어먹을, 제 할미를 붙을 비가 왜 남의 상판을 딱딱 따려!"

그는 몹시 화증을 내며 누구에게 반항이나 하는 듯이 게걸거렸다. 그럴 즈음에 그의 머리엔 또 새로운 광명이 비쳤나니 그것은,

'이러구 갈 게 아니라 이 근처를 빙빙 돌며 차 오기를 기다리면 또 손님을 태우게 될는지도 몰라.'

란 생각이었다. 오늘은 운수가 괴상하게도 좋으니까 그런 요행이 또 한 번 없으리라고 누가 보증하랴. 꼬리를 굴리는 행운이 꼭 자기를 기다리고 있다고 내기를 해도 좋을 만한 믿음을 얻게 되었다. 그렇다고 정거장 인력거꾼의 등쌀이 무서우니 정거장 앞에 섰을 수는 없었다. 그래 그는 이전에도 여러 번 해본 일이라 바로 정거장 앞 전차 정류장에서 조금 떨어지게, 사람 다니는 길과 전찻길 틈에 인력거를 세워놓고 자기는 그 근처를 빙빙 돌며 형세를 관망하기로 하였다.

얼마 만에 기차는 왔고 수십 명이나 되는 손이 정류장으로 쏟아져 나왔다. 그중에서 손님을 물색하는 김첨지의 눈엔 양머리에 뒤축 높은 구두를 신고 망토까지 두른 기생 퇴물인 듯 난봉 여학생인 듯한 여편네의 모양이 띄었다. 그는 슬근슬근 그 여자의 곁으로 다가들었다.

"아씨, 인력거 아니 타시랍시오?"

그 여학생인지 뭔지가 한참은 매우 태깔을 빼며 입술을 꼭 다문채 김첨지를 거들떠보지도 않았다. 김첨지는 구걸하는 거지나 무엇같이 연해연방 그의 기색을 살피며,

"아씨, 정거장 애들보다 아주 싸게 모셔다 드리겠습니다. 댁이 어데신가요?"

하고 추근추근하게 그 여자의 들고 있는 일본식 버들고리짝에 제 손을 대었다.

"왜 이래. 남 귀치않게."

소리를 벽력같이 지르고는 돌아선다. 김첨지는 어랍시오 하고 물러섰다.

전차가 왔다. 김첨지는 원망스럽게 전차 타는 이를 노리고 있었다. 그러나 그의 예감은 틀리지 않았다. 전차가 빡빡하게 사람을 싣고 움직이기 시작하였을 제 타고 남은 손 하나가 있었다. 꽝장하게 큰 가방을 들고 있는 걸 보면 아마 붐비는 차 안에 짐이 크다 하여 차장에게 밀려 내려온 눈치였다. 김첨지는 대어섰다.

"인력거를 타시랍시오?"

한동안 값으로 승강이를 하다가 육십 전에 인사동까지 태워다 주기로 하였다. 인력거가 무거워지며 그의 몸은 이상하게도 가벼워졌다. 그러고 또 인력거가 가벼워지니 몸은 다시금 무거워졌건만 이번에는 마음조차 초조해온다. 집의 광경이 자꾸 눈앞에 어른거려 인제 요행을 바랄 여유도 없었다. 나뭇등걸이나 무엇 같고 제 것 같지도 않은 다리를 연해 꾸짖으며 갈팡질팡 뛰는 수밖에 없었다.

150

'저놈의 인력거꾼이 저렇게 술이 취해가지고 이 진 땅에 어찌
가노?'
라고 길 가는 사람이 걱정을 하리만큼 그의 걸음은 황급하였다.
흐리고 비 오는 하늘은 어둠침침하게 벌써 황혼에 가까운 듯하
다. 창경원 앞까지 다다라서야 그는 턱에 닿은 숨을 돌리고 걸음
도 늦추잡았다. 한 걸음 두 걸음 집이 가까워갈수록 그의 마음조
차 괴상하게 누그러웠다. 그런데 그 누그러움은 안심에서 오는
게 아니요 자기를 덮친 무서운 불행을 빈틈없이 알게 될 때가 박
두한 것을 두려워하는 마음에서 오는 것이다. 그는 불행에 다닥
치기 전 시간을 얼마쯤이라도 늘이려고 버르적거렸다. 기적에 가
까운 벌이를 하였다는 기쁨을 할 수 있으면 오래 지니고 싶었다.
그는 두리번두리번 사면을 살피었다. 그 모양은 마치 자기 집——
곧 불행을 향하고 달려가는 제 다리를 제 힘으로는 도저히 어찌
할 수가 없으니 누구든지 나를 좀 잡아다고, 구해다고 하는 듯하
였다.

　그럴 즈음에 마침 길가 선술집에서 그의 친구 치삼이가 나온다.
그의 우글우글 살찐 얼굴에 주홍이 돋는 듯, 온 턱과 뺨을 시커멓
게 구레나룻이 덮였거든, 노르탱탱한 얼굴이 바짝 말라서 여기저
기 고랑이 파이고 수염도 있대야 턱밑에만 마치 솔잎 송이를 거
꾸로 붙여놓은 듯한 김첨지의 풍채하고는 기이한 대상을 짓고 있
었다.

　"여보게, 김첨지. 자네 문안 들어갔다 오는 모양일세그려. 돈
많이 벌었을 테니 한잔 빨리게."

뚱뚱보는 말라깽이를 보던 맡에 부르짖었다. 그 목소리는 몸집과 딴판으로 연하고 싹싹하였다. 김첨지는 이 친구를 만난 게 어떻게 반가운지 몰랐다. 자기를 살려준 은인이나 무엇같이 고맙기도 하였다.

"자네는 벌써 한잔한 모양일세그려. 자네도 오늘 재미가 좋아 보이."

하고 김첨지는 얼굴을 펴서 웃었다.

"압다, 재미 안 좋다고 술 못 먹을 낸가? 그런데 여보게, 자네 왼몸이 어째 물독에 빠진 새앙쥐 같은가? 어서 이리 들어와 말리게."

선술집은 훈훈하고 뜻뜻하였다. 추어탕을 끓이는 솥뚜껑을 열 적마다 뭉게뭉게 떠오르는 흰 김, 석쇠에서 빠지짓빠지짓 구워지는 너비아니, 굴이며 제육이며 간이며 콩팥이며 북어며 빈대떡…… 이 너저분하게 늘어놓은 안주 탁자, 김첨지는 갑자기 속이 쓰려서 견딜 수 없었다. 마음대로 할 양이면 거기 있는 모든 먹음먹이를 모조리 깡그리 집어삼켜도 시원치 않았다. 하되 배고픈 이는 위선 분량 많은 빈대떡 두 개를 쪼이기로 하고 추어탕을 한 그릇 청하였다. 주린 창자는 음식 맛을 보더니 더욱더욱 비어지며 자꾸자꾸 들이라 들이라 하였다. 순식간에 두부와 미꾸라지든 국 한 그릇을 그냥 물같이 들이키고 말았다. 셋째 그릇을 받아 들었을 제 덥히던 막걸리 곱빼기 두 잔이 데워졌다. 치삼이와 같이 마시자 원원이[4] 비었던 속이라 찌르르 하고 창자에 퍼지며 얼굴이 화끈하였다. 눌러 곱빼기 한 잔을 또 마셨다.

김첨지의 눈은 벌써 개개풀리기 시작하였다. 석쇠에 얹힌 떡 두 개를 숭덩숭덩 썰어서 볼을 불룩거리며 또 곱빼기 두 잔을 부어라 하였다.

치삼은 의아한 듯이 김첨지를 보며,

"여보게, 또 붓다니, 벌써 우리가 넉 잔씩 먹었네, 돈이 사십 전일세."

라고 주의시켰다.

"아따 이놈아, 사십 전이 그리 끔찍하냐? 오늘 내가 돈을 막 벌었어. 참 오늘 운수가 좋았느니."

"그래 얼마를 벌었단 말인가?"

"삼십 원을 벌었어, 삼십 원을! 이런 젠장맞을, 술을 왜 안 부어?…… 괜찮다 괜찮아, 막 먹어도 상관이 없어. 오늘 돈 산더미같이 벌었는데."

"어, 이 사람 취했군. 고만두세."

"이놈아, 그걸 먹고 취할 내냐? 어서 더 먹어."

하고는 치삼의 귀를 잡아치며 취한 이는 부르짖었다. 그리고 술을 붓는 열오륙 세 됨 직한 중대가리에게로 달려들며,

"이놈, 오라질 놈, 왜 술을 붓지 않어?"

라고 야단을 쳤다. 중대가리는 희희 웃고 치삼을 보며 문의하는 듯이 눈짓을 하였다. 주정꾼이 이 눈치를 알아보고 화를 버럭 내며,

"네미를 붙을 이 오라질 놈들 같으니. 이놈, 내가 돈이 없을 줄 알고."

하자마자 허리춤을 훔칫훔칫하더니 일 원짜리 한 장을 꺼내어 중

대가리 앞에 펄쩍 집어던졌다. 그 사품에 몇 푼 은전이 잘그랑하며 떨어진다.

"여보게 돈 떨어졌네. 왜 돈을 막 끼었나?"

이런 말을 하며 치삼은 일변 돈을 줍는다. 김첨지는 취한 중에도 돈의 거처를 살피려는 듯이 눈을 크게 떠서 땅을 내려보다가 불시에 제 하는 짓이 너무 더럽다는 듯이 고개를 소스라치자 더욱 성을 내며,

"봐라 봐! 이 더러운 놈들아! 내가 돈이 없나. 다리 뼉다구를 꺾어놓을 놈들 같으니."

하고 치삼의 주워주는 돈을 받아,

"이 원수엣 돈! 이 육시를 할 돈!"

하면서 팔매질을 친다. 벽에 맞아 떨어진 돈은 다시 술 끓이는 양푼에 떨어지며 정당한 매를 맞는다는 듯이 쨍 하고 울었다.

곱빼기 두 잔은 또 부어질 겨를도 없이 말려가고 말았다. 김첨지는 입술과 수염에 붙은 술을 빨아들이고 나서 매우 만족한 듯이 그 솔잎 송이 수염을 쓰다듬으며,

"또 부어, 또 부어."

라고 외쳤다.

또 한 잔 먹고 나서 김첨지는 치삼의 어깨를 치며 문득 깔깔 웃는다. 그 웃음소리가 어떻게 컸던지 술집에 있는 이의 눈은 모두 김첨지에게로 몰리었다. 웃는 이는 더욱 웃으며,

"여보게 치삼이, 내 우스운 이야기 하나 할까? 오늘 손을 태우고 정거장에 가지 않았겠나?"

"그래서?"

"갔다가 그저 오기가 안됐데그려. 그래 전차 정류장에서 어름어름하며 손님 하나를 태울 궁리를 하지 않았나? 거기 마침 마마님이신지 여학생님이신지(요새야 어데 논다니와 아가씨를 구별할 수 있던가) 망토를 잡수시고 비를 맞고 서 있겠지. 슬근슬근 가까이 가서 인력거 타시랍시오 하고 손가방을 받으려니까 내 손을 탁 뿌리치고 빽 돌아서더만 '왜 남을 이렇게 귀찮게 굴어!' 그 소리야말로 꾀꼬리 소리지, 허허."

김첨지는 교묘하게도 정말 꾀꼬리 같은 소리를 내었다. 모든 사람은 일시에 웃었다.

"빌어먹을 깍쟁이 같은 년, 누가 저를 어쩌나. '왜 남을 귀찮게 굴어!' 어이구 소리가 체신도 없지 허허."

웃음소리들은 높아졌다. 그러나 그 웃음소리들이 사라지기 전에 김첨지는 훌쩍훌쩍 울기 시작하였다.

치삼은 어이없이 주정뱅이를 바라보며,

"금방 웃고 지랄을 하더니 우는 건 또 무슨 일인가?"

김첨지는 연해 코를 들여마시며,

"우리 마누라가 죽었다네."

"뭐, 마누라가 죽다니, 언제?"

"이놈아 언제는, 오늘이지."

"에끼 미친놈, 거짓말 말아."

"거짓말은 왜? 참말로 죽었어, 참말로…… 마누라 시체를 집에 뻐들쳐놓고 내가 술을 먹다니, 내가 죽일 놈이야, 죽일 놈이야."

하고 김첨지는 엉엉 소리를 내어 운다.

　치삼은 홍이 조금 깨어지는 얼굴로,

　"원 이 사람이, 참말을 하나 거짓말을 하나? 그러면 집으로 가세, 가."

하고 우는 이의 팔을 잡아당기었다.

　치삼의 잡는 손을 뿌리치더니 김첨지는 눈물이 글썽글썽한 눈으로 싱그레 웃는다.

　"죽기는 누가 죽어?"

하고 득의가 양양.

　"죽기는 왜 죽어? 생때같이 살아만 있단다. 그 오라질 년이 밥을 죽이지. 인제 나한테 속았다, 인제 나한테 속았다."

하고 어린애 모양으로 손뼉을 치며 웃는다.

　"이 사람이 정말 미쳤단 말인가? 나도 아주먼네가 앓는단 말은 들었는데."

하고 치삼이도 어느 불안을 느끼는 듯이 김첨지에게 또 돌아가라고 권하였다.

　"안 죽었어. 안 죽었대도 그래."

　김첨지는 화증을 내며 확신 있게 소리를 질렀으되 그 소리엔 안 죽은 것을 믿으려고 애쓰는 가락이 있었다. 기어이 일 원어치를 채워서 곱빼기 한 잔씩 더 먹고 나왔다. 궂은 비는 의연히 추적추적 내린다.

　김첨지는 취중에도 설렁탕을 사가지고 집에 다다랐다. 집이라

해도 물론 셋집이요 또 집 전체를 세 든 게 아니라 안과 뚝 떨어진 행랑방 한 칸을 빌려 든 것인데 물을 길어대고 한 달에 일 원씩 내는 터이다. 만일 김첨지가 주기를 띠지 않았던들 한 발을 대문 안에 들여놓았을 제 그곳을 지배하는 무시무시한 정적——폭풍우가 지나간 뒤의 바다 같은 정적에 다리가 떨리었으리라. 쿨룩거리는 기침 소리도 들을 수 없다. 그르렁거리는 숨소리조차 들을 수 없다. 다만 이 무덤 같은 침묵을 깨뜨리는——깨뜨린다느니보다 한층 더 침묵을 깊게 하고 불길하게 하는 빡빡 하는 그윽한 소리, 어린애의 젖 빠는 소리가 날 뿐이다. 만일 청각이 예민한 이 같으면 그 빡빡 소리는 빨 따름이요 꿀떡꿀떡 하고 젖 넘어가는 소리가 없으니 빈 젖을 빤다는 것도 짐작할는지 모르리라.

혹은 김첨지도 이 불길한 침묵은 짐작했는지도 모른다. 그렇지 않으면 대문에 들어서자마자 전에 없이,

"이 난장 맞을 년, 남편이 들어오는데 나와보지도 안 해. 이 오라질 년!"

이라고 고함을 친 게 수상하다. 이 고함이야말로 제 몸을 엄습해오는 무시무시한 증을 쫓아버리려는 허장성세인 까닭이다.

하여간 김첨지는 방문을 왈칵 열었다. 구역을 나게 하는 추기[5]——떨어진 삿자리 밑에서 올라온 먼지내, 빨지 않은 기저귀에서 나는 똥내와 오줌내, 가지각색 때가 켜켜이 앉은 옷내, 병인의 땀썩은 내가 섞인 추기가 무딘 김첨지의 코를 찔렀다.

방 안에 들어서며 설렁탕을 한구석에 놓을 사이도 없이 주정꾼은 목청을 있는 대로 다 내어 호통을 쳤다.

"이런 오라질 년, 주야장천 누워만 있으면 제일이야. 남편이 와도 일어나지를 못해!"
라고 소리와 함께 발길로 누운 이의 다리를 몹시 찼다. 그러나 발길에 차이는 건 사람의 살이 아니고 나뭇등걸과 같은 느낌이 있었다. 이때에 빡빡 소리가 응아 소리로 변하였다. 개똥이가 물었던 젖을 빼어놓고 운다. 운대도 온 얼굴을 찡그려 붙여서 운다는 표정을 할 뿐이다. 응아 소리도 입에서 나는 것이 아니고 마치 뱃속에서 나는 듯하였다. 울다가 목도 잠겼고 또 울 기운조차 시진(澌盡)한 것 같다.

발로 차도 그 보람이 없는 걸 보자 남편은 아내의 머리맡으로 달려들어 그야말로 까치집 같은 환자의 머리를 꺼들어 흔들며,
"이년아, 말을 해, 말을! 입이 붙었어? 이 오라질 년!"
"……"
"으응, 이것 봐, 아무 말이 없네."
"……"
"이년아, 죽었단 말이냐, 왜 말이 없어?"
"……"
"으응, 또 대답이 없네. 정말 죽었나 버이."
이러다가 누운 이의 흰 창이 검은 창을 덮은, 위로 치뜬 눈을 알아보자마자,
"이 눈깔! 이 눈깔! 왜 나를 바라보지 못하고 천장만 보느냐? 응."
하는 말끝엔 목이 메이었다. 그러자 산 사람의 눈에서 떨어진 닭

의 똥 같은 눈물이 죽은 이의 뻣뻣한 얼굴을 어룽어룽 적신다. 문득 김첨지는 미친 듯이 제 얼굴을 죽은 이의 얼굴에 한데 비비대며 중얼거렸다.

"설렁탕을 사다 놓았는데 왜 먹지를 못하니, 왜 먹지를 못하니?…… 괴상하게도 오늘은 운수가 좋더니만……"

발簾

기억이 좋은 분은 작년 여름 야시에서 순사가 발 장수를 차 죽
인 사단을 잊지 않았으리라. 그때 모든 신문은 이 기사로 거의 삼
면의 전부를 채웠고 또 사설에까지 격월(激越) 신랄한 논조로 무
도한 경관의 폭행을 여지없이 비난하고 공격하였었다. 온 세상도
이 칼자루의 위풍을 빌려 무고한 양민을 살해한 놈을 절치부심하
였었다. 더구나 그 무참하게도 목숨을 빼앗긴 이야말로 씻은 듯
한 가난뱅이며 열 살 먹이가 맏이고 일곱 살, 다섯 살, 세 살 먹
이의 부친이며, 성한 날 별로 없는 뇌짐병쟁이의 남편이며, 온 집
안 식구를 저 한 손으로 벌어 먹여 살리던 그가 비명횡사를 하고
보니 그의 가족은 무엇을 먹고 살 것이랴. 그 아내 되는 이는 어
린 자식 넷을 데리고 병든 몸을 끌며 거리에 구걸하는 수밖에 다
른 도리가 없는 형편임을 알 때에 세상의 뜨거운 동정은 피해자
에게 모이는 일변으로 이 참극을 일으킨 흉한에게 대한 미움은

한층 더 심해지고 한층 더 깊어졌다. 일 저지른 이가 법에 따라 상해치사죄로 오 년이란 긴 세월의 징역 언도를 받았건만 그래도 공분은 풀리지 않았었다. 경관이라 해서 법률을 굽혔다고 판결에 불만을 품은 이까지 있었었다. 이토록 가해자에 대한 민중의 감정은 사람으로 가질 수 있는 한 끝 가는 미움이었었다.

그러나 그 속살을 자세히 알고 보면 이 극흉 극악한 죄인도 그리 미워하지 못하리라. 센티멘털한 이 같으면 한 방울 눈물조차 아끼지 않으리라. 그 또한 주어서 받지 못한 사랑의 가련한 희생자이기 때문이다.

서울이 객지인 그가 머물고 있던 여관은 금부 뒷골에 있었는데, 여관이라 해도 드러내놓고 손을 치는 게 아니라, 아는 이만 알아서 찾는 객주라면 객주요, 염집이라면 염집이었다. 그 집엔 어쩐지 비밀이 있는 듯하고, 어쩐지 사람의 마음을 달뜨게 하고, 어쩐지 야릇한 희망을 품게 하는 일종 기괴한 분위기가 떠돌았다. 이 분위기는 그 집에 한번 방문만 한 분이면 대개 느낄 수 있으리라. 문간에서,

"이리 오너라."

하고 부르면,

"게 누구세요?"

하는 간드러진 목소리가 받는다. 이 소리만 들어도 헙헙한[1] 사내의 마음은 뛴다. 짝짝 하고 신 끄는 소리가 나자 늘 닫혀 있는 중문이 바시시 열리며, 평양식으로 얹은머리를 한 여편네가 찰찰

넘을 듯한 애교의 웃음을 띤 얼굴만을 나타낸다. 그 얼굴은 분명히 사십을 훨씬 지낸 얼굴이로되, 유달리 붉은 입술과 뺨이 화냥기를 띠고 사람을 끈다. 그는 주인 노파다. 그리고 또 중문 안까지 쑥 들어선 이면 기름으로나 닦았는지 반들반들한 마루, 뒤주, 그 위에 차곡차곡 얹혀 있는 윤나는 항아리들, 그보다도 북창이 터진 곳에 흔히 기생집에서 볼 수 있는 목제 일본 경대가 눈에 뜨이리라. 여러 가지 기름병, 여러 가지 분갑을 실은 그 경대만 보고 못 견디리만큼 그 임자에 대한 호기심을 품는 이는 매우 불행한 사람이다. 대개는 팔뚝까지 올라간 지지미[2] 속적삼 바람으로 그 경대 앞에서 머리를 빗든지 분을 바르든지 하는 그 임자를 어렵지 않게 볼 수 있으니까. 스물이 되었을까 한 그 여자는 시집을 갔다가 못 살고 왔다고도 하고, 기생 노릇을 하다가 그만두었다고도 하는 주인 노파의 딸이다.

전제(前提)가 좀 장황한 듯하지만 그 집의 짜임짜임도 설명 안할 수 없다.

광하고 대문간이 있는 채는 따로 떨어졌는데 이 한 채를 떼어보면 그 집은 하릴없는 고무래 정(丁) 자 모양으로 생기었다. 건넌방 다음에 사 간 대청이 있고, 그다음에 안방이 있는데, 머릿방과 합해서 삼 간이 되는 안방이 앞으로 쑥 내민 곳에 부엌이 딸려서 몸체는 ㄱ자로 꺾였다. 뒤꼍을 돌아보지 않은 이는 그 집이 통히 그뿐인 줄 알지마는 실상은 그렇지 않아 안방──안방이라느니보다 머릿방 뒤를 옆으로 대어서 또 이 간 마루가 있고, 그 마루가 끝난 곳에 나란히 방 둘이 있다. 이 뒤채와 통래를 하자면 부얼 뒷문과 머릿방 옆을 뚫은 쌍바라지[3]가 있을 뿐이다.

일 일어날 임물엔 건넌방에 학생들이 기숙을 하고 안방은 물론 주인 노파가 있고 딸은 머릿방에 거처하고 뒤채의 첫째 방에는 문제의 순사가 들었고, 둘째 방에는 이십칠팔 세 됨 직한 청년 신사—그 집에선 김주사라고 부르는 이가 들어 있었다. 이 김주사는 귀공자답게 해사한 얼굴의 임자인데 오정 때 가까이 일어나 면도질이나 하고 하이칼라 머리를 반지레하게 지코나 바르기에 해를 지우는 걸 보면 하는 노릇은 없는 듯하건만, 양복을 벌벌이 걸어두고 사흘돌이로 갈아입으며, 돈도 풍성풍성하게 쓰는 걸 보면 아마 시골 부자의 자제인 듯하다.

일 일어나기 전날 밤 새벽 두 시 뒤채의 첫째 방에선 드르렁드르렁 코 고는 소리가 난다. 둘째 방문이 소리 없이 열리자 김주사의 셔츠만 입은 도깨비 같은 모양이 나타나더니, 옆방의 숨소리에 주의를 하며 발끝으로 가만가만히 걸어서 열려 있는 머릿방 쌍바라지 안으로 사라진다.

전등불이 환한 머릿방 분홍 모기장에 주인의 딸이 잠이 들었다. 모시 겹이불이 꾸김꾸김해져서 발치에 밀린 것은 잠결에 차 던졌음이리라. 정강이까지 올라간 지지미 속곳, 팔뚝까지 올라간 지지미 적삼, 그것도 더웠던지 하부시 단추를 빼어 보얀 젖가슴을 아른아른히 드러내었다. 모기장의 분홍색 반영(反映)으로 말미암아 봄날의 꿈빛 같은 발그레한 그림자가 슬쩍 한끝 가는 이 자극을 덮어서 그곳의 정경을 한층 더 농염하게 하고 고혹되게 하고,

풍정 있게 하고 있다.

방 안에 들어서자 조용하게 또는 황급하게 쌍바라지를 닫고 난 사내는 계집의 자는 양을 물끄러미 바라보더니 제가 얼마나 복된 사람임을 새삼스럽게 느끼는 듯이 싱그레 웃다가 모기장을 들추고 들어온다. 사내의 입술이 계집의 입술에 닿았을 제 자던 이는 깜짝 놀라며 눈을 크게 뜬다. 김주사인 줄 알아보자 계집은 안심된 듯이 떴던 눈을 다시 스르르 감을락 말락 하고 방그레 웃으며,

"나는 누구라고?"

하였다.

"왜 순산 줄 알았던?"

"그래요, 난 그 원수엣 놈이 또 왔는가 하였지."

계집은 이런 말을 하고 제 어미를 닮아 유달리 붉은 입술을 동글게 벌려 하품을 한번 하더니 포동포동하게 살찐 손으로 얼굴을 몇 번 비비고 지나치게 숱 많은 눈썹을 몇 번 찡긋찡긋하자 쾌히 잠을 깬다. 쌍꺼풀 진 눈알엔 조금 붉은 기가 도는 듯하다. 년은 말끝을 이어 간드러지게,

"그런데, 왜 인제야 오셨슈? 밤이 퍽 늦었지?"

"벌써 올 마음이 굴뚝 같았지만 그 빌어를 먹을 놈이 세상에 자야지. 인제나 자는가 하고 귀를 기울이면 권연 빠는 소리가 났다가, 한숨 쉬는 소리가 났다가 부스럭부스럭 몸 비비대는 소리가 났다가…… 너한테 몹시도 반했나 보더라."

"흥, 속없는 사내."

하고 년은 코웃음을 웃는다. 놈도 웃으며,

"그런데, 저녁에 놈팽이가 너더러 무어라고 그렇게 지절대던?"

"살다가 별꼴을 다 보아. 선술집 신세를 졌는지 술이 잔뜩 취해 가지고 남의 방에 턱 들어오더니만 누가 청이나 한 드키 제 신세 타령을 늘어놓겠지. 나이 삼십에 아직 장가도 못 들었다는 둥, 집에는 아버지도 안 계시고 홀어머니뿐이라는 둥…… 또 그 꼴에 제 칭찬이 장관이지. 경관 노릇 삼 년에 남 못할 일 한번 한 법 없어도 근무라든가 뭐라든가를 착실히 했다나. 그래서 웃사람에게 잘 보여서 내월이면 경부가 되겠고, 경부가 되면 한 달에 팔십 원 벌이는 된다든가 만다든가……, 이러고 한참을 씩둑꺽둑하더니 아닌 밤중에 홍두깨 내밀기로 남의 손을 덥석 쥐며 같이 살자고 하겠지……"

"그래서?"

"아주 눈에 눈물을 글썽거리며 내가 무슨 노릇을 한들 너 하나야 못 먹여 살리겠나, 경부가 되거든 고향으로(제 고향이 인천이라나) 전근을 시켜달라고 해서 둘이 재미있게 살자꾸나, 어머니 한 분 계신대야 육십이 넘은 노인이시고 단둘의 살림이라 편할 대로 편히 해주마고 꿀을 담아 붓는 소리로 수단껏 꾀이겠지."

"그래, 너는 무에라고 대답을 했니?"

"차차, 생각해보아야 알겠다고 하였지."

"생각해본다긴, 딱 거절을 해버리지 않구."

"어이구, 그런 쑥떡이라도 그래도 순사 나으리의 행투가 있다오. 공연히 비위를 거슬렀다가 마음에 꼭 끼면 어쩌게. 슬슬 간장을 녹여주는 게 낫지."

"예끼, 요악한 년 같으니, 허허허."

하고 놈은 불시에 년을 껴안는다. 변통 없이 제 것임을 누구에게 자랑이나 하듯이 그들의 입술은 몇 번 붙었다 떨어졌다 하였다.

"그런데, 놈팽이가 우리 둘이 이러는 줄 알면 여북 속이 상할까?"

"그 천치가 한 달을 같이 있어도 눈치를 못 알아채겠지, 하하하…… 인제 고만 놓아요. 남 더워 죽겠구면…… 이 땀 보아."

년은 벌떡 일어앉아 활활 부채질을 하다가,

"아이, 더워 죽겠네, 저 쌍바라지를 열까?"

"열었다가 그놈이 엿보면 어쩌게?"

"자는데 어떨라구?"

"그래도 깰는지 아나?"

"그럼 어찌해?"

"어쩔까?…… 문을 열고 네 치마로 가릴까?"

"이런 바보, 치마로 가리면 바람이 어데로 들어오게."

"발 같은 것을 쳤으면 좋겠군."

"어데 발이 있어야지."

불쌍한 우리 주인공은 이런 사연을 꿈에도 몰랐다. 그 이튿날, 그날이야말로 무서운 운명의 검은 손이 저의 덜미를 짚을 줄은 모르고, '생각해보마' 한 계집의 말을 반승낙으로나 생각한 그는 복된 희망에 가슴을 두근거리며 근무 시간을 보낼 수 있었다. 그날인즉 스무하루 월급날, 밥값을 치르고 남은 돈으로 장래 아내에게 무슨 선사를 할까 하는 것이 큰 궁리였다. 금반지를 사다 줄까, 옷감을 끊어다 줄까, 양산을 사다 줄까……, 이런 생각에 그는 때때로 정신을 잃고 멀거니 먼 산을 바라보고 있었다. 금반지와 옷감엔 돈이 조금 모자라고 양산은 있는 모양. 차라리 저녁에 데리고 나와서 야시로 산보나 하다가 탑동 공원 안에 있는 청목당 지점에 들어가서 어디 조용한 방을 치우고 권커니 작커니 웃고 즐기다가 반승낙을 온승낙으로 바꾸는 게 나으리라고 생각하였다.

저녁을 먹고 사복을 갈아입은 그는 작정한 대로 실행하려 하였다.

"몹시 덥고 하니 야시에나 나가 바람이나 쏘이고 들어올까요?"라고, 얼굴을 붉으락푸르락하며 무심한 듯이 말을 붙여보았다. 의외에 저편이 선선히 승낙하였다.

"그래볼까요? 그런데 청이 하나 있는걸요."

"무슨 청이십니까?"

"딴 청이 아니라 발 하나만 사주어요."

저편은 이편이 깜짝 놀랄 만치 뒷방에까지 들릴 큰 소리로 불쑥 이런 말을 하였다. 그래도 눈치 없는 이편은 그런 무간한 청을 받는 것만 어떻게 기쁜지 몰랐다. 온승낙을 받을 전조(前兆)와도 같았다. 이편의 입이 저절로 벌어지느라고 저편의 얼굴을 떨며 지나가는 비소의 경련을 알아볼 길이 없었다.

"사드리구말구."

년은 다정한 듯이 놈의 곁으로 바싹 다가들어 눈으로 제 방의 쌍바라지를 가리키며 귀에 대고 속살거렸다.

"나으리 혼자만 계시면 저 문을 그대로 열어놓은들 어떠랴마
는, 딴 손님이 계시니까 어데 만만해요? 닫자니 덥고……"

"암, 그렇지 그래."

사랑에 취한 이는 지당하온 말씀이라는 듯이 고개를 수없이 끄
덕거렸다.

사랑하는 이를 데리고 나선 이에겐 와락와락 찌는 듯한 공기도
시원하였다. 작달막한 키가 급작스럽게 커지고 까무잡잡한 얼굴
이 희어지며 얽은 구멍조차 막히는 듯하였다. 통히 못생긴 저는
간 곳이 없고, 아름답고 훌륭하고 훤칠한 사내가 그의 속에 깃들
이고 말았다. 앙바틈하고[4] 짤막한 다리를 길고 곧기나 한 듯이 흥
청흥청 내어던질 제, 종로가 비좁게 갔다 왔다 하는 어느 사람보
다도 제가 복 많고 잘난 듯싶었다. 동글게 뭉친 어깨를 바짝 뒤로
젖혀서 닭의 무리에 섞인 봉이나 무엇같이 도고한 탯가락을 빼었
다. 그리 크지 않은 얼굴을 어마어마하게 찌푸렸는데 그 표정은
마치,

"너희는 몰라도 나는 경관님이시다. 내게 손가락 하나라도 대
었단 봐라. 내 사랑의 보는 앞에서 내 위엄을 알려줄 테니."

하는 듯하였다.

야시에 벌여 있던 모든 것이 그의 흥미를 끌었다. 철물전 앞에
도 걸음을 멈추었다. 허섭스레기 파는 데에서 책을 뒤적뒤적하기
도 하고, 과일전에서 과일을 들었다 놓기도 하였다. 경매하는 데

서 어름어름도 하고 구경꾼을 둘러세우고 약을 파는 광고장의 연설에도 귀를 기울였다. ……장래 아내와 어깨를 겨누고 거니는 시간을 한시라도 오래 끌고 싶었음이다. 예정한 계획대로 한시바삐 아늑한 요릿집에 들어갈 생각이야 간절하였으되 그것은 너무도 행복된 일이어서 얼른 실행하기가 아까운 듯하였다. 마음이 조마조마도 하였다. 확실무의하게 제 앞에 놓인 행복이니 꼭 부여잡을 시간을 잠깐 늘인들 어떠하리. 그래가지고 얼마 아니 되어 끔찍한 행복이 닥쳐온다는 짜릿짜릿한 예감을 맛본들 어떠하리.

이럴 즈음에 년의 목적한 바 발전(簾廛)이 거기 있었다.

"여기 발전이 있군요."

하고 년은 아까 띤 미소를 또 한 번 띠며 전 앞으로 들어선다. 놈은 지금 발 살 생각은 조금도 없었다. 홀린 이의 청이니 사주기는 사줄지라도 요릿집에서 돌아오는 길에 살 작정이었다. 그러나 년이 들어서는 받자에야 저도 들어서는 수밖에 없었다. 이런 것, 저런 것 허청으로 고르는 체하다 그중의 하나를 집어 들고 값을 물어보았다.

"삼 원만 내십시오."

"오십 전만 주지."

하고 놈은 년을 향해 웃어 보이었다.

"그건 말이 됩니까? 아닙시오."

하고 발 장수는 기막힌 듯이 한번 웃고는 먼 산을 본다. 그 태도가 조금 비위에 거슬렸으되, 어처구니없이 값을 깎은 것을 생각하고 웃고 일어설 수 있었다. 그 전을 한 두어 걸음 떠나가자 그

장수를 한번 보기 좋게 닦아세우지 못한 것이 후회가 됐다. 계집 앞에서 제 위엄과 세력을 보일 꼭 좋은 기회를 잃은 것이 원통하였다.

남과 시비 한 마디도 똑똑히 못하는 반편으로나 알지 않을까 하매 몹시도 높던 제가 문득 납작해진 듯해서 불쾌하기 짝이 없었다. 어찌하든지 이 분풀이를 하리란 생각이 그의 마음속 어디인지 움직이고 있었다.

얼마 가지 않아서 둘째번 발전이 거기 있었다. 한 사십이 됨 직한 성미 괄괄하게 생긴 그 주인은 무슨 화증 나는 일이 있는지(모르면 모르되 홍정 없는 까닭이리라) 잔뜩 얼굴을 찌푸리고 속상하는 듯이 곰방대에 담배를 떨고 넣고 한다. 넌놈은 또 발을 이것저것 고르다가 아까 모양으로 값을 물었다.

"이 원 팔십 전이오."

"오십 전에 파우."

주인은 시커먼 눈알맹이를 한번 회번덕하더니 순사의 손에 든 발을 낚아채며,

"이런 제길 도적놈, 뒷전에만 물건을 사보았단 말인가? 이 원 팔십 전 내라는 걸 단 오십 전 받으란다."

귀부인을 모신 기사(騎士)에게는 더할 수 없는 모욕이었다. 순사는 바르르 몸을 떨다가 빽 소리를 질렀다.

"이놈, 무엇이 어쩌고 어째! 장수가 에누리하는 것도 예사고, 손님이 깎는 것도 예사지."

앉았던 장수는 벌떡 일어선다.

"이놈이라니? 남의 물건을 사면 사고 말면 말았지 누구더러 이놈 저놈, 다리 뼉다구를 분질러놓을 놈 같으니."

경관의 얼굴엔 벌컥 피가 올랐다.

"왜 이러셔요? 고만두어요."

하며, 팔목을 잡아당기는 년의 손을 뿌리칠 겨를도 없이 이편의 손은 저편의 뺨을 갈겼다.

"이놈, 날 누군 줄 알구."

"에쿠, 이놈이 사람 친다."

는 고함과 함께 저편의 반항하는 손길도 이편의 뺨에 올라붙었다. 계집 데린 이는 눈에서 불이 번쩍 났다. 그의 분노는 머리끝까지 사무쳤다. 생채기를 입은 경관의 자존심, 더구나 똥칠한 계집에 대한 체면이 그로 하여금 물인지 불인지 모르게 하고 말았다. 입 안에 버글하고 거품이 돌자 퉁겨나온 눈방울에 쌍심지를 켜며 두 주먹과 두 다리가 허산바산 장수의 몸에 붙었다 떨어졌다 하였다. 장수도 턱없이 맞고만 있을 리 없었다.

"이놈, 네 명색이 뭐냐?"

는 푸념을 섞어가며 그편의 팔과 다리도 놀지 않았다. 한동안 '에쿠,' '에쿠' 하는 소리가 그곳의 공기를 무섭게 뒤흔들고 있었다. 이윽고 발 장수가 악 하고 외마디 소리를 치자마자 팍 그 자리에 거꾸러진다. 순사의 곧은 발길이 그의 ○○을 들어가 질렀음이다. 그때에 위지삼잡[5] 에워싼 구경꾼을 헤치고 정복 순사가 들어왔다. 그는 걷고 발 장수는 엇들리어 경찰서로 갔다. 그날 밤이 채 새지 않아 발 장수는 구류간에서 죽고 말았다.

그가 수감되던 날 저녁, 김주사와 주인의 딸은 애저녁부터 한시름 잊은 듯이 부채를 맞부딪치며 머릿방에 누워 있다……

"내 말이 어때요? 그런 쑥떡이라도 다 제 행투가 있지 않아요?"

"제 행투가 있으면 쓸데 있나? 때여가는데……"[6]

"어쩌면 사람을 차 죽일꼬? 아이 무서워."

"아주 표독한 놈이야, 사람을 어데 칠 데가 없어서 하필 ○○을 친담?"

"때여가기 전 연이틀은 꼭 제 방에 처박혀서 끙끙 앓기만 하더니 오늘 아침결엔 샛노란 얼굴로 또 내 방에 스르르 들어오겠지, 들어와서 하는 말이 또 장관이야. 이번 일은 꼭 내 잘못이니 같이 나갔다고 행여 미안하게 생각지 말라나 어쩌라나."

"그럼 제 잘못이지 뉘 잘못인고? 미안하긴 왜? 시러베아들놈."

"그리고 또 이것 좀 봐요. 제 지은 죄는 모르는지 잘하면 한 육 개월 살 터이고, 오래 살았자 일 년만 살면 나올 테니 그때까지 기다리겠느냐 하겠지. 하하하, 사람이 우스워 죽지."

"쓸개 빠진 놈, 허허허, 그래?"

"기다려보지요, 하였지."

"기다려보지요가 묘한걸."

이런 수작을 주고받는데 그 방의 쌍바라지는 발 없어도 인제 무방하다는 듯이 열려젖혀 있었다……

불

시집온 지 한 달 남짓한, 금년에 열다섯 살밖에 안 된 순이는 잠이 어릿어릿한 가운데도 숨길이 갑갑해짐을 느꼈다. 큰 바위로 내리눌리는 듯이 가슴이 답답하다. 바위나 같으면 싸늘한 맛이나 있으련마는, 순이의 비둘기 같은 연약한 가슴에 얹힌 것은 마치 장마 지는 여름날과 같이 눅눅하고 축축하고 무더운 데다가 천근의 무게를 더한 것 같다. 그는 복날의 개와 같이 헐떡이었다. 그러자 허리와 엉치가 뼈개내는 듯, 쪼개내는 듯, 갈기갈기 찢는 것같이, 산산이 바수는 것같이 욱신거리고 쓰라리고 쑤시고 아파서 견딜 수 없었다.

쇠막대 같은 것이 오장육부를 한편으로 치우치며 가슴까지 치받쳐 올라, 콱콱 뻗지를 때엔, 순이는 입을 딱딱 벌리며 몸을 위로 추스른다¹…… 이렇듯 아프니 적이나 하면 잠이 깨이련만 온종일 물 이기, 절구질하기, 물방아 찧기, 논에 나간 일꾼들에게 밥 나르기에 더할 수 없이 지쳤던 그는 잠을 깨려 깰 수가 없었다. 그렇다고 그가 혼수상태에 떨어진 것은 물론 아니니,

'이러다간 내가 죽겠구먼, 죽겠구먼! 어서 잠을 깨야지, 잠을 깨야지.'

하면서도, 풀칠이나 한 듯이 죄어 붙는 눈을 뜰 수가 없었다. 흙물같이 텁텁한 잠을 물리칠 수가 없었다. 연해 입을 딱딱 벌리며 몸을 추스르다가, 나중에는 지긋지긋한 고통을 억지로 참는 사람 모양으로, 이까지 빠드득빠드득 갈아붙이었다…… 얼마 만에야 무서운 꿈에 가위눌린 듯한 눈을 어렴풋이 뜰 수 있었다. 제 얼굴을 솥뚜껑 모양으로 덮은 남편의 얼굴을 보았다. 함지박만 한 큰 상판의 검은 부분은 어두운 밤빛과 어우러졌는데 번쩍이는 눈깔의 흰자위, 침이 깨흐르는 입술, 그것이 비뚤어지게 열리며 드러난 누런 이빨만 무시무시하도록 뚜렷이 알아볼 수가 있었다. 그러자 가뜩이나 큰 얼굴이 자꾸자꾸 부어오르더니 뙤약볕으로 지져놓은 암갈색의 어깨판도 따라서 확대되어서, '깍짓동²만 하게 되고 집채만 하게 된다. 순이는 배꼽에서 솟아오르는 공포와 창자를 뒤트는 고통에, 몸을 떨었다가 버르적거렸다가 하면서, 염치없는 잠에 뒷덜미를 잡히기도 하고 무서운 현실에 눈을 뜨기도 하였다.

그 고통으로부터 겨우 벗어난 때엔 유월의 단열밤³이 벌써 새었다. 사내의 어머어마한 윤곽이 방이 비좁도록 움직이자 밖으로 나간다. 들에 새벽일 하러 나감이리라. 그제야 순이도 긴 한숨을 쉬며 잠을 깰 수 있었다. 짙은 먹칠이나 한 듯하던 들창이 잿빛으

로 변하며 가물가물한 가운데 노릇노릇이 삿자리의 눈이 드러난
다. 윗목에 놓인 허술한 경대 위에 번들번들하는 석경이라든지,
머리맡 벽에 걸려 있는 누럭장이라든지 '원수의 방'이 분명하다.
더구나 제 등때기 밑에는 요까지 깔려 있다.

'이것은 어찌 된 셈인구?'

순이는 정신을 차리며 생각해보았다. 어젯밤에 그가 잔 데는 여
기가 아닐 테다. 밤이 되면 의례히 당하는 이 몹쓸 노릇을 하루라
도 면하려고 저녁 설거지를 마치던 맡에 아무도 몰래 헛간으로
숨었었다. 단지 둘밖에 아니 남은 볏섬을 의지 삼아 빈 섬거적을
깔고 두 다리를 쭉 뻗칠 사이도 없이 그만 고달픈 잠에 떨어지고
말았었다. 그런데 어찌 또 방으로 들어왔을까? 그 원수의 놈이 육
욕에 번쩍이는 눈알을 부라리며 사면팔방으로 찾다가, 마침내 그
를 발견하였음이라. 억세인 팔로 어렵지 않게 자는 그를 안아다
가 또 '원수의 방'에 갖다놓았음이리라. 그러고는 또 원수의 그
노릇……

이런 생각을 끝도 맺기 전에 흐리터분한 잠이 다시금 그의 사개
물러난[4] 몸을 엄습하였다……

집 안이 떠나갈 듯한 시어미의 소리가 일어났다.

"안 일어났니? 어서 쇠죽을 끓여야지!"

그 소리가 끝도 나기 전에 순이는 빨딱 몸을 일으킨다. 한 손으
로 눈을 비비며 또 한 손으로 남편의 벗겨놓은 옷을 주섬주섬 총망
히 주워 입는다. 그는 시방껏 자지 않았던가? 그 거동을 보면 자
기는 새로[5] 정신을 한껏 모으고 호령 일하를 기다리던 군사나 진

배없었다. 그러리만큼 자던 잠결에도 시어미의 호령은 무서웠음이다.

총총히 마루로 나오니, 아직 날은 다 밝지 않았다. 자욱한 안개를 격해서 광채를 잃은 흰 달이 죽은 사람의 눈깔 모양으로 희멀겋게 서로 기울고 있다.

저녁에 안쳐놓은 쇠죽 솥에 가자 불을 살랐다. 비록 여름일망정 새벽 공기는 찼다. 더욱이 으슬으슬 한기를 느끼던 순이는 번쩍하고 불붙는 모양이 매우 좋았다. 새빨간 입술을 날름날름 집어주는 솔개비를 삼키는 꼴을 그는 흥미 있게 구경하고 있었다. 고된 하루, 밤으로 말미암아 더욱 고된 순이의 하루는 또 시작되었다.

쇠죽을 다 끓이자, 아침밥 지을 물을 또 안 이어 올 수 없었다. 물동이를 이고 두 팔로 치켜 그 귀를 잡으니 겨드랑이로 안개 실린 공기가 싸늘싸늘하게 기어들었다. 시냇가에 나와서 물동이를 놓고 한번 기지개를 켰다. 안개에 묻힌 올망졸망한 산과 등성이는 아직도 몽롱한 꿈길을 헤매는 듯. 엊그제 농부를 기뻐 뛰게 한 큰비의 덕택으로 논이란 논엔 물이 질번질번한데 흰 안개와 어우러지니 마치 수은이 엉긴 것 같고, 벌써 옮겨놓은 모들은 파릇파릇하게 졸음 오는 눈을 비비고 있다. 이런 가운데 저 혼자 깨었다는 듯이 시내는 쫄쫄 소리를 치며 흘러간다. 과연 가까이 앉아서 들여다보니 새맑은 그 얼굴은 잠 하나 없는 눈동자와 같다. 순이는 풍 하며 바가지를 넣었다. 생채기 난 데를 메우려는 듯이 사방에서 모여든 물이, 바가지 들어갔던 자리를 둥글게 에워싸며 한

동안 야료를 치다가, 그리 중상은 아니라고 안심한 것같이, 너르게 너르게 둘레를 그리며 물러나갔다. 순이는 자꾸 물을 퍼내었다.

한 동이를 여다 놓고 또 한 동이를 이러 왔을 제, 그가 벌써부터 잡으려고 애쓰던 송사리 몇 마리가 겁 없이 동실동실 떠다니는 걸 보았다. 욜랑욜랑하는 그 모양이 퍽 얄미웠다. 숨소리를 죽이고 가만히 두 손을 넣어서 움키려 하였건만, 고놈들은 용하게 빠져 달아나곤 한다. 몇 번을 헛애만 쓴 순이는 고만 화가 더럭 나서 이번에는 돌멩이를 주워다가 함부로 물속의 고기를 때렸다. 제 얼굴에, 옷에, 물만 튀었지 고놈들은 도무지 맞지를 않았다. 짜증이 나서 울고 싶다. 돌질로 성공을 못할 줄 안 그는, 다시금 손으로 움켜보았다. 그중에 불행한 한 놈이 마침내 순이의 손아귀에 들고 말았다. 손 새로 물이 빠져가자, 제 목숨도 잦아가는 것에 독살이나 낸 듯이 파득파득하는 꼴이 순이에게는 재미있었다. 얼마 안 돼서, 가련한 물짐승은 죽은 듯이 지친 몸을 손바닥에 붙이고 있을 제, 잔인하게도 순이는 땅바닥에 태기를 쳤다. 아프다는 듯이 꼼지락하자 그만 작은 목숨은 사라졌건만, 그래도 아니 죽었거니 하고, 순이는 손가락으로 건드려보았다. 그래서 일순간 전에는 파득파득하고 살았던 그것이, 벌써 송장이 된 것을 깨닫자, 생명 하나를 없앴다는 공포심이 그의 뒷덜미를 짚었다. 그 자리에서 곧 송사리의 원혼이 날 듯싶었다. 갈팡질팡 물을 긷고 돌아서는 그는 누가 뒤에서 머리를 잡아당기는 듯하였다.

눈코를 못 뜨게 아침을 치르자마자, 그는 또 보리를 찧어야 한다. 절구질을 하노라니 허리가 부러지는 것 같다. 무거운 절구에

끌려서 하마터면 대가리를 절구통 속에 찧을 뻔도 하였다. 팔이 떨어지는 것 같다. 그래도 그는 깽깽 하며 끝까지 절구질을 아니 할 수가 없었다.

또 점심이다. 부랴부랴 밥을 다 지어서는, 모심기하는 일꾼(거기는 자기 남편도 끼었다.)에게 밥을 날라야 한다. 국이며 밥을 잔뜩 담은 목판이, 그의 정수리를 내려누르니 모가지가 자라의 그것같이 옴츠려지는 것은 물론이려니와, 키까지 줄어든 듯하였다. 이래가지고 떼어놓기 어려운 발길을 옮기며 삽짝 밖을 나섰다.

샛말갛게 개인 하늘엔 구름 한 점도 없고, 중천에 솟은 해님이 불 같은 볕을 내리퍼붓고 있었다. 질펀한 들에는 '흙의 아들'이 하얗게 흩어져, 응석 피우듯 어머니의 기름진 젖가슴을 철벅거리며 모내기에 한창 바쁘다. 그들의 굽혔다 폈다 하는 서슬에 옷으로 다 여미지 못한 허리는 새까맣게 지져놓은 듯하다. 염치 없이 눈에까지 흘러드는 팥죽 같은 땀을 닦느라고 얼굴은 모두 흙투성이가 되었다. 그래도 한시라도 속히, 한 포기라도 많이 옮기려고 골똘한 그들은 뼈가 휘어도 괴로운 한숨 한 번 쉬지 않는다. 도리어 그들은 노래를 부른다. 가장 자유로운 곡조로 가장 신나게 노래를 부른다.

땅은 흠씬 젖은 물을 끓는 햇발에 바래이고 있다. 논두렁에 엉클어진 잡풀들은 사람의 발이 함부로 밟음에 맡기며, 발이 지나가기를 기다려, 고개를 쳐들고 부신 햇발에 푸른 웃음을 올리고 있다. 거기는 굳세게 힘 있게 사는 생명의 기쁨이 있고 더욱더욱 삶을 충실히 하려는 든든한 노력이 있었다. 간단히 말하면 건강

178

이 넘치는 천지였다. 불건강한 물건의 존재를 허락지 않는 천지였다.

이 강렬한 광선의 바다, 싱싱한 공기를 마시기엔, 순이의 몸은 너무나 불건강하였었다. 눈이 핑핑 내어둘리며 머리가 어찔어찔하였다. 온몸을 땀으로 미역 감기면서도 으쓱으쓱 한기가 들었다. 빗물이 고인 내를 건너뛰렬 제, 물속에 잠긴 태양이 번쩍 하자 그의 눈앞은 캄캄해졌다. 문득 아침에 제가 죽인 송사리란 놈이 퍼드덕 하고 내달으며 방어만치나 어마어마하게 큰 몸뚱어리로 그의 가는 길을 막았다. 속으로 '악!' 외마디 소리를 치며 몸을 빼쳐 달아나려고 할 제, 그는 그만 무엇이 무엇인지 분간을 못하게 되었다.

누가 저의 머리채를 잡아서 뺑소니를 돌리는 듯한 느낌이었다. 그럴 사이에 그는 벼락 치는 소리를 들은 채 정신을 잃었다······

한참 만에야 순이는 깨어났건만, 본정신이 다 돌아오지는 않았다. 어리둥절하게 눈만 멀뚱거리고 있는 사이, 점심밥을 이고 나가던 일, 넓은 들에서 눈을 부시게 하던 햇발, 길을 막던 송사리 생각이 차례차례로 떠올랐다. 그러면 이고 가던 점심은 어떻게 되었는가, 하면서 휘 사방을 둘러볼 겨를도 없이 그는 외마디 소리를 치며 몸을 소스라쳤다. 또다시 그 '원수의 방'에 누웠을 줄이야! 미친 듯이 마루로 뛰어나왔다. 그의 눈은 마치 귀신에게 홀린 사람 모양으로 두려움과 무서움에 호동그래졌다.

마당에 널어놓은 밀을 고밀개*로 젓고 있는 시어미는 뛰어나오는 며느리에게 날카로운 눈살을 던지었다.

국과 밥을 모두 못 먹게 만든 것은 그만두더라도, 몇 개 아니 남은 그릇을 깨 두들긴 것이 한없이 미웠으되, 까무러치기까지 한 며느리를 일어나던 맡에 나무라기는 어려웠음이라.

"인제 정신을 차렸느냐? 왜 더 누워서 조리를 하지, 방정을 떨고 나오니. 어서 방으로 들어가서 누웠으려무나."

부드러운 목소리를 짓느라고 매우 애를 쓰는 모양이다.

그래도 순이는 비실비실하는 걸음걸이로 부득부득 마당으로 내려온다.

"방에 들어가서 조리를 하래도 그래."

이번에는 어성이 조금 높아진다.

"싫어요. 싫어요. 괜찮아요."

순이는 방에 다시 들어가기가 죽기보다 싫었다.

"또 고분고분 말을 아니 듣고, 악지를 부리는군."

하다가, 속에서 치받치는 미움을 걷잡지 못하겠다는 듯이, 고밀개 자루를 거꾸로 들 사이도 없이 시어미는 며느리에게로 달려들었다.

"요 방정맞은 년 같으니, 어쩌자고 그릇을 다 부수고, 아실랑아실랑 나오는 건 뭐냐. 요 얌치없는 년 같으니, 저번 장에 산 사발을 두 개나 산산조각을 맨들고……"

하고 푸념을 섞어가며 고밀개 자루로 머리, 등, 다리 할 것 없이 함부로 뚜들기기 시작한다. 순이는 맞아도 아픈 줄을 몰랐다. 으스러지는 듯이 찌뿌드드한 몸에 툭툭 하고 때려지는 매가 도리어 괴상한 쾌감을 일으켰다.

"요런 악지 센 년 좀 보아! 어쩌면 맞아도 울지도 않고 요렇게 서 있담?"

하고, 또 한참 매질을 하다가 스스로 지친 듯이 고밀개를 집어던지며,

"요년, 보기 싫다. 어서 부엌에 가서 저녁이나 지어라."

순이는 또 시키는 대로 부엌에 들어가서 밥을 안쳤다.

그럭저럭 하루 해는 저물어간다. 으슥한 부엌은 벌써 저녁이나 된 듯이 어둑어둑해졌다. 무서운 밤 지겨운 밤이 다시금 그를 향하여 시커먼 아가리를 벌리려 한다. 해 질 때마다 느끼는 공포심이 또다시 그를 엄습하였다. 번번이 해도 번번이 실패하는 밤 피할 궁리로 하여, 그의 좁은 가슴은 쥐어뜯기었다. 그럴 사이에 그 궁리는 나서지 않고 제 신세가 어떻게 불쌍하고 가엾은지 몰랐다. 수백 리 밖에 부모를 두고 시집을 온 일, 온 뒤로 밤마다 날마다 당하는 지긋지긋한 고생, 더구나 오늘 시어머니한테 두들겨맞은 일이 한없이 서럽고 슬퍼서 솟아오르는 눈물을 건잡을 수 없었다. 주먹으로 씻다가 팔까지 젖었건만, 눈물은 그치지 않았다…… 그때였다. 누가 뒤에서 그의 어깨를 흔들었다. 순이는 무심코 돌아보자마자 간이 오그라 붙는 듯하였다. 낮일을 다하고 돌아왔음이리라. 그의 남편이 몸을 굽혀서 어깨 너머로 그를 데밀어보고 있지 않은가. 그 볕에 그을은 험상궂은 얼굴엔 어울리지 않게 보드라운 표정과 불쌍해하는 빛이 역력히 흘렀다. 그러나 솔개에 채인 병아리 모양으로 숨 한번 옳게 쉬지 못하는 순이

는 그런 기색을 알아볼 여유도 없었다.

"왜 울어, 울지 말아, 울지 말아."

라고, 꺽세인 목을 떨어뜨리어 위로를 하면서, 그 솥뚜껑 같은 손으로 우는 순이의 눈을 씻어주고는 나가버린다.

남편을 본 뒤로는 더욱 견딜 수 없었다. 가슴을 지질러서 숨길을 막는 바위, 온몸을 바스려내는 쇠몽둥이…… 시방껏 흐르는 눈물도 간데없고, 다시금 이 지긋지긋한 밤 피할 궁리에 어린 머리를 짰다. 아니 밤 탓이 아니다. 온전히 그 '원수의 방' 때문이다. 만일 그 방만 아니면 남편이 또한 눈물만 씻어주고 나갈 따름이다. 그 방만 아니면 그런 고통을 주려야 줄 곳이 없을 것이다. 그 원수의 방! 그 방을 없애버릴 도리가 없을까? 입때 방을 피하려다가 뜻을 이루지 못한 순이는 인제 그 방을 없애버릴 궁리를 하게 되었다.

밥이 보글 하고 넘었다. 순이는 솥뚜껑을 열려고 일어섰을 제, 부뚜막에 얹힌 성냥이 그의 눈에 띄었다. 이상한 생각이 번개같이 그의 머리를 스쳐 지나간다. 그는 성냥을 쥐었다. 성냥 쥔 그의 손은 가늘게 떨리었다. 그러자 사면을 돌아볼 겨를도 없이 그 성냥을 품속에 감추었다. 이만하면 될 일을 왜 여태껏 몰랐던가, 하면서 그는 생그레 웃었다.

그날 밤에 그 집에는 난데없는 불이 건넌방 뒤꼍 추녀로부터 일어났다. 풍세를 얻은 불길이 삽시간에 온 지붕에 번지며 훨훨 타오를 제, 그 뒷집 담 모서리에서 순이는 근래에 없이 환한 얼굴로

기뻐 못 견디겠다는 듯이 가슴을 두근거리며 모로 뛰고 세로 뛰
었다……

B사감과 러브 레터

C 여학교에서 교원 겸 기숙사 사감 노릇을 하는 B여사라면 딱장대[1]요 독신주의자요, 찰진 야소꾼[2]으로 유명하다. 사십에 가까운 노처녀인 그는 주근깨투성이 얼굴이, 처녀다운 맛이란 약에 쓰려도 찾을 수 없을 뿐인가, 시들고 거칠고 마르고 누렇게 뜬 품이 곰팡 슨 굴비를 생각나게 한다.

여러 겹 주름이 잡힌 훨렁 벗어진 이마라든지 숱이 적어서 법대로 쪽 찌거나 틀어올리지를 못하고 엉성하게 그냥 빗겨 넘긴 머리, 꼬리가 뒤통수에 염소 똥만 하게 붙은 것이라든지, 벌써 늙어가는 자취를 감출 길이 없었다. 뾰족한 입을 앙다물고 돋보기 너머로 쌀쌀한 눈이 노릴 때엔 기숙생들이 오싹하고 몸서리를 치리만큼 그는 엄격하고 매서웠다.

이 B여사가 질겁을 하다시피 싫어하고 미워하는 것은 소위 '러브 레터'였다. 여학교 기숙사라면 의례히 그런 편지가 많이 오는 것이지만 학교로도 유명하고 또 아름다운 여학생이 많은 탓인지 모르되 하루에도 몇 장씩 죽느니 사느니 하는 사랑타령이 날아들어왔었다. 기숙생에게 오는 사신을 일일이 검사하는 터이니까 그따위 편지도 물론 B여사의 손에 떨어진다. 달착지근한 사연을 보는 족족 그는 더할 수 없이 흥분되어서 얼굴이 붉으락푸르락 편지 든 손이 발발 떨리도록 성을 낸다.

아무 까닭 없이 그런 편지를 받은 학생이야말로 큰 재변이었다. 하학하기가 무섭게 그 학생은 사감실로 불리어간다. 분해서 못 견디겠다는 사람 모양으로 쌔근쌔근하며 방 안을 왔다 갔다 하던 그는, 들어오는 학생을 잡아먹을 듯이 노리면서 한 걸음 두 걸음 코가 맞닿을 만큼 바싹 다가들어서 딱 마주 선다. 웬 영문인지 알지 못하면서도 선생의 기색을 살피고 겁부터 집어먹은 학생은 한동안 어쩔 줄 모르다가 간신히 모기만 한 소리로,

"저를 부르셨어요?"

하고 묻는다.

"그래 불렀다. 왜!"

꽉 무는 듯이 한마디 하고 나서 매우 못마땅한 것처럼 교의를 우당퉁탕 당겨서 철썩 주저앉았다가 학생이 그저 서 있는 걸 보면,

"장승이냐? 왜 앉지를 못해!"

하고 또 소리를 빽 지르는 법이었다.

스승과 제자는 조그마한 책상 하나를 새에 두고 마주 앉는다. 앉은 뒤에도,

"네 죄상을 네가 알지!"

하는 것처럼 아무 말 없이 눈살을 쏘기만 하다가 한참 만에야 그 편지를 끄집어내어 학생의 코앞에 동댕이를 치며,

"이건 누구한테 오는 거냐?"

하고 문초를 시작한다. 앞장에 제 이름이 쓰였는지라,

"저한테 온 것이야요."

하고 대답 않을 수 없다. 그러면 발신인이 누구인 것을 채쳐 묻는다.

그런 편지의 항용으로 발신인의 성명이 똑똑치 않기 때문에 주저주저하다가 자세히 알 수 없다고 내대일 양이면,

"너한테 오는 것을 네가 모른단 말이냐?"

고 불호령을 내린 뒤에 또 사연을 읽어보라 하여 무심한 학생이 나직나직하나마 꿀 같은 구절을 입술에 올리면 B여사의 역정은 더욱 심해져서 어느 놈의 소위인 것을 기어이 알려 한다. 기실 보도 듣도 못한 남성의 한 노릇이요 자기에게는 아무 죄도 없는 것을 변명변명하여도 곧이듣지를 않는다. 바른대로 아뢰어야 망정이지 그렇지 않으면 퇴학을 시킨다는 둥, 제 이름도 모르는 여자에게 편지할 리가 만무하다는 둥, 필연 행실이 부정한 일이 있었으리라는 둥…… 하다못해 어디서 한번 만나기라도 하였을 테니 어찌해서 남자와 접촉을 하게 되었느냐는 둥. 자칫 잘못하여 학교에서 주최한 음악회나 '바자'에서 '혹' 보았는지 모른다고 졸리다 못해 주워댈 것 같으면 사내의 보는 눈이 어떻더냐, 표정이 어떻더냐, 무슨 말을 건네더냐, 미주알고주알 캐고 파며 으르고 볶아서 넉넉히 십년감수는 시킨다.

두 시간이 넘도록 문초를 한 끝에는 사내란 믿지 못할 것, 우리 여성을 잡아먹으려는 마귀인 것, 연애가 자유이니 신성이니 하는 것도 모두 악마의 지어낸 소리인 것을 입에 침이 없이 열에 띠어서 한참 설법을 하다가 닦지도 않은 방바닥(침대를 쓰기 때문에 방이라 해도 마룻바닥이다.)에 그대로 무릎을 꿇고 기도를 올린다. 눈에 눈물까지 글썽거리면서 말끝마다 하느님 아버지를 찾아서 악마의 유혹에 떨어지려는 어린 양을 구해달라고 뒤삶고 곱삶는 법이었다.

그러고 둘째로 그의 싫어하는 것은 기숙생을 남자가 면회하러 오는 일이었다. 무슨 핑계를 하든지 기어이 못 보게 하고 만다. 친부모, 친동기 간이라도 규칙이 어떠니 상학 중이니 무슨 핑계를 하든지 따돌려 보내기가 일쑤다. 이로 말미암아 학생이 동맹 휴학을 하였고 교장의 설유까지 들었건만 그래도 그 버릇은 고치려 들지 않았다.

이 B사감이 감독하는 그 기숙사에 금년 가을 들어서 괴상한 일이 생겼다. 아니 괴상한 일이 '생겼다'느니보다 '발각되었다'는 것이 마땅할는지 모르리라. 왜 그런고 하면 그 괴상한 일이 언제 '시작된' 것은 귀신밖에 모르니까.

그것은 다른 일이 아니라 밤이 깊어서 새로 한 점이 되어 모든 기숙생들이 달고 곤한 잠에 떨어졌을 제 난데없는 깔깔대는 웃음과 속살속살하는 말낱이 새어 흐르는 일이었다. 하룻밤이 아니고 이틀 밤이 아닌 다음에야, 그런 소리가 잠귀 밝은 기숙생의 귀에 들리기도 하였지만 자던 잠결이라, 뒷동산에 구르는 마른 잎의 노래로나, 달빛에 날개를 번뜩이며 울고 가는 기러기의 소리로나 흘려 들었다. 그렇지 않으면 도깨비의 장난이나 아닌가 하여 무시무시한 증이 들어서 동무를 깨웠다가 좀처럼 동무는 깨지 않고 제 생각이 너무도 어림없고 어이없음을 깨달으면, 밤소리 멀리 들린다고 학교 이웃집에서 이야기를 하거나 또는 딴 방에 자는 제 동무들의 잠꼬대로만 여겨서 스스로 안심하고 그대로 자버리기도 하였다.

그러나 이 수수께끼가 풀릴 때는 왔다. 어째 공교롭게 한방에 자던 학생 셋이 한꺼번에 잠을 깨었다. 첫째 처녀가 소변을 보려 일어났다가 그 소리를 듣고, 둘째 처녀와 셋째 처녀를 깨우고 만 것이다.

"저 소리를 들어보아요. 아닌 밤중에 저게 무슨 소리야?"
하고, 첫째 처녀는 호동그래진 눈에 무서워하는 빛을 띤다.

"어젯밤에 나도 저 소리에 놀랬어. 도깨비가 났단 말인가?"
하고 둘째 처녀도 잠 오는 눈을 비비며 수상해한다. 그중에 제일 나이가 많을 뿐더러(많았자 열여덟밖에 아니 되지만) 장난 잘 치고 짓궂은 짓 잘하기로 유명한 셋째 처녀는 동무 말을 못 믿겠다는 듯이 이윽히 귀를 기울이다가,

"딴은 수상한걸. 나도 언젠가 한번 들어본 법도 하구먼. 뭘 잠 아니 오는 애들이 이야기를 하는 게지."

이때에 그 괴상한 소리는 깩때굴 웃었다. 세 처녀는 으쓱하며 귀를 소스라쳤다. 적적한 밤 가운데 다른 파동 없는 공기는 그 수상한 말낱을 곁에서나 나는 듯이 또렷또렷이 전해주었다.

"오, 태훈씨! 그러면 작히 좋을까요?"

간드러진 여자의 목소리다.

"경숙씨가 좋으시다면 내야 얼마나 기쁘겠습니까? 아아, 오직 경숙씨에게 바친 나의 타는 듯한 가슴을 인제야 아셨습니까?"

정열에 띤 사내의 목청이 분명하다.

한동안 침묵……

"인제 고만 놓아요. '키스'가 너무 길지 않아요? 행여 남이 보면 어떡해요?"

아양 떠는 여자 말씨.

"길수록 더욱 좋지 않아요? 나는 내 목숨이 끊어질 때까지 키스를 하여도 길다고는 못하겠습니다. 그래도 짧은 것을 한하겠습니다."

사내의 피를 뽑은 듯한 이 말끝은 계집의 자지러진 웃음으로 묻혀버렸다.

그것은 묻지 않아도 사랑에 겨운 남녀의 흐무러진 수작이다. 간검[3]이 지독한 이 기숙사에 이런 일이 생길 줄이야! 세 처녀는 얼굴을 마주 보았다. 그들의 얼굴은 놀랍고 무서운 빛이 없지 않았으되 점점 호기심에 번쩍이기 시작하였다. 그들의 머릿속에는 한결같이 '로맨틱'한 생각이 떠올랐다. 이 안에 있는 여자 애인을 보려고 학교 근처를 뒤돌고 곰돌던 사내 애인이 타는 듯한 가슴을 걷잡다 못하여 밤이 이슥하기를 기다려 담을 뛰어넘은지 모르리라.

모든 불이 다 꺼지고 오직 밝은 달빛이 은가루처럼 서린 창문이 소리 없이 열리며 여자 애인이 흰 수건을 흔들어 사내 애인을 부른지도 모르리라. 활동사진에 보는 것처럼 기나긴 피륙을 내리어서 하나는 위에서 당기고 하나는 밑에 매달려 디룽디룽하면서 올라가는 정경이 있었는지 모르리라. 그래서 두 애인은 만나가지고 저와 같이 사랑의 속살거림에 잦아졌는지 모르리라……

꿈결 같은 감정이 안개 모양으로 흐릿하게 무지개 모양으로 부시게 세 처녀의 몸과 마음을 휩싸 돌았다. 그들의 뺨은 후끈후끈 달았다. 괴상한 소리는 또 일어났다.

"난 싫어요, 난 싫어요. 당신 같은 사내는 난 싫어요."

이번에는 매몰스럽게 내어대는 모양.

"나의 천사, 나의 하늘, 나의 여왕, 나의 목숨, 나의 사랑, 나를 살려주어요, 나를 구해주어요."

사내의 애를 졸이는 간청……

"우리 구경 가볼까?"

짓궂은 셋째 처녀는 몸을 일으키며 이런 제의를 하였다. 다른 처녀들도 그 말에 찬성한다는 듯이 따라 일어섰으되 의아와 공구와 호기심이 뒤섞인 얼굴을 서로 교환하면서 얼마쯤 망설이다가 마침내 가만히 문을 열고 나왔다. 쌀벌레 같은 그들의 발가락은 가장 조심성 많게 소리 나는 곳을 향해서 곰실곰실 기어간다. 컴컴한 복도에 자다가 일어난 세 처녀의 흰 모양은 그림자처럼 소리 없이 움직였다.

소리 나는 방은 어렵지 않게 찾을 수 있었다. 찾고는 나무로 깎아세운 듯이 주춤 걸음을 멈출 만큼 그들은 놀랐다. 그런 소리의 출처야말로 자기네 방에서 몇 걸음 안 되는 사감실일 줄이야! 그렇듯이 사내라면 못 먹어 하고, 침이라도 뱉을 듯하던 B여사의 방일 줄이야!

그 방에선 여전히 사내의 비대발괄하는 푸념이 되풀이하고 있다——

"나의 천사, 나의 하늘, 나의 여왕, 나의 목숨, 나의 사랑, 나의 애를 말려 죽이실 테요? 나의 가슴을 뜯어 죽이실 테요? 내 생명을 맡으신 당신의 입술로……"

셋째 처녀는 대담스럽게 그 방문을 빠끔히 열었다. 그 틈으로 여섯 눈이 방 안을 향해 쏘았다. 이 어쩐 기괴한 광경이냐! 전등불은 아직 끄지 않았는데 침대 위에는 기숙생에게 온 소위 '러브 레터'의 봉투가 너저분하게 흩어졌고 그 알맹이도 여기저기 두서없이 펼쳐진 가운데 B여사 혼자——아무도 없이 제 혼자 일어나 앉았다. 누구를 끌어당길 듯이 두 팔을 벌리고 안경 벗은 근시안으로 잔뜩 한곳을 노리며 그 굴비쪽 같은 얼굴에 말할 수 없이 애원하는 표정을 짓고는 '키스'를 기다리는 것같이 입을 쭝긋이 내어민 채 사내의 목청을 내어가면서 아까 말을 중얼거린다. 그러다가 그 넋두리가 끝날 겨를도 없이 급작스레 앵돌아지는 시늉을 내며 누구를 뿌리치는 듯이 연해 손짓을 하며 이번에는 톡톡 쏘는 계집의 음성을 지어,

"난 싫어요. 난 싫어요. 당신 같은 사내는 난 싫어요."

하다가 제물에 자지러지게 웃는다. 그러더니 문득 편지 한 장을(물론 기숙생에게 온 '러브 레터'의 하나) 집어들어 얼굴에 문지르며,

"정 말씀이야요? 나를 그렇게 사랑하셔요? 당신의 목숨같이 나를 사랑하셔요? 나를, 이 나를."

하고 몸을 추스르는데 그 음성은 분명히 울음의 가락을 띠었다.

"에그머니, 저게 웬일이야?"

첫째 처녀가 소곤거렸다.

"아마 미쳤나 보아. 밤중에 혼자 일어나서 왜 저러고 있을꾸?"

둘째 처녀가 맞방망이를 친다.

"에그 불쌍해!"

하고 셋째 처녀는 손으로 고인 때 모르는 눈물을 씻었다……

사립정신병원장

생각하면 재작년 겨울 일이다. 나는 오랜간만에야 고향에 돌아
갔었다. 십여 호가 넘던 일갓집들이 가을바람에 나부끼는 포플러
잎보다도 더 하잘것없이 흩어진 오늘날에야 말이 고향이지 기실
쓸쓸한 타향일 따름이다. 비록 초가일망정 이십여 간이나 되는
우리 집도 다섯 간 오막살이로 찌그러들어 성 밖 외따른 동리에
초라하게 남았고 거기는 칠순에 가까운 아버지와 사십이 넘은 계
모가 턱을 고이고 앉았을 뿐. 아들도 남부럽지 않게 많지마는 제
입 풀칠하기에 바쁜 그들은 부모님 봉양할 이란 하나도 없었던
것이다. 몇 달 만에야 한 번, 몇 해 만에야 한 번 집안으로 기어드
는 자식은 자식이 아니요 손님이었다. 쌀밥 한 그릇 고깃국 한 대
접을 만들어 먹이기에 아버지와 어머니가 얼마나 고심하는 것을
잘 아는 나는 얼른 데밀어다보고는 선선히 일어서는 것이 항례였
다. 그러나 내가 여기서 내 신세와 우리 집안 형편을 늘어놓자는

것은 아니다. 음산하고 참담한 내 동무 하나의 이야기를 기념 삼
아 적어두자는 것이다.

아버지 집을 총총히 뛰어나온 나의 발길은 몇 아니 되는 친구가
구락부[1] 삼아 모이는 L군의 사랑으로 향하였다. 그들은 무조건으
로 나를 환영해주었다. 반가움, 즐거움은 이야기의 즐거움으로
옮겨갔다. 서울 형편 이야기, 글 이야기, 생각 이야기를 비롯하여
친구들의 가정에 일어난 에피소드까지 우리의 화제에 올랐다.

"W군이 어째 보이지 않나? 요새도 은행에 잘 다니나?"

나는 그 사랑의 단골 축의 하나인 W군의 소식을 물어보았다.

"이번 정리 통에 그나마 미역국을 먹었네."

하고 주인 되는 L군이 얼굴을 찌푸린다. 나는 그 말을 듣고 놀랐
다. 이 W군으로 말하면 그야말로 헐길 할길 없는 형편이었다. 본
디 서발막대 거칠 것 없는 가난한 집안에 태어난 그는 열여덟 살
에 백부에게로 출계를 하게 되었다. 양자 간 덕택으로 즉시 장가
는 들 수 있었으나 사람 좋은 양부는 남의 빚봉수로 말미암아 씩
씩지 않은 시골 살림이 일조에 판들고[2] 말았다. 그는 처가에 몸을
의탁하는 수밖에 없게 되었다. 그러나 처가 또한 넉넉지 못한 형
세이다. 조반석죽도 궐할 때가 많았다. 넉넉한 처가살이도 하기
어렵다 하거든 하물며 가난한 처가살이랴? 목으로 넘어가는 밥
한 알 두 알이 바늘과 같이 그의 창자를 찔렀으리라.

이토록 고생에 부대끼면서도 그는 얼굴 한번 찡그리는 법이 없
었다. 그는 언제든지 싱글싱글 웃었다. 그는 말 한마디를 해도 웃
지 않고는 못하는 낙천가였다. 서울에 올라와서 고학을 할 때 살

을 에어내는 듯한 겨울날 속옷을 빨다가 손이 몹시 시리면 그는 벌떡 일어나 손을 쩔레쩔레 흔들며,

"이놈의 손가락이 별안간 왜 뻣뻣해지나?"

하고도 웃었다. 밥을 짓다가 연기가 눈으로 들어가면 눈물이 그렁그렁한 눈을 비비면서도 그는 히히 하고 웃기를 잊지 않았다. 그 대신 그의 몸은 여지없이 말라갔다. 뼈하고 가죽으로만 접한 듯한 얼굴은 바늘로 찔러도 피 한 점 날 것 같지 않았다.

가장 기쁜 듯이 웃을 때면 입가는 마치 누비를 누벼놓은 듯이 여러 가닥 주름이 잡히었다.

만사를 웃고 지내는 그이언만 처가살이는 견디지 못하였던지 작년 봄에 남의 협호(夾戶)³를 얻어 자기 식구를 끌고 나왔다. 백 판⁴으로 살림을 차리고 보니 그 궁색한 것이야 당자 아닌 남으론 상상도 못할 것이 있었으리라. 있는 친구에게 쌀되를 꾸어가면서 그날그날을 보내던 중 여러 가지로 주선한 끝에 T은행의 고원⁵으로 채용이 되었었다. 이십오 원이란 월급이 비록 작지마는 그들의 가정에겐 생명의 줄이었다. 그런데 그 줄이나마 끊어졌으니 그는 또 무엇을 하며 지낼 것인가. 더구나 그는 벌써 열두 살 먹은 맏 딸, 여덟 살 되는 둘째 딸, 네 살 먹은 아들의 아버지가 아니냐.

"그러면 무엇을 먹고산단 말인가?"

나는 탄식하였다.

"요새는 사립정신병원장이 되셨지요."

하고 익살 잘 부리는 S군이 낄낄 웃었다. 온 방은 이 말에 땍때그르르 웃었다.

"사립정신병원장이라니?"

나는 웬 까닭을 몰라서 채쳐 물었다.

"출근 오전 칠 시, 퇴근 오후 육 시, 집무 중 면회 절대 사절, 일 시라도 환자의 곁을 떠나지 못할지니 변소 출입도 엄금⋯⋯"
하고 S군이 복받치는 웃음을 못 참을 제 방 안의 웃음소리는 또 한 번 높아졌다.

S군의 설명을 들으면 W군에게 P란 친구가 있었다. 워낙 체질이 나약한 그는 어릴 적부터 병으로 자랐었다. 성한 날이라고는 단지 하루가 없었다. 가난한 집 자식 같으면 땅김을 벌써 맡았으련마는, 다행히 수천석꾼의 외동아들로 태어난 덕에 삼과 녹용의 힘이 그의 끊어지려는 목숨을 간신히 부지해왔었다. 자식이 그렇게 허약하거든 장가나 들이지 않았으면 좋을 걸 재작년에 혼인을 한 뒤부터 그의 병세는 더욱 더쳐진 모양이었다. 금년 봄에 첫딸을 낳은 뒤론 그는 실성실성 정신에 이상이 생기고 말았다.

미치고 보니 자연히 찾아오는 친구도 없고 부모 친척까지 그와 오래 앉아 있기를 꺼리게 되었다.

그렇다고 병자를 내어보낼 수도 없고 혼자 한방에 감금해두는 것도 또한 염려스러운 일이라. 그때 W군이 '사립정신병원장'이 된 것이다. 날이 마치도록 미친 이의 말벗이 되고 보호병 노릇을 하는 보수로 W군은 한 달에 쌀 한 가마니 돈 십 원씩을 받게 된 것이다.

'사립정신병원장!' 나는 속으로 한번 외워보았다. 나의 가슴은 한그믐밤 빛같이 캄캄해졌다.

그날 저녁에는 W군을 만났다.

"원장영감, 인제야 퇴근하셨습니까?"

하고 S군은 또 낄낄댄다. 방 안에 다시금 웃음이 터졌다.

W군은 또한 빙그레 웃었으되 그 샛노란 얼굴엔 잠깐 검은 그림자가 지나가는 듯하였다.

"오늘은 별일 없었나?"

친구들은 W군을 중심으로 둘러앉으며 L군이 물었다. 그들의 눈에는 호기심이 번쩍이었다.

"여보게 말도 말게. 오늘은 정말 혼이 났네."

하고 W군은 역시 싱글싱글 웃는다.

"왜?"

여러 사람의 눈은 호동그래졌다.

"지랄이 점점 늘어가나 보데. 오늘은 문을 첩첩이 닫고 늘 하는 그 지랄을 하더니만 칼을 가지고 나를 찌르려고 덤비데."

"칼은 또 웬 칼인구?"

"낮에 밤 까먹으라고 내온 것을 어느새 집어넣었던가 보데."

"그래 곧 그 칼을 빼앗았나?"

"그까짓 것, 안 빼앗았으면 어떨라구? 설마 미친놈이 사람 죽이겠나?"

하고 W군은 또 웃었다. 그러자 그의 몸은 웬일인지 추운 듯이 떨고 있었다.

"자네도 좀 실성실성 하이그려. 미친놈이 사람을 죽이지, 성한 놈이 사람을 죽이나?"

거기 모인 친구의 하나인 K군이 그 귀공자다운 흰 얼굴이 조금 푸르러지며 이런 말을 하였다.

"성한 사람 같으면 푹 찔르지만 칼을 들고 남의 목에 겨누며 한참 지랄을 하더니 그대로 픽 쓰러지데그려."

"자네 오늘 운수가 좋았네. 문을 첩첩이 잠그고 그 어둠침침한 방 안에서 정말 찔렀으면 어쩔 뻔했나."

하고 L군은 아질아질한 듯이 몸서리를 친다.

"문을 왜 처잠그는가?"

나는 또 설명을 요구하였다.

"자네는 참 모를 걸세."

하고 W군은 설명해주었다. P의 증세는 소위 공인증(恐人症)이란 것이었다. 천연스럽게 앉아 있다가 문득 눈을 홉뜨고 그 백지장 같은 얼굴이 파랗게 질려가지고,

"아이구, 저놈들이 또 온다."

"아이구, 저놈들이 나를 잡으려 온다."

라고 황겁하게 중얼거리며 숨을 곳을 찾는 듯이 방 안을 쩔쩔매다가,

"여보게 W군, 문 좀 닫아주게."

라고 비대발괄하는 법이었다. 그러면 W군은 하릴없이 사랑 중문을 닫고 그들 있는 방문이란 방문은 미닫이며 덧창이며 바깥문까지 모조리 닫아 걸어야 한다. 그래서 방 안이 침침해지면 개한테 쫓긴 닭 모양으로 방 한구석에 고개를 처박고 있던 미친 이는 고

개를 번쩍 들고 사면을 두리번두리번 살핀다. 그러다가 별안간,

"히, 히, 히, 히."

라고 마디마디 끊어진 웃음을 웃는다. 이 웃음소리를 따라 그의 홉뜬 눈이 점점 번들번들해지자,

"이놈들아, 너희들이 나를 잡아가? 어림 반 푼어치 없지. 히, 히, 히."

하면서 소리를 고래고래 지르다가 한 시간가량 지나면 제풀에 지쳐서 그대로 쓰러지는 법이었다. 그런데 오늘도 법대로 또한 문을 다 잠그고 한참 발광을 하다가 문득 품속에서 창칼을 쓱 빼어 들더니 W군에게 달려들어 그 칼을 목에다 겨누며,

"이놈 죽일 좀, 네가 나 잡으러 온 것이지? 이놈 내 칼에 죽어봐라."

하고 소리소리 지르다가 다행히 그대로 쓰러졌다고 한다.

"자네 오늘 십년감수는 했겠네."

하고 L군이 소리를 떨어뜨린다.

"글쎄, 원장 노릇도 못해먹겠는걸."

하고 W군은 또 히히 웃어 보이었다.

K군의 주최로 그날 밤에 우리는 해동관이란 요릿집에 가게 되었다. 일행이 거진 다 외투를 걸쳤건만 W군 홀로 옥양목 겹두루마기 자락을 찬바람에 날리며 가는 다리를 꼬는 듯이 하여 걸어가는 양이 눈물겨웠다.

요리상은 벌어졌다. 셋이나 부른 기생의 기름내와 분내가 신선로 김과 한데 서리었다. 장구 소리와 가야금 가락이 서로 어우러

지자 한가한 고로 웅장한 단가며 멋질리고 구슬픈 육자배기가 단입금과 함께 둥둥 떠돌았다.

술은 여러 차례 돌았건만 나는 조금도 취해지지를 않았다. W군의 존재가 어쩐지 나의 마음을 어둡게 하였다. 첫째로 그의 주량이 나를 놀라게 하였다. 서울에서 고학하던 시절 학비를 넉넉히 갖다 쓰는 친구가 청요릿집으로 가난한 놀이를 하려면 강권하는 것을 떨치다 못하여 배갈 한 잔에 누른 얼굴이 홍당무로 변하며 그대로 쓰러지던 그였다. 그런데 오늘 저녁엔 비록 정종일망정 열 잔이 넘었으되 조금도 취하는 기색이 보이지 않았다. 빼빼 마른 팔뚝을 반만 걷어 요리상 위에 세운 채 기생이 따라주는 대로 그는 꿀꺽꿀꺽 들이켜고 있었다.

"자네 웬 술을 그렇게 먹나?"

마침내 나는 W군을 향해서 의아한 듯이 물었다.

"왜 나는 술도 못 먹는 줄 알았나?"

하며 W군은 또 히히 웃어 보였다.

"여보게 W군, 술이 어떤 줄 알고 그런 말을 하나? 한 동이를 지고는 못 가도 먹고는 간다네. 식전 해장도 세 사발은 먹어야 견디네."

S군이 도리어 내 말을 의아하게 여기는 듯이 가로채더니만,

"여보게 W군, 자네는 자네 말짝으로 그 눈알만 한 잔 가지고는 턱이 아니 될 터이니 고뿌로 하게."

"그것도 좋지, 나만 그럴 것 있나. 우리 모두 고뿌로 하세그려."

고뿌는 들어왔다. 처음에는 먹을 듯이 모두들 W군의 말에 찬동

을 하더니만 고뿌에 술을 붓고 보니 끔찍하던지 감히 마시려 들지 않았다. W군 홀로 제 고뿌를 기울이고 말았다.

"자네들도 들게그려."

하고 한 두어 번 권해보았으나 잘들 들지 않으매 저 혼자 연거푸 다섯 잔을 들이킨다. 그는 자기의 비색한 신수와 악착한 형편을 도무지 잊은 듯하였다. 그와 반대로 모인 중에도 자기 혼자 유쾌하고 기쁜 듯하였다. 기생 하나가 장구를 메고 일어서자 앞장서서 얼신덜신 춤을 춘 이도 W군이었다. 꽉 잠긴 목으로 남 먼저 '에라 만수'를 찾은 이도 W군이었다.

놀이는 끝장날 때가 왔다. 꽹과리 소리가 사람의 귀를 찢었다. 춤추다가 쓰러지는 사람이 하나씩 둘씩 늘게 되었다.

"인제 그만 가세그려."

술이 덜 취한 L군이 마침내 이런 제의를 하였다. 우리는 그 말에 찬동을 하며 외투를 떼어 입었다.

그때에도 한 팔로 요리상을 짚고 몸을 가누지 못하면서도 아직 술병을 기울이고 있던 W군은 문득 뽀이를 불러서 신문지를 가져오라 하였다. 신문지를 받아 들자 그는 약식이며 떡 같은 것을 주섬주섬 싸기 시작하였다.

"여보게 창피하네, 그만두게."

K군이 눈썹을 찡기며 말리었다.

"어떤가, 내 돈 준 것 내 가져가는데!"

하고 W군은 역시 웃으며 벌벌 떠는 손으로 쌀 것을 줍기에 바쁘다.

"인제 그만 싸게, 에이 창피스러워."

하며 K군은 고개를 돌린다. 마침내 W군은 쌀 것을 다 싸가지고 송편과 약식이 삐죽삐죽 나오는 봉지를 들고 비슬비슬 일어선다.

그때 K군의 나지미(단골)라는 명옥이가 입을 삐죽거리면서 그 광경을 바라보다가,

"원장영감 댁은 오늘 밤에 큰 잔치를 하겠구면."

하고 비웃적거리었다. 그 말이 떨어지자마자 W군은 나는 듯이 명옥에게로 달려들었다.

"이년, 뭐이 어째!"

라고 고함과 함께 W군의 손은 철썩 하고 명옥의 뺨에 올라붙었다. 명옥은

"애고고."

외마디 소리를 치고 쓰러지매 W군은 미워서 못 견디겠다는 듯이,

"원장 댁 큰 잔치? 큰 잔치?"

라고 뇌이면서 발길로 엎어진 계집의 허리를 찼다. 이 야단 통에 W군의 떡 싼 봉지는 방바닥에 떨어져 흩어졌다. 나는 이 싸움의 원인이요, 사랑의 뭉치인 봉지를 얼른 주워서 방 한구석 장구 얹혔던 자리 위에 올려두었다.

싸움은 벌어졌다. K군이 명옥의 역성을 들며, W군에게 덤빈 까닭이다. K군은 W군의 목덜미를 잡아 취술레*를 돌리다가,

"이 자식이 미친놈하고 같이 있더니 미쳤나 봬, 왜 사람을 차며 지랄발광을 하노?"

하며 획 뿌리치매 W군은 비실비실 몇 걸음 걸어 나오다가 방바닥에 얼굴을 처박고 팍 거꾸러졌다. 그럴 겨를도 없이 엎어진 이는

벌떡 몸을 일으켜서 곧 K군에게로 달려들었다. 우리는 황망히 그의 팔을 잡아 만류를 하였는데 그때 그의 얼굴은 지금 생각해보아도 몸서리가 끼친다. 엎어질 때 다쳤음이리라. 앙다문 이빨엔 피가 흘렀다. 그 경성드뭇한 눈썹이 알알이 일어섰으며 핏발 선 눈엔 그야말로 불이 나는 듯하였고 이마엔 마른 가죽을 뚫고 나올 듯이 푸른 힘줄이 섰다. 그러나 그것보다도 마치 납을 끓여 부은 듯한 그 얼굴, 실룩실룩하는 살점 하나하나가 떠는 듯한 그 꼴이란 더할 수 없이 무서웠다. 입에 거품을 버글버글 흘리고,

"미친놈하고 같이 있으면 어쨌단 말이냐? 미쳤으면 어쨌단 말이냐? 으— 너는 돈 있다고, 너는 돈 있다고."

하고 이를 빠드득빠드득 갈아붙이며 K군을 향해 몸부림을 쳤다. 순한 양 같은 이 낙천가가 비록 취중일망정 사나운 짐승같이 날뛰며 악마보다도 더 지독한 표정을 할 줄이야 누가 꿈엔들 생각하였으랴.

간신히 뜯어말려서 먼저 K군을 보내고 L군과 S군과 나는 이 W군을 진정시켜서 얼마 만에야 그 요릿집 방문을 나오려 하였다. 그때 W군은 무엇을 찾는 듯이 연해 방 안을 살피다가 아까 내가 엎어둔 봉지를 발견하자 그의 눈은 이상하게 번쩍이었다. 그의 뜻을 지레짐작한 나는 얼른 그 봉지를 집으매 그는 내 손에서 그 봉지를 빼앗듯이 받아가지고 방바닥에 태기를 쳤다. 그러자 그는 헤어진 음식 위에 거꾸러져서 엉엉 울기 시작하였다. 그의 얼굴과 손은 약식투성이가 되고 말았다.

"복돌아! 약식 안 먹어도 산다. 복돌아! 송편 안 먹어도 산다."

한동안 그는 제 아들 이름을 부르며 목을 놓고 울었다.

문득 울음을 뚝 그친 그는 무엇을 노리는 듯이 제 앞을 바라보더니만 나를 향하며,

"여보게, 칼로 푹 찔러 죽이는 것이 어떻겠나?"

우리는 어리둥절하며 그의 입만 바라보았다.

"아니, 그럴 일이 아니다. 고 어린것을 칼로 찌를 거야 있나? 차라리 목을 눌러 죽이지. 목을 누르면 내 손아귀 밑에서 파득파득하겠지."

"여보게, 누구를 죽인단 말인가?"

마침내 나는 물어보았다.

"우리 복돌이를 말일세. 하나씩 하나씩 죽이는 것보다 모두 비끄러매놓고 불을 질러버릴까?"

나는 그 말을 듣고 전신에 소름이 끼치었다.

"흥, 내 자식 죽이면 저희들은 성할 줄 알고? 흥, 그놈들도 내 손에 좀 죽어야 될걸."

하고 별안간 그는 소리쳐 웃었다.

S군이 W군과 바로 한 이웃에 살기 때문에 우리는 그에게 취한 이를 맡기고 돌아왔다.

그 이튿날 S군의 말을 들은즉 W군의 집에서 악머구리떼 같은 어른과 아이의 울음이 하도 요란하기에 자다가 말고 가보니 W군의 부인은 어떻게 맞았던지 마루에 늘어진 채 갱신도 못하고, 아이 새끼는 기둥 하나에 하나씩 밧줄로 친친 매어두었으며, W군은 손에 성냥을 켠 대로 마당에 쓰러져 쿨쿨 코를 골고 있었다고

한다.

그다음 날 차로 나는 서울로 올라왔다. W군은 '사립정신병원'의 사무가 바빠 나를 전송도 해주지 못하였다. 그런 일이 있은 후 다섯 달 가량 지냈으리라. 나는 L군으로부터 편지를 받았다.

……W군이 마침내 미치고 말았다. 그는 오늘 아침에 P군을 단도로 찔러 그 자리에 죽이고 말았네. P군의 미친 칼에 죽을 뻔하던 그는 도리어 P군을 죽이고 만 것일세……

나는 이 편지를 보고 물론 놀랐으되 어쩐지 의례히 생길 참극이 마침내 실연(實演)되고 만 것 같았다.

고향

　대구에서 서울로 올라오는 차중에서 생긴 일이다. 나는 나와 마주 앉은 그를 매우 흥미 있게 바라보고 또 바라보았다. 두루마기 격으로 기모노를 둘렀고 그 안에선 옥양목 저고리가 내어보이며 아랫도리엔 중국식 바지를 입었다. 그것은 그네들이 흔히 입는 유지 모양으로 번질번질한 암갈색 피륙으로 지은 것이었다. 그러고 발은 감발을 하였는데 짚신을 신었고 고부가리[1]로 깎은 머리엔 모자도 쓰지 않았다. 우연히 이따금 기묘한 모임을 꾸미는 것이다. 우리가 자리를 잡은 찻간에는 공교롭게 세 나라 사람이 다 모이었으니 내 옆에는 중국 사람이 기대었다. 그의 옆에는 일본 사람이 앉아 있었다. 그는 동양 삼국 옷을 한 몸에 감은 보람이 있어 일본말로 곧잘 철철대이거니와 중국말에도 그리 서툴지 않은 모양이었다.

　"도코마데 오이데 데스카?"

하고 첫마디를 걸더니만 동경이 어떠니 대판이 어떠니, 조선 사
람은 고추를 끔찍이 많이 먹는다는 둥, 일본 음식은 너무 싱거워
서 처음에는 속이 뉘엿거린다는 둥, 횡설수설 지껄이다가 일본
사람이 엄지와 검지손가락으로 짧게 끊은 꼿꼿한 윗수염을 비비
면서 마지못해 까땍까땍하는 고개와 함께 '소데스카'[2]란 한 마디
로 코대답을 할 따름이요, 잘 받아주지 않으매, 그는 또 중국인을
붙들고 실랑이를 한다.

"네쌍나얼취?"[3]

"니씽섬마?"[4]

하고 덤벼보았으나 중국인 또한 그 기름 끼인 뚜한 얼굴에 수수
께끼 같은 웃음을 띨 뿐이요 별로 대꾸를 하지 않았건만 그래도
무에라고 연해 웅얼거리면서 나를 보고 웃어 보였다.

그것은 마침 짐승을 놀리는 요술쟁이가 구경꾼을 바라볼 때처
럼 훌륭한 제 재주를 갈채해달라는 웃음이었다. 나는 쌀쌀하게
그의 시선을 피해버렸다. 그 주적대는 꼴이 어쭙잖고 밉살스러웠
음이다. 그는 잠깐 입을 닥치고 무료한 듯이 머리를 더억더억 긁
기도 하며 손톱을 이로 물어뜯기도 하고 멀거니 창밖을 내다보기
도 하다가 암만해도 지절대지 않고는 못 참겠던지 문득 나에게로
향하며,

"어데꺼정 가는기오?"

라고 경상도 사투리로 말을 붙인다.

"서울까지 가오."

"그런기오? 참 반갑구마, 나도 서울꺼정 가는데 그러면 우리 동

행이 되겠구마."

나는 이 지나치게 반가워하는 말씨에 대하여 무에라고 대답할 말도 없고 또 굳이 대답하기도 싫기에 덤덤히 입을 닫쳐버렸다.

"서울에 오래 살았는기오?"

그는 또 물었다.

"육칠 년이나 됩니다."

조금 성가시다 싶었으되 대꾸 않을 수도 없었다.

"에이구 오래 살았구마, 나는 처음 길인데 우리 같은 막벌이꾼이 차를 나려서 어데로 찾아가야 되겠는기오? 일본으로 말하면 '기진야도'⁵같은 것이 있는기오?"

하고 그는 답답한 제 신세를 생각했던지 찡그려 보였다. 그때 나는 그의 얼굴이 웃기보다 찡그리기에 가장 적당한 얼굴임을 발견하였다. 군데군데 찢어진 경성드뭇한 눈썹이 알알이 일어서며 아래로 축 처지는 서슬에 양미간에는 여러 가닥 주름이 잡히고 광대뼈 위로 뺨 살이 실룩실룩 보이자 두 볼은 쪽 빨아든다. 입은 소태나 먹은 것처럼 왼편으로 삐뚤어지게 찢어 올라가고, 조이던 눈엔 눈물이 괴인 듯 삼십 세밖에 안 되어 보이는 그 얼굴이 십 년가량은 늙어진 듯하였다. 나는 그 신산(辛酸)스러운 표정이 얼마쯤 감동이 되어서 그에게 대한 반감이 풀려지는 듯하였다.

"글쎄요, 아마 노동 숙박소란 것이 있지요."

노동 숙박소에 대해서 미주알고주알 묻고 나서,

"시방 가면 무슨 일자리를 구하겠는기오?"

라고 그는 매어달리는 듯이 또 채쳤다.

"글쎄요? 무슨 일자리를 구할 수 있을는지요."

나는 내 대답이 너무 냉랭하고 불친절한 것이 죄송스러웠다. 그러자 일자리에 대하여 아무 지식이 없는 나로서는 이외에 더 좋은 대답을 해줄 수가 없었던 것이다. 그 대신 나는 은근하게 물었다.

"어데서 오시는 길입니까?"

"흥, 고향에서 오누마."

하고 그는 휘 한숨을 쉬었다. 그러자 그의 신세타령의 실마리는 풀려나왔다. 그의 고향은 대구에서 멀지 않은 K군 H란 외딴 동리였다. 한 백 호 남짓한 그곳 주민은 전부가 역둔토⁶를 파 먹고살았는데 역둔토로 말하면 사삿집⁷ 땅을 부치는 것보다 떨어지는 것이 후하였다. 그러므로 넉넉지는 못할망정 평화로운 농촌으로 남부럽지 않게 지낼 수 있었다. 그러나 세상이 뒤바뀌자 그 땅은 전부 동양척식회사의 소유에 들어가고 말았다. 직접으로 회사에 소작료를 바치게나 되었으면 그래도 나으련만 소위 중간 소작인이란 것이 생겨나서 저는 손에 흙 한번 만져보지도 않고 동척엔 소작인 노릇을 하며 실작인에게는 지주 행세를 하게 되었다. 동척에 소작료를 물고 나서 또 중간 소작인에게 긁히고 보니 실작인의 손에는 소출의 삼 할도 떨어지지 않았다. 그 후로 '죽겠다' '못살겠다' 하는 소리는 중이 염불하듯 그들의 입길에서 오르내리게 되었다. 남부여대하고 타처로 유리하는 사람만 늘고 동리는 점점 쇠진해갔다.

지금으로부터 구 년 전 그가 열일곱 살 되던 해 봄에(그의 나이

는 실상 스물여섯이었다. 가난과 고생이 얼마나 사람을 늙히는가)
그의 집안은 살기 좋다는 바람에 서간도로 이사를 갔었다. 쫓겨
가는 이의 운명이어든 어디를 간들 신신하랴. 그곳의 비옥한 전
야도 그들을 위하여 열려질 리 없었다. 조금 좋은 땅은 먼저 간
이가 모조리 차지를 하였고 황무지는 비록 많다 하나 그곳 당도
하던 날부터 아침거리 저녁거리 걱정이라, 무슨 행세로 적어도
일 년이란 장구한 세월을 먹고 입어가며 거친 땅을 풀 수가 있으
랴. 남의 밑천을 얻어서 농사를 짓고 보니 가을이 되어 얻는 것은
빈주먹뿐이었다. 이태 동안을 사는 것이 아니라 억지로 버티어갈
제 그의 아버지는 우연히 병을 얻어 타국의 외로운 혼이 되고 말
았다. 열아홉 살밖에 안 된 그가 홀어머니를 모시고 악으로 악으
로 모진 목숨을 이어가던 중, 사 년이 못 되어 영양 부족한 몸이
심한 노동에 지친 탓으로 그의 어머니 또한 죽고 말았다.

"모친꺼정 돌아갔구마."

"돌아가실 때 흰죽 한 모금도 못 자셨구마."

하고 이야기하던 이는 문득 말을 뚝 끊는다. 그의 눈이 번들번들
함은 눈물이 쏟아졌음이리라. 나는 무엇이라고 위로할 말을 몰랐
다. 한동안 머뭇머뭇이 있다가 나는 차를 탈 때에 친구들이 사준
정종 병마개를 빼었다. 찻잔에 부어서 그도 마시고 나도 마시었
다. 악착한 운명이 던져준 깊은 슬픔을 술로 녹이려는 듯이 연거
푸 다섯 잔을 마신 그는 다시 말을 계속하였다. 그 후 그는 부모
잃은 땅에 오래 머물기 싫었다. 신의주로 안동현으로 품을 팔다
가 일본으로 또 벌이를 찾아가게 되었다. 구주 탄광에 있어도 보

고 대판 철공장에도 몸을 담가보았다. 벌이는 조금 나았으나 외롭고 젊은 몸은 자연히 방탕해졌다. 돈은 모을래야 모을 수 없고 이따금 울화만 치받치기 때문에 한곳에 주접을 하고 있을 수 없었다. 화도 나고 고국산천이 그립기도 하여서 훌쩍 뛰어나왔다가 오래간만에 고향을 둘러보고 벌이를 구할 겸 구경도 할 겸 서울로 올라가는 길이라 한다.

"고향에 가시니 반가워하는 사람이 있습디까?"

나는 탄식하였다.

"반가워하는 사람이 다 뭐기오? 고향이 통 없어졌더마."

"그렇겠지요. 구 년 동안이면 퍽 변했겠지요."

"변하고 무어고 간에 아무것도 없더마. 집도 없고, 사람도 없고, 개 한 마리도 얼씬을 않더마."

"그러면 아주 폐동이 되었단 말씀이오?"

"흥, 그렇구마. 무너지다가 담만 즐비하게 남았더마. 우리 살던 집도 터야 안 남았겠는기오? 암만 찾아도 못 찾겠더마. 사람 살던 동리가 그렇게 된 것을 혹 구경했는기오?"

하고 그의 짜는 듯한 목은 높아졌다.

"썩어 넘어진 서까래, 뚤뚤 구르는 주추는! 꼭 무덤을 파서 해골을 헐어 젖혀놓은 것 같더마. 세상에 이런 일도 있는기오? 백여 호 살던 동리가 십 년이 못 되어 통 없어지는 수도 있는기오? 후!"

하고 그는 한숨을 쉬며 그때의 광경을 눈앞에 그리는 듯이 멀거니 먼 산을 보다가 내가 따라준 술을 꿀걱 들이켜고,

"참! 가슴이 터지더마, 가슴이 터져."

하자마자 굵직한 눈물 두어 방울이 뚝뚝 떨어진다.

나는 그 눈물 가운데 음산하고 비참한 조선의 얼굴을 똑똑히 본 듯싶었다.

이윽고 나는 이런 말을 물었다.

"그래, 이번 길에 고향 사람은 하나도 못 만났습니까?"

"하나 만났구마, 단지 하나."

"친척 되시는 분이던가요?"

"아니구마, 한 이웃에 살던 사람이구마."

하고 그의 얼굴은 더욱 침울해진다.

"여간 반갑지 않으셨겠지요?"

"반갑다마다, 죽은 사람을 만난 것 같더마. 더구나 그 사람은 나와 까닭도 좀 있던 사람인데……"

"까닭이라니?"

"나와 혼인 말이 있던 여자구마."

"하──"

나는 놀란 듯이 벌린 입이 다물어지지 않았다.

"그 신세도 내 신세만이나 하구마."

하고 그는 또 이야기를 계속하였다. 그 여자는 자기보다 나이 두 살 위였는데 한 이웃에 사는 탓으로 같이 놀기도 하고 싸우기도 하며 자라났었다. 그가 열네댓 살 적부터 그들 부모 사이에 혼인 말이 있었고 그도 어린 마음에 매우 탐탁하게 생각하였었다. 그런데 그 처녀가 열일곱 살 된 겨울에 별안간 간 곳을 모르게 되었

다. 알고 보니 그 아비 되는 자가 이십 원을 받고 대구 유곽에 팔
아먹은 것이었다. 그 소문이 퍼지자 그 처녀 가족은 그 동리에서
못 살고 멀리 이사를 갔는데 그 후로는 물론 피차에 한 번 만나보
지도 못하였다. 이번에야 빈터만 남은 고향을 구경하고 돌아오는
길에 읍내에서 그 아내 될 뻔한 댁과 마주치게 되었다. 처녀는 어
떤 일본 사람 집에서 아이를 보고 있었다. 궐녀는 이십 원 몸값을
십 년을 두고 갚았건만 그래도 주인에게 빚이 육십 원이나 남았
었는데 몸에 몹쓸 병이 들고 나이 늙어져서 산송장이 되니까 주
인 되는 자가 특별히 빚을 탕감해주고 작년 가을에야 놓아준 것
이었다. 궐녀도 자기와 같이 십 년 동안이나 그리던 고향에 찾아
오니까 거기는 집도 없고 부모도 없고 쓸쓸한 돌무더기만 눈물을
자아낼 뿐이었다. 하루 해를 울어 보내고 읍내로 들어와서 돌아
다니다가 십 년 동안에 한 마디 두 마디 배워두었던 일본말 덕택
으로 그 일본 집에 있게 된 것이었다.

"암만 사람이 변하기로 어째 그렇게도 변하는기오? 그 숱 많던
머리가 훌렁 다 벗어졌더마. 눈은 푹 들어가고 그 이들이들하던
얼굴빛도 마치 유산을 끼얹은 듯하더마."

"서로 붙잡고 많이 우셨겠지요?"

"눈물도 안 나오더마. 일본 우동집에 들어가서 둘이서 정종만
한 열 병 따려 누이고 헤어졌구마."

하고 가슴을 짜는 듯이 괴로운 한숨을 쉬더니만· 그는 지난 슬픔
을 새록새록이 자아내어 마음을 새기기에 지치었음이더라.

"이야기를 다 하면 무얼 하는기오?"

하고 쓸쓸하게 입을 다문다. 내 또한 너무도 참혹한 사람살이를
듣기에 쓴물이 났다.

"자, 우리 술이나 마저 먹읍시다."

하고 우리는 서로 주거니 받거니 한 되 병을 다 말리고 말았다.
그는 취흥에 겨워서 우리가 어릴 때 멋모르고 부르던 노래를 읊
조리었다.

볏섬이나 나는 전토는

신작로가 되고요──

말마디나 하는 친구는

감옥소로 가고요──

담뱃대나 떠는 노인은

공동묘지 가고요──

인물이나 좋은 계집은

유곽으로 가고요──

동정 同情

　함박눈이 쏟아진 데다가 비가 내리고, 비가 내린 뒤에 일기가
추워서 얼어붙은 길바닥이 미끄럽기 짝이 없는, 음력 섣달 어느
날이다.

　그날 학교 방문을 나선 나는 광화문 앞에서 전차를 내려, 사비
(社費) 바람에 팔자에 없는 인력거를 잡숫기로 하였다. 다닐 길은
육상궁(毓祥宮)까지 치받쳐서 제2고등보통학교를 방문하고 내려
오다가 진명, 배화 두 여학교에 들를 작정이었다. 그리고 차부에
대하여는 제2고등보통학교를 왕복하는 데 얼마냐고 물어보았다.

　"팔십 전만 주십시오."

　막걸리 몇 잔을 먹었던지, 익혀놓은 게딱지 모양으로 새빨간 얼
굴과, 우치(愚蚩)하고 유순한 빛이 도는 동그란 소의 그것 같은
눈을 가진 차부가 이렇게 청구하였다.

　내 깜냥보다는 매우 헐하기 때문에 선뜻 올라타며,

"오는 길에 한 두어 군데 들러 올 데가 있네. 달라는 대로 줄 테니……"

"그저 처분해줍시오."

하고, 차부는 숨을 헐떡거리면서 서십자각(西十字角)으로 꺾어들어 평탄한 길을 풍우같이 몰아갔다.

제2고보와 진명여학교를 거쳐서 필운대(弼雲臺) 꼭대기로[1] 배화학교를 찾아 올라갈 적이었다.

길이 좁으며, 호방도 많고, 돌멩이도 많은데, 게다가 빙판(氷板)이라, 차체가 이리 비틀 저리 비틀 흔들리는 건 물론이려니와, 차부의 발이 질척질척 미끄러질 때가 많았다. 날은 차건만, 끄는 이의 목덜미에는 땀이 구슬같이 맺혔다. 학교를 다 가자, 헐떡거리는 차부 앞에는 또 언덕배기가 닥치었다.

"여기서 내리지."

차체가 둔덕 위로 기어오르려 할 제 나는 차부의 애쓰는 꼴을 보다 못하여 이런 말을 하였다. 그러나 차부는 대꾸도 않고 버럭버럭 땀을 흘리며 차체를 끌어올렸다. 나의 미온적(微溫的) 동정이 말경(末境)엔 찻삯 깎을 구실이 될까 두려워함이리라. 그렇지 않으면 '오죽 험한 데를 모시고 갔습니까?' 하고 값을 더 달랄 밑천을 장만하려 함이리라.

저편이 그렇게 생각하는 다음에야 이편에서 애써 자선을 베풀려 할 필요도 없었다. 나는 타고 배겼다.[2]

올라갈 적에는 무사하였다. 그러나 그 학교의 방문을 마치고 돌아올 때에는 무사치 않았다. 그리 누그럽지 않은 경사면을 내리

216

몰려고 할 제 나는 또 주의하였건만, 차부는 또 코대답도 아니하였다. 자르르 하는 바퀴 소리가 나자, 차부의 두 다리는 번개같이 달음질하였다.

'어쩨 이렇게 속히 가나?'

라고 생각하자마자 회오리바람 같은 것이 휙 하고 나의 몸을 뒤흔드는 것 같았다. 그럴 겨를도 없이 나는 땅궁장으로 길바닥에 자빠져 있는 나 자신을 발견하였다. 오른편 개천에 내리박힌 인력거는 모로 누웠고, 차부는 무슨 땅재주나 넘으려는 것처럼 두 다리를 번쩍 하늘로 쳐들고 머리와 상반부가 한테 오그라붙은 듯한 꼴이 얼른하고 나의 핑핑 돌리는 시선을 거치었다.

내가 툭툭 털고 일어나자 차부도 툭툭 털고 일어났다.

"어데 다친 데나 없어요?"

"어데 다친 데나 없나?"

이런 인사가 서로 끝나자 우리의 눈은 인력거로 모였다. 채가 부서지고, 흙받기가 깨어졌으며, 바퀴도 여러 군데 상한 모양이었다.

"이런, 젠장맞을 일 봐!"

간신히 엎더진 차체를 일으켜 세운 후, 상한 곳을 어루만지며 차부는 어이없이 중얼거렸다. 그 눈에는 눈물의 그림자가 어른어른하였다……

나도 한동안 우두커니 거기 서 있었다. 아무리 제 과실이라 할지라도 내가 그 원인의 일부임을 생각하매 마음이 좋을 리가 없었다.

"얼마 줄까?"

이윽고 나는 물었다.

"처분해주십시오. 저는 이 섣달 대목에 십여 원의 손해입니다."

차부는 부서진 차체로부터 눈을 떼지 않으며 대답하였다.

"아까 내리우랄 제 내려주었더면 좋았지."

나는 꾸짖는 듯이 불쑥 한마디 하고 돈 일 원을 내어준 채 홱 돌아섰다. 삯 투정을 할까 보아 나는 뒤도 아니 돌아보고 될 수 있는 대로 걸음을 재게 걸었다. 그러나 몇 걸음을 옮기지 않아 말할 수 없는 읍울(悒鬱)이 나의 덜미를 짚었다. 그것은 나 자신의 해부(解剖)에서 오는 읍울이었다. 돈 줄 때 불쑥 나온 나의 한마디, 그 속에는 차부에게 전 책임을 돌림으로써, 나의 동정에 저버림을 질책함으로써, 인력거 삯을 더 못 달라게 하려는 의식이 분명히 움직이고 있었었다. 자선을 받으면 이익을 잃을까 보아 위험을 무릅쓰고 위험을 무릅쓴 끝에 막대한 손해를 보았건만, '내리우라' 한 말 한마디를 끝끝내 방패 삼아 도덕적으로 찻삯을 더 달랄 수 없게 만든 나의 태도(의식적이든 무의식적이든)에 침이라도 뱉고 싶었다. 이런 생각을 하매 나의 가슴은 더욱더욱 읍울에 잠기었다.

정조貞操와 약가藥價

최주부는 조그마한 D촌이 모시고 있기에도 오감할 만큼 유명한 의원이다. 읍내 김참판 댁 손부가 산후증으로 가슴이 치밀어서 금일금일 운명할 것을 단 약 세 첩에 돌린 것도 신통한 일이어니와, 더구나 조보국댁 젊은 영감님이 속병으로 해포[1]를 고생하여 경향의 명의는 다 불러보았으되 그래도 효험이 안 나니까 그 숱한 돈을 들여가며 서울에 올라가 병원인가 한 데에서 여러 달포를 몸져누워 치료를 받았으되 필경에는 앙상하게 뼈만 남아 돌아오게 된 것을 이 최주부의 약 두 제 먹고 근치가 된 것도 신기한 이야깃거리다. 이 촌에서 저 촌으로 그야말로 궁둥이 붙일 겨를도 없이 불려다니고 심지어 서울 출입까지 항다반[2] 있었다. 애 병, 어른 병, 속병, 헐미 할 것 없이 그의 손이 닿는 데는 마치 귀신이 붙어 다니는 것처럼 신통한 효력을 내었다. 맥도 잘 짚고 침도 잘 놓고 헐미도 잘 째고 백발백중하는 그 탕약이야 말할 것도 없지마는, 무슨 약으로 어떻게 만들었는지 그의 고약이야말로 세상에 둘도 없는 명약이었다. 나무하다가 낫에 베인 손가락, 모심기하다가 거머리한테 물리고 그대로 발이 짓물러서 썩어 들어가는데도 그의 고약 한 장이면 씻은 듯이 나았다. 곽란을 만나 금방 수족이 차고 맥이 얼어붙는 것도 그의 침 한 대면은 당장에 돌린다.

그중에도 아낙네 사이에 더더욱 평판이 좋았다. 그의 빼어난 재주는 부인병…… 더욱이 젊은 부인병에 더욱 빛난다. 김참판 댁 손부에게 발휘한 것과 같이 산후증에 더욱 묘를 얻었지만 대하증 오줌소태도 영락없이 고쳐주고, 더욱 놀란 것은 애를 배태도 못하는 여자라도 그의 약을 한두 제만 먹으면 흔히 옥동 같은 아들을 쑥쑥 낳아 내뜨리는 일이다.

그는 금년에 간당 쉰 살이다. 쉰 살이면 우연만한 늙은이라 하겠으되 머리에 흰 털 하나 없이 검은 윤이 지르르 흐르는 듯하다. 삶아놓은 게딱지 같은 시뻘건 얼굴빛과 방울 빛과 같이 둥글고 큼직한 코는 언제든지 기운 좋고 혈운 좋아 보이었다.

수십 년을 두고 많은 인명을 살려낸 공덕인지 본래 먹을 것 없던 그가 인제 와서는 볏섬이나 추수도 받게 되어 허리띠가 너누룩해져서[3] 여간 환자는 잘 보지도 않는다. 교군을 들이대든지 읍내 인력거가 나오지 않으면 그는 좀처럼 동하지 않는다. 그러나 젊은 반주그레한 여자 환자에게만 옛날 친절이 아직도 쇠하지 않았을 뿐이다.

"망할 자식, 병을 안 보려거든 약국을 집어치우지."

하고 그에게 거절을 당한 환자가 더러는 분개하였다.

"약국을 집어치우면 계집은 뭘로 호리누?"

이렇게 빈정대는 사내도 하나씩 둘씩 늘었다. 그러나 오늘날 와서는 이 괭이 상판만 한 D촌에 있어서는 그는 비단 명의일 뿐만 아니라 어엿한 지주님이요 부자이기 때문에 드러내놓고 그를 이러니저러니 시비하는 사람은 아직 생겨나지 않았다.

여름 새벽, 부지런한 그는 일찌거니 논꼬에 물이나 마르지 않았나 하고 머슴들을 데리고 휘 한 바퀴 돌아오니깐 마당 가운데 개처럼 쭈그리고 앉은 여자의 모양을 발견하였다.

"누구야?"

그는 무망중에 부르짖었다. 쭈그리고 앉았던 그 그림자는 깜짝 놀란 듯이 몸을 일으키어,

"저어 저 샌님, 좀 모시러 왔어요."

메인 목이 짜내는 듯이 대답하였다.

'또 왔구나!'

그는 속으로 생각하고 불쾌한 듯이 성큼성큼 걸어 사랑 겸 약방으로 쓰는 뜰아랫방으로 들어가며,

"요새 모숨기에 바빠서 못 가겠는걸."

뱉는 듯이 한마디 던졌다.

그는 이런 청자꾼에 진절머리가 났다. 명의를 청하러 오면서 탈 것도 안 가지고 타박타박 걸어가자는 이따위 예절 모르는 축들과는 정말 말하기도 싫었다. 졸리다가 못해 가서 볼라치면 오막살이 단칸방에 병자인지 뭐인지 귀신 다 된 것이 끙끙 앓는 소리나

지르고 돼지 새끼처럼 발가숭이 애들이 쉬파리 떼 모양으로 엉덩글하고, 좋은 약을 써서 고쳐주어도 약값은 으레 떼어먹는 법이다. 쭉해야 닭 마리 계란 꾸러미나 또는 담뱃줄이나 가져올 뿐이다. 이것은 그래도 염치 있는 패지마는 어떤 작자는 십여 리씩 끌고 가서 밥 한 술 대접하는 법 없이 출출 굶겨 보내기가 일쑤다. 한껏 대접이라야 땅이 꺼지는 한숨과 쇠오줌같이 질금거리는 눈물과 귀가 아픈 치사 인사다. 그것들은 사람에겐 한숨과 눈물이 진수성찬인 줄 아는 모양이다. 더구나 오늘날은 나도 당당한 지주님이 아니냐! 제까짓 작인 따위가 이리 오너라 가거라, 건방지기도 분수가 있지 않느냐!

'저희들 주제에 약이 다 뭐냐? 개 발에 다갈[4]이지!'

그는 이런 청자꾼을 만날 때마다 속으로 이렇게 중얼거리고 제물에 욕지기가 났다.

오늘 식전꼭두에 들이닥친 이 여자도 그런 따위 환자 집 사람인 것은 얼른 보고도 깨달을 수 있었다.

제 방에 들어온 뒤에도 그는 불쾌한 감정을 걷잡을 수 없었다. 못 가겠다고 거절을 하거든 냉큼 돌아나 가주었으면 피차에 편할 텐데, 마치 진흙땅에서 투그리는[5] 개처럼 추근추근하게 졸라대는 데는 더군다나 사람이 죽을 지경이다. 그 여자도 만일 가지 않거든 머슴을 불러 몰아내는 수밖에 없다고 배짱을 정해두었다.

"샌님! 샌님! 한시가 바쁩니다. 아무리 일이 바쁘셔도 잠깐 가서 보아주셔요."

어느 틈에 그 여자는 사랑 밀창 앞까지 온 모양이다. 그는 문도

222

열어보지 않았다.

"글쎄, 일이 바빠서 못 간다고 해도 그래."

의원은 둘째 마디부터 화증을 낸다.

"못 가시면 어떡합니까? 사람 하나 살리시는 셈 치시고 잠깐만 가보아주셔요."

그 여자도 상상한 대로 끈적끈적하게 조르는 패다.

"어떡하다니?"

하고 벌컥 성을 내려다가 그래도 체모가 그렇지 않아서 점잖은 가락으로,

"그야 인명이 재천이니 내가 본다고 살고 안 본다고 죽겠소? 허 허."

의원은 딱하다는 듯이, 자랑치는 듯이 헛웃음을 지었다.

"그야 그렇지요."

청자꾼은 제 말 그대로 인사성도 없이 시인하는 것이 더욱 제 자존심에 거슬렸다.

"그렇지만 사람 앓는 것을 보고 어찌 약 한 첩도 아니 써봅니 까?"

그 여자는 솔직하게 제 맘먹은 그대로 실토를 하면서 말끝이 어 디로 돌아가는지 모르는 모양이다. 명의고 뭐고 별다른 기대도 않고 다만 인정에 약이나 좀 써보자는 수작이다. 의원은 화증이 나다가 못해,

'본때 없는 것들이란 할 수 없어!'

하고 속으로 어이없어 웃었다.

"약 한 첩! 그러면 병 증세를 말하오. 약을 지어주게."

의원은 큰맘을 썼다. 식전 꼭두부터 졸리기도 싫고 끄들려서 다니느니보다 거지에게 동전 한 푼 적선하는 셈 치고 약 한 첩으로 쫓아 보내는 것이 상책이라 생각한 것이다.

의원은 그제야 영창을 열었다. 아직 해는 뜨지 않았으되 여름의 아침 빛은 신선하게 밝았다. 그 떼쟁이는 서슴지 않고 영창 한복판에 뚜렷이 얼굴을 나타내었다. 굶주림과 고역에 시달린 탓이 되어 얼굴빛은 핏기 하나 없이 백지장 모양으로 핼쑥하다. 그러나 그 반달 모양을 그린 새까만 눈썹, 그 밑에서 문틈으로 엿보는 새벽빛 모양으로 맑고 시원한 눈, 동그스름한 앳된 입모습은 아직도 그 나이 스물을 얼마 넘지 않은 것을 알려준다. 청자꾼은 의외로 젊고 아름다웠다. 그 여자는 슬쩍 의원을 쳐다보다가 말고 고개를 다소곳하며,

"아녜요, 병자도 샌님 한 번 뵈옵기가 소원이고 동리 사람들도 샌님께만 보이면 고칠 수가 있다고 해서요. 세상없어도 모시고 가야 돼요."

조금도 꾸밀 데 없는 말씨건만 그 목청은 어디까지 곱고 보드라운 것을 새삼스럽게 느끼었다.

최주부는 어여쁜 청자꾼의 위아래를 훑어보며,

"대관절 집이 어데요?"

"왜 그 동리를 모르셔요? 예서 한 십 리 안팎밖에 안 돼요."

집을 묻는 것이 가겠다는 뜻인 줄 알고는 청자꾼의 얼굴에는 기쁜 빛이 살짝 돌았다.

"십 리 안팎! 이 여름에 가찹지 않은 길인데!"

하고도 의원의 눈 가장자리는 스르르 풀리었다.

"그래 밤을 도와 왔어요. 낮에 가시자면 더우실 듯해서요."

하고 어여쁜 여자 눈은 안심한 듯이 해죽이 웃는다.

"너무도 생각하십니다."

하려다가 한 번 짓깔을 빼느라고,

"암만해도 너무 먼걸."

하고 의원은 입맛을 쩝쩝 다시면서도 그의 눈길은 청자꾼의 해어진 광당포 적삼 속으로 군데군데 드러난 흰 살 위를 헤매었다. 그 여자는 그 눈길을 느끼자 두 손으로 부끄러운 듯이 제 가슴을 여미며 의원의 눈치를 지레짐작하고,

"약값은 세상없어도 해드리겠습니다. 자배기도 한 개 남았고 농짝도 하나 있답니다. 그걸 다 팔아서라도 약값은 만들어드릴게요."

하고 그 맑은 눈이 스르르 흐려지며 금방에 눈물이 걸신걸신해진다.

"원 천만에, 무슨 약값 때문에…… 그럼 좌우간 가보지요. 대관절 앓는 이는 누구요?"

"애아범이야요."

하고 그 여자는 괴었던 눈물을 그예 떨어뜨리고 말았다.

"언제부터 앓았소?"

"흉년 들던 재작년 겨울부터 시름시름 앓았답니다. 금년 봄 들고는 아주 몸져누웠어요."

"그것 안 되지요."

하고 의원은 눈을 크게 떠 보였다.

"여기서 그 동리를 가려면 고개를 하나 넘지요? 한 오 리 장정이나 사람의 그림자도 없지 않소?"

"그래요. 밤에 올 적에도 행여 호랑이나 만날까 보아 가슴이 조마조마했답니다."

하고 그 여자는 어린애처럼 웃는다.

의원은 부산하게 세수를 하고 망건을 쓰고 몇 가지 약을 주섬주섬 집어넣은 후 처음보다는 아주 딴판으로 선선히 길을 떠났다.

훤한 광명에 쫓기고 엷어지면서도 실안개는 새벽녘의 꿈길처럼 아직도 산허리와 논두렁에서 어릿어릿 존다. 파랗게 깔린 모와 뿌유스름한 논꼬 사이에 움직이는 흰 점은 새벽에 일어난 농군들이리라. 처음 눈뜬 새들이 갖은 노래를 종알거릴 제 '엄매!' 하고 어미 찾는 송아지 울음이 무겁게 들려온다. 느리고도 바쁘고 조용하고도 시끄러운 농촌의 첫 아침. 짚신이 푹푹 젖는 논두렁길을 걸어온 한참 만에 그들은 M고개의 기슭에 다다랐다. 오른편으로 소나무와 잡목이 겅성드뭇한 석산을 끼고 올라가노라면 왼편으로 그리 까풀막지지 않은 낭떠러지의 여울물이 발아래서 소리치고, 삐근하게 덮인 풀 사이에 실낱같은 흰 길이 꼬불꼬불 원을 그리며 뺑뺑이를 돈다.

청자꾼은 앞서고 의원님은 뒤를 따랐다.

고개를 두어 모롱이 돌았을 제 일찍 뜨는 여름 해는 어느 틈에 그 불덩이 같은 얼굴을 나타내었다. 뜨거운 볕살은 축축하고 시원한 그림자를 휘몰아 쫓으며 우거진 가지와 잎새의 푸른 바탕에 영롱한 광선을 그린다. 풀 끝에 맺힌 이슬들은 얼마 안 해 스러질 제 운명에 마지막 광채를 발하는 것처럼 은가루같이 번쩍인다. 짧은 밤 사이에 가까스로 몸을 식힌 길바닥은 벌써 훈훈하게 달기 시작한다.

최주부의 눈은 아까부터 앞서 가는 이의 잔등에 땀이 배인 것을 놓치지 않았다. 땀이 여러 번 겨른 그 광당포 적삼은 땀에 대한 아무런 저항력도 없는 것처럼 살에 착 달라붙었다. 처음에 접시만 한 언저리가 주발만 해지고 사발만 해지고, 자꾸 번져나간다. 그 둥그스름한 어깨에도 돈짝만 한 살구꽃이 피었다.

청자꾼의 등에 살구꽃이 피는 모양으로 의원의 가슴에는 불꽃이 이글이글 타올랐다. 숨이 턱에 닿고 발 한 자국마다 이마에서 땀 한 방울씩 떨어졌다.

그러나 청자꾼은 제 등에 땀 밴 줄도 모르고 제 뒤에 누가 따라오는 것도 잊은 듯하여 뒤도 한 번 돌아보지 않고 두 다리가 잽싸게 놀며 종종걸음을 친다.

"여보 여보 아지먼네, 우리 좀 쉬어 갑시다."

사람의 그림자란 얼씬도 않는 고개를 네 모롱이나 돌았을 제 뒤선 이는 숨을 헐떡거리며 부르짖었다.

앞선 이는 그제야 잠깐 얼굴을 돌린다.

구슬 같은 땀방울이 맺힌 발그레한 얼굴, 뒷등 모양으로 앞섶도 착 달라붙어서 뚜렷이 드러난 가슴의 윤곽, 한 움큼에라도 쥐어질 듯한 가는 허리.

최주부는 핑핑 내어둘리는 듯이 눈을 습벅습벅하다가 그대로
풀밭에 주저앉았다. 환자의 아내는 민망한 듯이, 딱한 듯이 서성
서성할 뿐.

"덥지 않아요? 이리 와 좀 쉬시우."

하고 여전히 그 붉은 기 도는 눈을 습벅습벅하면서 커다란 쥘부
채를 훨훨 부치다가 갑자기 앉은 자리가 바로 길가요 햇살이 너
무 부신 것을 깨닫자 깔았던 고의 뒤를 툭툭 털고,

"여긴 볕이 드는군."

하면서 그늘을 찾는 핑계로 산기슭 풀밭으로 휘적휘적 기어올랐
다. 사람 발자국이 별로 밟지 않은 풀밭은 아름다웠다. 파란 쿠션
을 깔아놓은 듯한 잔디도 좋거니와 바위 얼굴을 덮은 담쟁이에
오불오불한 붉은 줄기 가진 병꽃풀, 좁쌀낟만씩 한 한 수효도 없
는 흰 꽃을 머리에 이고 기름기름하게 뻗은 대나물에 석죽화 뺨
칠 어여쁜 패랭이꽃, 이름은 사나우나마 가련한 파랑꽃의 인나,
달기씨깨비, 노란 뿌리를 내어민 백합화들! 제각기 다른 풍정으
로 사람의 눈을 이끈다. 다홍에 분홍에 자주에 연두에 희고 누르
고 혹은 굵게 가지각색의 이 자연의 비단!

최주부는 앞으로 담쟁이 얽힌 바위가 가리고 뒤로는 소나무 숲
이 뻐욱하게 푸른 그늘을 던지는 아늑하고 포근포근한 잔디밭을
필경 발견하였다.

그는 거기 펄썩 주저앉으며 기슭 아래서 망설이는 청자꾼을 불
렀다.

"어 여기가 참 시원하군. 이리 와 잠깐만 쉬어 갑시다."

청자꾼은 민망한 듯이 또는 난처한 듯이 얼마쯤 주저주저하다가 필경 올라오고 말았다. 먼저 자리 잡은 이는 얼른 제 옆자리를 손으로 한번 쓰다듬어보고 뒤에 온 손님에게 앉으란 뜻을 보이었다. 그러나 환자의 아내는 그 옆으로부터 한 간쯤 떨어져서 금방에 날아갈 듯이 쭈그리고 앉았다. 그렇다고 그 여자가 의원을 의심한다거나 못 미더워하는 기색이 털끝만큼이라도 있다는 것은 아니었다. 다만 갈 길이 바쁜데 일분일초를 이러고 보내는 것이 민망한 눈치였다.

"거기가 예보담 나아요?"

하고 의원은 드러내놓고 부둥부둥 가까이 갔으되 본능적으로 몸을 흠칫할 뿐이요, 환자의 아내는 조금도 경계하는 빛이 없었다.

"웬 땀을 그렇게 흘리오? 너무 기어한 모양이구먼."

하고 의사는 물끄러미 어여쁜 청자꾼을 쳐다보다가 별안간에 이런 소리를 하며 땀이나 씻어줄 듯이 오른손을 번쩍 들다가 말고,

"어데 맥이나 좀 짚어볼까요?"

하면서 이번에는 왼손으로 그 새 새끼 같은 손목을 잡아당기어 제 무릎 위에 놓았다. 여자는 앞이마 머리칼이 사내의 불덩이 같은 뺨을 스치며 앞으로 잠깐 쓰러진다. 법대로 의사의 식지와 장지가 나란히 환자의 맥 위에 놓이자마자 문득 아귀센 두 손으로 가늘게 떠는 손목을 움켜쥐었다. 그러자 여자는 별안간에 독수리에 채인 새 새끼 모양으로 깜짝 놀라며 손을 빼려 할 겨를도 없이 솥뚜껑 같은 검은 두 손은 또다시 땀에 촉촉하게 젖은 여자의 젖

가슴에 구렁이처럼 휘감겼다.

그 여자의 얼굴은 어디까지 맑고 깨끗하였다. 한 군데 흐린 점도 없고 흥분된 기색도 없다. 슬퍼도 않거니와 분해도 않는다. 새파란 잎 새로 새어 흐르는 햇발처럼 명랑하다. 바람기 없는 공중에 뜬 나비의 날개와 같이 조용하고 풀 끝에 맺힌 이슬 모양으로 영롱하다. 꼭 아까 모양으로 앞장을 서서 다시금 종종걸음을 칠 뿐이다.

최주부가 도리어 겸연쩍었다.

'조금 더 앙탈이라도 하였더면!'

하고 혼자 웃었다. 정조 관념이란 약에 쓰려도 없고 아무한테나 몸을 맡기고도 눈곱만 한 부끄러운 맘을 모르는 것이 불쾌하였다.

'이런 것들은 할 수가 없어……'

하고 속으로 제법 개탄까지 하였다. 가다가 심심하면 쫓아가서 손도 쥐어보고 뺨도 만져보았건만 그 여자는 그의 하는 대로 맡기고 눈썹 끝 하나 움직이지 않았다. 물결치는 대로 떠나가는 부평초와 같이 걸리면 멈추고 놓이면 또 흘러갈 뿐이다. 하늘가에 흐르는 흰 구름 모양으로 모든 것이 무심하고 심상하다.

마침내 그들은 다 쓰러져가는 오막살이 삽짝문 앞에 섰다.

"예가 우리 집예요."

하고 하염없이 웃어 보인다.

의원은 제 지은 죄 밑천으로 머리끝이 쭈뼛쭈뼛하는 듯하며 발들여놓기가 서먹서먹하였다. 문득 여자의 손가락이 사내의 손목에 쇠꼬챙이같이 박혔다.

"어서 들어가셔요. 우리 아범은 꼭 곤쳐주셔야 말이지 그렇잖으면 큰일 날 줄 아셔요."

하는 나직한 말소리가 의사의 등골에는 찬물을 끼얹은 듯하였다.

의사는 허둥지둥하는 발길로 삽짝 안에 끌려 들어섰다. 수숫대로 친 담도 반 넘어 쓰러졌고 집이라야 토막인데 툭 꺼져서 내려앉으려는 지붕은 몇 해를 이지 않은 듯, 명색 부엌 한 칸에 거기 잇달아 ㄱ자로 방 두 칸이 형용만 남았는데 황토로 발라놓은 벽에 엉그름이 턱턱 갈라져서 더러는 떨어지고 더러는 주둥이를 쳐들고 떨어질 때를 기다린다. 대꼬챙이로 얼기설기 엮은 대에 신문지를 되는대로 발라놓은 명색 방문을 열고 들어서니 매콤한 냄새가 첫째 코를 엄습한다. 그다음엔 삿자리 깐 방바닥과 신문지 벽에 진을 치고 있던 파리들이 윙 하면서 새로 오는 사람에게로 달려든다. 또 그다음엔 거미같이 마른 네댓 살 되는 발가숭이 계집애가 양초 자루만 한 다리를 비비 꼬는 듯이 쭈적쭈적거리며,

"엄마!"

소리를 내자 대번에 삐죽삐죽 울기 시작한다.

방 아랫목엔 환자가 웃통을 벗고 배 위에만 헌 누더기를 걸쳤는데 울퉁불퉁하게 드러난 뼈가 가죽 한 겹을 남겨놓고 가까스로 얽매여 있는 듯, 이맛전만 불쑥 높고 뺨과 턱 언저리는 훑은 듯이 쪽 발랐는데 만일 뚜룩뚜룩하는 큼직한 눈이 없었던들 아무라도 해골로밖에 안 보게 되었다.

아내와 의사가 들어오는 것을 보고 상반신을 일으키려던 그 환자는 아내의 보드라운 손길에 다시 누웠다.

"더치시면 어쩌자구?"

"고 고맙네. 그 먼 델 갔다 와서! 그래, 모시고 왔지? 아이구, 저 저 땀 보아. 개똥아, 어머니 부채 찾아드려라."

하고 제 어린 딸에게 명령한다.

"괜찮아요, 괜찮아요."

하며 치마꼬리로 땀을 씻고 문득 제 얼굴을 그 해골 다 된 얼굴에 문지르며 훌쩍훌쩍 운다.

"왜 울어? 인제 의원님이 오셨는데 약 먹으면 나을 텐데!"

환자 또한 목이 메인다. 뼈만 남은 꼬치꼬치 마른 남편의 손은 아내의 흐트러진 머리칼을 쓰다듬는다.

"세상없어도 나을 테야. 안 죽고 살아날 테야. 울지 말아요. 울지 말아요."

그들은 몇 번이나 이러고 서로 울며 위로하였던고!

"그런데 여보셔요. 내가 죄를……"

하고 아내는 더욱 느껴 운다.

윗목에 서성서성하고 있던 죄인은 그 소리에 가슴이 뜨끔하였다. 그 방울 같은 코끝에 땀이 또 한 방울 맺혔다.

"여보, 죄가 무슨 죄요? 저 샌님을 좀 앉으시게나 하오."

아내는 말대로 선뜻 일어나 윗목으로 오더니만 제 치맛자락으로 삿자리를 훔칫훔칫한 후에,

"이리 좀 앉으셔요."

하여 의원을 앉히고는 다시 남편에게로 왔다.

"저 샌님을 모시고 오다가, 저 샌님의 말씀을 들었어요. 집에

232

모시고 온대야 약값 드릴 거리도 없고 당신의 병은 세상없어도
곤쳐야 되겠고……"

말끝은 다시금 눈물에 흐렸다.

아까부터 바늘방석에 앉은 것 같은 최주부는 그 말에 회오리바
람이 온몸과 맘을 휩싸고 뒤흔드는 듯하였다. 금시로 저 해골바
가지가 이를 뿌드득 갈고 일어서며 날카로운 칼로 제 목을 푹 찌
를 것 같았다. 그러나 환자의 대답은 그야말로 천만뜻밖이었다.

"자 자 잘했소."

한마디 하고 그 새 새끼 같은 팔뚝으로 아내를 제 가슴에 쓸어
안고 흑흑 느낀다.

"그것도 내 병 탓이지. 내 죄지 임자가 무슨 죄요? 아뇨, 임자
죄는 아뇨."

한다.

최주부는 제 눈과 제 귀를 믿을 수 없었다. 세상에 기괴한 일도
있고는 볼 일이다. 이왕지사 정조를 깨뜨렸거든 그 비밀일랑 제
속 깊이 감춰둘 일이지, 그것을 샅샅이 남편에게 꽂아바치는 년
도 년이어니와 뻔뻔스럽게 그런 소리를 드러내놓고 지껄이고 제
정부조차 버젓하게 데리고 온 계집을 잘했다고 위로하는 놈도 놈
이 아니냐.

이윽고 두 남녀는 떨어지며 청자꾼은 또 아무 일도 없었던 것처
럼 또는 마땅히 할 일을 하였다는 것처럼 환한 얼굴을 의원에게
로 돌렸다.

"병을 좀 보아주세요."

의원은 두근거리는 가슴을 간신히 진정하고 정중하게 맥도 짚어보고 병 말미도 들어보았다. 재작년 한재에 부치던 논 열 마지기가 다 타버리고 추수 마당에서 빗자루만 털게 된 뒤로 굶기를 밥 먹듯 하였고 작년에는 그 논마저 떨어져서 농사도 못 짓고 품팔이로 그날그날을 지내노라니까 점점 병이 더쳐서 오늘날 이 지경에 이른 것이라 한다. 그것은 갈데없는 부족증이다. 기혈 부족, 원기 부족에서 생긴 병이니 의원의 양심은 초제 몇 첩 가지고는 도저히 돌릴 수 없는 병임을 가르친다.

의원은 제가 가지고 온 약재를 골라서 보원탕 세 첩을 지어주고 이 병은 매우 뿌리가 깊으니 여간 낱첩으로는 낫지 않을 터인즉 가미한 십전대보탕 한 제는 먹어야 되겠다고, 그 약을 지으려면 약재를 가져온 것이 없으매 돌아가서 지어 보내겠다고 설명해드렸다. 이왕 지은 허물이니 손해는 보더라도 약 한 제쯤으로 삭쳐버리고 한시바삐 이 괴상한 자리를 떠나려는 배짱이었다.

그러나 그렇게 풀기 없이 제 팔뚝에 쓰러졌던 그 계집은 인제 와서는 여간 아귀가 센 것이 아니다. 제 남편의 병을 고쳐주기 전에는 한 발자국도 여기서 움직이지 못한다, 한 달이고 두 달이고 얼마든지 약을 써서 기어이 병뿌리를 빼야 놓아 보낼 터이다, 약재가 없으면 적어주면 몇 차례라도 넘나들며 가져오겠다고 악지를 쓴다. 의원은 환자 집 의견에 아니 복종할 수 없었다. 입맛을 쩍쩍 다시면서 쪽지를 적어주고 환자의 아내는 십 리 안팎 길을 한숨에 뛰어가고 뛰어왔다.

밤이 되었다. 병자와 의사가 자는 방엔 삿자리 한 잎으로 칸을 막았다.

"난 샌님을 모시고 잘까요?"

아내는 서슴지도 않고 예사롭게 남편에게 묻는다.

"참 그래, 그러구려. 개똥이는 내 옆에 갖다가 누이고 임자는 그리로 건너가구려."

남편도 제가 먼저 말할 것을 잊었다는 듯이 대찬성이다. 그 수작이 끝나기가 무섭게 아내는 실행한다. 저녁 먹던 맡에 윗방에 곯아떨어진 개똥이를 환자 방으로 갖다 누이고 자기는 의원의 곁에 와서 눕는다. 이번에는 의원의 몸이 오그라붙는 듯하였다.

그는 일부러 큰 소리로,

"괴이한 일이로군. 아까는 내가 환장이 되어서 그랬지만 다시야 그럴 수가 있소? 병자를 두고 딴 방에 자다니."

하고 제법 점잔을 빼보았다.

"괜찮사와요, 괜찮사와요."

남편은 마치 손님에게 밥이나 권하는 듯이 아내와 같이 자기를 권한다. 아내도 남편에 지지 않게 손님의 사양은 귓결에도 넣지 않으려 한다. 옷까지 훌훌 벗어버리고 옆에 착 달라붙어 누우며 머리맡에 놓인 손님의 부채를 찾아 들더니,

"더우시지 않으셔요?"

하면서 훨훨 부쳐준다. 아무리 사양을 해도 손님이 잠들기 전에는 부채질을 쉬려고도 하지 않았다.

열흘 동안이나 최주부는 정말 땀을 뺐다. 굴속 같은 방 안, 밤마다 예사로 벗고 눕는 환자의 아내, 산나물에 좁쌀낟을 눈에 겨

우 띠리만큼 띄운 죽물. 눈곱만치 남은 양심의 가책. 기괴한 광경
에서 오는 불안. 감옥살이의 고통도 이토록 지긋지긋하지는 않을
듯싶었다.

다행히 환자는 약발을 잘 받았다. 약 한 첩 들어가보지 못한 장
위에는 인삼과 녹용이 그야말로 선약 같은 효험을 드러내었다.
최주부는 하루바삐 이 고통에서 벗어나려고 이해타산도 모조리
잊어버렸다. 제 돈을 들여 닭마리도 사서 고아 먹이게 하고 나중
에는 제 집 쌀까지 가져오래서 이밥을 지어 먹이도록 하였다. 환
자의 회복은 하루가 다르고 한시가 달랐다. 열흘이 되매 기동도
맘대로 하게 되고 뼈만 남았던 몸에 살까지 부옇게 찌게 되었다.

마지막 날 새벽에 잠을 깨어보니 제 옆에 누웠던 환자의 아내가
없었다. 삿자리가 한 잎 너머로 그들의 속살속살하는 이야기 소
리가 들린다.

"참 인젠 가슴도 두두룩하시구려."

아내는 남편의 가슴을 만져보는 모양.

"가슴뿐야? 자, 이 팔을 만져봐요. 제법 살이 올랐지. 오늘이라
도 농사일을 하겠는데, 허허."

"안 돼요. 아직 안 돼요. 좀 조리를 더 하셔야지, 또 병환이 더
치시면 어떡해?"

아내는 질색을 한다.

"인제 다시는 병이 안 날 테야. 인젠 두 주먹 쥐고 벌지. 그래도
입에 들어가는 것이 없으면 도적질이라도 할 테야. 안 굶으면 병
이 안 나겠지. 이번엔 꼭 죽을 줄 알았더니만 임자 덕에 살았지."

하고 잠깐 말이 끊김은 젊은 내외의 으스러지는 듯한 포옹이 있는 모양.

"임자를 안고 나니 두 팔에 기운이 더 붙는 듯한데…… 신기한걸. 내일부터는 임자를 업고 다니면 기운이 나겠지."

"나중에는 별소리를 다 하시는구려. 그래 조금도 꺼림칙하지 않으셔요?"

"뭣이 꺼림칙하단 말이오?"

"저 남의 아지번네하고 같이 잤는데도."

"백날을 같이 자면 무슨 일이 있나? 내 병 땜에 임자에게 귀찮은 노릇을 겪게 한 게 애연할 뿐이지."

"참, 그래요. 나도 그런 일을 당하면서도 조금도 부끄럽지 않았어요. 처음엔 가슴이 좀 두근거리더니만 무슨 짓을 하든지 당신병만 낫우었으면 그뿐이라 하고 보니 맘이 고만 가라앉았어요."

"그럼 서로 위해서 하는 일이 부끄러울 것이 뭐람?"

그들의 수작은 아침에 재깔거리는 새 모양으로 흐리고 터분한 점은 도무지 없고 어디까지 명랑하고 어디까지 상연하다.

"그래도 저 방에서 샌님을 뫼시고 자려니까 어쩐지 가슴이 뻐근하고 슬퍼요."

그는,

"나도 그래. 고마운 생각이 지나쳐 눈물이 나려고 하더구먼. 인젠 병이 나았으니까 다 옛말이지."

두 내외는 또 쓸어안는 모양. 그때에 개똥이가 자다가 무엇에 놀란 듯이 삐 하고 운다.

"왜 왜!"

하고 애 달래는 소리가 나더니 삿자리를 걷어치우며 조심조심 건너온다.

그날 아침에 최주부는 놓이게 되었다. 환자도 개똥이를 안고 문밖까지 전송을 할 수 있게 되었다. 최주부는 여남은 걸음 걸어가다가 고개를 돌이키니 두 내외는 아직도 나란히 사립문턱에 서서 자기의 가는 양을 바라보고 있었다.

때마침 그들은 떠오르는 햇발을 담뿍 안고 있었다. 의좋게 나란히 서 있는 그들의 얼굴엔 광명과 행복이 영롱하게 번쩍이는 듯하였다.

"저런 것들은 모조리 정조도 모르고 질투도 모르는 모양이지!"

최주부는 눈이 부신 듯이 얼른 고개를 돌리며 혼자 중얼거렸다.

신문지와 철창

　나는 어쭙잖은 일로 삼남 지방 T경찰서 유치장에서 며칠을 보
낸 일이 있었다.

　사월 그믐께 서울에서는 창경원 밤 꽃구경이 한창일 무렵이었
다. 앞문 목책과 뒤 쇠창살 사이로 햇발은 금강석과 같이 부시다.
조각밖에 아니 보이는 하늘가로 흰 구름의 끄트머리가 어른어른
떠돈다.

　지금까지 문 앞에서 서성서성하고 있던 우리 방에서는 제일 존
장인 오십 남짓한 구레나룻이 한숨인지 감탄인지 분간 못할 소리
로 읊조렸다.

　"에에헷! 일기는 참 좋군! 저 홰나무 가지를 보시오. 거기는 바
람이 있구려. 새파란 잎들이 너울너울 춤을 추며 곧 하늘로 날아
오르는 것 같구려."

　나는 그 절묘한 형용사에 놀랐다. 그는 주막집 주인으로 오늘날

까지 그럭저럭 꾸려가다가 수상한 청년 한 명을 재운 죄로 벌써 열이틀째 고생을 하고 있는 중늙은이다. 그에게 이런 시흥[1]이 있을 줄이야! 나의 눈에도 그 홰나무가 뜨인 지는 오래였다. 경찰서 마당 소방대 망루가 있는 바로 옆에 그 홰나무는 넓은 마당을 덮을 듯이 푸른 날개를 펼치고 있었다. 때마침 불어오는 동풍을 안고 길게 늘어진 가지들이 휘영휘영 흔들린다. 갇힌 이에게는 그 자연스러운──자연스럽지 못한 경우에 쪼들리는 우리는 얼마나 자연스러운 데 주렸으랴──푸른빛이 끝없는 감흥을 일으켰음이리라. 그 바람을 따라 아무 거리낌 없이 흔들리는 대로 흔들리는 모양이 어디까지 자유스럽고 어디까지 즐겁게 보였음이리라. 하늘에 날아오르는 것 같다는 한마디 말에 그 홰나무의 형용과 아울러 그의 처지와 감정과 심회를 여실하게 나타낸 것이다.

'경우가 시인을 낳는구나.'

나는 스스로 생각하고 긴 한숨을 쉬었다.

구레나룻의 탄식과 내 한숨은 단박에 전염이 되었다. 한 칸 소침한 우리 방에 빡빡하게 들어찬 열두 명의 입에서는 마치 군호나 부른 듯이 일제히 한숨이 터졌다. 한숨 말이 났으니 말이지 이곳에는 그것같이 전염 잘 되는 것은 없었다. 한 사람이 쉬면 온 방이 모조리 따르고 한 방에서 일어나면 삽시간에 각 방으로 퍼져,

"후우!"

"아이구우!"

하는 소리가 마치 회오리바람과 같이 지나간다. 이 아무런 의미 없는 숨길에 얼마나 많은 뜻이 품겼으랴, 얼마나 많은 하소연이

섞였으랴. 그것은 입술에 발린 천 마디 만 마디 말보다도 몇 백 곱절 사람을 움직인다. 그것은 미어지는 제 가슴 한 모퉁이를 역력하게 보여주는 것이다. 말라가는 제 피 방울방울을 무더기로 뿜어내는 것이다!

식당과 변소와 침실을 한자리에 모아놓은 냄새, 딱딱하고 불결한 널바닥, 쌀인지 모래인지 까닭 모를 콩밥, 소금 덩이를 오줌 궁이에 적시어 내온 듯한 까만 무채 반찬, 타는 듯한 갈증, 마음과 몸을 조여 매는 듯한 구속, 인제나 나가나 저제나 나가나 하는 조마증, 쇠자물통이 덜컥 하고 열릴 때마다 울렁거리는 가슴, 제가 아니고 남인 것을 알 때에 기막히는 실망! 이 모든 견디기 어려운 고통보다도 나에게는 이 한숨 소리가 가장 견디기 어려웠다. 더구나 깊은 밤과 새벽녘에 폭풍우같이 유치장을 뒤흔들고 지나가는 이 소리에 나는 몸서리를 쳤다. 머리는 무엇에 부딪친 듯이 횡횡 내어둘리며 가슴은 한그믐밤 빛같이 캄캄해진다. 깊은 물속에 거꾸로 집어넣고 돌을 매달아놓을 때의 답답한 느낌이나 이러할 듯. 긴말은 고만두고 내가 거기서 만난 불쌍하고 거룩한 노인 얘기나 적어보자.

우리가 막 아침밥을 치른 뒤였다. 유치장 입새가 수선수선해지며 소위 '담당(擔當)님'들의 뚜벅거리는 구두 소리가 어지러웠다.
"또 누가 잡혀 들어오는군!"
하며 내 옆에 앉은 구레나룻이 웃어 보이었다. 여기서는 울음과 웃음이 일쑤 그 지위를 바꾸었다. 답답한 노릇 기막힌 일을 당할 적마다 서로 눈을 주며 씽긋하는 그 웃음 속에는 여간 울음 따위로 표시 못할 고민을 알려주었다. 모진 취조를 받고 나와도 씽긋 웃어 보인다. 담배를 몰래 피우다가 들키든지 목책에 올라서서 밖을 좀 더 넓게 내다보다가 들키든지 해서 톡톡히 벌을 치르고 돌아와도 씽긋 웃어 보인다.

"이리로 와, 이리로!"

일본 순사의 서투른 조선말이 들린다.

"이 늙은 놈의 자식, 말이 잘이 안 듣고!"

잡아 끄는 모양이다.

"와 이카노, 와 이캐? 와 나캉 씨름할나카나? 잡고 설치노!"

껙세고 무딘 노인인 듯한 목쉰 소리가 경상도 사투리를 통으로 내어놓는다.

"백지 죄가 없는 사람을 잡아다가 송아지매로 와 이리 끄시노?"

"모오 죄가 없소? 저 ······곤봉이란······무기를 드르고 또 저······복면을 하고 백주 대도에 남의 집에 뛰들어가 사람을 상했었지? 죄가 없소? 강도 모라? 사람을 중상 냈으니 상인강도(傷人强盜)다. 이십 년 징역살이다."

이 소리에 우리는 서로 쳐다보았다. 백주 대도에 곤봉을 휘두르며 사람을 상한 강도—— 그것은 여간 대담하고 무서운 인물이 아니리라. 솜을 씹는 듯한 단조로운 생활에 지친 우리는 놀람과 아울러 호기심이 버쩍 움직였다. 자전거를 훔친 혐의로 들어왔다는 이십 남짓한 하이칼라 머리는 날쌔게 목책의 가로닫은 철봉 위에 벌써 발을 올려놓았다.

"지금 들어온 사람이 보입니까?"

나는 여러 사람의 묻고 싶은 말을 대표하다시피 물어보았다. 하이칼라는 머리를 긁적긁적하며,

"글쎄요, 잘 보이지 않는데요. 순사 셋이 둘러섰는데 하나는 두 팔을 잡고 하나는 등채를 밀고 또 하나는 무슨 말을 하는 모양입니다. 머리가 하얀 것이 꽤 나이가 많은가 봐요. 몸을 빼치려고 발버둥을 치는 모양입니다."

나는 중대 범인인 만큼 그 취급도 어마어마하구나 싶었다. 백수를 흩날리며 곤봉을 휘두르고 거침없이 뛰어들어 협박하는 무서운 장면── 제 명령대로 고분고분히 거행을 않는다고 닥치는 대로 곤봉을 휘갈기매 붉은 피가 주르르 떨어지는 광경이 활동사진처럼 내 머릿속에 나타나며 으쓱하고 찬 소름이 끼쳤다.

"뭣이 우짜고 우째? 허허."

강도의 침통한 웃음소리가 들린다.

"날로 강도라 카나! 이십 년 징역, 참 사람 죽이네."

사나운 범같이 날뛰던 강도 생애를 뒤두고 철창 속에 갇히는 것은 우리보다도 또 다른 고통이 있으리라. 나는 동물원에서 본 사자가 언뜻 생각난다. 그 주홍 같은 아가리를 벌리고 성난 갈기로 쇠창살을 쾅쾅 부딪치며 산이 무너질 듯한 어흥 소리를 지르던 꼴이 눈앞에 선하게 보인다. 그 사자에게 푸른 산과 넓은 벌판이 얼마나 그립고 아쉬우랴. 그와 마찬가지로 곤봉 하나를 무기 삼아 남의 생명과 재산을 위협하던 그가 이 쇠창살 속에서 이십 년

이나 썩는다면 그야말로,

"사람 죽이네."

하는 비명밖에 나오지 않을 것이다.

문득 밖은 시끌시끌해진다. 발자국 소리가 잠깐 요란하더니 '아큐!' 하는 비명이 일어나며 털썩 하고 복도에 사람 넘어지는 소리가 난다.

"이놈의 자식이 어데로 달아나!"

순사는 씨근벌떡거리며 호기있게 부르짖는다.

"또 유도 연습이오? 이놈이 오늘 서장 댁에 들어갔던 놈이지요?"

사법계에서 누가 나와서 묻는 모양이다. (그들의 문답은 대개 일본말이지만 구태여 그대로 쓰지 않는다.)

"아니야요. 이놈이 달아나기에 좀 쥐어질렀지요."

담당은 묻는 말 첫마디에만 변명하며 둘째 마디엔 그렇다고 뜻만 알린 듯하다.

"달아나라고 해요. 늙은것이 굉장한데…… 허허…… 엄살 말고 일어나."

발로 강도를 일으키는 듯,

"그래, 나이 몇 살이냐?"

"내 나이 말이오?"

목멘 소리가 대답한다. 그러고 제 나이 많은 것을 한심하다는 듯이 또는 자랑치는 듯이 탄식조로,

"금년에 일흔넷이오."

한다.

우리는 이 문답에 더욱 놀랐다. 나이 칠십을 넘어 강도 노릇을 한다는 것부터 끔찍한 일이거든 밤도 아니요 한낮에 보통 도적 같으면 몸서리를 치고 달아날 경찰서장의 집에 침입했다는 것은 정말 엄청난 일이다.

"참 대담한 일인데."

하고 구레나룻은 혀를 빼 물었다.

"참 굉장한데, 경찰서장의 집에 막 들어갔다지요."

하고 똥똥 옆에 앉았던 소년 절도가 그 토끼 귀를 쫑긋한다. 그들 의 얼굴에는 일종의 영웅이나 제 눈앞에 나타난 듯한 경탄하는 빛이 황홀하게 흘렀다. 과연 팔십 다 된 노인의 한 일로 보아 그 는 놀라운 위인에는 못 갈 값에 간담이 서늘한 거물에는 틀림이 없었다. 일종 엄숙한 기분이 얼마 동안 우리를 사로잡았다.

우리는 별안간에 이 유치장에 나타난 '영웅'의 그림자나마 보아 지라고 발버둥을 쳤다. 온 방 안이 거의 총기립이 되어 목책 틈으 로 눈을 내놓았지만 우리 방은 십일호란 끄트머리 구석방이요 그 범인과 경관 사이에 힐난이 일어나기는 유치장 입새이기 때문에 갖은 노력도 필경 물거품에 돌아가고 말았다. 그 '영웅'은 머리털 하나 옷자락 한 폭을 우리에게 아끼었다.

"어느 방에 집어넣을까요?"

담당이 묻는 모양.

"글쎄…… 아직 작정을 안 한 모양이던데……"

"검속으로 둘까요, 보외(報外)로 할까요?"

"글쎄…… 아직 어데 한구석에 그대로 두구려."

우리는 유치할 방 문제가 날 때에 행여 우리 방이나 아니었으면! 하는 마음과, 그와 정반대로 다행히 우리 방이었으면! 하는 열망이 동시에 일어났다. 그런 무서운 인물을 꺼리는 공포증과 '영웅'의 목소리를 직접으로 들어보겠다는 숭배열이 서로 싸웠다. 그러나 아직 아무 방에 넣지 않는다는 말에 우리는 적이 안심의 숨길을 돌렸다.

"저런 범인은 따로 두는 무서운 방이 있겠지요?"

구레나룻은 나를 보고 기발한 질문을 내놓았다. 내가 미처 대답하기 전에 하이칼라가 받아서,

"글쎄요? 그럴 리야 없겠지요? 혹 감옥으로 바로 보낼는지도 몰르지요?"

그럴 사이에 우리의 상상과는 딴판으로 그 범인은 처치되었다. 담당 순사의 구두 소리와 함께 저항하는 듯한 그 범인의 어지러운 발소리가 우리 방을 향해 오지 않는가! 분명히 아무 방에도 넣지 않기로 작정된 것을 알건마는 혹시나 우리 방에 넣지 않는가 하여 우리는 다시금 공포증과 호기심에 사로잡혔다. 그 결과는 한방에 같이 있는 공포를 덜어주는 동시에 눈앞에 '영웅'을 보는 호기심을 만족시킬 수 있게 되었다. 담당 순사는 그 범인을 우리 방 앞까지 끌고 와서 쓰러뜨리는 듯이 앉혀놓고,

"여기 가만히 앉아 있어!"

라고 호령 한마디를 남긴 후 제 갈 데로 가버렸다.

우리는 그 범인을 한번 보고 놀랐다.

돼지 꼬리만 한 상투. 설마른 암치 쪽처럼 누렇게 뜬 주름 많은 얼굴. 불에 타다가 만 듯한 경성드뭇한 흰 수염. 휘어들고 꼬부라 든 좁은 어깨. 졸음이 오는 듯한 눈곱 발린 광채 없는 눈. 갈기갈 기 찢어진 히피족 밑에서 내다보는 콧물이 켜켜이 말라붙은 광목 적삼 앞자락. 아랫도리엔 역시 때묻은 광목 고의. 발은 벗었고 대 님으로는 상점에서 물건 살 때에 쓰는 끄나풀을 매었다. 왼손에 는 노란 손수건을 들었고 오른손에는 생무 껍질을 벗겨 만든 듯 한 꼬부장한 지팡이를 쥐고 있다.

우리가 이때까지 상상하던 무서운 인물 놀라운 영웅이 이 할아 범일 줄이야, 어디까지 양순해 보이고 어리석어 보이고 불면 쓰 러질 듯한 이 잔약한 늙은이일 줄이야! 우리는 우리 눈을 의심 안 할 수 없었다.

"저 늙어빠진 친구가 그런 대담한 짓을 저질렀단 말이오?"

구레나룻은 나를 노리며 마치 내가 애매한 그 노인을 몰아넣기 나 할 듯이 큼직한 눈을 더 크게 뜨고 분개한다.

"저 노인 어데서 그런 용기가 났을꼬?"

하고 나도 어처구니가 없어 방 안을 둘러보았다.

"남을 때리기는 고만두고 제 몸도 가누지 못하겠는걸."

하이칼라는 픽 웃었다. 어린 토끼귀는

"저 꼬부장한 지팡이를 좀 봐요. 저게 곤봉이란 무기야?"

하고 소리를 내어 웃는다.

"그러고 저 노란 수건은 복면하는 데 쓰는 탈인가?"

우리 일동은 어이없이 웃었다. 참활극(慘活劇)의 우리 주인공은 얼굴을 나타낸 찰나에 희소극(喜笑劇)의 배우가 되고 말았다.

담당이 밀쳐주고 간 대로 반쯤 쓰러져 있던 그 노인은 이윽고 몸을 도사리며,

"이놈의 새끼들이 이게 무슨 지랄고? 백지 죄 없는 사람을 잡아 가두고 마른날에 벼락이 안 무섭나?"

혼잣말로 중얼중얼한다. 그 무디고 꺽센 목청만은 아까 우리가 듣던 무서운 강도의 목소리와 조금도 틀림이 없었다. 넋두리를 따라 그 눈곱이 끼죄한 눈을 깜박거리더니,

"우리 인식이! 인식이!"

하고 별안간 훌쩍훌쩍 코를 들이마시기 시작한다. 굽어든 어깨가 더욱 둥그레지며 가늘게 떨리는 모양과 빠뜨린 고개 위로 앙상하게 드러난 목덜미의 힘줄과 뼈가 우리에게 사라지는 듯한 느낌을 주었다. 우리 주인공은 세번째 변해졌다. 참활극의 히어로로 등장한 그는 어느 결에 희극의 배우로 바뀌고 이번에는 또다시 비극의 주인공으로 그 본색을 나타내었다.

이윽고 그는 숙였던 고개를 번쩍 들었다. 누렇게 뜬 얼굴엔 벌컥 피가 올랐다.

"인식아! 인식아!"

제 처지도 잊은 듯이 고함을 지르자 쥐었던 수건과 지팡이도 집어던지고 힘줄과 검버섯만 남은 두 손으로 마룻바닥을 치며 엉엉 소리 높여 울기 시작한다.

"시끄럽다 시끄러워!"

담당이 주의를 하였으나 늙은이의 울음소리는 높아질 따름이었

다. 할 수 없이 순사는 필경 그 노인에게로 달려왔다. 그 우는 증상이 너무도 가엾고 측은한 데 마음이 움직이었음이리라. 올 때의 발소리 들어서는 매우 사나울 듯하던 그 순사는 의외로 친절하였다. 노인의 어깨의 손을 대며,

"왜 이리 울어. 늙은이가 이게 무슨 꼴이야."

하고 달랠 따름이었다. 노인은 응석이나 피우는 듯이 울음 반 말 반으로,

"와 나를 가두노, 와 나를 가두노? 우리 인식이는 죽으라카나, 우리 인식이는……"

넋두리를 그치지 않는다.

"죄를 짓지 말았으면 잡혀오지 않았을 것 아니냐!"

순사는 귀찮은 듯이 제 친절을 몰라주는 것이 괘씸한 듯이 한마디를 쏜다.

"내가 무슨 죄고? 대문간에 내비린 신문 한 장 존(주은) 것밖에 나는 아무 죄가 없지그리."

"신문 한 장?"

아까 노인이 잡혀 들어올 때 없던 그 순사는 우리 주인공의 내력을 잘 모르는 눈치였다.

"그래 신문 한 장을 줏었다가 잡혀왔단 말이냐?"

하고 어이없다는 듯이 씩 웃는다.

"신문을 존는데 쪼맨은(조그마한) 일본 가시내가 빼뜰라 캐서 작대기로 이마를 좀 밀었다고 붙들려왔구마."

"그래, 인식이는 누구냐?"

"내 손자지 누구라. 제 에미가 백날 만에 유종을 앓아 죽고 내 등으로 금년에 시 살까지 업어 끼웠구마. 내가 오늘 밥을 안 얻어 주면 우리 인식이는 죽누마."

하고 할아버지는 다시금 엉엉 소리를 낸다.

"그러면 밥이나 얻어가지고 갈 일이지, 남의 집 신문을 왜 훔쳐!"

순사는 그래도 호령기를 잊지 않았다.

"내비린 게니 좃지. 밥을 싸가지고 갈라 캤구마."

우리 주인공의 수수께끼는 한 겹 두 겹 풀렸다. 어미 잃은 어린 손자, 제 등으로 길러낸 손자의 배고파 우는 양을 보다 못하여 그는 오막살이나 남의 집 추녀 끝을 기어 나왔으리라. 밥은 얻기는 얻었지만 비럭질 길을 처음 나선 터이라 미처 밥 담아 올 그릇을 준비하지 못하였으리라. 쌀 데가 만만치 않으매 그는 공교히 경찰서장 집 문간에 떨어진 신문지 조각을 발견하고 신이야 넋이야 하며 앞뒤 생각 없이 그것을 주웠으리라. 신문 들이치는 소리를 듣고 나왔던 서장의 누이나 딸이 그가 주운 신문지를 빼앗으려 드니까 그는 밥 싸 가질 욕심에 눈이 어두워 지팡이로 그의 계집 애를 갈긴 것이 상인강도란 무시무시한 죄목에 걸린 것이다.

이 비참한 수수께끼를 푸는 사이에 어느 결에 괴었는지 내 눈에서는 뜨거운 눈물 한 방울이 소리 없이 떨어졌다.

그 후 사흘이 지났다. 그 노인은 한결같이 아무 방에도 넣지 않고 유치장에서도 무슨 장애물같이 이리 밀리고 저리 쫓기었다.

그는 모든 것을 단념한 모양으로 인제는 울지도 않고 인식이도 찾지 않았다. 눈물 소동과 사랑의 호소도 아무런 보람이 없음을 깨달았음이리라. 다만 밥 때마다 그는 말썽을 부렸다. 그는 소위 보외(報外)로 제정한 유칫간에도 들어가지 못한 관계인지 소위 관식(官食)에도 빠졌다. 성이 몹시 날 때엔 밥 돌리는 차입집 중노미를 보고,

"이 누묵 자식들, 사람 잡아놓고 와 밥도 안 주노?"

라고 그 늙고 마른 몸과는 딴판으로 소리를 벽력같이 지르기도 하고 혹은 지나치는 담당 순사를 보면,

"나아래(그는 나으리란 말이 서툴던지 이렇게 발음하였다.) 이래 있는 사람은 밥도 안 주는기오?"

라고 애원하기도 하였다. 나는 그 '이래 있는 사람'이란 말에 억눌린 분노와 형용 못할 빈정거리는 뜻을 느끼었다. 서두는 보람이 있어 그는 언제든지 끼니만은 찾아 먹었다.

마지막 날 점심 때에 그와 차입집 중노미 사이에는 충돌이 일어났다. 노인은 제 차지를 받지 않았다고 고집을 세우고 중노미 애는 분명히 주었다고 우기었다.

"오늘 아침에도 주고 돌아서니 안 받았다고 떼를 쓰기에 또 한 그릇을 주었는데 금방 점심을 받고 또 달란 말이 무슨 말이야!"

라고 모개같이 생긴 중노미 애는 툭툭 비어지게 살찐 얼굴에 핏대를 올린다.

"뭣이 우째, 받은 밥을 내가 우쨌단 말고?"

노인도 노기등등하다.

우리는 물론 노인 편이었다. 순사 뺨치게 사납게 구는 애놈이 밉기도 하였거니와 저 잔약한 노인이 어느 결에 준 밥을 게 눈 감추듯 먹었을 리도 만무하였다.

"이놈아, 한 그릇 드리려무나. 설마 노인이 거짓말하겠니?"

그 애 집에서 사식을 대놓고 먹는 구레나룻은 대번에 차입집 애를 꾸짖었다. 유치장에서 사식을 먹는 것은 한 특전이다. 턱찌끼[2] 반 접시와 맹물 아닌 차 한 모금도 여기서는 금싸라기같이 귀하기 때문에 관식 먹는 이의 위대도 놀랍거니와 차입집에게도 서슬이 푸르렀다.

본래부터 그 애와는 승강이 많던 하이칼라도 덩달아,

"저놈의 애는 곱게 줄 것도 꼭 말썽을 부리겠다."

하고 혀를 찬다.

중노미는 형세가 제게 불리하게 되자 쭈르르 담당 순사에게로 달려가서 그 사연을 말한 모양이었다. 일본인 순사 한 명이 뛰어왔다.

"이놈아 한번 먹었으면 존 것이지. 한 끼에 두 번씩 먹어, 나쁜 놈이."

제법 유창한 조선말로 집어세고는[3] 다짜고짜로 그 늙은이의 몸을 뒤지기 시작한다. 우리는 그 순사의 행동에 분개하였다. 비록 배가 고파 달라고는 할지언정 그까짓 관식을 몸에 숨길 시러베자식이 어디 있으랴. 아무런 사리도 분간할 사이도 없이 죄인이라면 덮어놓고 의심을 두는 데 불쾌한 감정을 걷잡을 수 없었다. 그러나 그것은 직업적 손버릇인지도 모르리라. 수색하는 순사 자신

도 그 노인의 뱃속 이외에 콩밥 덩이가 튀어나오리라고는 꿈에도
생각지 않았으리라.

"이〔虱〕 되나 하고 때 사발이나 긁어낼걸."
하고 구레나룻은 비웃었다.

사실은 또 우리의 예상과 틀렸다. 그 노인의 고의춤에서 콩밥
뭉치는 발견되고 말았다.

"이런 데 넣어두었구먼."

그 순사는 어이없다는 듯이 일본말로 부르짖으며 무슨 불결한
물건을 만진 것처럼 상판을 찡그리고 그 콩밥 뭉치를 태기를 쳤
다. 우리 방 앞에 떨어진 밥 뭉치를 보니 그 노인이 들고 있던 노
란 수건으로 삐죽삐죽 싼 것인데 그 부피로 봐 한두 끼 분량은 훨
씬 넘는 듯싶었다.

"참 어쩔 수 없군."

순사는 뱉는 듯이 한마디 던지고 노인의 등을 한번 쥐어지르고
는 그대로 가버렸다. 너무도 같잖은 일이기 때문에 특별한 벌도
세우지 않는 것 같다.

멀쑥해가지고 얼빠진 듯이 쓰러져 있던 콩밥 도적은 한참 만에
야 부스스 일어앉으며 입 안말로 중얼거렸다.

"아무나 주는 그 잘난 밥을 다 빼뜨네. 지랄 안 하나. 우리 인식
이나 갖다줄걸."

노인 편을 들었던 우리 방 사람들도 머쓱해졌다.

"허 참, 별일이 다 많네. 그까짓 콩밥은 감춰 뭘 한담?"

"제 버릇은 할 수 없어. 유치장 안에서도 도적질을 하는군."

"나는 그 노란 수건이 어데로 갔나 했더니 그 콩밥을 쌌구면."

"나이 칠십에도 지각이 안 났더람? 그야말짝으로 관 속에서나 철이 들려나? 하느님 맙시사."

동정과 호감을 주었던 반동으로 비난과 비웃음도 컸다.

나는 손바닥을 뒤집는 듯이 돌변한 그들의 태도에 분개하느니보다 차라리 그 노인을 위해 슬펐다. 입때까지 동정을 아끼지 않던 마지막 동무까지 잃어버리고 쓸쓸한 사막에 외로이 제 길을 걸어가는 성자(聖者)를 보는 듯한 슬픔이 나의 가슴에 복받쳤다.

"그 잘난 밥! 우리 인식이나 줄걸!"

이 말 한마디에 나는 애연한 정보다도 빛나는 인생의 햇발을 본 듯싶었다. 그 잘난 밥! 그렇다! 그들에게는 그 잘난 밥이다. 그 잘난 밥이나마 감추려던 그의 심정! 경우와 처지와 모든 것을 잊어버리고 오직 손자에 향한 뜨거운 이 사랑만은 배부른 이들로는 상상도 못할 노릇이다. 그가 울음을 그치고 하소연을 그치고 손자를 위해 끼니끼니마다 몇 개 밥알이라도 고의춤에 모으는 즐거움은 온 세상을 통틀어준대도 바꾸지 않았으리라. 남 안 보는 깊은 밤 옅은 죄수의 꿈이 깨일 때마다 그는 밥 주머니를 어루만지며 인식이를 가만히 불러보고 자애에 넘치는 웃음을 흘렸으리라. 가난한 이의 사랑은 종교다, 신앙이다. 그것이야말로 이 세상의 위대한 기적이 아니고 무엇이냐.

그날 오후에 나는 사법실로 불려 나가 사법 주임 박경부에게 취조를 받았다.

아까 그 노인의 밥 주머니를 끄집어낸 일본 순사가 얼굴을 나타내며 그 노인의 처치를 물었다. 박경부는 일본말로,

"이 늙은이는 거지가 아니오? 그런 것을 유치장에 넣으면 되려 좋아하지 않겠소?"

"그래요. 오늘 점심에도 관식을 훔쳤어요."

"저런! 그것 보아. 그따위는 잡아온 것이 이편의 손해인걸. 허허…… 웬만치 하고 고만 내보내지요."

박경부는 대수롭지 않게 결정을 해버리고 나의 취조를 진행하였다.

취조를 마치고 나와 보니 그 노인의 그림자는 벌써 유치장에서 사라졌다. 유치장 신세를 지는 것도 좀 더 높은 계급이 가진 특권인 듯하다. 그는 유치장에서까지 쫓겨나고 만 것이다!

서투른 도적

　창의문 밖 살림을 차린 뒤로 안잠자기[1] 때문에 여간 머리를 앓
지 않았다. '개똥에 굴러도 문안이 좋지 그 두메에 누가……' 하
고 그들은 처음부터 오기를 싫어한다. 일갓집들의 연줄 연줄로
간신히 하나 구해다가 놓으면 잘 있어야 한두 달 그렇지 않으면
단 사흘이 못 되어 봇짐을 싼다. 속살 까닭은 여러 가지겠지만 드
러내놓은 이유는 한결같이,

　'뻐꾹새와 물소리가 구슬퍼서……'

한다. 불행한 인생의 길을 걷는 그들에겐 집을 에두르는 시냇물
노래와 뒷산 속에서 새어 흐르는 뻐꾸기의 울음도 시름을 자아낼
뿐인 모양이다. 어둑어둑한 소나무 그늘 밑에 그들은 하염없는
눈물을 씻게 되고 햇빛에 고요히 깃들인 풀 그림자도 까닭 없이
그들의 맘을 군성거리게[2] 하는 듯.

　도회의 번잡과 조음이 도리어 그들의 신경을 무디게 해주고 심

256

장을 지질러주는 듯.

아무튼 안잠자기가 붙어 있지 않았다. 병약한 아내의 단손으로
는 도저히 살림을 꾸려나가는 수가 없고 사람은 있어야 될 판이
라, 나이 늙든 젊든, 일을 잘하든 못하든 안잠만 자 준다면 우리
는 감지덕지로 위해 올리는 판이었다.

황해도 할멈이 올 때에도 우리는 사람이 없어서 무진 애를 쓰다
가 드나드는 기름장수의 연줄로 간신히 그를 구해 온 터이라 인
품과 일새를 볼 겨를도 없었다.

보통 집 같으면 대개는 그 할멈을 싫어하였으리라. 첫째 나이
많아 육십오 세나 되었으니 세찬 일을 바랄 수 없고, 둘째 너무
추해서 불쾌한 감정을 일으킨다. 얼굴은 늙은 호박 모양으로 위
아래가 내밀고 눈과 코언저리가 움쑥 들어갔는데 검붉은 버섯으
로 덮였고, 가을바람도 일어난 지 오래인 음력 팔월인 이때 땀이
차서 해어진 광당포 적삼 하나를 걸쳤고 잠방이 비슷하게 짧은
베치마가 갈기갈기 찢어졌는데 그 조각마다 기름때가 켜켜이 앉
았다. 요새 명색 안잠자기라도 위아래를 인조견으로 휘감고 버듬
적하게 양산 한 개쯤 들고 다니는 데 비하면 그야말로 소양지판[3]
이다.

그러나 우리는 와준 것만 감지덕지다.

"저 나이에 저 꼴을 하고야 설마 오래 붙어 있겠지."

아내도 나를 보고 해죽이 웃으며 도리어 안심하는 눈치를 보
였다.

아내의 전하는 말을 들으면 그 할멈은 황해도 안악 사람으로 농

토를 빼앗기고 살길이 없어 아들 부부만 제 시골에 처뜨리고 저는 열세 살 먹이 손자 하나를 데리고 벌이 곳을 찾아 걸어서 서울을 올라왔다. 공덕리를 중심으로 한 기름 장사의 틈에 끼어 삼 원이란 전 천량을 들여 장사를 시작해보았으나 처음 일이라 단골도 없고 모든 일에 서툴러서 밑천조차 깝살려버리고 필경 남의 집에나 살아보자고 나섰더니 그나마 뜻같이 되지 않아 오늘날까지 동향의 기름 장사꾼의 신세를 입다가 우리 집에 오게 되었다 한다.

하루 이틀은 무사히 지나갔다. 사흘이 못 되어 피차에 얼굴이 조금 익어지자 그의 호소와 하소연이 육칠월 장마 모양으로 그칠 줄 몰랐다. 그는 아내를 조르다가 못하여 인제는 나만 보면 조르기 시작한다.

"나으리 마넴, 저 새끼(제 손자를 가리킴)를 어떻게 하면 좋쉬까? 댁으로 데불고 와요? 열세 살이라도 못할 일이 없쉬다……"

"저 건네방이 비지 않았쉬이까? 우리 아들 내외께 좀 빌려주시깡요. ……이 거룩한 댁에서 살게 해주소?"

"돈을 십 원만 선월급으로 미리 좀 주시까요? 서울에 올라올 때 동리 사람에게 진 빚냥을 갚어야 되겠쉬다. 나으리 마넴, 사람 좀 살리소……"

그는 제 일신의 모든 어려운 사정을 한꺼번에 해결해보려는 듯하였다. 처음에는 허허실수 지나치는 말로만 여겼더니 웬걸 차차 그의 하소연이 물론 진정으로 가슴에서 우러나오는 것을 깨달았다. 물에 빠지는 사람이 한 오라기를 부여잡는 모양으로 그는 죽을힘을 다해서 우리에게 매어달리는 것을 알았다. 그러나 우리에

258

겐 물론 그런 여유가 없었다. 다달이 몇 푼 월급으로 겨우 꾸려가는 우리에게 그의 손자를 기르고 그의 아들 부부를 살릴 힘은 어디를 쥐어짜도 나올 턱이 없었다. 식구라야 우리 내외와 다섯 먹이 딸 하나, 집이 멀고, 명색 밭이라고 산기슭에 몇 고랑 있는 탓에 문안 심부름과 집 거두기에 열아홉 살 먹은 대욱이란 아이를 들인 터이라 안잠자기 외에 사람 더 둘 필요는 절대로 없었다. 할멈의 사정이 아무리 딱하다 하더라도 부둥부둥 식구를 늘릴 수는 없는 노릇이니, 그의 청을 들으려야 들을 수 없었다.

나의 맘은 무거웠다. 그에게 동정을 하면 할수록 나의 고통은 컸다. 험난한 인생의 길의 산 표본을 눈앞에 보는 듯하여 나의 가슴만 어두워질 뿐이다.

낮보다도 밤이 더 견디기 어려웠다. 낮에는 나도 집에 붙어 있지 않거니와 자기도 일이 바쁘니 조를 겨를이 없으되 밤엔 저녁을 먹고 앉으면 그의 애원은 쉴 새 없이 나의 귀를 울리고 머리를 들먹인다. 두 방에 불 때기가 어려워서 장지로 막은 안방에 우리는 아랫간에 자고 그는 윗간에 자니 한방이나 진배가 없었다. 그의 한숨과 호소는 장지 하나를 격해 폭포수같이 쏟아진다. 그는 좀처럼 잠도 자지 않았다. 내가 깨어 있는 듯한 눈치만 보이면 자기의 원정과 설움과 슬픔을 늘어놓는다. '이 거룩한 댁에서 자기를 안 살려주면 누가 살리겠느냐?' 내가 꼭 그를 구해야만 될 의무가 있는 것처럼 추근추근하게 굳세게 줄기차게 조르고 볶고 호소하고 애원한다. 불면증이 있는 나는 이따금 뜬눈으로 새기까지 되었다.

잠꼬대처럼 호소를 중얼거리다가도 그는 흔히 고단한 꿈을 맺는 모양이나 이 꿈이 도무지 길지 않았다. 높던 숨소리는 이내 깊은 한숨으로 변한다. 그렇다! 그것은 정말 깊은 한숨이다. 바다 속 깊이 파도가 이는 모양으로 '우후우' 하는 처창한 울림을 낸다. 그의 천 마디 만 마디 말보다도 이 한숨이야말로 그의 슬픔과 번민과 고통을 가장 웅변으로 설명해준다. 나는 잠결에도 이 한숨 소리만 들으면 번쩍하고 눈이 떠진다. 열 손, 스무 손이 나를 흔들어 깨운다 한들 이 인생의 최후의 휘파람 같은 무겁고 우렁차고 비통한 이 울림처럼 나의 맘을 뒤흔들고 맘을 움직이지 못하였으리라. 나는 고만 잠을 잊어버린다. 그 산란한 괴로운 숨결! 그 탄력 없는 늙고 무거운 팔다리가 이리로 저리로 뒤적거리는 둔한 음향!

그는 청을 하다하다 듣지 않으니까 대욱이를 미워하기 시작하였다.

'저놈만 없으면 내 손자가 있게 될 텐데.'

하고 내심으로 생각하는 모양이다. 세 끼의 밥도 잘 찾아주지 않고 더구나 된장찌개 하나 잘 만들어주지 않았다. 나중에는, 저 애는 다 컸으니 어디를 가도 제 구실을 할 터이니 그만 내어보내고 자기 손자를 갖다 두자고 노골적으로 아내를 졸랐던 모양이다.

눈 여린 아내는 처음엔 그를 위하여 눈물까지 흘린 일이 있었으나 이 요구에는 어이가 없었다.

"아무리 제 자식을 위한다 한들 어쩌면 있는 사람을 내보내라고까지 한단 말요? 다 같은 처지에⋯⋯심청이 나빠."

하고 눈의 밖에 나게 되었다.

할멈이 온 지 한 열흘쯤 지냈으리라.

그는 내일쯤 제 손자를 찾아보고나 오겠다고 청했다. 우리는 물론 허락하였다. 오늘 낮쯤 갈 터인데 오늘 아침에 생긴 일이다.

나는 어젯밤에도 잠을 잘 못 자고 심지가 좋지 못한 대로 뒷동산을 한 바퀴 휘돌아 내려오니까 아내가 파랗게 질려서 할멈과 무어라 떠드는 소리를 들었다.

그 사단은 이러하다. 할멈이 일어나 나간 뒤로 아내가 나가보니 마룻바닥에 쌀낟이 흩어져 있었다. 밥쌀을 내다가 떨어뜨린 것인가 하였더니 자세히 살펴보니 마루로부터 뜰로, 뜰로부터 우물가는 길로 쌀이 줄을 그은 것처럼 흘러 있었다. 하도 이상해서 할멈 뒤를 쫓아가보니까 그의 걷는 대로 쌀이 줄줄 흘러내린 것을 발견하였다. 필경 할멈의 품속에 쌀을 감추어둔 것이 발견되었다 한다. 그는 헌털뱅이 전대 하나를 주워서 쌀을 불룩하게 집어넣어가지고 가슴 밑에 찼는데 전대의 구멍이 뚫어져서 그의 걷는 대로 쌀이 흐르게 된 것이었다.

나는 그대로 출근했다가 저녁때 돌아와서 할멈을 물었더니 그는 품속에서 훔친 쌀을 도로 내어놓고 백배사죄하며 제 손자한테로 갔다 한다. 손버릇이 나쁘니 물론 집에 둘 수가 없어서 날짜를 따져 월급을 주어서 아주 보내고 말았다 한다.

우리가 한번 이야기를 하고 있노라니까 대욱이가 뒷간에 갔다가 나오더니 씽글씽글 웃으면서 우리 앞에 동전 세 푼을 내어놓는다.

"그 도적년이 이걸 뒷간에 내어놓고 갔어요. 파출소에 끌고 간다고 했더니 아마 겁이 난 게지요. 어린애가 가지고 놀던 동전까지 다 훔치고…… 망할 년 같으니……"

대욱이는 자못 분개한 중에도 어이없어 웃는다. 이번 사건에 대욱이가 제일 치를 떨었다. 고지식한 그는 그런 짓을 하니까 없는 사람이 대접을 못 받는다고 펄펄 뛰면서[4] 할멈을 맞대해놓고 욕지거리를 하며 징역을 살린다고 울림장[5]을 놓았다 한다.

나는 그 할멈의 한 일을 서투른 도적의 노릇으로 웃어버리기엔 너무 맘이 저리었다.

대욱의 말마따나 할멈은 과연 파출소를 겁내었을까? 아무도 몰래 안전하게 제 품속에 든 동전 세 푼이 귀신 아닌 사람에게 발각되리라고 믿었을까? 사랑하는 손자에게 옥춘당[6]으로나 변할 그 귀중한 동전 세 푼을 확실치 않은 겁결에 그리 쉽사리 내어놓았을까?

그는 일부러 동전 세 푼을 내어던진 것이다. 네 보라는 듯이 내어던진 것이다!

"섬으로 있는 쌀을 몇 줌 훔친들 어떻단 말이냐? 굶주린 내 손자에게 한 끼 이팝을 해준들 어떻단 말이냐? 무슨 대사냐? 품속에 넣은 쌀까지 우벼 뺏는 알뜰한 요것들아, 이 동전 서 푼이나마 마저 받아라! 그리고 잘살아라!"

맘속으로 외치며 이 동전을 던진 것이다. 우리의 얼굴을 향해서, 심장을 향해 이 동전 서 푼을 후려갈긴 것이다!……

연애의 청산清算

1

 김형식의 출옥할 날은 가까워온다. 고려 공산당 청년회 사건으로 평양 복심 판결에서 삼 년 징역을 받을 때엔 아무리 각오한 노릇이로되 눈앞이 캄캄하였다. 스물한 살이면 한창 좋은 인생의 봄철이 아닌가. 빛나는 이 청춘의 한 토막을 이 세상 지옥에서 썩고 배겨낼까. 삼 년이면 일천구십오 일! 이 숱한 날짜가 과연 지나갈 것인가? 이 아득한 시간의 바다 속에 떠올라보지 못하고 아주 잠겨버리지나 않을까.

 그러나! 쇠창살 너머로도 해는 뜨고 졌다. 까마득하던 삼 년도 지나는 갔다. 인제 이레만 더 밝았다가 어두웠다가 하면 갈데없이 만기의 날이 닥쳐오고야 만다. 그까짓 삼 년쯤이야! 그는 코웃음을 치게 되었다. 출옥을 하면! 그의 몸과 맘은 벌써 자유로운 세상으로 난다. 첫째 그의 동지요 애인인 박혜경을 실컷 맘껏 만날 수 있구나! 무엇보다도 이 기쁨이 앞선다. 혜경은 얼마나 충실한 동지요 애인이었던가.

두 달 만에 한 번씩 허락되는 면회기에는 그의 모양이 여일령하게 면회실에 나타났다. 차디찬 얼음장 속에서 별안간 피어나는 한 송이 꽃, 한그믐밤에 번쩍이는 눈부신 햇발, 이 꽃과 해가 한꺼번에 눈앞에 나타날 때 형식의 기쁨과 행복은 컸다. 무거웁던 머리에도 날개가 돋친 듯 지질렸던 심장도 운다. 옛날의 용사를 연상하는 로맨틱한 비장미까지 겹친다. 이로 말미암아 이 고생살이가 몇 갑절 더 값이 있고 광채가 나는 듯하였다.

그가 처음 복역할 때엔 삼 년을 바라보고 날짜를 꼽아도 보았다. 그러나 삼 년보다도 더 젊고 헤기 쉬운 육십이란 숫자가 그에게 더 긴한 것을 깨달았다. 글자로 적어두는 것보다도 그의 머리는 정확하였다. 하루를 더 치거나 덜 꼽는 일은 절대로 없었다. 예순이란 숫자가 손가락 끝에서 떨어지자마자 혹 하루, 고작해야 이틀이 지나지 않아 그의 태양은 반드시 나타났다.

그런데 요번 지나간 면회기에는 혜경은 면회를 오지 않았다. 이번엔 그의 헤는 수가 여든이나 되었다. 그러면 면회기를 지난 지가 이십 일이 넘지 않은가.

첫째는 병이 들지 않았나 걱정이다. 그러고 보면 면회 때에 그의 얼굴이 자못 수척하던 것이 생각난다. 도톰하던 두 뺨이 조금 빨리고 얼굴빛이 해쓱하였었다.

"왜 얼굴이 상했소?"

"뭘, 골치가 가끔 아파요. 괜찮아요."

하고 별일 없다는 듯이 짐짓 웃어 보였다.

'내 일을 걱정하다가 병이 났구나.'

하고, 그때 그의 맘은 애연하였었다. 동지요 애인인 자기를 철창에 남긴 그의 맘은 여북하랴. 번갯불같이 짧은 면회의 순간이 사라지고 돌아서는 그의 눈에는 눈물이 맺혔으리라.

쓸쓸한 고독살이도 얼마나 젊은 그를 괴롭게 하였으랴. 혜경에 대한 미안한 생각만으로도 하루바삐 한시바삐 이 감옥문을 박차고 뛰어나갔으면 싶었다.

'나 때문에, 나 때문에!'

그는 혼자 중얼거렸다. 혜경은 확실히 병이 난 모양이다. 이 이유 외에는 면회 안 올 까닭이 도무지 없었다.

'그러면 엽서 한 장이라도 있을 텐데⋯⋯'

면회기에 면회는 면회대로, 혜경은 편지하는 것도 잊지 않았다. 감옥에서 허하는 범위 안에서 사회에 생기는 일도 암시적으로 알려주고, 그 상냥하고 씩씩한 감정이 또렷또렷한 달필에 흘렀다. 황야의 나그네의 품속으로 날아드는 파랑새처럼 이 편지가 형식에게만은 위안을 준 것도 물론이다. 이 편지마저 전번 면회 이래로 날개를 쉬어버렸다.

'편지도 못할 만큼 위독한가?'

그는 머리를 흔들었다. 출옥할 기쁨의 날을 며칠 안 남겨놓고 다시금 불행한 일을 생각하기가 싫었음이다.

어린애 같은 공상이 도리어 그의 머리를 지배하였다.

혜경이는 짐짓 면회를 아니 온 것이다. 출옥할 때의 기쁨을 더 크게 하려고!

일주일만 지나면 실컷 맘껏 마주 볼 터인데 그 고생스러운 면회올 필요가 어디 있느냐, 그 까다로운 조건 밑에 편지할 필요가 어디 있느냐, 푸른 하늘에 한 쌍의 새 모양으로 날개를 펼칠 자유로운 날이 가까웁지 않았느냐, 참아라, 참아라, 참아도 일주일 동안이 아니냐.

형식은 혼자 빙그레 웃었다.

이때였다. 감방 문이 덜컥 하고 열렸다.

"이백이십구호!"

하고 간수의 세찬 목소리는 불렀다. 그것은 형식의 죄수 번호다.

2

간수를 따라 복도를 돌아 면회실로 나가면서,

'일주일 동안을 못 참아서 그예 면회를 왔구면.'

하고 형식은 또 한 번 빙그레 웃었다.

면회실. 조그마한 책상을 새에 두고 간수 두 명은 유리로 만든 듯한 눈을 홉뜨고 수인부를 펴 들었다. 정거장 목책 같은 것이 방을 둘로 갈랐는데 한옆으로는 나무 칸살이 틔었고 죄수와 면회인이 마주 선 곳엔 밑은 나무로 막았고 상반신이 서로 보일 만한 윗막이엔 늘푼수¹ 없는 포장이 가려 있다. 이 어린애 장난감 같은 포장에 눈물과 한숨이 얼마나 서리었던고!

포장이 벗어지자 형식의 앞에는 과연 혜경이가 얼굴을 나타내었다.

잠깐 어색한 침묵. 피차에 말의 실마리를 찾는 일순간이다. 이 편과 저편이 서로 말을 주고받다가 말이 막히는 때는 그 포장이 사정없이 내린다. 규정은 삼십 분이로되 기실 삼 분을 넘기지 못하는 것이 항례다. 말을 끊지 않고 주워대는 것도 그리 수월한 노릇이 아니기 때문이다.

형식은 제가 걱정하던 것을 그대로 물었다.

"어데 앓았소?"

"아녜요, 별로 아픈 일은 없었는걸요."

하고 혜경은 방그레 웃어 보인다. 토실토실한 두 뺨은 이글이글 타는 듯, 그 감격성 많아 보이는 큼직한 눈은 영롱하게 밝다. 과연 그의 말마따나 병의 그림자는 찾으려야 찾을 수 없다.

형식의 숨결은 저절로 심호흡이 되었다. 기름과 분 냄새보다도 그 붉은 입술에서, 번쩍이는 얼굴에서, 애젊은 육체에서, 높이 뛰는 심장에서 내어뿜는 듯한 달고 씩씩하고 어찔어찔한 향기를 들이마시는 듯이, 무덥고 퀴퀴한 감옥의 냄새가 젖은 콧속엔 이 향기는 언제든지 기적에 가까운 효과를 낸다. 오아시스의 한 모금 찬물인들 이보다 더 상연하랴. 아무리 방렬[2]한 술이라 한들 이보다 더 흐늑하게 심신을 녹여줄까. 형식은 이 향기에 청춘을, 정열을, 자유를, 사바세계를 맡아낸다.

혜경은 말을 주워댄다.

"양동무도 잘 있고 이동무도 안녕하셔요. 모다들 내가 가거든 안부를 하라고요. 그러고 이영숙 동무 왜 아시지? 키가 크고 눈이 서글서글하고 로자란 별명을 듣는 이 말예요. 인제 독신주의를 집어치우고 남성의 전제왕국에 무릎을 꿇었지요. 결혼식도 아주 굉장하고 덕분에 우리가 조선호텔 구경을 다 했지…… 의엿한 뿌르조아 부인이 되어서 여간 서슬이 푸르지 않아요. 일이 공교하게 되노라고 결혼식 첫날밤에 옥동 같은 아들을 내쏟았겠지. 어이가 없어! 신방이 산실로 돌변이야, 하하…… 시집에서 뭐라고 수군거린 모양이나, 제 애 저 낳는데 시비가 무슨 시비람? 기고만장하게 서두는 바람에 일은 쉬쉬가 되었어요. 지금은 남편과 대공장을 건설해서 우리 무산 여성에게 일거리를 주신다고 팔을 뽐낸답니다……"

혜경은 봄 하늘에 넘노는 종달새보다도 더 쾌활하게 종잘거린다.

형식이도 어이없이 웃다가 전번 면회기에 안 온 것이 암만해도 맘에 키어서,

"전번 면회기에 오는가 했더니……"

"좀 바쁜 일이 있어서……그리고 이번에도 못 올 건데 문득 생각해보니까 만기가 가까운 듯해서. 그렇지요? 인제 며칠이 남았던가?……"

하고 혜경은 날짜를 맞히려는 듯이 고개를 갸우뚱한다. 형식의 일(一) 자로 그은 듯한 시커먼 눈썹이 그윽이 움직였다. 혜경의 말이 자기의 감정과 빗먹어가는 듯……

"오늘이 구월 십일 일, 일주일도 못 남았구먼. 참 출옥하시기

전에 꼭 알려드려야 할 일이 있는데……"

일순간 망설이다가,

"그건 출옥하신 뒤 우리들의 관계 말예요. 인젠 그냥 동무로만 지냅시다. 애인이니 뭐니는 쑥 빼버리고……"

형식은 농담인지 진정인지 분간이 어려웠다.

"사랑이란 유동체니까 한군데 매어둘 필요는 없지 않아? 소유권을 주장한다면 그야말로 뿌르조아 사상이지. 난 이동무하고…… 왜 저 학생 격문 사건으로 이태 징역을 치르고 나온 이풍우 동무가 있지 않아요? 난 그 동무와 애인이 돼버렸어요. 그러고 한동안은 제삼자가 둘 새에 끼이지 않도록 약속을 해버렸죠. 김동무에겐 조금 미안한 노릇이지만…… 그래 된 걸 지금 어쩔 수도 없고…… 뭘 괜찮지? 내 나보담 더 좋은 애인 하나 골라드릴게."

혜경의 태도는 제 하는 말이 형식에게 얼마나 무서운 내용을 가진 줄도 모르는 듯이 봄바람처럼 가볍고 가을 아침같이 명랑하다.

형식은 문득,

"흑!"

하는 이상한 소리를 치며 면회 구멍 앞으로 쓰러질 듯이 다가들제 간수는 눈치 빠르게 일어섰다.

"인제 고만!"

하고 사정없이 포장을 내리고 말았다.

타락자

1

우리 둘이——C와 나——명월관(明月館) 지점에 왔을 때는 오후
일곱 시가 조금 지났을 적이었다. 봄은 벌써 반이 가까웠건만 찬
바람이 오히려 사람의 살점을 에는 작년 이월 어느 날이다. 우리
가 거기 간 것은 우리 사(社)에 처음 들어온 K군의 초대를 받은
까닭이었다.

이런 요리점에 오기가 그날이 처음은 아니다. 처음이 아니라면
많이 다닌 것 같지만, 그런 것도 아니니 이번까지 어울려야 겨우
세 번밖에는 더 안 된다. 나는 이런 연회석에 참례할 적마다 매우
즐거웠다. 기다란 요리상을 중심으로 여러 사람이 둘러앉아 웃고
떠들며 술도 마시고 요리도 먹는 것이 좋았음이라. 아니 그것보
다도 나의 가슴을 뛰게 한 것은 기생을 볼 수 있음이었다. 친할

수 있음이었다.

"무엇 때문에?"

이 물음에 답하기 전에 나는 잠깐 나의 경우를 설명해두고 싶다. 나는 일본에서 공부를 하다가 중도에 폐학(廢學) 안 할 수 없게 된 사람이다. 그것은 어느덧 이 년 전의 일이다.

나도 공부할 적에는 모범적 학생, 유망한 청년이란 칭찬을 들었었다. 기실 그것이 허예(虛譽)는 아니었다. 남은 히비야〔日比谷〕 운동장에서 뛰고, 아사쿠사구〔淺草區〕 놀이터에서 정신을 잃을 때에도 나는 한 자라도 알려고 하며 두 자라도 배우려 하였다. 나는 공일도 모르고 휴일에도 쉬지 않았었다. 나의 유일의 벗은 서책뿐이었다. 나에게 위안을 주고 오락을 주는 것은 오직 지식뿐이었다. 창 틈으로 새어 오는 찬바람에 곤한 잠이 깨어지고, 선선한 달빛이 찬물처럼 외로운 베개를 적시는 새벽, 사향(思鄕)의 눈물을 뿌리다가도 갑자기 머리맡에 두었던 책을 집어들었었다. 이토록 나는 공부에 열광적이었다. 공부만 하고 보면 위대한 인물이 될 수 있다. 내가 숭배하는 영웅호걸도 따를 수 있다. 그보다 지내간들 무엇이 어려우랴! 나는 까마득하나마 광채 찬란한 장래를 꿈꾸었다. 나의 환영은 희망의 붉은 꽃이 필 대로 핀 꽃밭 사이로 떠돌았었다. 물론 나는 이 꿈을 믿었었다. 이 환영을 참으로 여기었다. 그러나! 심술궂은 운명은 그것을 홍뎅이치고 말았다. 불의에 오촌 당숙이 별세하시니 나는 그의 입후(入後)가 아니 될 수 없었다. 팔십이 넘은 종조모님의 홀손자가 되고, 삼십이 남짓한 당숙모님의 외아들이 되고 말았다. 인제는 집을 떠날 수 없다.

바다를 건너 일본에 가기는커녕 며칠 시골만 다녀와도 할머님과 어머님이 우시며 부시며 집안이 호젓한 것을 하소연하신다.

꿈은 깨어졌다. 환영은 사라졌다. 광명이 기다리던 앞길에 잿빛 안개가 가리었다. 희망의 불꽃은 그물그물 사라져간다. 날이 감을 따라 달이 감을 따라 가슴을 캄캄하게 하는 실망의 구름장만 두터워갈 뿐이었다. 나의 혼은 얼마나 이 크나큰 손실에 오열하였는지 신음하였는지! 마침내 돛대가 꺾어진 배 모양으로 이리 비틀 저리 비틀하게 되고 말았다.

"되는대로 되어라! 위인이 다 무엇이랴! 인생이란 물거품의 그림자에 불과한 것이다!"

밤새도록 잠 한숨 아니 자고 머릿속에서 온갖 신기루를 쌓아 올리다가 그것이 싸늘한 현실에 무참히 깨어질 때 이런 자포자기하는 생각을 일으키기도 하였다.

공부할 동안 끊었던 담배도 어느 결엔지 잇〔續〕게 되었다. 때때로,

"화난다! 화난다!"

하고는 술을 찾기도 하였다. 술은 본래 못 먹음은 아니니, 어릴 적부터 맛도 모르면서 부친의 잡수실 술을 도적해서 한 모금 두 모금 홀짝홀짝 마셨다. 그래도 중간에 그것을 절금(切禁)하였으니 정말 공부에 심신을 바친 나는 그것을 생각할 겨를도 없었다. 담배와 술을 먹게 된 때는 집에 나온 지 한 일 년이나 되었으리라.

술을 먹는대도 요리점에서 버들적하게 먹을 처지가 아니라(그런 처지야 만들려면 만들 수 있지마는 그까지는 아직 타락하지 않았

었다.) 십 전어치나 이십 전어치나 받아다가 집에서 자작(自酌)할 뿐이었다. 거주소수 수경수(擧酒消愁愁更愁)'란 격으로 주기(酒氣)는 도리어 화증을 돋운다. 화 풀 곳은 없다. 어찌 되든 집을 획 나오는 수밖에 없다.

나오기는 나왔지만, 발 들를 곳이 없다. 서울서 학교에 다닌 일도 없고 또 교제를 싫어하는 나라 어느 친구 하나 없다. 있대도 나의 화풀이 받을 벗은 아니다. 지향 없이 종로 네거리를 헤맬 따름이다. 남산공원에나 올라가서 저도 모를 소리를 지르기도 하고 한껏 흥분하여 혼자 우는 것이 고작이었다.

그 후 내가 ○○사(社)에 들어가자 오늘처럼 사우(社友)의 초대를 받아 요리점에 간 일이 있다. 거기서 나는 기생이란 물건을 보았다. 여염집 여자에게는 좀처럼 볼 수 없는 어여쁜 표정, 옷이 몸에 들러붙은 듯한 아름다운 맵시, 교묘한 언사(言辭), 유혹적 웃음이 과연 그럴듯하였다. 묵묵히 보고만 있는 나에게도 위안을 주고 쾌락을 주는 것 같았다. 답답하던 가슴이 한결 풀리는 듯싶었다. 싸늘하던 심장에 따뜻한 피가 흐르는 듯싶었다.

"이럴 때에 기생이나 아는 것이 있었으면……"

쓸쓸히 덮쳐오는 환멸의 비애에 가슴을 물어뜯기다가 흔히 이런 생각을 하게 되었다. 전자(前者)에는 기생이라면 남의 피를 빨고 뼈를 긁어내는 요물이고 사갈(蛇蝎)이라 하였었다. 그런 데 드나드는 사람조차 사람으로 알지 않았었다. '부랑자,' '타락자'…… 말 못할 인간이라 하였었다.

"유위유망(有爲有望)한 꽃다운 청춘에 무슨 노릇을 못해서 화류계에서 세월을 보낸단 말입니까? 그들은 제 일평생을 그르칠 뿐만 아니라 그 해독을 제 자손에게까지 끼치어 제 가족을 멸망시키고 제 민족을 멸망시키는, 사회의 죄인이고 인류의 죄인 아닐 수 없습니다."

어떤 연설회에서 얼굴을 붉혀가며 이렇게까지 절규한 일이 있다. 그때의 나, 지금의 나, 변한들 어찌 이다지도 변하랴! 인제 길거리에서 혹 기생들과 서로 지나치면 문득 가슴이 꿈틀함을 느끼었다. 나는 그 치마 뒷자락을 홀린 듯이 돌아보기도 하고 슬쩍 코에 앉히는 그 매력 있는 향기를 주린 듯이 들여마시기도 하였다.

어느 날 나는 마침내 소위 토벌(討伐)까지 하게 되었다. 그것은 사우 C가 심심파적이란 구실 밑에 놀러를 가자 함이었다.

이 C란 이는 몸집이 작고 짧으며 머리가 곱슬곱슬한 사람인데 그 홍갈색으로 반질반질하는 얼굴은 무른 것 단단한 것에 다 달궈보았다, 하는 듯하였다. 나는 그 재사영롱(才思玲瓏)한 농담을 좋아하며 또 나보다 근 십 년 맏이언만 조금도 연장자로 자처치 않는 데 감복하였었다. 그리고 또 그의 여관이 우리 집 가까이 있는 때문에 우리는 자주로이 상종하게 되었다. 그도 몇 해 전 주머니가 넉넉할 때에는 화류계에 많이 놀았다 한다. 그의 말을 빌리건대, 그는 화류계리(花柳界裡)에 백전노장(百戰老將)이었다.

우리는 어둠침침한 행랑 뒷골로 돌았다. 나는 어디가 어디인지 잘 알지도 못하였다. 다만 C의 뒤만 따른다. C의 번지(番地) 보는 성냥불이 몇 번 번쩍하였다. 그럴 적마다 나의 가슴에도 희망과 기대가 번쩍였다. 그래도,

'나는 같이 아니 왔소.'

라고 변명하는 듯이 늘 몇 걸음 물러서서 고개를 돌리고 있었다.

번지는 자꾸 틀리었다. 어느 때는 속 깊이 들어갔던 골목을 도로 나오기도 하였다. 헛되이 성냥개비만 허비하였다. 인제 희망은 커녕,

'웬걸 거길라구.'

미리 실망조차 할 지경이다. 그리고 C가 속히 그 집이 그 집 아닌 줄 알고 딴 데로 갔으면 하였다. 다리가 아프다. 찾던 집을 찾기는 하였다. C는 대문을 살그머니 열더니 그 안으로 사라졌다.

"이리 오너라."

라고 부르는 소리가 들린다. 웬일인지 나의 가슴은 닥쳐올 중대한 일을 기다리는 사람 모양으로 뛰놀았다. 펄떡 하고 행랑방 문 여는 소리가 난다.

"기생 있소?"

"기생집 아니야요."

하는 퉁명스러운 말이 끝나자마자, 탁 하고 성낸 듯이 문을 닫는 것 같다.

"대단히 잘못했구려. 고런 것, 나하고 오늘 저녁에 만나자 해놓고 고만 이사를 간담?"

C는 비위 좋게 거짓말을 뿌리고 웃으며 나왔다. 그날 밤 원정은 실패였다.

"공연히 남을 끌고만 다니지."

도로 그 골목을 걸어나오며 나는 C를 원망하였다.

"똑 보아야 멋인가? 이렇게 다니는 것이 운동도 되고 좋지. 우리가 어데 다니고 싶어 다니나, 하도 갑갑스러워서 그러지."

"그것은 그래."

나는 동의를 하면서도 어째 무엇을 잃은 듯이 섭섭함을 어찌할 수 없었다.

2

시간은 이미 일곱 점 반이나 되었건만 손들은 오히려 모여들지 않았다. 너르다는 명월관 지점 일호실은 쓸쓸하게 비어 있다. 손이라고는 C와 나 외에 우리를 초대한 K와, 그의 절친한 친구로 이 연회의 설계자이고 준비원인 D가 있을 뿐이었다. 아니 그들뿐은 아니다. 우리가 들어올 때 밥을 먹다가 일어선 기생 둘도 있다.

그의 하나는 한번 본 일이 있는 계선(桂仙)이란 것이었다. 그는 이미 기생으론 노자(老字)를 붙일 만한 나쎄이다. 삼십 가까웠으리라. 그도 한창 당년에는 어여쁜 자태와 능란한 가무로 많은 장부의 간장을 녹이었다 한다. 어느 이름난 대관을 감투 끝까지 빠지게도 만들었다 한다. 그러나 지금 보는 나의 눈에는 그런 일이 거짓말인 듯싶을 만큼 그의 얼굴은 사람을 끄는 무슨 힘도 없었다. 두 뺨은 부은 듯이 불룩하고 이마는 민 듯이 훌렁하였다. 더구나 그 시들시들한 살빛에는 벌써 늙은 그림자가 깃들인 것 같다. 하건만 여성으로는 차마 못 들을 음담외설(淫談猥說)이 날 적마다 그 검은 눈을 스르르 감아 붙이며, '흥흥' 하는 콧소리와 함께 그 뜨거운 입술을 비죽비죽하는 것은 음탕 그것이었다. 저기 옛날 솜씨의 남은 자취를 찾으려면 찾을 수 있을는지!

그렇다고 그에게 나와 고향을 같이한 명예 있음조차 부정할 수 없다. 더구나 그가 나를 처음 볼 때,

"저이가 아무 지배인의 아우가 아닌가요?"

라고 C에게 물었으리만큼 그는 지금 어느 시골 ○○회사 지배인으로 있는 우리 형님을 잘 알았다. 어린 나를 몇 번 보기조차 하였다 한다. 따라서 그는 기생 중 나를 아는 오직 한 사람이었다.

또 하나는 처음 보는 기생이었다. 나의 주의는 처음부터 그에게로 끌리었다. 공평하게 말하면 그 또한 미인 축에 끼이지는 못할는지 모르리라. 이마는 조금 좁고 코끝은 약간 옥은[2] 듯하였다. 하나 그 어여쁜 뺨볼과 귀여운 입 언저리가, 그런 흠점을 감추고도 남았었다. 그것보다 그 어린 우유(牛乳) 모양으로 하늘하늘한 앳된 살이 더할 수 없이 아름다웠다. 적어도 그날 밤에는 그렇게 보였다.

"너 요사이 나지미[3] 많이 정했니? 그래 나는 네 나지미 될 자격이 없단 말이냐? 나도 좀 되어보자꾸나, 응?"

몇 만금(萬金) 부모의 재산을 오입의 구덩이에 쓸어 넣고, 그 대신 몇 곡조 노래와 몇 마디 농담을 얻은 D는, 그 퉁퉁하게 살찐 손을 늘여 그 기생의 손목을 잡고, 빙글빙글 웃어가며 이런 말을 하였다. 그들은 밥을 다 먹고 상도 치운 때였다.

"네 좋습니다."

하고 그 기생은 가볍게 고개를 끄덕인다.

"그래 정말이냐?"

"네 좋습니다."

하고 대어드는 D를 밀치며 문득 소리를 쳐 웃는다. 입술이 귀염
성 있게 방싯 열리며 하얀 쌀낟같이 찬찬한 이빨 사이에 다문다
문 섞인 금니가 유혹적으로 번쩍인다. 나의 입술에도 어느 결에
웃음이 흘렀다.

"흥흥, 논을 팔란 말이지, 밭을 팔란 말이지? 에이고 요런 것."

하고 D는 손으로 그의 뺨을 치고, 쳤다느니보다 스치고 물러앉
는다.

"이리 좀 오게그려."

기생을 보면 감질이 나서 못 견디는 C는 애교의 웃음을 흘리며
그 기생을 부른다. 그때 나는 C와 한자리에 앉아 있었다. 가슴이
출렁하였다.

"우리가 어째 여태껏 서로 만나지 못했담?"

채 앉지도 않은 그의 손을 잡아당기며 C는 말을 붙이기 시작하
였다.

"이름이 무엇?"

"춘심이야요."

"고장이 어데야?"

"○○이야요."

나는 먼저 그가 나와 한 고을 사람임을 기뻐하였다.

"서울 온 지 얼마나 되었나?"

"한 삼 년 되지요."

"이건 참 내가 너무 고루하군."

C는 인제 내 판이라 하는 듯이 일변 몸을 그리로 다그며 일변 그 독특한 농담을 늘어놓기 비롯하였다. C의 하는 양은 마치 열 번 스무 번 보아 친히 아는 듯하였다. 나는 물끄러미 그들의 하는 양을 보고만 있었다. 나의 눈에는 요술쟁이가 입으로 오색 종이 를 뽑아냄을 구경하는 촌뜨기의 그것 모양으로 의아(疑訝)와 경 탄의 빛이 있었으리라. 보기 사나웁기도 하였다. 부럽기도 하였 다. 어찌하면 저렇게도 말을 잘 붙일 수가 있는가 하고, 가는 손 을 함부로 쥘 수 있는가, 한시바삐 C의 대신에 내가 그와 말을 하 였으면, 손을 쥐었으면 하였다. 선망(羨望)에 타고 있는 나의 눈 은 맛난 음식을 먹는 어른의 입만 바라보는 어린애의 그것 같았 으리라.

어느덧 C의 팔은 비스듬히 춘심을 안고 있다. 사랑을 속살거리 는 애인들처럼 C의 입술은 춘심의 귀에 닿을 듯 말 듯하다.

"에그, 점잖은 이가 그게 무슨 말씀이야요?"

하고 춘심은 몸을 빼친다.

"점잖길래 그런 말을 하지, 어린애가 그런 소리를 하던?"

하고 C는 제 말솜씨에 만족한 것같이 빙그레 웃었다.

춘심은 나에게 곁눈질하며 빈정대는 듯이 방긋 웃는다. 마침 그 순간인즉, 나도 춘심을 보고 웃을 때였다. 그것은 C의 재담 때문 이 아니다. 아까부터 생각하고 생각하던 춘심에게 건넬 묘한 말 을 얻고 나오는 줄 모르게 띤 웃음이라. 그런데 의외에 두 웃음은 마주쳤다. 어째 내 마음을 춘심에게 꿰뚫려 보인 듯싶어 나는 하염없이 얼굴을 붉히었다. 그래도 나의 가슴에는 기쁜 물결이 술렁이고 퍼지는 듯하였다.

'나를 좋아하는가 보다.'

하는 생각이 나의 피를 끓게 하였다.

우연히 오고 간 이 웃음이 둘 사이에 거멀못을 친 듯이 그와 나를 달라붙게 하는 듯싶었다. 나는 그만 무조건으로 그가 정다웠다. 뜻도 모를 무슨 말이 불쑥 올라온다. 그 찰나였다. 밀창이 고이 열리며 보안 얼굴과 푸른 치마가 어른한다. 그다음 순간에 나는 누구를 향하는지 모르게 한 팔을 짚고 인사하는 기생을 보았다.

그 기생도 계선이보다 나이 많았으면 많았지 어리지 않으리라. 그리고 그 얼굴이야! 분으로 메이고 메인 보람도 없이 드문드문한 손티, 가뭇가뭇한 주근깨, 깎은 듯한 뺨, 그야말로 아무렇게나 생긴 것이었다.

'저까짓 것을 왜 불렀을까?'

나는 속으로 의아히 여길 지경이었다.

"형님! 인제 오셔요?"

춘심은 반갑게 부르짖으며 불현듯 몸을 일으킨다. 몹시 시달리는 C로부터 벗어날 핑계 얻음을 못내 기뻐하는 듯이.

C는 아무 일도 없었던 모양으로 시침을 뚝 떼고 그 곱슬곱슬한 머리를 쓰다듬으며 그제야 손들이 모이지 않음을 깨달은 것같이,

"왜들 오지를 않아?"

라고 하였다.

그와 나의 거리는 멀어지고 말았다. 그에게 말을 건넬 절호한 기회를 놓치고 말았다. 장차 수십 명이나 올 터이니 그는 어느 틈에 끼일는지! 누구하고 꿀 같은 이야기를 주고받을는지! 나는 하릴없이 뒷전만 보고 있을 뿐이다.

'에이, 못생긴 것!'

나는 마음속으로 애달프게 부르짖었다.

저희들끼리 모인 그들은 이야기꽃을 필 대로 되게 한다. 연잎에 실비 뿌리듯 속살속살하기도 하며 때때로 옥반(玉盤)을 깨뜨리듯 때그르르 하고 웃기도 하였다. 나는 어린 듯이 그들을 바라보고 있었다. 계선이가 눈으로 나를 가리키며 춘심이더러 무에라 무에라 하는 듯하였다. 그는 고개를 까딱까딱하기도 하고 슬쩍슬쩍 나에게 시선을 던지기도 하였다.

"내 말을 하는가 보다."

하고 나는 눈을 내리 감았다. 얼굴에 춘심의 시선을 느끼면서.

사람들은 여덟 점이나 되어 모여들기 시작하였다. 서로 맞춰둔 것같이 한 사람 뒤를 한 사람이 잇고 그 사람이 채 자리도 잡기 전에 다른 사람이 들어왔다. 어느 결에 갈고리란 갈고리는 모자와 외투가 빈틈없이 걸리었다.

"인제 기생 소리나 한마디 들읍시다."

한동안 늘 하는 인사와 무미한 담화(談話)가 끝나고 무료한 침묵이 있은 후 누가 이런 제의를 하였다.

"그것 좋지요."

다른 소리가 찬성을 한다.

"그래 볼까요?"

그런 일이면 내가 도맡지요, 하는 듯한 얼굴로 D는 말을 하였다. 그의 쉰 듯한 소리는 뽀이를 불렀다. 퉁명스럽게 꾸짖는 듯이 뽀이에게 분부하기 시작하였다. 가야금이 들어왔다. 장구가 들어왔다.

갈강갈강한 뽀이는 가야금을 잊기도 하고, 장구가 소리가 잘 아니 나기도 하여 D에게 톡톡히 꾸중을 모시었다. 하건만 그 뽀이는 '그런 야단이야 밤마다 만납니다.' 하는 듯이 그 하이칼라 한 머리를 긁적긁적하고는 허리를 굽실굽실하며 연해연방,

"네, 네."

하고 시키는 대로 하였다.

먼저 춘심이가 가야금을 뜯기로 하였다. 그는 나에게 등을 향하고 줄을 검사하기 비롯하였다.

"저 계집애가 왜 돌아를 앉어!"

나는 화증을 내었다. 그토록 나는 그의 얼굴을 보기나마 언제든지 계속하고 싶었다.

줄을 골랐고 저희들끼리 문의도 끝난 뒤, 우는 듯한 구슬픈 가야금 가락을 맞추어 느리고 순한 춘심의 소리가 섞여 들리었다.

"가자 가자 어서 가, 위수 건너 백로가……"

말소리는 뚝 끊기었다. 모든 사람의 시선은 그리로 몰리었다. 그리고 제각기 고대 음률에 지식이 있어 그 잘잘못을 가릴 듯이 귀를 기울이고 있다. 그 지식의 발표로 어느 구절에 '좋다' 하여

야 옳을지 정신을 모르고 있는 듯싶었다.

"……기경선자(騎鯨仙子) 간 연후 공추월지단단 자라 등 저 반
달 실어라 우리 고향을 함께 가……"

노랫가락은 멋있게 슬쩍 넘어간다.

'흥흥' 하는 콧소리가 여기저기서 일어난다.

나도 부지불식간에 '흥' 하고 말았다. 그 노래는 마치 봄바람
모양으로 나의 마음을 어루만져주었다. 그 서슬에 얼어붙은 무엇
이 스르르 풀리는 듯싶었다. 그 무엇이 활개를 벌리고 우줄우줄
춤을 추는 것 같기도 하였다. 그렇지 않으면 어깨가 우쭐우쭐할
리 있으랴! 이럴수록 그 노래의 임자가 보고 싶었다. 그 표정이
어떨까? 그 입술이!……

'저 맞은편 사람에게 무슨 말을 하는 척하고 슬그머니 그의 정
면에 가 앉을까?'

절묘한 낙상(落想)이다! 그러나 나의 몸은 무엇으로 동여맨 것
같이 꼼짝도 할 수 없었다. 나의 눈은 박힌 듯이 그의 뒤꼴에 어
리고 있었다. 앞으로 구부릴 적마다 반질하고 빛나는 그의 머리,
연분홍 숙고사 저고리 밑에서 곰실곰실 움직이는 어깨의 윤곽,
늘었다 굽혔다 하는 팔, 그 꾸김꾸김한 치마 주름…… 이 모든 것
보다도 가야금 줄 위에서 남실남실 춤추는 보얀 손가락이 나의
넋을 사르고 말았다. 보면 볼수록 그 모든 것에 미(美)가 더하고
매력이 더하였다. 때때로 정신이 아찔해지며 모든 것이 한데 뒤
범벅도 되었다. 그 고사(庫紗) 무늬가 서로 뭉켜지기도 하고 치마
주름이 한데로 몰려지기도 하였다. 어슴푸레한 어둠 가운데서 보

안 손가락만 파뜩파뜩하기도 하였다. 나중에는 모든 것이 아물아물해지며, 눈앞에 불꽃이 주렁주렁 흩어진다……

3

요리상은 들어왔다. 우리는 그것을 가운데 놓고 둘러앉았다. 기생들은 술병을 들고 서 있었다.

이윽고 비교적 나이 좀 많은 편에 두 노기(老妓)는 자리를 잡고 앉았다. 그런데! 춘심은! 그는 잠깐 나의 안계(眼界)에서 사라졌다. 나는 얼른 좌석을 둘러보았다, 없다! 웬일인가? 그러다가 나는 마침내 아무의 곁에도 아니 앉고 오히려 나의 등 뒤에 서 있는 그를 발견하였다. 그때의 기쁨은 여간 몇 천 원 잃었던 돈을 찾은 것에 비할 것이 아니었다.

찾기는 찾았지만 내 곁에 앉을지 말지는 그래도 미지수이다. 감이 그저 떨어지기를 기다리랴. 못 올라 따겠거든 나무를 흔들기라도 하여야 한다. 그것조차 못할 지경이면 그 밑에 입이라도 벌리고 누워야 한다. 앉히려는 뜻만이라도 보여야 한다. 나는 밍그적밍그적 몸을 한편으로 밀어 그의 앉을 자리를 비워놓았다. 그리고 이리로 앉아요? 란 말을 풍긴 눈찌로 몇 번 그를 슬쩍슬쩍 쳐다보았다. 남의 눈치는 빌어먹게도 못 알아준다. 하다하다 못하여 나는 내 곁에 앉은 P에게 눈 꿈쩍이를 하였다. 이것은 정말 나의 피땀을 흘린 마음의 노력이었다. P는 춘심을 힐끗 쳐다보더니,

"이리 앉지!"

대수롭지 않게 말을 던졌다.

그 당장엔 그냥 뻣뻣이 서 있었다. 이 짧은 찰나가 나에게는 얼마나 길었으랴! 이윽고 소루룩 코에 앉히는 향가 실린 실바람을 느낄 제, 그는 벌써 사뿐하고 나의 왼편 P의 오른편에 앉아 있었다. 펄떡펄떡 고동하는 나의 가슴의 장단 맞춤으로 나의 한옆을 스치는 그의 옷이 사르륵[4] 하고 그윽한 소리를 내었다.

그와 나는 서로 대일 듯 말 듯이 앉게 되었다. 이것은 우연인 듯싶어도 우연이 아니다. 이 많은 사람 가운데 하필 나의 곁을 취하랴. 여기 무슨 깊은 의미가 있어야 되리라. 암만해도 나에게 마음이 있는가 보다. 그렇지 않으면 나의 등 뒤에 서 있을 리도 없을 것이다. 그도 나 모양으로 나를 알고 친하기를 마음 그윽이 갈망하고 있었으리라. 이런 생각을 한 나는 말할 수 없는 환희를 느끼었다. 자석에 끌리는 쇠끝 모양으로 우리 둘 사이는 점점 다가들어갔었다. 그의 팔과 가장 스치기 쉽도록 나의 팔은 슬며시 내려놓이었다. 나의 손은 그 보드라운 살에 대이기 전에 먼저 그 보들보들한 옷자락에 더할 수 없는 쾌미(快味)를 맛보았다.

나는 술잔을 비우고 또 비웠다. 아니 비우고 견딜 것인가. 그 힘을 빌려야만 나에게로 날아오는 행복을 꼭 잡을 수 있다. 아니라, 그의 보얀 손이 재불동하며 방울방울 잇따라 떨어진 이 술이야말로 행복 그것이 아니랴! 적어도 행복의 구름을 걸러 내린 감로수(甘露水)가 아닐 수 없다. 우리는 말만 하면 속에 잡아넣은 행복이 날아갈까 두려워하는 것같이 그는 묵묵히 부어주고 나는 묵묵히 마시었다. 나의 마음은 실실이 풀어졌다. 그러면서 한껏 긴장하고 있었다. 평소 때와는 달라 술은 좀처럼 취해 오르지 않는다. 정신은 잔을 거듭할수록 더욱 말똥말똥해갈 뿐이었다. 그의 손을 쥐자면서도 그의 얼굴을 보자면서도 그와 말을 하자면서도 나는 헛되이 시선을 딴 데로 돌리어, 너절한 남의 말참례를 하고 있었다.

술은 열 잔이 넘어갔다. 그제야 조금 얼큰한 듯하였다. 나는 담배 하나를 집어들었다.

"성냥 없소?"

라고 나는 그에게 첫말을 건네었다. 그것도 그의 담배 붙이는 것을 본 까닭이었다. 그는 성냥 한 개비를 그었다. 나는 으레 붙여 줄 줄 알고 담배 문 입을 내밀었다. 하나 그는 불을 붙여주려고도 않고 그것을 나에게 준다. 나는 실망도 하고 섭섭도 하였다. 하지만 붙여달랄 용기는 없었다. 하릴없이 그것을 받았다. 실망한 빛이 나의 안색에 드러났으리라. 그다음 순간에 그 앵두 빛 같은 입술이 방실 열리며, 나에게 무어라고 소곤거렸는가! 그는 마치 변명하는 듯이 방긋 웃으며,

"불을 붙여주면 아니 된대요."

이것은 더 의외였다.

"어째 그래?"

"저!……"

매우 말하기 어려운 듯이 망살거리다가[5] 또 한 번 빙글 하고는 말을 이어

"저! 정이 갈린대요, 왜 저! 첫날밤에 신부가 신랑의 담뱃불을 붙여주면 소박맞는다는 이야기가 있지 않아요?"

꿈 같은 말이다! 아무리 부끄럼 많은 도련님이라 한들 이에 미쳐서야 말문이 아니 터지랴!

"그러면 나에게 소박 만날까 걱정이란 말이지?"

나는 뚫을 듯이 그의 얼굴을 들여다보며 다그쳐 물었다.

그는 부끄러운 듯이 시선을 피하며 의미 있게 웃기만 한다. 그 아름다운 입술이란! 모든 것을 잊고 열렬한 키스를 하고 싶었다. 그것은 못하나마 나의 손만은 어느 결에 상 밑에서 그의 녹신녹신한 손을 꼭 쥐고 있었다. 이 말끝을 잃어서는 아니 된다. 무슨 말이든지 하여야 될 것 같다. 하나 아까 생각해놓은 절묘한 언사는 다 어디로 갔는지? 씻은 듯이 잊고 말았다. 사람의 말을 흉내 내는 앵무새 모양으로 남의 늘 하는 말을 되풀이하는 수밖에 없었다.

"이름이 무엇?"

"춘심이야요."

"고장이 어데?"

"○○이야요."

"나도 ○○ 사람이야."

"참말씀이야요?"

"그러면 거짓말 할까?"

"네에……"

하고 고개를 까딱까딱하였다. 그의 손가락이 살금살금 나의 손

안을 누르고 있다.

나는 또 술을 한 잔 마시었다.

"자꾸 술만 잡수셔서 어찌합니까? 진지를 좀 드시지요."

담긴 밥이 그대로 남아 있는 밥 보시기를 가리키며 그는 잔상스럽게 권하였다.

"나는 괜찮아. 참, 밥 좀 먹지?"

"싫어요."

그는 고개를 흔든다. 나는 밥 보시기를 그의 앞에 갖다놓으며,

"시장할 것을 그래, 좀 먹어요."

"아니 먹기 싫어요."

"그러면 무엇 딴것이라도 먹어야지."

"아까 잔뜩 먹었어요."

우리는 벌써 사랑이 흠씬 든 애인끼리 하는 모양으로 서로 생각하며 서로 아끼고 있다.

문득 여러 사람의 웃는 소리가 우레같이 나의 이막(耳膜)을 울린다. 나는 깜짝하며 고개를 들었다. 모든 시선은 우리에게로 몰리었다. 모든 웃는 얼굴은 이리로 향하여 있다.

"미남자는 다른걸."

"○○야 오죽이 이뻐야지."

"아암, ○○보고 아니 반하면 눈 없는 기생이지!"

"둘의 얼굴이 한 판에 박아놓은 듯이 같은걸."

"저런 부부가 있었으면 좀 어울릴까?"

"별소릴 다 하네. 오늘 밤에라도 되면 그뿐이지."

모든 사람은 웃음 섞어 이렇게 떠들었다. 나의 얼굴은 모닥불을 담아 붓는 듯이 화끈화끈하였다. 그것은 부끄럼의 불 때문뿐이 아니다. 빨간 행복의 불꽃도 방글방글 피고 있었음이라. 그러나 나의 얼굴과 그의 얼굴이 같다 함에는 불복이었다. 살거리가 휜 것은 서로 어금버금할는지 모르리라마는 나의 오목한 코끝과 알맞은 이마 넓이는 그의 그것들의 발 벗고 따를 바 아니다. 말이 났으니 말이지, 나의 얼굴은 남에게 그리 뒤지지 아니리만치 못생긴 것은 아니었다. 더구나 나의 눈은 C의 말을 들으면 가을 물같이 맑은데 맥맥한 정파(情波)가 도는 듯한 것이었다.

　"자네에게는 계집이 많이 따르리니."
한 것은 어느 친구의 나를 비평한 말이다. 나도 어째 그럴 듯싶었다. 우선 오늘 밤으로 말하면 나는 벌써 춘심이가 나에게 홀린 줄 알았다. 저는 기생으로 예사로이 하는 것이라도 나에게는 의미심장한 것이었다. 물론 나도 그에게 마음이 기울어졌으리라 하되 그것은 여성으로의 그의 아름다움에 끌림이요, 그가 나보다 잘나서 그런 것은 아니다.

　그것은 그렇다 하고 여러 사람의 칭찬이 기쁘기는 하였다. 그 기림이 춘심으로 하여금 나의 잘난 것을 다시금 깨닫게 하는 점에 있어 더욱 기뻤다. 나는 빙그레 득의양양한 웃음을 웃었다.

　"둘이 한곳에만 붙어 앉아 쓰나? 춘심이. 이리도 좀 오게그려."
　나와 맞은편에 앉은 M이 그 험상궂은 상에 어울리지 않는 간악한 웃음을 띠며 그를 부른다. 나는 어이없이 M을 바라보았다. 나의 눈은 감때사나운 형이 제 장난감을 보자고 할 때 쳐다보는 어린 아우의 그것 모양으로 그것을 앗길까 하는 두려움과 또 그것을 빼앗지 말아달라는 애원이 섞여 있었으리라.

그는 그리로 갔다. 하건만 나는 의연히 기뻤다. 그가 가도 그저 아니 간 까닭이다. 몸을 일으키는 그 찰나에 그 아름다운 얼굴을 나에게로 돌리며 눈웃음을 쳤다.

"잠시라도 나리 곁을 떠나가기는 참 싫어요. 그래도 기생 몸 되어 손님이 부르는데 아니 갈 수 없습니다. 눈 한 번 깜짝할 동안만 참아주셔요. 내 곧 돌아올 터이니……"

그의 추파는 이렇게 말하는 듯하였다.

"될 수 있는 대로 얼른 오게. 벌써 오나!"

나는 눈으로 이렇게 일렀다.

M은 음흉한 웃음을 껄껄 웃으며 그의 손을 잡아 이끌 사이도 없이 안반 같은 제 무릎에 올려 앉힌다.

"저런!"

남에게 저렇게 쉬운 일이 나에게는 왜 그리 어려웁던가?

"이것을 좀 보아, 어떤가?"

M은 춘심의 어깨에 머리를 누이며 나를 보았다.

"어떻기는 무엇이 어때?"

나는 태연히 말을 하였다마는 나의 귀에도 그 소리가 억지로 지은 것같이 울림을 어찌할 수 없었다.

"오장이를 짊어지고도 분하지 않아?"

"아이고, 참 죽겠는걸."

이번에는 한 불 넘어보았다. 그래도 자리 잡힌 소리는 아니었다. 몹시 가슴이 울렁거린다. 암만 시치미를 떼도 그가 남에게 안긴 것을 보기 싫었다. 스스러운 생각이 무의식한 가운데서도, 또 스스로 부정하면서도 마음 어디서인지 움직이고 있었음이리라.

나는 툇마루로 나왔다. M의 노닥거리는 꼴도 보고 있기 무엇하였고 또 먹은 술이 온몸에 불을 일으켜 선선한 공기도 마시고 싶었음이라. 웃고 떠드는 소리가 가끔 흘러 듣기지만 거기는 딴 세상같이 고요하였다. 지나가는 사람의 그림자도 볼 수 없었다. 한참 서서 저도 모르게 무슨 생각을 하고 있었다. 이윽고 무심히 고개를 돌린 나는 무엇에 놀란 듯이, 가슴이 꿈틀하였다. 나의 앞에 춘심이가 서 있다.

"어데를 가?"

나는 몇 해 못 만나던 절친한 친구와 길거리에서 뜻밖에 마주칠 때 모양으로 반갑게 소리를 쳤다. 그러자마자 그의 가냘픈 허리는 벌써 나의 가슴에 착 안겨 있었다. 그 날씬날씬한 허리란! 자릿자릿 눌리는 가슴이란! 나는 잠깐 황홀하였다.

"집이 어데야?"

나는 슬며시 감았던 팔을 풀며 생각난 듯이 물어보았다.

"그것은 왜 물으셔요?"

그의 대답은 의외였다. 번연히 알겠거늘 왜 채쳐 물을까? 나는 잠깐 할 말이 없었다. 그는 제 일신에 관한 무슨 중대한 해결을 기다리는 것처럼 얼굴빛을 바루고 있다.

"그것을 왜 물어!"

나는 혼잣말같이 중얼거리었다.

"왜 물으셔요?"

그는 대질러 묻는다.

"나, 놀러 갈 터이야."

나는 간신히 이 말을 하였다.

"놀러는 왜 오셔요?"

그는 또 다그쳐 묻는다.

"자네 보고 싶어서."

하고 나는 다시금 그를 잡아당기었다.

"고만두셔요."

하고, 그는 몸을 빼치며 냉연하였다.

"그것은 또 웬 말이야?"

나는 정말 웬셈인지 알 수 없었다.

"그래, 나를 보고 싶으실까요?"

"그러면!"

"무얼, 지금뿐이지. 내일이면 씻은 듯이 잊으실걸 뭐."

하고, 원(怨)하는 듯 한(恨)하는 듯 눈을 깔아 메친다. 나는 꿈을 처음으로 깨인 듯하였다.

"무슨 그럴 리가 있나?"

나는 부드럽게 그를 위로하였다. 이 말은 결코 겉을 바르는 말이 아니었다. 충장(衷腸)에서 우러나온 말이었다.

"흥, 그럴 리가 있나? 나도 많이 속아봤습니다."

그는 이 말을 남기고 돌아서더니 나를 떠나 한 걸음 두 걸음 생각 깊은 발길을 옮기었다. 나는 무엇을 잃은 듯이 망연하였다.

별안간 그는 발길을 획 돌이킨다. 방긋 쏟아지는 듯한 웃음을 흘리고 선뜩 나의 앞에 들어서자 그다음 순간에는 그의 향기롭고 보들보들한 두 팔이 나의 목을 잡고 있었다. 그리고 그 부드러운 입술이 나의 귀를 스칠 듯 말 듯하며,

"참말 나를 아니 잊으실 터이야요?"

라고 소곤거렸다. 나는 정신이 얼떨떨하였다. 한동안 말도 나오지 않았다.

"그래, 나를 아니 잊으실 터이야요?"

"잊을 리 없지."

"정말?"

하고 물끄러미 쳐다보다가,

"꼭 그리 하셔요."

란 말과 함께 나에게 달콤한 키스를 주었다.

"다옥정(茶屋町) ○○번지. 위선 이 번지를 잊지 마셔요."

나는 기계적으로 고개만 끄덕일 뿐이었다.

"이 연회가 끝나거든, 우리 같이 가요, 꼭."

하고, 가볍게 나의 등을 두드린 후 저 갈 데로 가버렸다. 나는 우두커니 그대로 있었다. 미끈하고 그의 팔이 감기었던 목 언저리는 무슨 기름이 발라 있는 듯싶었다. 그리고 나의 입술은 무슨 벌레가 기어다니는 것같이 근실근실하였다.

나는 웃음을 띠고 방에 돌아왔다. 모든 사람이 나를 보고 웃는 듯싶었다. 방바닥이고 천장이고 전등불이고 모두 나에게 웃음을 건네는 듯하였다.

말끔 좋은 사람들뿐이라 하였다. 이런 좋은 사람들에게 술 한 잔 아니 권할 수 없다 하였다. 나는 차례로 술을 권하였다. 나도 그 돌려주는 술잔을 사양치 않았다. 나는 잔뜩 술이 취하였다. 그 뒤에 들어온 춘심은 인제 나의 것이 되고 말았다. 세상없는 사람이 불러도 나는 그를 놓지 않았다. 그가 기어이 가야 될 사정이면 둘이 같이 갔었다.

나는 주정을 막 하였다. 간에 헛바람 든 사람 모양으로 연해연방 웃었다. 술을 더 가져오라고 뽀이를 야단도 쳤다. 할 줄 모르는 노래를 고함치기도 하였다. 그 너른 방을 좁다고 휘돌며 춤도 추었다. 내 마음대로 놀았다. 남이야 싫어하든 미워하든 비웃든 욕하든 나는 조금도 관계치 않았다. 사(社)의 윗사람이 몇 있었지만 그것들! 다 초개(草芥)같이 보이었다.

4

내가 타는 듯한 갈증을 느끼고 잠을 깬 때는 눈을 부시게 하는 햇발이 문살을 쏘고 있었다.

어찌 된 셈인가? 지금껏 나의 가슴에는 춘심의 온유한 몸이 녹신거리고 있었는데…… 여기는 암만해도 그의 방은 아니다. 확실히 우리 집이다. 보라! 윗목을 빽빽하게 차지한 옷걸이, 삼층장, 반닫이 그 위에 이불을 싼 모란꽃을 수놓은 물 난 야단 보(褓). 문갑 위와 밑과 가운데 뒤숭숭하게 쟁이고 꽂히고 누인 책자들, 틀림없는 우리 집 건넌방이다.

흐릿한 기억 가운데 문득 어젯밤 헤어지던 광경이 떠나왔다.

몇 아니 남은 손들도 외투를 입으며 모자를 찾게 되었다. 그때
가 되도록 나는 춘심을 놓지 않았다. 언제든지 언제든지 그의 곁
을 떠나기 싫었음이라. 하건만 딴 기생들이 제 망토도 있고 셈도
따질 요리점 사무실로 사라질 제 춘심이도 아니 일어설 수 없었다.

"어데를 가?"

"사무실에 가야지요."

"나하고 같이 가!"

나는 어린애 모양으로 울 듯이 부르짖으면서 그에게 매달렸다.
마치 한번 놓치면 다시 못 잡을 행복을 붙드는 것처럼. 그럴 때
어째 구두 생각이 났던지 그것을 불현듯 집어 들고 그의 뒤를 따
르려 하였다.

"창피합니다. 남이 흉을 봅니다. 대문에서 기다릴 것이니."

그는 이렇게 타이르자 나를 내어버리고 그림자를 감추었다. 그
때 시커먼 실망이 납덩이같이 나의 가슴을 내리지르던 것을 지금
도 생각할 수 있다. 그러나 어찌하여 집으로 돌아왔는지는 까맣
게 모를 일이다.

나는 고개를 들어 둘러보았으나 자리끼는 벌써 거기 없었다.

"물! 물 주어!"

라고, 나는 성난 듯이 소리를 질렀다.

황망한 발자취가 마루를 울릴 겨를도 없이 아내가 물그릇을 들
고 들어온다. 김이 무럭무럭 남은, 미리 덥혀두었음이리라.

"무슨 술을 그렇게 잡수신단 말입니까? 온 골목이 떠나가도록 고함을 치고 대문을 부서지라고 짓두드리고…… 야단야단해도 그런 야단이 어데 있겠습니까?"

내가 살 듯이 물을 들입다 켜고 있는 동안, 아내는 발간, 물 묻은 손을 요 밑에 넣고 이런 말을 하였다.

"내 원 참."

아내는 말을 이어,

"마루에 그냥 털썩 드러누우시더니, 세상 일어나시나요. 죽을 애를 써서 근근이 방에 모셔다 놓으니 외투를 입으신 채 쓰러지시지요."

나는 묵묵히 물만 마시고 있었다. 그러면서 속으론 또 무척 성가셨구나 하였다.

나는 가끔 이런 괴로움을 그에게 끼치었다. 일뿐 아니라 가슴이 답답할 제, 비위가 틀릴 제, 화증 풀이도 그에게 하였다. 설운 사정도 그에게 하였다. 사회에서 받는 나의 불평, 가정에서 있는 나의 울분, 또는 운명에 대한 저주들 말끔 그에게 퍼부었다. 그가 이 모든 불행의 원인인 듯하게 나는 그를 들볶았다. 하지만 그는 그것을 싫다 아니하였다. 쓰리다 아니하였다. 달게 받아주었다. 까닭 없이 자아치는 애달픈 슬픔으로 하여 하염없이 눈물을 뿌릴 제,

"왜 이리 하셔요, 왜 이리 하셔요?"

하는 그의 눈물 젖은 부드러운 소리가 슬픔을 거두어주었다. 또는 공연히 부글부글 피어오르는 심사를 어찌할 수 없어 억메를 덮어 죄 없는 그를 야단을 치다가도 그 또렷또렷한 눈치를 보면

어느 결엔지 마음이 가라앉음을 깨달았다. 여기 나는 불충분하나마, 불만족하나마 위자(慰藉)도 얻고 행복도 스러웠다.

만일 그가 없었던들 나는 벌써 타락의 심연에 온몸, 온 마음을 다 빠뜨리고 지금쯤은 헤어날 수도 없게 되었으리라.

"에그, 물 고만 잡수세요. 진지가 벌써 다 되었는데."

하고 그는 물그릇을 앗는다. 그리고 한동안 나를 물끄러미 보고 있던 그의 눈과 입술에 문득 의미 있는 웃음이 흐른다.

"어젯밤에 날더러 무에라고 한 줄 아셔요?"

"무에라고 하기는!"

"그래, 모르셔요?"

"나 몰라."

"그런데 어젯밤에 어데 가셨습니까?"

"명월관 지점에 갔었지."

"기생이 왔지요?"

"그럼, 왜 그래?"

"그렇지요."

하고, 아내는 북받쳐 나오는 웃음을 못 참겠다는 듯이 진저리를 치며 웃는다. 사르르 감기는 눈초리에 가는 금이 잡히고 연한 뺨 살이 광대뼈 위로 토실토실하게 밀리자, 장미꽃 봉오리가 피어나 듯 입술이 동글고 오목하게 열리는 것이 그의 웃음의 특징인 동시에 또 그가 가진 가장 아름다운 특징이었다.

"왜 말을 아니 하고 웃기만 웃어?"

아내는 웃음에 막히어 말을 이루지 못하면서,

"저어, 하하하하…… 아이고, 참 우스워 죽겠네…… 저어……"

"저어…… 하지 말고 말을 해요."

"저어…… 하하하하. 한참을 주……주무시고 부스스 일어나시
길래 외투와 두루막을 벗겨드리려 하니까 하하하하."

하고, 그는 이불 위에 무너지며 어깨를 들썩거리고 한참 웃음에
잦아진다.

　나는 멋모르고 빙그레하며,

　"말을 해요, 말을 해요."

하였다.

　이윽고 아내는 웃음의 파문이 이리 밀리고 저리 밀리는 다홍빛
같은 얼굴을 들더니,

　"저어…… 눈을 감으신 채…… 하하하하, 나 나를 한 팔로 스
르르 잡아당기시며 하하하하 춘심이 춘심이 하 하시겠지요. 하하
하하, 그 춘심이란 게 누구야요?"

　나는 가슴이 뜨끔하였지만, 무안 새김으로 빙그레 웃으며,

　"춘심이가 춘심이지."

하고 시침을 뚝 뗐다.

　그러나 별안간 춘심의 아름다운 모양이 선명한 활동사진같이
선뜩 머리에 비쳤다. 환영에 달뜬 나의 시각이 아내의 옥양목 저
고리에 붉은 광선이 사르르 덮임을 느끼자, 어느 결엔지 연분홍
고사(庫紗) 저고리 입은 춘심이가 연기같이 나의 앞에 앉아 있었
다……

　"무엇을 이렇게 생각하셔요?"

하는 아내의 말소리를 들은 때에도 나의 눈은 꿈꾸는 사람 모양으로 말똥말똥하였다.

그다음 날 밤에야 나는 C와 함께 춘심의 집에 갔었다. 가고 싶은 마음이야 한시가 바빴지만 다방골에 서투른 나는 C의 힘을 아니 빌릴 수 없었다. 그러나 그의 집 번지는 내가 알았다. 취중에 오직 한 번 들은 그 숫자가 야릇하게도 나의 기억에 새긴 듯이 남아 있었다. 다만 그 집 찾기가 곤란도 하고 또 이런 명예롭지 못한 방문을 혼자 하기가 싫어서 C를 힘입으려는 것이라.

어젯밤에도 두 번이나 C를 만나려 하였건만 출입이 잦은 C는 여관에 붙어 있지 않았다. 오늘도 저녁 일찍이 서둘렀으되 긴치 않은 C의 방문객으로 말미암아 나는 지루한 시간을 꿀꺽꿀꺽하고 아니 참을 수 없었다. 기쁜 기대와 달디단 희망에 눈을 번쩍이면서 가슴을 뛰면서 길에 나선 지는 아홉 시가 훨씬 지난 때였다.

그의 집은 광천교(廣泉橋)에서 남쪽 개천을 끼고 한참 올라가다가 조그마한 다리 놓인 데서 가운데 다방골로 빠지면 오른편 셋째 골목 막다른 집이었다. 이 근처에 발이 넓은 듯한 C는 어렵지 않게 그것을 발견하였다.

대문 안으로 쑥 들어선 우리는 흘러나오는 가야금 가락에 잠깐 걸음을 멈추었다. 그날 밤 춘심의 가야금 뜯던 채화(彩畵) 일폭이 다시금 얼른하고 나의 안계를 스쳐간다. 그 남실남실하는 보얀 손가락이…… 그 반질반질하는 까만 머리가……

거침없이 중문을 열어젖힌 C는 점잖게,

"이리 오너라."

고 불렀다. 그 소리가 떨어짐을 따라 묵은 악기도 울림을 멈추었다.

"누구십니까?"

안에서 고운 목소리가 묻는다. C는 성큼성큼 마당으로 사라졌다. 나는 오히려 하회(下回)를 기다리며 어둠침침한 중문간에 몸을 숨기고 있었다. 이윽고,

"들어와요."

란 C의 부름을 듣자 환희의 전율이 찬물처럼 온몸에 쭉 끼치었다. 춘심이가 있구나 하였다.

나는 야릇한 불안을 느끼며 허청허청 발길을 옮기었다. 열린 미닫이 사이로 밝게 흐르는 광선을 막은 듯이 서 있던 처녀 하나가 이상한 눈치로 나를 살피다가 기어 들어가는 목소리로,

"올라오셔요."

하였다. 얼른 방 안을 엿보았다. C는 벌써 방 안에 자리를 잡고 앉아 있다. 춘심의 그림자는 보이지 않는다.

안방에서나 옆방에서나 또는 나 못 본 어슴푸레한 한구석에서나 춘심의 튀어나옴을 마음 그윽이 바라면서 나는 구두를 끌렀다.

"형이 어데 갔어?"

C의 이 말에 나의 어리석은 바람은 속절없이 깨어지고 말았다. 나의 마음은 밤같이 어두웠다.

"유일관(唯一館)에 갔습니다."

하고 그 동기(童妓)는 놀랐다는 듯한 눈으로 묻는 듯이 나를 바라보았다. 끝 모를 검은빛에 맑은 광채가 도는 그의 눈매는 더할 수 없이 어여뻤다. 열대여섯이 될락 말락 하리라. 봉올봉올 피려는

목련꽃처럼 그의 얼굴은 탐스럽고 아름다웠다.

나는 묵묵히 숨소리만 씨근거렸다. 웬일인지 낯이 화끈화끈 타는 듯하였다. 하염없이 시선만 이리저리 던졌다. 세간은 그리 화려하다고 못하리라. 옷걸이와 이불 얹힌 커다란 궤와 일본제 경대뿐이었다. 그러나 기생방에만 있는 고혹적 색채는 모본단 보료에도, 비스듬히 세운 가야금에도 농후하게 흘러 있었다. 한편 벽 알맞은 자리에 화판(畵板)에 놓은 양화(洋畵) 한 장이 걸렸다. 그것은 푸른 연기가 어린 듯한 산 윗머리를 흰 구름이 휘휘 둘렀는데 수풀 우거진 곳에 푸른 '리본' 같은 강이 흐르며 그 위로 몽롱한 달빛 안은 일엽편주(一葉扁舟)가 남녀 단둘을 싣고 소리 없이 떠나간다. 그것으로 나는 그만 주인의 취미가 고상하고 풍아한 줄 짐작하였다.

"애써 오니 어째 없담!"

이윽고 나는 자탄 비슷하게 이런 말을 하였다. 농담같이 하려던 것이 어째 절망의 가락을 띠고 있었다. 벌린 입도 웃음을 이루지 못하였다.

"저어 형님한테 기별할까요?"

나를 살피기를 마지 않던 금심(琴心)은——이것이 그 동기의 이름이다——인제 알았다, 하는 얼굴로, 우리에게 물었다.

"무얼 그럴 것은 없지."

C는 거절하였다.

"아니 저어…… 형님이 가실 때 손님이 오시거든 알게 하라 하였어요."

"어떤 손님이?"

나는 가슴을 뛰며 물었다.

그는 조금 망살거리다가,

"저어 오늘 오실 손님이 계시니 그 손님이 오시거든……"

'나를 가리킴이 아니로군.'

나는 번개같이 생각하였다.

"우리는 오늘 온다고 한 손님이 아니야. 온다고 하기는 그저께 밤이야."

나는 비웃었다.

"네, 그렇습니까?"

하고, 금심은 무안한 듯이 고개를 숙이다가 무엇이 생각난 것같이,

"참, 저어 그저께 밤에 손님 두 분이 오신다고 식도원(食道園)에서 인력거꾼이 왔습니다."

나는 더욱 실망하지 않을 수 없었다. 명월관에서 놀았거늘 식도원이 또 웬 말인가?

"식도원에서!"

나는 부지불식간에 부르짖었다.

"우리는 명월관에서 놀았는데…… 그러면 딴 손님이던 게지."

금심은 놀라 나를 바라본다. 그 큼직하게 뜬 눈은 마치 이런 말을 하는 듯하였다.

'어째 그럴까? 우리 형님이 기다린 손님은 분명히 이분인데…… 그러면 내가 잘못 들었던가? 식도원 아니라 명월관이던가?'

"그래 손님이 왔던?"

나의 말은 급하였다.

"아니야요. 형님 혼자만 왔어요. 와서 손님 두 분이 아니 왔더냐고 묻습디다."

모를 일이다! C의 말을 들으면 나보다 먼저 나온 그는 문간에서 춘심을 만났는데 춘심의 말이 준비가 다 있으니 나와 같이 오라고 신신부탁하였다 한다. (이 준비란 것은 곧 다른 기생을 C에게 붙여주겠다는 뜻이라) 두 분 손님이라 함은 곧 나와 C를 지칭함이리라. 그러하지만 식도원 운운은 풀 수 없는 의문이다.

"그날 밤에 매우 우리를 기다린 모양이지."

돌아오면서 나는 C에게 물어보았다.

"기다리긴 무엇을 기다려?"

C는 이 천치야 하는 어조로,

"무엇 보고 기다리겠소? 오! 얼굴이 어여쁘니까. 얼굴 뜯어먹고 사나, 논 팔고 밭 파는 놈이라야지. 서울 온 지 삼 년이나 되는 년이 나지미가 자네 ×× 하나뿐일까."[6]

5

비 맞은 옷 모양으로 풀 하나 없이 집으로 돌아왔다. 무슨 기막힌 일이나 본 듯이 모자와 두루마기를 되는대로 획 집어던지고는 힘없이 쓰러지고 말았다. 홀로 바느질을 하고 있던 아내는 잠깐 눈썹을 찡그리고 웃옷과 모자를 걸었다.

"진지 좀 아니 잡수렵니까?"

이윽고 아내는 나에게 물었다.

"아까, 나 저녁 먹었는데……"

"어데 한 술이나 떴습니까…… 요사이는 도무지 진지를 못 잡수시니 무슨 까닭이야요? 살이 내리시고…… 신색이 그릇되시고…… 왜 기운 하나 없어 보입니까? 춘심인지 무엇인지 그로 하여 그럽니까?"

이런 말을 하며 아내는 근심스러운 가운데에도 비웃는 빛을 보이었다.

참말 술이 양에 넘친 탓인지 뜬 사랑에 멍든 탓인지 그 후부터 무슨 가시나 난 것같이 혀가 깔끔깔끔하며 밥이 달지 않았다. 꿈자리조차 뒤숭숭하였다. 잠을 깨면 흔히 온 요, 온 이불이 축축하게 땀에 젖어 있었다. 물에 빠진 듯한 몸은 오한에 떨며 머리가 지끈지끈 아프기도 하였다.

"내 말이 옳지요? 춘심이 때문이지요?"

하고 아내는 어서 그렇다 하라는 듯이 나를 들여다보다가 웃음의 가는 물결이 그 까만 눈썹 언저리를 흔들더니 그만 자지러져 웃으며,

"그만 일에 진지를 못 잡술 게 무어야요? 탈기(脫氣)할 게 무어야요? 정 그러시거든 한번 가셔서 정을 풀면 그뿐이지."

나도 웃으며,

"무슨 그것 때문에 그럴라구……"

"안 그런 게 다 무어야요?"

"그렇다면 어찌할 테요?"

"그러기에 가시란 밖에."

"얻어도 샘을 아니 하겠소?"

나는 아내가 옛날 요조숙녀의 본을 받아 군자의 애물(愛物)을 투기치 않으리란 평일의 주장을 생각하며 한번 다져보았다.

"그것은 당신께 달렸지, 양편을 다 좋게 하면 왜 샘을 하겠습니까?"

"그러면 샘을 아니 하겠다는 말이로군."

나는 또 한 번 다지었다.

"샘이니 우물이니는 둘째 치고 제발 원을 풀고 진지를 많이 잡숫게 해요. 낙심 천만한 모양은 차마 볼 수 없습니다."

하고 실인(室人)은 다시금 실소하였다

"가려면 못 갈까? 지금 당장 갈 테야."

그러나 지금 당장은커녕 그 이튿날도 나의 그림자는 다방골에 나타나지 않았다. 기생집에 이틀 밤을 연거푸 감이 무엇도 하거니와 그가 나에게 마음이 있는지 없는지 알 수 없는 수수께끼인 까닭이다. 그날 밤 둘이 놀던 일을 생각하면 그는 확실히 나에게 쏠리었다. 그러나 춘심은 홀린 척도 하고 홀리기도 함을 위업(爲業)하는 기생이다. 명월관 손님도 오라 하고 식도원 손님도 가자 하여야 되나니, 마치 그물을 여기도 치며 저기도 쳐서 고기의 걸리기만 기다리는 어부 모양으로 사나이를 낚는 것이 그의 장사이다. 그러면 나에게 준 뜻 많은 추파와 꽃다운 언약도 말끔 그의 맛난 미끼일는지 모르리라. 몇 칸 집을 깝살리게 하고 몇 뙈기 논을 날릴 수단일는지 모르리라. 하느님 마옵소서!

그러나! 그러나! 그의 얼굴이 보고 싶다. 못 견디리만큼 보고 싶다. 소루룩 코 안으로 기어들던 향긋한 실바람은 오히려 후각 어디인지 남아 있었다. 박하를 뿌린 듯한 나의 목은 문득문득 비단결 같은⁷ 팔을 느꼈다.

이화에 월백하고 은한이 삼경인데
일지춘심을 자규야 알랴마는
다정도 병인양 하여 잠 못 들어하노라.

시문독본(時文讀本)에서 읽은 이 시조를 이따금 이따금 목을 빼서 청청스럽게 읊조렸다. 또 붓을 들면 이 글을 적기도 하였다. 그리고 춘심이란 두 글자를 뚫을 듯이 들여다보며 정신을 잃었다. 그 두 글자가 굼실굼실 움직여 엄청나게 굵고 크게 되어 시커멓게 눈을 가리기도 하였다. 봄 춘(春)자의 '삐침'과 '파임'이 그의 가냘픈 팔이 되어 나의 허리에 감기기도 하였다……

6

그 이튿날이다. 아침을 마치고 권연(卷煙) 한 개를 피워 문 나는 이리저리 마당을 거닐 때였다.

"편지 받으오."

하는 소리를 듣자 누런 복장이 얼른하며 하얀 네모난 종이가 중
문 앞에 떨어진다.

　그것은 엽서형 서양 봉투였다. 매우 이상하다 하는 듯이 나는
겉봉을 앞뒤로 뒤치며 한참을 보고 있었다. 그러다 사방을 둘러
보기가 무섭게 얼른 호주머니에 집어 넣었다. 또 꺼내었다. 또 넣
으려다 말고 손에 움켜쥔 채 어찌할 줄 모르는 것처럼 왔다 갔다
하였다. 문득 미친 듯이 건넌방으로 뛰어 들어왔다. 그것은 춘심
의 편지이다! 앞장엔 한 자 한 획 틀림없이 우리 집 번지와 나의
이름을 적었고, 그 뒷장엔 '다옥정(茶屋町) ○○번지 김소정(金小
汀)으로부터'라고 쓰이었다.

　나는 번개같이 봉투 윗머리를 찢었다. 안에서 그림엽서 한 장이
나온다. 굽이치는 물결 모양으로 검누른 머리를 좌우로 구불구불
늘어뜨리고, 바람에 나부끼는 듯한 얄따란 한 오리 벼 자취가 아
른아른하게 감긴 풍염한 두 팔과 앞가슴을 눈같이 드러내었는데,
장미꽃 한 송이를 시름없이 든 손으로 턱을 고이고 눈물이 도는
듯한 추파에 임 생각이 어린 금발 미인의 그림이었다. 그리고 예
쁘게 언문 반초(諺文半草)[8]를 날린 그 사연은 아주 간단하였다.

　향용이면 수신자의 주소 씨명을 쓸 자리 한복판에 두 줄로 '아
무리 기다려도 아니 오시기로 두어 자 적사오니 속 보시지 마시
압.'이라 하였고 그 밑칸 글월은 이러하였다.

　보고 싶어 홍응.
　왜 오시지 않습니까? 가다리는 제 마음 행여나 아실는지?

지정일변. 아시겠소?

어찌하면 좋을까요?

이때의 기쁨이야 무어라 할는지! 가슴에 무슨 경기구(輕氣球)
같은 것이 있어 나를 위로위로 치슬러 올리는 듯하였다. 길길이
뛰고 싶었다. 날고 싶었다. 모든 사람에게 이 기쁨을 말하고 싶었
다. 종로 네거리에 뛰어나가 오는 사람 가는 사람에게 춘심이가
나에게 편지한 것을 알려도 주고 싶었다. 밀장을 화닥닥 열었다.
무슨 큰일이나 난 듯이 안방에 있는 아내를 소리쳐 불렀다.

"이것을 좀 보아요. 이것을!"

아내가 방에 들어도 서기 전에 무슨 경급한 일을 말하는 사람
모양으로 나의 소리는 헐떡거렸다.

"춘심이가 나에게 편지를 했구려. 편지를!"

하고, 온 얼굴이 웃음에 무너졌다.

그날 해 지기가 바쁘게 나는 정서(情書) 준 이를 찾아 나섰다.
아내는 일부러 저녁을 일찍이 걷어치고 또 청하는 대로 술조차
받아주었다. 나는 무넘무상으로 거의 달음박질하듯 걸음을 재게
하였다. 발이 공중으로 날며 땅에 닿지도 않았다. 그 집 골목에
획 들어서자 갑자기 걸음이 누그러지며 가슴이 방망이질하였다.
'예까지 와가지고' 하고, 하마터면 뒤로 돌 발자국을 앞으로 콱
내디디었다. 중문턱을 넘으매 머리는 모든 의식을 잃었다는 듯이
횡하였다.

"아이고, 어서 오십시오."

마침 마당에 있던 금심은 나를 보자 반갑게 인사하였다.

"너의 형 있니?"

"잠깐 어데 나갔습니다."

하다가 나의 꼴이 애처로웠던지,

"지금 곧 올 것입니다. 올라가셔요."

라고 말을 뒤붙였다.

그의 말마따나 얼마 아니 되어 춘심이가 돌아는 왔다. 하건만 그의 태도는 의외였다. 방문을 열고는 아랫목 보료 위에 엉성하게 앉은 나를 보고 시답잖게 다만,

"오셨어요?"

란 한 마디를 던졌을 뿐이었다. 그리고 대면도 하기 싫어하는 것처럼 경대 앞에 착 돌아앉는다. 한 번도 못 본 사람에게 하듯 서름서름하다. 그날 밤 일은 고사하고 편지한 것조차 씻은 듯이 잊은 것 같다.

"오늘 밤에 해동관(海東館)으로 부르지 않았어요?"

분지(粉紙)로써 얼굴을 요모조모 골고루 닦으며 나를 돌아도 아니 보고 그는 이렇게 묻는다.

"아니."

"그러면 누구일까?…… 새로 한 시에 수유⁹를 받았는데…… 나는 '나리'라고."

"나는 그런 일이 없는걸."

요리점에서 호기 있게 불러보지 못하고 제 집으로 온 것이 구구

한 듯도 싶었다. 창피도 하였다. 바늘방석에나 앉은 듯이 무릎을 누울락 세울락 하며 팔을 짚어도 보고 떼어도 보았다. 왜 왔던고 후회까지 하였다. 그만 갈까도 싶었다.

그러나 이 답답한 상태는 오래 계속되지 않았다. 경대를 살짝 떠난 그는 나의 코밑에 바싹 다가앉았다. 나는 또 그 말할 수 없는 매력 있는 향기를 느끼었다.

"왜 오시지 않았어요? 흥."

하고, 한숨을 휘 쉬더니 나의 눈 속을 물끄러미 들여다보며,

"편지 보셨어요?"

"응."

"그날 밤새도록 기다리니 어데 와야지."

춘심은 말을 이었다.

"그러면 그렇지, 무슨 두드러진 정이 있어 이 못난이를 찾을라고? 기다리는 년이 미친년이지…… 잠 못 잔 것이 어떻게 앵한지 몰랐어요."

하고, 이 매정한 놈아 하는 것처럼 눈을 깔아 메친다.

"워낙 술이 취해서 여기 온다는 것이 친우들에게 끌리어 집으로 간 모양이야. 아침에 잠이 깨고야 알았어."

라고 나는 변명하였다.

"그저께 날 밤에 유일관에 갔다가 집에 오니 오셨다겠지요. 놀음에 왜 갔던고 싶었습니다. 오늘은 오시려니 하고 어제는 아무데도 아니 갔지요. 거짓말? 이 금심이한테 물어보셔요? 거짓말인가…… 그래 생각다 못해서 편지를 하였습니다."

그리고 요릿집에 갈 적마다 나를 만날 줄 알고 남모르게 기뻐하던 것과 진답지 않은 딴 사람만 있고 그리운 내 얼굴을 못 볼 제 얼마나 상심하였으며 얼마나 흥미 삭연(興味素然)하던 것을 하소연하였다.

"속없는 사나이도 다 많지."

춘심은 또 다시 말을 이었다.

"수(誰)야 모(某)야 다 앉은 자리 정 가는 곳은 한 곳뿐이라, 이런 소리를 하지 않겠습니까? 그러면 저희들끼리 네니 내니 하겠지요. 무슨 아리알심이나 있는 듯이 눈을 끔벅끔벅하며 남의 옆구리를 쿡쿡 찌르겠지요. 하하하하…… 정 가는 곳은 이곳뿐인데."

하고 나의 등을 가볍게 두드렸다.

"춘심 아씨 모시러 왔습니다."

꺽세인 차부의 목소리가 우리의 정담을 깨뜨렸다.

"어데서 왔는가?"

"해동관에서 왔어요."

춘심은 눈썹을 보일 듯 말 듯 찌푸리었다. 무엇을 한참 생각하더니 큰소리로,

"거기 있게, 지금 갈 터이니."

라고 일렀다.

"술잔 값이나 주어 보내지."

나는 대담스럽게 이런 말을 하였다. 그만치 춘심을 보내기 싫었다.

"그럴 수 있어요? 미리 수유 받은 것이 되어서 그럴 수도 없고……"
하면서 나의 손을 꽉 쥔다.
"어쩌면 좋아!"
라고 안타깝게 속살거리고는 몸을 나에게 쓸어 붙이었다……
"…… 무슨 말[10]을 하고, 나 곧 올 터이니, 기다리겠습니까?"
"그리 쉽게 올 수 있을라구."
"집안에 우환이 있다 하고서 인사나 하고 선걸음에 돌아올 테야. 기다리고 계셔요."
"글쎄."
"글쎄가 아니라 꼭 기다리셔요."
"기다리지."
"꼭 기다리셔요, 꼭. 아홉 점 안으로는 기어이 올 터이니……"
"그래, 아홉 점까지만 기다리지."
"가시면 일후(日後) 봐도 말도 안 할 테야."
"아홉 점만 지나면 간다."

7

한번 간 춘심은 돌아올 줄 몰랐다. 바람이 문을 찌걱거리게 할 적마다 몇 번을 오는가 오는가 하였는지 모르리라. 나는 누울락 앉을락 하였다. 일어서 거닐기도 하였다. 마디고 마딘 시간이건만 아홉 점이 지났다. 열 점이 지났다……

온갖 의혹이 괴어오르기 시작하였다. 그의 말과 속이 같을진대 여태껏 아니 올 리 없으리라. 그 정 맺힌 눈치도 그 안타까운 몸짓도 모두 허위이런가 가식이런가. 나의 생각이란 염두에도 없고 어느 유야랑(游冶郎)과 안기고 안으며 뺨도 비비고 입도 맞추면서 덧없이 깊어가는 밤을 한(恨)하는지 누가 알리오! 그런 줄을 모르고 눈이 멀뚱멀뚱하게 오기를 고대하는 나야말로 숙맥이다! 천치이다!

내가 여기서 그의 돌아옴을 기다리는 모양으로 그는 거기서 나의 감을 기다리고 아니 있는지 누가 증명하랴! 암만해도 오늘 낮 새로 한 점에 놀음 수유를 받으면서 잘 수유조차 아울러 받았을 것 같다. 그렇지 않으면 처음 볼 때 왜 냉연하였으랴! 냉연함은 충동이었고 나중의 꿀을 담아 붓는 듯한 언사와 표정은 지은 솜씨이다!

"해동관에서 나를 부르지 않았어요?"

한 것은 노골적으로 나를 욕보이는 수작이었다. 격퇴하는 칼날이었다.

'괘씸한 것 같으니.'

나는 속으로 부르짖고, 있지도 않은 위약자(違約者)를 노려나보는 듯이 미닫이를 물끄러미 바라보다가 벌떡 몸을 일으켰다.

"조금만 더 기다리십시오. 곧 올 것인데…… 지금 열 점 아닙니까? 반시(半時)만 더 기다려요."

곁에 있던 금심은 따라 일어나 나의 앞을 막으며 간청하였다. 그와 나는 벌써 꽤 친숙하게 되었다.

"고만 갈 테야. 아홉 점까지 기다리란 것을 열 점까지 기다렸으면 무던하지."

하고 나는 그의 팔을 가볍게 잡아 옆으로 밀치었다.

"안 되어요. 안 되어요. 가시다니. 꼭 못 가시게 하라던데……"

하고 금심은 응석하는 듯이 뒤에 매어달리며 모자를 벗기려고 애를 쓴다.

"밤새도록 아니 올걸 뭐."

나는 모자를 한 손으로 단단히 붙잡고 웃으며 이런 말을 하였다.

"안 오기는 왜 안 와요. 두고 보시오. 곧 아니 오는가. 가시면 제가 야단을 맞아요."

하고 애원하는 듯이 나를 쳐다보며,

"잠깐만 더 기다려요. 십 분만, 오 분만…… 네? 네?"

나는 돌아다보고 빙그레 웃으며,

"그래, 너의 형이 나를 꼭 잡으라 하던?"

하고 물어보았다.

"꼭 못 가시게 하라고……"

"정말?"

"정말이고말고요."

"가 볼일이 있는데……"

입으론 이런 말을 하였지만 이미 갈 뜻은 없었다. 춘심이가 진정으로 나의 기다림을 바랐거니, 어찌 그의 뜻을 저버리랴!

"볼일이 무슨 볼일입니까?"

금심은 나의 마음을 알아챈 듯이 중얼거리자 민속하게 나의 모자를 벗겨 들었다. 그가 개가(凱歌)를 부르며 웃고 쓰러지자 나도 빙그레 주저앉았다.

춘심은 새로 두 점이 넘어 돌아왔다. 그때껏 나는 견딜성 있게도 거기 있었나니 그렁저렁 열두 점이 넘고 새로 한 점이 넘으매 기다린 것이 아까워도 갈 수 없었음이다. 치맛자락의 사르륵 소리를 듣자 나는 짐짓 한잠이나 든 것같이 눈을 감았다.

밀장은 소리 없이 열리었다. 사람의 넋을 사르는 듯한, 몸과 마음을 가볍게 하는 듯한 향내가 떠돌았다. 저도 모를 사이에 나는 깊이 호흡을 하고 있었다. 그리고 무슨 강렬한 광선에 쏘일 때처럼 감은 눈이 환하며 눈꺼풀이 부신 듯이 떨리었다.

"아이고, 아니 갔구먼!"

하는 속살거림이 들리었다. 그 음향 가운데는 무한한 감사와 무한한 환희가 품겨 있었다. 감은 눈으로도 가만가만히 다가드는 그의 외씨 같은 발을 볼 수 있었다.

그는 금심을 고이 깨워 일으키자 가는 소리로 물었다.

"주무시나?"

"주무시긴 누가 주무셔요? 왜 인제야 와요?"

금심의 잠꼬대 같은 소리가 대답을 하였다.

나는 눈을 떴다. 춘심은 벌써 내 곁에 앉아 있었다.

"미안한 말을, 어찌 다 할는지."

그는 말을 꺼내었다.

"암만 오려니 어데 사람을 놓아야지요. 손님도 안면 있는 이 같으면 사정도 보건만 아는 이란 단지 하나뿐이고 모두 모르는 분이겠지요. 집에 일이 있다니 사람을 놓습니까, 몸이 아프다니 사람을 놓습니까. 하다하다 못해 배가 아프다고 엉구럭을 치니까 영신환이랑 인단이랑 들여오라겠지요. 속이 상해서 죽을 뻔하였습니다. 오죽이 지루하셨겠습니까?"

하다가 문득 금심을 향하며,

"왜 자리를 아니 깔아드렸니? 좀 편안히 주무시게나 하지."

하고는,

"나는 가신 줄 알았어요. 이 못난이를 웬걸 기다리실라고 하였어요. 이런 줄은 모르고 오죽 괘씸히 생각하셨겠나 하였어요. 밤을 새워도 편지로 사과나 할까 하였어요. 그런데 와보니……"

하고 기쁨을 못 이기는 듯이 말끝을 웃음으로 마치었다.

나는 부스스 일어나 앉았다. 그러나 선잠을 깬 사람같이 말 한마디 할 수 없었다. 그 열렸다 닫혔다 하는 입술과 그럴 적마다 화판(花瓣)이 벌어지며 진주 같은 화심(花心)이 나타나는 모양으로 반짝반짝 드러나는 하얀 이빨과 찡그렸다 폈다 하는 그린 듯한 눈썹과 그 밑에서 흐리다가 빛나다가 하는 까만 눈을 멀거니 바라보고만 있었다……

이윽고 금침은 펼쳐졌다. 하건만 나는 화석이거나 한 것같이 망연자실하고 있었다. 어째 무시무시한 증(症)이 들었다. 이불 속이 곧 지옥인 듯이 들어갈 정이 없었다. 그만 집으로 갔으면 하였다.

"고만 자십시다. 매우 곤하실 터인데……"

저편도 아주 감개무량한 듯이 고개를 떨어뜨리고 앉아 있다가 슬픈 음성으로 침묵을 깨뜨렸다.

"응."

"어린애 모양으로 '응'……"

하고 춘심은 소리쳐 웃으며 별안간 나를 부둥켜 안는다. 나는 마
녀에게나 덮친 듯이 머리끝이 쭈뼛하였다.

둘의 그림자는 이불 안으로 사라졌다. 나는 우들우들 떨면서 두
번 아니 오리라 생각하였다.

8

따라준 독삼탕(獨蔘湯)을 마시고 문간에서 발발 떠는 그와 작
별한 나는 인적 없는 쓸쓸한 거리로 나왔다. 식전꼭두는 추웠다.
몹시 추웠다. 추움 그것이었다. 쓰라리는 발은 자국자국이 얼어
붙는 듯하였다. 귀가 떨어지는 것 같다. 발갛게 단 쇠가 얼굴에
척척 달라붙는 것 같다. 앞으로 휙 하고 닥치는 매운 바람은 나의
몸을 썩은 나뭇가지나 무엇처럼 지끈지끈 부수며 세포 속속들이
불어 들어가는 듯싶었다.

'다시는 이런 짓을 아니 하리라.'

나는 다시금 생각하였다.

어머님은 고종사촌 혼인 구경 겸 동래에 내려가시고 집에 계시
지 않았다. 할머님만 속이면 그뿐이었다. 어젯밤은 여러 친구에
게 끌리어 청량사(淸凉寺)에 나갔다가 술이 취해서 못 왔다는 것
을 돌차간에 생각해내었다.

아랫목에 쪼그리고 앉아 계시던 할머님은 샐쭉한 입을 두 가장 자리를 동글게 호로형(壺蘆形)으로 여시며,

"못된 데만 아니 갔으면, 못된 데만 아니 갔으면."

라고 소곤거리셨다.

"늦게 졸고 보니 전차가 끊쳤겠지요. 어데 올 수 있습니까? 하는 수 없이 자고 왔습니다."

하고 거짓말을 꾸며댄 후 나는 우리 방으로 건너왔다. 나는 빙그레 웃었다. 머리를 빗고 있던 아내도 빙그레 웃으며,

"인제 속이 시원하지요?"

하였다. 그러나 그의 얼굴빛은 피로 물들인 것 같았다.

나는 고만 나무 등치같이 곤한 잠에 떨어지고 말았다. 오종(午鍾) 가까이 되어 간신히 아내에게 깨이어 일어난 나는 냉수로 세수를 하면서도 꾸벅꾸벅 졸고 있었다. 사(社)에 들어가기는 갔으되 머리가 뿌연 안개에 깔린 듯이 몽롱하여 일이 손에 잡히지 않았다. 그저 자고만 싶었다. 저녁 숟가락을 놓자마자 또다시 죽은 듯이 잠이 들고 말았다.

그 이튿날 잠을 깨자 제일 먼저 해결해야 될 것은 그것을 어째 치를까 하는 문제였다. 말할 것도 없이 돈이 필요하다. 그렇다고 주머니에서 잘각거리는 몇 푼 동전으로는 될 수 없는 일이다. 많지 않은 월급이라도 또박또박 타기나 하였으면 그믐을 하루밖에 아니 지낸 때이니 그것 수세할 것이야 남았으련만 곤란이 도극(到極)한 ○○사(社)는 사원 월급 지불은커녕 신문 박을 종이도 못 사서 쩔쩔매는 판이다. 집으로 말하여도 아들의 방탕에 이바

지할 재정은 없었다. 그러나 몇 십 원 장만할 거리는 나에게 있었나니 그것은 유산으로 물려받은 미국제 18금 시계였다. 오랜 것이라 모양이 예쁘지 않은 대신 투박하고 튼튼하며 달리아 꽃도 앞뒤 뚜껑에 아로새겼고 기계에 보석조차 박힌 값진 물건이었다.

"이것만 잡히면, 사오십 원이야 얻겠지."

춘심이 집에 가던 날이나 이제나 힘 미덥게 생각하였다. 난생처음으로 전당포를 찾아다녔다. 조심 많은 흰옷 입은 취리(取利)꾼들은 이 속 모를 물건을 퇴각하기에 서슴지 않았다. 어느 일본 질옥(質屋)에서 삼십오 원에 잡히는 수밖에 없었다.

그다음 문제는 전달할 수단이었다. 봉투에 넣어 우편으로 보내고 아주 끈을 떼어버리려 하였다. 양심의 반성도 맹렬하였거니와 한번 겪어보니 그 탐탐스럽지도 않았음이라. 그러나 야릇한 염려가 나로 하여금 주저하게 하였다. 봉투에 넣어 보내는 것은 많은 금액에만 쓰는 격식인 것 같았다. 더구나 그리함은 그와 나의 사이를 이도(利刀)로 싹 베어버리는 것 같다. 그는 실망하리라. 실망한 그만치 나를 욕하리라. 영구히 그를 대할 낯이 없으리라 하매 어째 차마 못할 일인 듯싶었다. 끊는 데도 톱으로 슬근슬근 나무 썰듯 누그러운 방법이 없지 않으리라고 생각하였다.

'그것은 꾸며대는 소리일다! 정말 끊으려면 저야 실망을 하든 욕을 하든 대할 낯이 없든, 꺼릴 것이 무엇이냐?! 그런 염려를 하는 것은 끊으려면서 아니 끊으려는 것이다!'

나는 마음 어디인지 이런 가책을 느꼈다.

'끊고 아니 끊는 문제보다도 네가 침닉(沈溺)이 될까 아니 될까

가 더 중대한 문제일 것이다. 빠지지만 않으면 그뿐이 아니냐? 슬근슬근 정을 붙여둔들 너에게 해로울 것이야 무엇 있나? 울적하고 무료할 제 일시의 위안거리는 꽤 될 것이다.'

다른 소리가 또 이렇게 변명하는 듯하였다. 마침내 이런 결론을 얻었다.

'이왕이면 한번 보기나 하자, 그 역시 사람이니 너무 매몰스럽게 함은 내 도리가 아니다.'

맨송맨송한 정신으로야 직접으로 돈을 건넬 수 없었다. 어느 요리점에 데리고 가서 재미있게 놀다가 그도 취하고 나도 취한 후 그의 품속에 슬그머니 넣어주리라 하였다.

여기에 대하여 아내는 극렬히 반대하였다. 아내의 태도는 하룻밤 사이에 돌변하였다. 그의 주장을 의지하면 그런 짓은 성공도 하고 재산도 넉넉한 뒤에 할 일이었다. 하룻밤이면 무던하지 이틀 밤부터는 과한 짓이었다. 참말 끈을 떼려 할진댄 춘심을 아니 보는 것이 상책인 동시에 돈을 봉투에 넣어 보냄이 지당한 일이었다. 그리고 돈도 다 줄 것이 아니니 이십 원이면 넉넉하였다. 십 원은 내가 쓰고 오 원은 자기가 써야 되겠노라 하였다.

"무슨 짝에 삼십오 원 템이나 주어요? 만날 용돈이 없어 허덕지덕하면서. 나도 한 오 원 있어야 되겠어요. 먹고 싶은 것 좀 사서 먹을 터이야요."

아내는 이렇게 말을 마치었다. 태기 있는 지 삼사 개월 되는 그는 불가항의 힘으로 도미국이 먹고 싶었다. 물 많은 배[梨]가 먹고 싶었다. 나는 이 요구를 아니 들을 수 없었다. 그러고는 돈만

치르고 열 점이 아니 넘어 돌아올 것을 재삼 타이른 후 나는 춘심의 집으로 왔다.

"오늘은 오실 줄 알고 아무 데도 아니 갔지."

춘심은 웃는 낯으로 나를 맞으며 이런 말을 하였다. 그는 못 알아보리만큼 어여뻤다. 끊으리 말리 한 것이 죄송할 지경이었다.

그의 집에서 그리 멀지 않은 식도원으로 나는 춘심을 끌고 왔다.

우리는 한동안 먹기도 하고 마시기도 하였다. 이야기도 하고 웃기도 하였다. 포옹도 하고 키스도 하였다. 홀연 춘심은 내 손을 잡아당기어 제 바지를 만져 보이며,

"퍽도 뻣뻣하지요. 따뜻하라고 서양목(西洋木)으로 바지를 해 입었더니만……"

"툭툭한 게 좋구먼."

나는 무심한 듯이 대답을 하였으나 춘심의 그 말에 무슨 깊은 뜻이 있는 것 같았다. 사치만 일삼는 시체(時體) 기생과 다른 저의 질소(質素)를 자랑함일까? 또는 명주(明紬) 바지를 해달란 말인가? 마침 그때에 그는 게으르게 기지개를 켠다. 누구에게 절이나 할 것처럼 깍지 낀 손을 내어밀었다. 나는 반지 하나 없는 그의 손가락을 보았다. 명월관 지점에서 처음 만나던 때에 나는 그의 손가락에 적어도 두어 개 반지가 끼인 것을 보았다. 나는 아까 의심조차 한꺼번에 푼 듯싶었다.

'흥, 내가 반지를 해줄까 하고.'

나는 속으로 '요년!' 싶었다. 그러면서 해주고도 싶었다. 묵연(默然)의 욕망을 못 채워주는 것이 남아(男兒)로 치욕인 듯도 하

였다. 마음이 괴로워 견딜 수 없었다. 더 많은 것을 바라는 의사 표시를 보기 전에 한시바삐 주려던 돈을 주었으면 하였다. 그러나 요리 값이 얼마인지 알 수 없어 주저주저하고 있었다.

"고만 가요."

그는 후끈후끈 단 뺨을 나의 어깨에 쓰러뜨리며, 나의 마음을 안 듯이 소곤거렸다. 요리 값은 팔 원 얼마이었다.

나는 남은 돈 이십 원을 쥔 주먹을 내어밀며,

"저어…… 이것 담배용에나 보태 써라."

라고 나는 목에 걸린 소리로 머뭇머뭇하였다. 그는 나를 물끄러미 바라보다가 고개를 흔들며,

"싫어요, 싫어요."

하고 부르짖었다.

"얼마 아니 된다마는 정으로 받으렴. 돈이 아니고 정이다."

"기생은 돈 주어야 정 붙는 줄 언제부터 알았소? 홍 돈! 돈! 기생년은 정을 정으로 못 찾고 돈으로 찾는담!"

하고, 춘심은 한숨을 내어쉬었다. 나는 어쩔 줄 몰랐다.

"홍, 돈이 정, 정이 돈! 기생년의 팔자란!"

춘심은 또 한 번 괴로운 한숨을 토하였다. 애달픈 슬픔에 싸인 그 뜨거운 입김이 마치 나의 심장을 스치는 듯하였다. 그도 사람이다, 여성이다. 시들고 곯아졌을지언정, 뜯기고 짓밟히었을지언정, 그의 가슴에도 사랑의 움은 있으리라. 지금 그 말은 인몰(湮沒)해가는 사랑의 애끊는 신음이리라. 나는 마치 그 사랑을 파악하려는 것처럼 그를 휩싸 안았다. 나는 그의 가슴에 온미(溫味)와

고동을 느꼈다. 마치 그의 사랑이 나에게 이렇게 속살거리는 듯하였다.

"나는 다 식지 않았습니다. 오히려 봄날과 같이 따뜻합니다. 나의 숨은 아주 지지 않았습니다. 오히려 맥이 뜁니다. 오오! 나를 덥혀주셔요! 북돋워주셔요!"

그 말에 응하는 것처럼 나의 목소리도 소곤거렸다.

"덥혀주고말고. 북돋워주고말고. 아아 불쌍한 사랑의 넋이여!"

우리는 십 분 동안 서로 떨어지지 않았다. 떨어진 뒤에도 우리는 어깨를 겨누고 같이 걸었다. 돌아온 데는 물론 그의 집이다! 그러나 나는 그의 망토 포켓 안에 지폐 두 장을 넣고 말았다.

9

내일 단성사 ○○권번(券番)—춘심의 다니는 조합—온습회(溫習會)에서 다시 만남을 기약하고 나는 아침 늦게야 그의 집을 떠났다. 그만큼 대담스럽게도 되었다. 그만치 애련도 깊었다.

오 분 전에 잠깐 어디 나갔다 오는 사람같이 신추럽게 돌아왔다. 비난과 책망을 미연에 막기 위하여 엄연히 긴장한 얼굴로 건넌방에 들어왔다. 아내는 없었다. 그 대신 나의 책상 위에 무슨 글발이 있었다. 그것은 아내의 필적이었다.

전일에는 이 몸을 사랑하시옵더니 인제는 이 몸을 버리시니 슬프고 애달픈 심사 둘 데 없사와 이 세상을 떠나려 하나이다. 이 몸이야 죽사온들 아까울 것 없건마는 다만 뱃속에 든 어린것 불쌍코 가련하옵니다.

두루마기는 다리어 장 안에 넣어두었으니 이 몸 보는 듯이 입으시기 바라나이다. 길이 못 뵈올 것을 생각하온즉 죽어도 눈을 감을 수 없사외다. 다행히 모진 목숨이 끊어지지 않사오면 다시 뵈옵고 첩첩이 쌓인 설운 사정을 하소연할까 하옵니다.

나는 매우 감동되었다. 정말 유언장을 본 것같이 가슴이 찌르르하였다. 눈물이 핑 돌았다. 물론 거짓이고 희롱인 줄이야 모름이 아니로되 거짓이면서도 거짓이 아닌 듯싶었다. 희롱이면서도 희롱이 아닌 듯싶었다. 혹 사실이나 아닐는지!

"할멈! 아씨 어데로 가셨나?"

나는 마루로 뛰어나가며 허전허전하는 소리를 떨었다.

"몰라요! 왜 방에 아니 계셔요?"

밥을 먹는 듯한 할멈은 제 방에서 이렇게 대답하였다. 사실이나 아닐까?

나는 안방으로 건넌방으로 주방으로 뒷간으로 허둥거리며 찾아다녔다…… 아내의 그림자는 볼 수 없다!

"아씨 어데 가셨어? 어서 아르켜달라니까그래."

나는 광 속에 들어갔다 나오며 다시금 부르짖었다. 대답은 없고 히히 웃는 소리가 들렸다. 나는 곧 행랑방 문을 열어보았다.

"아씨가 여기 계실라고요."

할아범은 온 얼굴에 주름을 밀며 태평건곤(泰平乾坤)으로 빙그레 하였다.

마침내 나는 다락 속에 숨은 아내를 발견하였다.

"여기 있구먼."

나는 죽은 이가 살아온 것처럼 반갑게 부르짖었다. 콜럼버스가 신대륙을 발견한 때도 이만치 기쁘지 않았으리라. 아내는 웃으며 내려왔다.

"다락이 저승이야?"

우리가 건넌방으로 단둘이 들어왔을 제 나는 웃으며 그를 조롱하였다. 은닉자도 방글방글 웃고만 있었다.

"그것이 무슨 짓이람? 유언을 써놓았으면 죽을 것이지 왜 다락 속에 들어앉았담?"

"왜 모진 목숨 끊기지 않으면 다시 만나자 하지 않았어요?" 하고 아내는 해죽 웃었다.

"이번은 그랬지만 한 번만 더 가보아요. 정말 아니 죽나."

아내의 얼굴빛은 갑자기 바뀌어졌다. 슬픔의 그림자에 그의 얼굴은 그늘지고 말았다.

"참 그렇게 날 속일 줄은 몰랐습니다. 돈만 주고 열 점 안으로 오신다 해놓고 아니 오시는 데가 어데 있습니까……? 이제나 오실까 저제나 오실까 암만 기다리니 어데 오셔야지요. 새로 한 점을 치고, 두 점을 치고, 석 점을 치겠지요. 그제야 아니 오시는 줄 알았습니다. 자려고 해도 잠은 아니 오고 그년을 쓸어안고 있는 꼴만 보이겠지요[11]…… 참말 애닯고 슬퍼서 견딜 수 없었습니다.

고만 죽고 몰랐으면 하였습니다. 그래 요 앞 우물에 빠질까 하였습니다. 내가 한 것에 왜 남의 손을 대이랴 하고 밤중에 일어나 당신의 두루막을 다렸습니다. 내 손에 옷 얻어입기도 이것이 마지막이다 하니……"

말을 마치지 못하여 그의 코가 연분홍색을 띠어 실룩실룩 경련하기 시작하였다. 그러자마자 두 줄기 눈물이 흰 선을 그리며 뺨으로 흘렀다. 뒤미처 투명한 액체는 흐르고 또 흐른다. 이것을 보고야 아무리 춘심의 지주망(蜘蛛網)에 감긴 나인들 어찌 그의 고충을 살피지 못하랴. 실행은 안 했지만 사(死)를 생각한 것은 해보다도 명백한 일이다. 그런 생각이 든 것만큼 그의 속은 쓰렸으리라, 아팠으리라.

"울기는 왜, 울기는 왜?"

라고 나는 위로하였다. 그러나 나의 눈도 젖기 비롯하였다. 속눈썹에 뜨거운 눈물이 몰림을 느꼈다.

"또 가시렵니까, 또 가시렵니까?"

이윽고 아내는 울음에 껄떡이며 다그쳤다.

"또 갈 리 있나, 또 갈 리 있나."

말뿐만 아니라 마음으로도 맹서하였다.

그러나 춘심과 만나자고 기약한 때는 왔다! 그 이튿날 저녁이다. 단성사에 갈까 말까…… 이것은 해결키 어려운 문제였다. 암만해도 가고 싶다. 가도 무방할 핑계를 얻으려고 애를 썼다. 단성사는 춘심의 집이 아니다. 공공의 구경터다. 춘심을 보러 가는 게 아니라, 구경하러 가는 것이다. 또 이번 흥행은 ○○○양악대(洋

樂隊)에 기부하기 위하여 우리 사(社)에서 주최한 것이니 가보아야 할 의무가 있다. 누구가 나를 보더라도 춘심을 만나려고 오지 못할 데를 왔단 말은 아니 할 것이다. 아니 가는 것이 도리어 남으로 하여금 이상하게 여기게 할 것이다. 또 춘심을 만날 기회는 이후라도 많을지니 보아도 수류 운공(水流雲空)할 시련이 필요하다. 보기 위해서 가는 것이 아니라 정을 끊기 위해서 반드시 가보아야 되리라.

이유는 얼마든지 있었지만 혼자 가기에 무엇하던 차, 마침 C가 구경 가자고 왔다. 나는 즐거이 따라나섰다.

여덟 점 가까이 되었을 때라 위층에 아래층에 할 것 없이 관람석은 입추의 여지도 없었다. 휘황한 불빛도 담배 연기와 사람의 입김에 흐리멍텅하였다. 나는 압박과 질식을 느끼었다.

나의 눈은 부인석에서 춘심을 찾고 있었다. 눈코는 분석할 수 없고, 분면(粉面)의 윤곽만 총총히 인형같이 꽂혀 있다. 모두 춘심이 같으면서 모두 아니었다.

"저 무대 뒤로 들어갑시다. 거기는 난로도 있고 차도 있으니, 그리고 구경하기도 좋을 터이지."

하고 C는 나를 그리로 끌었다. 거기에는 푸른 것, 붉은 것, 누런 것, 가지가지 의상이 눈을 현란케 하며, 모두 비슷비슷한 기생이 우물우물하였다. 특별히 못생긴 것도 없고 특별히 잘난 것도 없었다. 향기는 고만두고 썩어가는 몸과 마음의 송장 냄새가 그곳 일면에 자욱하였다. 나는 일종의 공포와 구역을 느꼈다. 그야말로 계집 냄새가 날 지경이었다. 그 가운데에도 춘심의 그림자는 보이지 않았다.

'이러다 춘심을 만나면 어찌할꼬?'

나는 문득 생각하였다. 만나면 또 알 수 없는 매력에 끌리지나 않을까? 아니 끌린다 하자. 그러면 보아서 무엇할 것인가? 멀리서 그도 나를 보고 나도 그를 본다. 보고 흩어진다. 싱거운 일이로다! 싱겁게 아니 하려면 돌아가는 길에 술잔이나 나누어야 되리라. 적어도 인력거나 태워 보내야 된다. 그러하거늘 나의 주머니에는 벌써 쇠천 샐 닢도 없다. 만나면 큰일이다!

"고만 가요."

나는 C한테 턱없는 요구를 하였다.

"왔다가 구경도 아니 하고 가잔 말이야?"

춘심이와 막 마주칠까 하는 공겁심(恐怯心)이 머리를 쳐들었다. 마음이 조마조마하여 견딜 수 없다. 몇 번 C를 졸랐건만 그는 내 말에 귀도 기울이려 하지 아니하였다.

"가고 싶거든 혼자 가구려."

C는 마침내 성가신 듯이 말을 던지고 어느 기생과 이야기하기에 골몰하였다. 나는 하릴없이 또 머뭇머뭇하였다. 그럴 사이에 어째 건너편을 보고 나는 깜짝 놀랐다. 회색 망토에 까만 하부다에 수건을 두른 춘심이가 어느 결엔지 거기 와 있다! 다행히 나는 저를 보았건만, 저는 나를 못 알아본 모양이었다. 나는 불시에 돌아섰다. 무대로 드나드는 왼편 문은 잠겨 있다. 나가려면 춘심의 곁을 지나야 되겠다! 이야말로 진퇴유곡이다! 그래도 되든 말든 두 판 집고 한번 나가나 보자. 나는 그리로 향하고 급히 걸었다.

일평생에 관계되는 중대한 일을 단행할 때처럼 나는 더할 수 없이 흥분하였다. 그는 나를 보았다! 둘의 거리는 한 자도 아니 된다. 마침 지나가는 사람은 많고 그곳은 좁았다. 나는 춘심에게 외면을 하고 사람 틈바구니에 휩쓸리어 쏜살같이 이 난관을 넘으려 하였다. 나 좀 보아요 하는 듯이 그는 살금살금 나의 외투 자락을 잡아당기었다. 그 찰나에 나의 발길이 머뭇하려다 뒷사람에게 밀리어 획 빠져나왔다. 문간을 나섰다.

안심의 숨을 내쉴 겨를도 없이 후회가 뒤미쳤다. 범치 못할 죄악을 범한 듯하였다. 얼른 본 춘심의 얼굴은 전보다 십 배 백 배 더 아름다웠던 것 같았다. 그 가야금 병창을 못 견디리만큼 듣고 싶었다. 도로 들어갈까? 문지기 보기가 부끄러워 그럴 수 없다. 발이 뒤로 당길 듯 당길 듯하면서도 앞으로 앞으로 옮겨졌다. 가슴은 미친 바람에 뒤집히는 바다 모양으로 울렁거리었다. 머리는 벼락에 맞은 듯하였다. 어느 때 시작된 지 모르는 빗줄이 얼굴을 때렸건만 찬 줄도 몰랐다. 분화산 모양으로 온몸이 뭉을뭉을 타는 듯하였다. 무슨 까닭인지, 나로는 알 수 없다. 심리학자는 설명하고 싶은 대로 하여라!

10

며칠 동안 발을 끊었다. 그러나 알 수 없는 무슨 힘이 나를 끎을 어찌할 수 없었다. 그 힘은 어디 얼마나 달아나나 보자고 그가 나를 매놓은 실과 같았다. 달아나면 달아나는 대로 그 실은 풀리었다 하되 잠깐만 걸음을 멈추면 그 실은 차츰차츰 감기어 뒤로뒤로 이끌었다. 어느 때는 머리 올같이 가늘고 가늘게 되어 이것이 터진다, 고만 이리 와요, 이리 와요, 살근살근 달래며 마음이 간질간질하게 잡아당기기도 하였다. 어느 때는 쇠사슬 모양으로 굵고 튼튼하게 되어 이리 안 올 테야, 이리 안 올 테야, 위협하는 듯이 쭉쭉 집어채기도 하였다. 이편에서 버티는 힘이 부족하면 획 따라가는 수도 있다. 하루는 그 집 골목까지 따라간 일이 있다. 그 집 대문을 보자 '에, 뜨거라' 하고 나의 넋은 달음박질하였다. 바른길로 일없이 진고개를 올라갔다. 늘 하는 모양으로 책사(冊肆)에서 책사로 돌아다니다가 저물게야 수표교(水標橋)로 빠져 돌아오는 길이었다.

대관원(大觀園)에서 어떤 젊은 신사가 기생 하나를 데리고 나온 것을 보았다. 나의 마음은 다시금 동요하였나니 그 기생의 걸음걸음이며 뒷모양이 하릴없는 춘심이었음이라. 나는 걸음을 재게 하였다 느리게 하였다 하며 요모조모 살피기를 마지않았다. 그 나붓이 늘어진 귀밑머리조차 천연 춘심이었다. 그럴 즈음에 그 기생은 뒤를 힐끗 돌아보았다. 마치 내가 뒤따라옴을 아는 것처럼. 얼굴이 같을 뿐만 아니라 사죄하는 듯한 웃음조차 건네는 듯도 하였다. 나는 그 자리에 사라지는가 의심하였다. 그러나 내가 쏜살같이 그의 곁을 스치며 모든 것을 꿰뚫어 보려는 일별(一瞥)로 그가 춘심이 아님을 간파하였다. 온전히 나의 착각임을 깨달았다.

나는 이런 일을 금방(金房) 은방(銀房) 앞에서, 전차 정류장에서 한두 번 겪지 않았다. 마치 나의 눈에 춘심이란 색안경이 끼어 도처에 춘심을 발견하는 것 같았다. 홀로 시각(視覺)뿐만 아니다. 나의 관능이란 관능은 모두 그러하였다. 그 고소한 머릿기름 냄새를 아내의 머리에서 맡기도 하였다. 그 야릇한 향기를 나의 소매에서 느끼기도 하였다. 그의 소리, 살, 냄새는 벌써 그의 전유물이 아니고 낱낱이 나의 속 깊이 잠겨 있는 듯하였다. 이 모든 것들이 환원 작용으로 본임자와 어우러지라고 발버둥을 하고 있거늘 그래도 끈을 떼었거니 하고 있었다. 정말 떼어졌을까? 보라! 어느 연회에서 다시금 만난 우리는 어찌 되었는가! 처음은 서로 눈인사만 교환하였다. 그리고 피차 모르는 사람 모양으로 시침을 떼고 있었다.

하건만 연회가 끝나고 요리점 문밖을 나왔을 제 그의 손은 나의 손을 힘있게 쥐었다.

"어쩌면 그렇게 매정하십니까?"

그는 말을 꺼내었다. 얼마든지 비난을 하라는 것처럼 나는 빙글빙글 웃고만 있었다.

"돌아서신 줄은 나도 알았지만, 그렇게 아니 오실 줄은 몰랐어요…… 그 이튿날 망토 속에 돈 이십 원 든 것을 보고 남자란 다 마찬가지다, 이걸로 정을 끊는구나 하였지요……"

"아니 무엇, 그런 것은 아니야. 저어……"

"남의 말을 좀 들어요…… 이것이 들어 남의 좋은 사이를 갈랐구나 하고 그 지폐 두 장을 쪽쪽 찢어버리고 싶었어요. 이다지도 남의 마음 쓰는 것을 모르는가 하니 야속해 견딜 수 없었어요. 어쩌면 내 마음을 알아줄까……, 편지로나 세세 사정(細細私情) 그려볼까……, 별별 생각을 다하다가 에라 치워라, 매몰스러운 사나이에게 내 속을 왜 빼앗기리 하고 한 발이나 되게 쓰던 편지를 갈가리 찢어버렸지요."

하고는 그때의 괴로운 한숨을 모아두었다가 인제 쉰다는 듯이 길이길이 숨을 내어쉬었다.

"요사이 조금 바빠서……"

라고, 일종 프라이드를 느끼면서 나는 중얼거렸다.

"그런 말 말아요."

춘심은 성난 듯이 잡았던 손을 뿌리치며,

"마음에 있으면 꿈에라도 보인다고, 아무리 바쁘기로서니 잠시 잠깐 다녀갈 틈이야 없단 말입니까? 내가 미친년이지, 내가 미친년이야. 나 같은 것이 정이니 무엇이니 하는 게 개밥에 도토리지……"

"가고야 싶지마는 어데 가겠던. 영업에 방해만 될 뿐이니……"

"내가 장사를 합니까? 영업이 무슨 영업이란 말씀이오? 그런 이면치레를 하는 것부터 마음에 없어서 그러는 것이지요, 짜장 보고 싶어 보시오. 그런 생각이 나기나 하는가. 참 사나이라 다릅니다그려. 나는 암만 잊으려고 해도 어데 잊혀집디까? 왜 만났던고, 왜 친했던고, 하루도 몇 번을 후회를 하였는지 몰랐어요. 정이란 사람이 만든 것이지만 인력으로 못할 것은 정입디다."

그의 손은 다시금 나의 손을 쥐었다. 문득 깨달으니 나는 벌써 그의 집 마당에 서 있었다.

11

 마음의 방축(防築)은 그만 터지고 말았다. 유혹의 흐름은 거리
낌없이 밀리었다. 이 물결 가운데는 싸늘한 이지(理智)와 뜨거운
감정이 서로 부딪고 서로 쳤건만 이지는 흔히 쩔쩔 끓는 열수(熱
水)에 넣은 얼음 조각 모양으로 사라졌다. 모든 것을 잊고 나는
종종 춘심을 방문하였다. 그 역시 언제든지 나를 환영하는 것 같
았다.

 "왜 그처럼 아니 오셔요?"

 그는 중문간에서 마당으로 삐죽이 나타나는 나를 보자 빙그레
웃으며 이렇게 부르짖는 것이 항례(恒例)였다.

 "아까 왜 만나지 않았어?"

 어느 때는 내가 이렇게 대답할 경우도 있었다.

 "참 그랬지요. 나는 또 깜빡 잊었지. 금방 보고도 금방 아니 본
것 같애요."

하고 둘이 웃는 수도 있었다. 그러고는 밖이야 햇발이 따뜻하든
달빛이 밝든 밀장은 합문(合門)이 되었다. 사랑은 낙원을 지을 수
있다. 진세의 아무런 경치와 아무런 풍정도 이에 미칠 것이 무엇
이랴! 거울같이 마주만 앉으면 그뿐이다! 말은 말끝을 좇고 웃음
은 웃음 뒤를 이었다. 피차의 처지를 설명하자 오뇌도 하고 번민

도 한다. 그러나 사랑으로 하여 하는 오뇌요 번민이라. 딴 일로 말미암은 그것보다 달랐다. 그것은 하고 싶어 하는 때문이다.

"그런 생각을 다 하면 무엇합니까? 한시라도 재미있게 놀면 그뿐이지."

찰나주의자인 그는 이렇게 끝을 맺고 가야금을 뜯기도 하였다. 이러다 돌아오는 날은 만족과 행복을 느꼈다. 물린 것은 아니지만 며칠 아니 보아도 참을 수 있었다. 하지만 어째 갔다가 못 만나면 하루도 두세 번을 가고 싶었다. 저나 내나 무슨 고장이 생겨서 곧 아니 헤어질 수 없게 된 때도 그러하였다.

어머님이 밤 열 점 반 차로 동래(東萊)에서 돌아오시던 날이었다. 정거장 나가는 길에 나는 춘심의 집에 들렀다. 금심이가 있기 때문에 키스 한 번, 포옹 한 번 못하고 나는 몸을 일으키는 수밖에 없었다.

"왜 벌써 가셔요?"

금심은 나에게 매어달리며 모자 집으려는 팔을 막았다.

"아니, 집에 가보아야 될 일이 있다."

라고 대답하였다. 웬일인지 말소리가 내 귀에도 허전허전하는 것 같았다. 어째 춘심에게는 가야만 될 사정을 말할 수 없는 것 같았다.

"이애, 고만두어라. 오긴 어려워도 가긴 잘 가지. 만날 천날 간다, 간다."

라고, 춘심은 새모록하게 긁어 잡아당기었다. 모자는 썼건만 그 음향이 전기같이 나에게 끼치어 몸을 꼼짝도 할 수가 없었다. 잠

334

깐 답답한 침묵에 온 방 안 공기가 응결되는 듯싶었다. 금심은 물 끄러미 나를 쳐다보고만 있다. 춘심은 차마 가는 뒤꼴을 못 보겠 다고 하는 듯이 고개를 폭 숙이고 있다. '시키시마〔敷島〕'의 권연 을 빼어 입으로 그 담배를 불어 빼고 흰 종이를 볼록볼록하게 만 들고 있다. 차라리 가지 말라고 나의 소매를 잡아당겼던들 이렇 게 가기 어렵지 않으련만!

"아이고, 좀 붙잡으서요."

민망하였던지 금심이가 마침내 침묵을 깨뜨렸다.

"고만두어라. 양류(楊柳)가 천만사(千萬絲)인들 가는 님 어이 하리."

라고 춘심은 노래 부르는 어조로 한숨을 내쉬었다. 하건만 나를 쳐다본 애끊는 정이 서린 추파는 무어라고 형용할 수 없는 느낌 을 주었다. 다만 한 시간이라도 반 시간이라도 더 놀았으면 하였 다. 그러나 기차 대일 정각은 이미 임박하였다. 뒷마루까지 나오 는 수밖에 없었건만 그와 작별치 않고는 차마 내려설 수가 없다. 나는 닫혔던 미닫이를 다시금 열었다. 그는 여전히 고개를 숙이 고 있다. 오직 한 번이라도 나를 보아나 주었으면!

"그냥 가려니 발이 떨어지지 않는걸."

나는 진정을 농담으로 엄벙하였다. 그는 얼굴을 들었다. 하염없 이 웃으며,

"아무리 무정한 님인들 작별이야 안 할 수 없지."

하고 일어서 나온다.

사람 눈 없는 어슴푸레한 마루에서 둘의 그림자는 하나가 되

었다.

"밖에 볼일이 무슨 볼일이오?"

그는 물었다. 그 소리는 성난 듯도 하고 우는 듯도 하였다.

"어머님이 오늘 밤에 오신대. 시방 정거장에 나가는 길이야."

"진작 그런 말씀을 하실 게지. 그러면 어서 나가셔야 되겠구려."

하면서도 나를 놓지는 않는다. 더욱더욱 그의 몸이 달라붙음을 느꼈다. 나의 다리가 마루 끝을 내려서렬 적마다 무릎으로 막았다. 입으로 가지 말라는 것보다 그 몸짓의 말이 더욱 웅변이었다.

이윽고 나는 구두를 신었다. 그도 나를 따랐다. 중문과 대문 어름에서 우리의 그림자는 또 한 번 합하였다.

"어서 가셔요."

"응."

"나는 어찌할꼬?"

"일찍이 좀 자려무나."

나는 그가 녹주홍등(綠酒紅燈)에 시달리며 밤마다 밤마다 잘 잠을 못 자는 것을 생각하고 이런 말을 하였다.

"어데 잠이나 오나요? 어슴푸레하게 달은 비치고……"

그날은 봄의 기운이 벌써 뚜렷한 밤이었다. 담회색 구름은 연기같이 흐르고 있다. 그 속으로 윤곽조차 확실치 않은 달 그림자가 희미한 광선을 흘고 있다. 무에라고 말할 수 없는 봄 향기에 채운 이 공기, 이 정적, 이 박명(薄明), 더구나 베일에 감긴 처녀의 나체 같은 어스름달— 이 모든 것들에게는 비밀의 정열의 발효(醱

酵)를 느낄 수 있었다. 봄마음[春心]으로는 잠도 아니 올 밤이다.
나도 한참 황홀하였다.

"참 가셔야지, 차 시간 늦을라."

하고 그는 문득 감았던 팔을 풀었다.

"자아, 가십시다."

하면서 그는 양인(洋人)이 하듯 내 팔을 얼싸끼고 게을한 발자국
을 옮겼다. 그러면서,

"이러고 멀리멀리 갔으면."

이라고 꿈꾸는 듯이 말을 하였다.

문간 전등 밑에서 우리는 떨어졌다.

"어서 들어가."

나는 한마디를 던지고 돌아섰다. 두어 걸음 가다가 뒤를 돌아보
니 그는 그대로 서 있다. 두 눈이 이상하게 빛나는 것 같다. 내 마
음 탓인지 모르되 분명히 눈물이 도는 듯하였다. 몇 걸음 가다가
또 돌아보았다. 반만 대문 안 어둠 속으로 사라진 그의 초연(悄
然)히 돌아선 꼴이 눈에 띄었다. 그것이 아주 사라지자 청승궂게
부르는 노래 한 가락이 나의 뒤를 따라왔다.

"욕망이난망(欲忘而難忘)이요, 불사이자사(不思而自思)로다.
갈 거(去)자 설워 마라, 보낼 송(送)자 나도 있다."

이런 뒤로는 정이 더욱 깊어진 듯하였다.

12

어디에서 술이 좀 취한 나는 열 점 가까이 되어 웬걸 있을라고 하면서도, 에멜무지로 그의 잠긴 중문을 뚜드리며 불러본 일이 있었다.

"놀음 가고 없습니다."

아니나 다를까 굵다란 남자의 소리가 이렇게 대답하였다. 하릴 없이 발을 돌리렬 때였다.

"네에!"

이번에는 새된 여자의 목청이 들리었다. 금심의 소리리라. 짤짤 끄는 신 소리를 들을 겨를도 없이 중문은 열리었다.

시난고난이 드러누워 있는 춘심을 보았다. 핏기 하나 없는 샛노란 얼굴에도 나를 반기는 웃음은 움직였다. 그리고 신음하는 소리를 떨었다.

"아이고 오셔요, 오셔요······ 나는 어제부터 이렇게 아파요······ 이럴 때 오셨으면, 오셨으면 하던 차여요."

나는 가엾어 못 견디겠다는 표정으로 그의 머리를 짚으며,

"어데가 그렇게 아프담?······ 나는 없단 말을 듣고 곧 가려고 하였지······"

라고 하였다.

"아버지께서 모르시고 그런 것이야요. 목소리가 당신 같길래, 금심이더러, '나가보아라, 아마 ○○○씬가 보다' 하였어요."

제 아픈 것은 둘째이고 딴것이 매우 마음이 키이는 것같이 변명하였다.

"나도 그런 줄 알았어. 그런데 어데가 저렇게 아퍼?"

"무얼 몸살이 좀 났는가 보아. 그것이야 어쨌든 요사이 왜 그리 안 왔습니까? 어데가 아프면 당신 생각이 열 곱 스무 곱 더 나서 짜장 견딜 수 없습니다…… 암만한들 제 마음을 아시겠소……"

그의 말마따나 나는 며칠 동안 그를 멀리하였나니, 그것은 빈손으로 오기가 뻔뻔스럽고 추근추근하다는 생각 때문이었다. 나만 오면 딴 이의 부르는 것을 따는 것이 민망도 하였음이다. 더구나 홀대가 나를 기다리고 있다는 고통을 아니 느끼고 올 수 없었음이다. 그러나 어째 와서만 보면 나의 예상은 노상 틀리었다. 그의 일거일동과 일빈일소(一嚬一笑) 어느 것에 나를 비난하는 무엇을 찾기 어려웠다. 오늘 역시 그러하였다.

"고맙군, 고마워. 그렇게 나를 생각해주니……"

나는 참말 감사 안 할 수 없었다.

"늘 저러겠다…… 참말이다? 고마울 게 무엇이야요? 어데 나리가 생각하라서 생각합니까? 절로 생각해지니, 생각하는 게지……"

"이랬든 저랬든 고마우이. 이것은 참 참말이다."

"그래 참말이야요? 나리가 참말이라니 나도 참말을 좀 하리까? 나는 화류장에 노는계집이올시다. 노는계집이라 이 손님하고도 놀고 저 손님하고도 놉니다. 요릿집에서 요릿집으로 불리어 다닙니다. 번화하게 웃고 지냅니다. 그래도 때때로 외로운 생각이 들어요. 곧 울고 싶어요. 시쳇말로 나지미가 많으면 많을수록 어째 쓸쓸해서 견딜 수 없어요. 요새 문자로 꼭 한 사람에게 연애를 하 였으면 하는 생각이 하루도 열두 번이나 나겠지요."

그는 폐부에서 짜낸다는 어조로 이렇게 늘어놓았다. 온통 허위 는 아닌 고백이리라. 참된 사랑을 할 수 없음은 위에 없는 심적 비극일 것이다. 환락의 맨 밑에는 비애가 가로누워 있음도 혹 사 실일 것이다. 술에 물커지고 육(肉)에 해어진, 백공천창(百孔千 瘡) 뚫린 넋의 신음을 나는 듣는 듯싶었다. 춘심은 말을 이었다.

"나리를 알게 되자, 어째 전일에, 생각하던 대로 된 것 같아 요…… 그런데 웬일인지 더욱 애닲고 슬퍼서 어찌할 수 없었습니 다. 그전 슬픔은 여기에 대면 아무것도 아니었습니다. 나리를 보 면 웃음은 나오면서도 가슴이 메어지는 듯하여요. 그만 죽었으면 하는 생각이 들어요. 나리를 아삭아삭 물어뜯고 싶겠지요. 그러 나 물어뜯기는 건 제 가슴이지요. 독한 벌레에게 쏘인 것처럼 쓰 리고 아팠어요. 이것이 무슨 까닭인지?……"

이 피를 뿜는 듯한 언언구구(言言句句)가 단 쇠끝 모양으로 나 의 가슴에 들어박혔다. 따끈따끈한 고통을 느끼면서 신랄한 쾌감 을 맛보았다. 나도 그를 지근지근 물어주고 싶었다. 물지는 못할 망정 나의 입술은 그의 입술을 열렬하게 빨고 있었다. 그 위에 핀 키스의 꽃을 뿌리째 뽑아버리려는 것처럼…… 이윽고 뜨뜻한 무 엇이 나의 얼굴에 축축하게 젖음을 느끼었다. 나는 낯을 떼었다. 그는 울고 있다. 다이아몬드 알갱이 같은 눈물방울이 번쩍이는 그의 속눈썹에 송송 솟는 것을 보았다. 나는 다시금 그를 움켜 안

왔다……

"놓아주셔요, 놓아주셔요."

하고 얼굴을 돌리며 눈물을 씻는다.

"헤프게도…… 웃지나 말아주셔요. 속없는 년이라고 웃지나 말
아주셔요…… 얼없는 사나이의 우는 꼴을 볼 때 미쳤다 울기는
왜 울어 하고 속으로 웃은 일이 있습니다. 그 품앗이로 오늘은 내
가 울고 나리가 웃겠지요!"

하고 울음을 물어 멈추려고 한동안 애를 쓰다가 암만해도 못 참
겠다는 듯이 흑흑 흐느끼며,

"나같이 못난 것 생각 마시고 부모 봉양이나 잘하셔요. 처자나
잘 기르셔요. 아까운 청춘에 이런 데 다니시지 마시고 만 사람이
우러러보게 잘되십시오. 나는 진정으로 나리께 바라는 것은 이것
뿐입니다. 나도 이를 악물고 나리를 잊겠습니다…… 아아, 우리
가 왜 알게 되었던가…… 다시 오시지 말아주셔요. 내 눈에 보이
지 말아주셔요. 나에게는 아버지가 있습니다. 딸자식 하나만 바
라는 불쌍한 아버지가 있습니다. 그의 노경을 편안히 지낼 만한
거리를 아니 장만하고는 내 몸이라도 내 몸이 아닙니다. 어제도
딴 년처럼 사나이 삿갓 못 씌운다고 야단을 만났습니다…… 내
한 몸만 같으면……"

말끝은 오열에 멈춰지고 말았다. 마침 그때였다. 중문 흔드는
소리가 요란히 들렸다. 춘심이 데리러 또 인력거가 왔다. 옆방에
있는 금심은 나갔다 들어왔다. 춘심은 눈물을 숨기었다.

"저어……"

금심은 나를 보고 매우 말하기가 어려운 듯이,

"저어…… 김승지 영감이, 식도원에서……"

"아파서 못 간다 하려무나."

금심이가 미처 대답하기 전에 위협하는 듯한 차부의 소리가 가로질렀다.

"그러지 말고 가셔요. 김승지 영감이 부르셔요. 또 올걸입시오."

"아픈데 어찌 간단 말인가?"

"꼭 모시고 오래요. 괜히 남 걸음시키지 마시고."

"우연만하면 가보게그려."

나는 곁에서 말참여를 하였다.

이 김승지란 자는 나의 가장 위험한 경쟁자였다. 춘심의 말에 의하자면 궐자는 일 년 전부터 자기에게 마음을 두어 가용(家用)도 대주고 세간도 장만해주었으되 상관(?)은 없었다. 궐은 서울에서 굴지(屈指)하는 부호의 장자이니 재산은 유여하지만 그 인물에 이르러서는 영(零)이었다. 그 검고 얽은 얼굴이란 보기만 하여도 지긋지긋하되 돈 하나로 말미암아 괄시할 수 없는 손님이었다. 빚 육천 원 갚아주고 오천 원짜리 집 사준다는 조건 밑에 궐은 춘심을 떼어 들이려고 하는 중이었다. 금력으론 싸울 수 없다. 인격이나 사랑으로 대항하려는 나는 궐이 부른 줄 알면 피해주는 것이 항례였고 가기 싫다는 것을 가보라고 권한 적도 있었다. 그러나 궐자로 말미암아 우연의 길운과 초자연의 기행(奇幸)을 믿게 되어 습득횡령(襲得橫領)을 꿈꾼 것만 여기 자백해두자. 춘심은 버티고 가지 않았다.

　얼마 아니 되어 궐자가 친히 왔다. 금심이가 미닫이를 열자 춘심은 일어앉으며 인사하였다.

　"어데가 그리 아프담?"

　"어째 몸도 아프고 머리도 아프고……"

　"에키, 몸살이 난 게로군. 그런 줄 모르고 나는 식도원에서 요리를 시켜놓고 불렀지. 시킨 요리를 퇴할 수도 없고 또 혼자야 먹을 수 있나? 그래 이리 가져오라 하였지."

　"아이고 그렇습니까? 픽도 미안합니다. 좀 올라오시지요."

　"손님이 계신데…… 나 곧 갈 터이야."

　나의 피는 혈관에서 불을 피우며 미쳐 날뛰었다. 어떻게 생긴 놈인지 상판이라도 보고 싶었다. 그리고 춘심의 앞에서 보기 좋게 모욕해주고 싶은 잔인한 생각이 불같이 일어났다. 그래서 나의 관대와 아량을 보이는 듯이,

　"아니, 관계없습니다. 들어오시지요."

라고 하였다.

　"네 고맙습니다. 곧 가겠습니다."

　간다고 하면서도 가지 않았다. 궐과 나는 한참 버티고 있었다. 그럴 사이에 요리상 온다는 것이 나의 용기를 꺾었다. 그것 오기 전에 나는 이 자리를 아니 떠날 수 없었다.

　"더 노시다가 가시지요?"

　춘심은 미안해 못 견디는 듯이 말을 하였다.

　"신진대사(新陳代謝)라니 먼저 온 사람은 가야지."

라고 점잖은 말을 하고 나왔다. 마루에 걸어앉은 이 경쟁자를 해치고 싶은 나는 전신을 떨었다.

"꼭 내가 가야 들어가시겠습니까?"

하고 나는 눈살로 궐자를 쏘며 웃음 속에 도전의 칼날을 빛내었다.

"이것 안되었습니다. 매우 미안합니다."

하고 궐도 홍소하며 눈의 불을 흘리었다. 궐의 얼굴은 마치 이글이글 타는 숯불 위에 놓여 있는 불고기 덩이 같았다. 모르면 모르되 나의 얼굴빛도 그러하였으리라. 어찌하였든 나는 밀리어나왔다. 패배하고 말았다. 분해서 견딜 수 없다. 다시 들어가 아까는 내가 나갔으니, 인제는 노형이 나가시오 하고도 싶었다. 그것보다 딴 사람을 들여보내 들부수는 것이 나으리라 하고 나는 미친 듯이 달음박질하였다. C의 여관 문을 두드렸다. C는 없었다. 나는 밤이 깊어가는 줄을 모르고 다방골 근처를 빙빙 돌며 헛되이 보복 수단을 강구하고 있었다.

그런 창피를 당했으면 다시는 그의 집에 아니 갈 것이련만 나는 마치 흉한에게 빼앗기었던 애인의 안부를 살피려는 것처럼 그 이튿날도 춘심을 방문하였다. 이만치 나는 춘심에게 정신을 잃게 되었다.

13

나는 임질에 걸리고 말았다. 공교하게 그 몹쓸 병은 옮았을 그때로 나타나지 않고 이튿날 후에야 증세가 드러났다. 거의 행보를 못 하리만큼 남몰래 아팠다. 춘심으로 하여 이런 고통을 겪건만 조금도 그가 괘씸치 않았다. 나의 머리는 아주 이지적이었다. 그야 무슨 죄이랴. 짐승 같은 남자 하나가 그의 정조를 유린하고 그의 육체를 다독(茶毒)하였다. 저도 모를 사이에 그 독균은 또 다른 남자에게로 옮겨갔다. 저주할 것은 이 사회이고 한(恨)할 것은 내 자신이라 하였다. 그러나 그의 집에 가기는 싫었다. 한 사나흘 후이리라. 내가 사(社)에서 돌아오니 마당에 이불이 널리고 농짝이 들어내어 있었다. 그날은 춘기 대청결(春期 大淸潔)이었다.

어머님이 나를 보고 웃으시면서,

"건넌방에 가보아라. 춘심의 부고가 와 있다."

라고 하셨다. 어머님도 물론 그 일을 아셨다. 처음은 야단도 치셨지만 엎친 물을 담을 수 없고, 어머님 오기 전, 아내가 거짓 유언을 쓴 뒤로부터는 춘심의 집에 간대도 온 밤을 새운 일은 없으므로 그들은 모두 나에게 알면서 속고 있었다.

나는 가슴이 조금 뜨끔하면서도 웃으며,

"공연히 거짓말 마셔요. 부고가 무슨 부고야요?"

"아니, 가보아. 내가 거짓말인가?"

나는 이상하게 생각하면서도 말씀대로 하였다. 이것이 웬일인가! 전일에 얻어온 춘심의 사진이 갈기갈기 찢기어 있다! 그의 참혹히 죽은 사체나 본 것처럼 간담이 서늘하였다. 칼로 에이어내는 듯한 슬픔을 느끼었다. 그러자 뒤미처 불덩이 같은 의분(?)이 치받쳐 올랐다. 묻지 않아 아내의 소위(所爲)인 줄 알 겨를도 없이 알았다. 지난날의 모든 현숙으로 할지라도 이 악행을 기울〔補〕수 없었다. 아니다. 착하다고 믿었던 때문에 더욱 용서할 수 없었다. 이 잔인한 학살자(?)를 찾아 원수를 갚으려고 나는 맹렬히 문을 차고 나왔다. 범죄자는 머리에 흰 수건을 쓰고 마루에서 무엇을 치우고 있었다. 나는 그를 잡아먹을 듯이 노려보며 독독(毒毒)하게 소리를 질렀다.

"그것이 무슨 짓이야? 무슨 고약한 짓이야? 천하 못된 것 같으니……"

그는 나를 어이없이 쳐다보다가 같이 성을 내며,

"무엇이오? 그까짓 년의 사진 좀 뜯으면 어때요? 야단칠 일도 퍽도 없는가 보다."

그가 이렇게 들이대기는 오늘이 처음이었다. 분노는 비등하였다. 나는 성을 어찌할 줄 몰라 침을 부글부글 흘리며 더듬거렸다.

"무엇이 어쩌고 어째? 뜯으면 어떠냐?"

"어때요? 그런 개 같은 년……"

저편도 씨근씨근거렸다. 포르족족해진 입술이 바르르 떨고 있다.

허파가 벌컥 뒤집히는 듯하였다. 숨이 칵 막힘을 느끼자 문득 때 아닌 눈물이 핑그르르 눈초리에 넘치었다. 나는 모든 것을 잃은 까닭이다! 이날 이때까지 나의 사랑하는 아내가 이런 계집일 줄이야 꿈에도 생각지 못한 까닭이다. 아아 나는 어찌할까?

"몰랐다. 몰랐다. 그런 계집인 줄은 참말 몰랐다. 왜 춘심이가 개 같은 년이야! 너보다 몇 곱절 나을지 모르지. 그의 사진을 왜 뜯어? 그 사진을 왜 뜯어? 둘도 없는 나의 애인이다. 이 세상에서 참으로 나를 사랑하는 이는 오직 그 하나뿐이다! 참 착한 여자다! 어진 여자다! 말이 기생이지 참말 지상 선녀이다. 왜 내가 그에게 아니 갔던고? 왜 아니 갔던고? 나는 가련다. 나는 가련다. 그에게로 나는 가련다."

나는 흥분에 겨워 시나 읊조리는 어조로 눈물 소리를 떨었다.

"가지. 누가 못 가게 하나? 아주 끌려 덮어졌구면!"

아내는 어디까지 냉랭하였다.

나는 집을 뛰어나왔다. 미친 듯이 춘심에게로 달렸다. 문간에서 금심을 만났다. 그는 조금도 반기는 빛이 없었다.

"형 있니?"

"어제 살림 들어갔어요."

하고 금심은 입을 삐죽하고 그만 안으로 사라졌다.

남겨놓은 그 한마디 말은 비수같이 나의 심장을 찔렀다. 이때야말로 어안이 벙벙하였다. 한동안 화석 된 듯이 우두커니 서 있었다. 하늘도 무너지고 땅고 꺼지는 듯하였다. 눈앞이 캄캄하였다. 하건만,

"흥, 살림을 들어갔다!"

라고 소곤거리고 돌아서는 수밖에 없었다.

집 잃은 어린애나 같이 속으로 울며불며 거리로 거리로 방황하였다. 그러다 하릴없이 집으로 돌아왔건만 집에서는 또 얼마나 무서운 사실이 나를 기다리고 있었는지!

아내는 요강에 걸터앉아 온몸을 부들부들 떨고 있다. 차마 볼 수 없어 새빨갛게 얼굴을 찡그리고 있다. 그 눈에서는 고뇌를 못

이기는 눈물이 그렁그렁하였다.

나는 모든 것을 깨달았다. 병독은 벌써 그의 순결한 몸을 범한 것이다. 오늘 청결하느라고 힘에 넘치는 극렬한 일을 한 까닭에 그 증세가 돌발한 것이다! 춘심의 사진을 처음 볼 때에 웃고만 있던 그로서 그것을 찢게 된 신산한 심리야 어떠하였으랴!

그의 태중에는 지금 새로운 생명이 움직이고 있다. 이 결과가 어찌 될까? 싸늘한 전율에 나는 전신을 떨었다. 찡그린 두 얼굴은 서로 뚫을 듯이 마주 보고 있었다. 육체를 점점이 씹어 들어가는 모든 독균의 거취를 살피려는 것처럼. 그리고 나는 독한 벌레에게 뜯어 먹히면서 몸부림을 치는, 어린 생명의 악착한 비명을 분명히 들은 듯싶었다……

희생화

* 『개벽』, 1920. 11.

1 진심갈력(盡心竭力) 마음과 힘을 있는 대로 다함.

2 의아해하신다 원문은 '의아하신다.'

3 추수(秋水) 가을철의 맑은 물.

4 소곤소곤 원문은 소근소근.

5 비비대며 원문은 부비대며.

6 달디단 '다디단'이 옳은 표기이나, 원문의 분위기를 살려 그대로 두었음.

7 탈기 몹시 지쳐 기운이 빠짐.

8 동곳을 빼다 힘이 모자라서 복종하다.

9 양협(兩頰) 두 뺨.

10 옥기(玉肌) 옥같이 깨끗하고 고운 살갗.

11 수장(繡腸) 수를 놓은 창자라는 뜻으로, 시문(詩文)에 재능이 풍부함을 가리킨다.

빈처

*『개벽』, 1921. 1.

1 모본단 중국이 원산지인 비단의 하나.

2 밥소라 떡, 밥, 국수 등을 담는 놋그릇으로 여기서는 살림에 보탬이 된다는 뜻.

3 정지(情地) 딱한 사정에 있는 처지.

4 기미(期米) 미두. 쌀의 시세를 이용한 투기 행위.

5 띵하며 원문은 '힝하며.'

6 찌그덩하며 원문은 '찌긋둥하며.'

술 권하는 사회

*『개벽』, 1921. 11.

1 오락지 '오라기'의 방언.

2 부급(負) 책 상자를 진다는 뜻으로, 타향에 공부하러 간다는 뜻.

3 곰 고기 등을 진하게 우려낸 국.

4 움직움직 원문은 '움즉움즉.'

5 뜯고 원문은 '뜨고.'

유린

*『백조』, 1922. 5.

1 사피 사양하여 거절하고 피함.

2 고뿌 컵. 원문은 '곱부.'

3 돈짝 엽전의 크기.

4 제애(際涯) 끝이 닿는 곳.

5 수연(水烟) 작은 물방울이 퍼져 생긴 자욱한 물안개.

6 바람머리 바람만 쏘이면 머리가 아픈 병.

7 돌차간(嗟間) 눈 깜짝할 사이.

8 쪽 빠진 볼 원문은 '쪽반볼.'

9 원문은 '정숙의 그것이 정애를 따를래야 따를 수 없는 것이었다'이나, 이는 내용
상 이름이 서로 바뀐 실수로 보인다.

피아노

*『개벽』, 1922. 11.

1 궐(厥) 3인칭 대명사 '그.'

2 모가치 몫으로 돌아오는 물건.

3 도화심목(桃花心木) 마호가니.

4 찬비(饌婢) 반빗아치. 예전에 반찬 만드는 일을 맡아 하던 여자 하인.

5 승두미리(蠅頭微利) 파리 머리만큼 작은 이익을 비유하는 말.

할머니의 죽음

*『백조』, 1923. 9.

1 원문은 '한두 번 바쁜 걸음을 아니 치게 하였다'지만 '아니'는 '많이'의 오식으로 보인다.

2 삽짝 사립문.

3 그름 '그을음'의 방언.

4 상청(喪廳) '궤연'의 속된말. 죽은 이의 모든 것을 차려놓는 곳.

5 해가(薤歌) 상여가 나갈 때 부르는 노래.

6 곰부임부 곰비임비. 물건이 거듭 쌓이거나 일이 계속 일어남을 나타내는 말.

7 의지간 원래 있던 집채에 더 달아서 꾸민 칸.

8 만수향 여러 향료 가루를 반죽하여 국숫발같이 가늘고 길게 만든 향.

9 변두머리 편두통.

10 초치(招致) 불러서 안으로 들임.

11 무한년하다 햇수의 제한이 없다.

우편국에서

*『동아일보』, 1923. 1. 1.

1 쇠천 샐 닢 쇠천반푼. 매우 적은 액수의 돈을 이름.

까막잡기

*『개벽』, 1924. 1.

1 까막잡기 술래가 수건 따위로 눈을 가리고 다른 사람을 잡는 놀이.

2 이름이 좋아서 하눌타리 이름 좋은 하눌타리. 겉모양은 그럴듯하나 실속이 없음을 비유하는 말.

3 천착(舛錯) 심정이 뒤틀려서 난잡함. 또는 생김새나 행동이 상스럽고 더러움.

4 재생지은덕 거의 죽게 된 목숨을 살려준 은혜.

5 조를 비비다 조가 마음대로 비벼지지 않아 초조하다는 뜻으로 마음을 몹시 졸이거나 조급해한다는 뜻.

6 비대발괄 억울한 사정을 하소연하면서 간절히 청하여 빎.

7 멋질리다 방탕한 마음을 가지게 되다.

8 은근짜 몰래 몸을 파는 여자를 속되게 이르는 말.

그리운 흘긴 눈

*『폐허이후』, 1924. 1.

1 촉루( ) 해골.

2 빚봉수 남의 빚을 보증해 주는 일.

3 선전(廛) 옛날에 비단을 팔던 가게.

4 드팀전 옛날에 여러가지 피륙을 팔던 가게.

5 자리끼 밤에 자다가 마시기 위하여 잠자리의 머리맡에 준비하여두는 물.

운수 좋은 날

*『개벽』, 1924. 6.

1 조랑복 조롱복. 아주 짧게 타고난 복.

2 고구라 고쿠라오리. 굵은 실로 두껍게 짠 면직물. 규슈의 고쿠라 지방에서 많이 생산되었음.

3 노박이로 붙박이로.

4 원원이 본디부터.

5 추기 송장이 썩어서 흐르는 물 또는 그 냄새.

발

*『시대일보』, 1924. 4. 2~4. 5.

1 헙헙하다 활발하고 융통성이 있으며 대범하다.

2 지지미 여름용 속옷감으로 쓰는 일본산 베.

3 쌍바라지 좌우로 열고 닫게 되어 있는 두 짝의 덧창.

4 앙바틈하다 짤막하고 딱 바라져 있다.

5 위지삼잡 여러 겹으로 둘러쌈.

6 때여가다 때가다. 죄지은 사람이 잡혀가다.

불

*『개벽』, 1925. 11.

1 추스른다 원문은 '치수린다.'

2 깍짓동 몹시 뚱뚱한 사람의 몸집을 비유하는 말.

3 단열밤 짧은 밤.

4 사개 물러나다 짜임새가 어긋나다. 몹시 피곤한 몸을 비유함.

5 새로 원문은 '새뤄.' '커녕'의 의미.

6 고밀개 고무래의 방언.

B사감과 러브 레터

*『조선문단』, 1925. 2.

1 딱장대 성질이 사납고 굳센 사람.

2 야소꾼 예수쟁이. 기독교인을 낮잡아 부르는 말.

3 간검 두루 살피어 검사함.

사립정신병원장

*『개벽』, 1926. 1.

1 구락부 '클럽'의 일본식 음역어. 단체.

2 판들다 가지고 있던 재산을 다 써서 없애버리다.

3 협호(夾戶) 본채와 떨어져 있어서 딴살림을 하게 되어 있는 집채.

4 백판 아무것도 없는 형편.

5 고원 임시 직원.

6 취술레 '회술레'를 말함. 예전에, 목을 벨 죄인을 처형하기 전에 얼굴에 회칠을 한 후 사람들 앞에 내돌리던 일.

고향

*『조선의 얼굴』, 글벗집, 1926.

1 고부가리 바리캉으로 약 1.5센티미터 길이로 깎은 머리.

2 소데스카 그렇습니까?

3 네쌍나얼취 어디 가십니까?

4 니씽섬마 이름이 무엇입니까?

5 기진야도 노동자 합숙소.

6 역둔토 역토와 둔토. 역토는 자갈이 많이 섞인 땅. 둔토는 관에 속한 토지.

7 사삿집 개인 소유의 집.

동정

*『조선의 얼굴』, 1926.

1 꼭대기로 원문은 '꼭대기를'이나 이는 '꼭대기로'의 오기로 보인다.

2 배겼다 원문은 '박이었다.'

정조와 약가

*『조선의 얼굴』, 1926.

1 해포 한 해가 조금 넘는 동안.

2 항다반 항상 있는 차와 밥. 즉 항상 있어서 이상하거나 신통할 것이 없음.

3 너누룩하다 감정 등이 좀 느긋하다.

4 다갈 말굽에 편자를 박을 때 쓰는 징. 대갈.

5 투그리다 싸우려고 으르대며 잔뜩 벼르다.

신문지와 철창

*『문예공론』, 1929. 7.

1 시흥 시적 흥취.

2 턱찌끼 턱찌꺼기. 먹고 남은 음식.

3 집어세다 말과 행동으로 마구 닦달하다.

서투른 도적

*『삼천리』, 1931. 10.

1 안잠자기 여자가 남의 집에서 먹고 자며 그 집의 일을 도와주는 일. 또는 그런 여자.

2 군성거리다 '웅성거리다'의 방언.

3 소양지판 하늘과 땅만큼 차이남.

4 뛰면서 원문은 '뛰면.' 맥락상 '뛰면서'로 바로잡음.

5 울림장 으름장. 말과 행동으로 위협하는 것.

6 옥춘당 쌀가루로 만든 과자의 하나.

연애의 청산

*『신동아』, 1931. 11.

1 늘푼수 늘품. 좋게 발전할 만한 품질이나 품성.

2 방렬하다 몹시 향기가 짙다.

타락자

*『개벽』, 1922. 4.

1 거주소수 수경수(擧酒消愁愁更愁) 술을 드니 시름이 없어지나 시름은 다시 시름을 가져온다는 뜻.

2 옥다 안쪽으로 조금 오그라져 있다.

3 나지미 단골손님.

4 사르륵 원문은 '사르를.'

5 망살거리다 망설거리다(/대다)의 의미.

6 하나뿐일까 원문은 '하나뿐일걸.'

7 같은 원문에 없는 '같은'을 문맥에 맞게 보충함.

8 언문 반초(諺文半草) 한글 반흘림.

9 수유 말미를 받음.

10 말 원문은 '탈'로 '말'의 오기.

11 보이겠지요 원문은 '보이겠지.'

'조선의 얼굴'에 이르는 길

─현진건의 중단편 소설을 중심으로

김동식

1. 식민지 일상의 관찰과 단편소설의 미학

현진건은 1900년 대구의 계산동에서 출생하였다. 현진건의 집안은 대대로 역관을 많이 지낸 중인 계층이었다. 부친인 현경운은 관립영어학교 출신이며 맏형 홍건은 노서아사관학교 출신이고 숙형인 정건은 무려 6개 국어에 능통했다고 한다. 현진건은 유년기에 동네에서 한학을 공부한 후, 대구노동학교에서 신학문을 익혔다. 1915년 결혼과 함께 보성고보에 입학했으나 이듬해 자퇴했다. 일본으로 건너가 세이소쿠 예비학교에 다니다가 1917년 잠시 귀국하여 대구에서 백기만, 이상화 등과 동인지 『거화』를 만들었다. 다시 일본으로 건너가 세이조 중학에 편입했으나 얼마 지나지 않아 중국 상하이로 건너가 호강 대학 독일어 전문부에 입학했다. 하지만 1919년 다시 귀국하여 육군 공병 영관을 지낸 당숙

현보운에게 입양되었다.

현진건의 문필 생활은 번역과 함께 시작된다. 1920년 8월과 9월에 이어서 M. P. 아르츠이바셰프의 「행복」과 K. 뮌체르의 「석죽화」를 『개벽』에 번역 · 소개한 후, 1920년 11월에 「희생화」를 같은 지면에 선보이면서 작품 활동을 시작했다. 1921년에는 초기 대표작인 「빈처」와 「술 권하는 사회」를 발표하면서 문단의 주목을 받았고, 박영희 · 박종화 등과 함께 『백조』에 동인으로 참여하게 된다. 데뷔 이후 현진건은 조선일보, 시대일보, 동아일보를 두루 거치며 기자 생활을 하는데, 동아일보 사회부 부장 때는 손기정 선수 사진의 '일장기 말소 사건'(1936)에 연루되어 1년간 복역을 했다. 복역 후에는 신문사를 사직하고 양계업 등으로 생계를 꾸리며, 『무영탑』 『흑치상지』 등 역사소설에 주력하다가 1943년 폐결핵과 장결핵으로 사망했다.[1]

현진건이 작품 활동을 시작한 1920년대는 새로운 문학적 기운이 움트던 시대였다. 1919년부터 1923년 사이에 『창조』 『폐허』 『백조』 등이 잇달아 나타나면서 동인지 문단이 형성되고, 이전 시대의 계몽적인 문학과는 달리 예술로서의 문학에 대한 지향성이 뚜렷하게 나타난다. 1910년대까지 근대의 논리를 정치적인 차원(근대 국민국가의 수립)에서 수용했다면, 3·1운동 이후 1920년대에는 근대의 논리를 미학적인 차원에서 받아들이게 된 것이다.

---

1 최원식, 「현진건 연구」, 『한국근대문학을 찾아서』, 인하대학교출판부, 1999, pp. 27~51 참조. 현진건의 전기적 사항뿐만 아니라 작품 분석에서도 많은 도움을 받았다.

서구의 문예사조가 본격적으로 소개되고, 문학 양식에 대한 근대적 인식과 문학인으로서의 자의식이 나타나기 시작한 것도 이때의 일이다.

현진건은 김동인, 염상섭과 함께 한국 근대 단편소설의 형식과 미학을 정초한 작가이다. 김동인이 1인칭 주인공의 시점을 확립함으로써 예술가=신(神)이라는 명제를 확고하게 했다면, 염상섭은 고백체 양식을 통해서 인물의 내면 풍경을 여지없이 드러내었다. 현진건은 식민지 근대를 살아가는 개인들의 일상을 섬세하게 살피는 관찰의 서사를 발전시켜 나간 작가이다. 김동인과 염상섭이 예술가 의식과 자의식 과잉을 극단화시켜 한국 근대문학의 풍경을 만들어가고 있을 때, 현진건은 식민지 조선의 일상을 관찰하기 시작했던 것이다. 그의 관찰은 지식인인 '나'에서 출발해서 식민지 조선 민족의 얼굴을 형상화하는 쪽으로 확대—심화되어 간다.

한국 근대문학사의 관점에서 보자면 현진건 소설에 이르러 식민지 조선 사회의 자본주의적 일상이 중요한 문학적 주제로 부각되었다고 해도 결코 과언이 아니다. 1919년 3·1운동 이후에 등장하는 추상적인 방황과 낭만적인 환멸 대신에, 현진건은 생활과 사랑이라는 두 가지의 주제에 주목한다. 사람들은 어떻게 해서 먹고살며 어떠한 모습으로 사랑하며 살아가는가라는 문제로 집약할 수 있을 것이다. 생활과 사랑은 너무나도 일상적이지만, 일상적이기 때문에 오히려 너무나도 중요한 문학적 주제이다. 숨을 쉬기 어려울 때 공기의 중요성을 깨닫게 되듯이, 생계와 사랑은 일상적 삶을 구성하는 가장 중요한 기반이자 원리이기 때문이다. 현진건 소설에는 삶의 미지의 영역에 대한 휴머니즘적인 탐구, 낭만주의적 아이러니의 강렬성, 억압적인 제도와 제한적인 신념들에 대한 사회적 인식 등이 중층적으로 자리를 잡고 있는데,[2] 생계와 사랑을 중심으로 일상적 삶을 치밀하게 관찰하고 문학적으로 형상화했기에 가능한 일이었다. 따라서 "제재가 금일 우리 문단에서 볼 수 없는, 우리 생활과 부합되는 것이며, 따라서 독자로 하여금 심각한 기분을 일으키게"[3]한다는 평가를 당대에 받은 것 또한 결코 우연은 아니다.

현진건은 근대적 단편소설의 모형을 확립한 작가의 한 사람이며, 근대적 사실주의 문학의 머릿돌을 놓은 중요한 소설가이다.[4] 또한 근대사회로 진입하는 과도기적 상황에 놓인 식민지 조선의 현실을 독창적인 소설 미학으로 형상화한 작가이기도 하다. 이 시기에 현진건은 한국 근대 단편소설의 형식과 미학을 구축하고, 근대성과 식민성 사이에서 방황하는 지식인의 내면 풍경을 그려내었을 뿐만 아니라, 식민지 조선의 일상을 예리하게 관찰함으로써 '조선의 얼굴'을 담아낸 작가로서, 그 문학사적 의의를 충분히 인정받을 수 있을 것이다. 이 책에는 1920년부터 1931년까지 발표된 현진건의 중단편을 모았다.

---

2 레이몬드 윌리엄스, 『현대비극론』, 임순희 옮김, 까치, 1985. p. 138.

3 성해, 「빙허군의 「빈처」와 목성군의 「그날 밤」을 읽고」, 『개벽』 11, 1921, p. 118.

4 이재선, 「반어의 창과 사회적 딜레마」, 『문학사상』 1997년 1월호, p. 292.

2. 초기 3부작의 의미 —— 식민지 지식인의 내면 풍경

「희생화」는 1920년 『개벽』지에 발표된 현진건의 첫 소설이다. 14세 소년 '나'의 눈에 비친 누님과 K의 사랑 이야기를 회상의 방식을 곁들여 서술하고 있다. 두 사람의 사랑은 자유연애라는 근대적인 가치와 할아버지의 '성난 목소리'로 대변되는 봉건적인 억압 사이에서 비극적인 결말을 맞는다. 결국 남자는 상실감에 젖어 도피하고 누나 S는 죽음에 이른다. 문제는 사랑에 대한 상투적인 비유와 관습적인 묘사인데, 작품의 미숙성은 습작기의 면모를 여실하게 보여준다. 그래서 "하등의 예술적 형식을 갖추지 아니한, 그저 사실을 있는 대로 기록한 소설도 아니고, 독백도 아닌, 일개 무명의 산문"[5]이라는 평가를 받기도 했다.

현진건이 작가적 역량을 스스로 입증한 것은 초기 3부작에 해당하는 「빈처」「술 권하는 사회」「타락자」에서이다. 초기 3부작은 모두 사적인 공간인 가정을 배경으로 인텔리 남편과 구여성인 아내의 갈등을 다루고 있다는 공통점을 갖는다. 「빈처」에서 남편은 외국에서 공부를 한 가난한 문사이다. 그는 책상머리에 앉아서 책장만 뒤적거리거나 정신없이 책을 보기도 하고 밤새도록 무언가를 쓰기도 한다. 구여성인 아내는 비록 근대적인 학교 교육은 받지 못했지만 남편의 일에 대해 '세상에서 제일 좋고 제일 귀한

---

5 황석우, 「「희생화」와 「신시」를 읽고」, 『개벽』 6, 1920, p. 88.

무엇'이라고 생각하며 지지와 성원을 아끼지 않는다. 비록 살림은 곤궁하지만 남편이 입신양명만 하면 모든 문제가 해결될 것이라고 믿고 있다. 이들 부부 사이의 갈등 요인은 경제적 궁핍이다. 기미와 주권 등을 통해 착실하게 부를 축적하고 있는 처형네와 대비되면서 갈등은 위기의 국면을 맞는다. 하지만 아내로부터의 위안을 통해서 갈등은 표면화되지 않고 아슬아슬하게 낭만적으로 봉합된다.

아직 아무도 인정해주지 않은 무명작가인 나를 다만 저 하나가 깊이깊이 인정해준다! 그렇기에 그 강한 물질에 대한 본능적 요구도 참아가며 오늘날까지 몹시 눈살을 찌푸리지 아니하고 나를 도와준 것이다.

"아아, 나에게 위안을 주고 원조를 주는 천사여!"

마음속으로 이렇게 부르짖으며 두 팔로 덥석 아내의 허리를 잡아 내 가슴에 바싹 안았다. (「빈처」, p. 61)

「술 권하는 사회」는 「빈처」의 남편이 사회생활을 시작한 후의 이야기라고 볼 수 있다. 술 먹고 들어온 남편과 집에서 일하는 아내 사이의 대화는 마치 보이지 않는 벽이라도 있는 듯이 계속해서 어긋난다. 남편은 '사회'와 같이 간단한 말도 잘 이해하지 못하는 아내를 가학적으로 경멸한다. 지적인 용어들을 이해하지 못하는 아내에 대한 경멸을 오히려 즐기는 양상을 보인다. 「술 권하는 사회」에서 표면화된 갈등은 두 가지이다. 하나는 사회에 진출한 남편이 사회와 불화의 관계에 놓여 있다는 것이고, 다른 하나는 인텔리 남편과 구여성인 아내 사이에서 갈등이 생겨나고 있나는 점이다. 「빈처」에서는 보이지 않던 갈등, 달리 말하면 조혼을 통해서 구여성과 살고 있는 인텔리 남편의 내면 갈등이 부각되고 있는 것이다. 「빈처」가 아내의 위안을 통해서 갈등이 낭만적으로 봉합이 될 수 있었다면, 「술 권하는 사회」에서 남편은 '사회'라는 말조차 이해하지 못하는 아내를 조롱하고 집 밖으로 나가게 된다.

그렇다면 그의 탈출구는 무엇이었을까. 기생으로 대변되는 낭만적 사랑이 그것이다. 「빈처」에서는 아내의 위안이 있었고, 「술 권하는 사회」에서는 술이 도피처였다면, 「타락자」에서는 기생이 위안의 대상이 된다. 「타락자」의 아내는 마음에 쌓인 억압을 해소하기 위해 잠시 기생집에라도 다녀오라고 남편의 등을 떠밀 정도로 전통적인 부덕에 충실한 여성이다. 한두 번 정도 회포를 풀면 다시 마음을 잡고 가정으로 돌아올 것이라고 생각한 터였다. 하지만 그녀의 예상과는 달리 남편은 기생과 사랑에 빠지게 된다. 기생에게는 조혼을 통해 만난 아내에게서 맛볼 수 없는 독특한 경험이 있었기 때문이다. 다름 아닌 연애, 또는 낭만적 사랑이 그것이다. 술과 기생에 탐닉하게 되면서 경제적인 사정은 어려워지고 아내와의 정서적인 유대는 위기에 처한다. 하지만 그의 사랑도 오래가지는 못한다. 그에게 사랑의 밀어를 속삭이던 기생 춘심은 결국 빚 육천 원 갚아주고 오천 원짜리 집을 내건 김승지의 품에 안기고 만다. 이제 남자에게 남은 것은 사랑의 실패가 가져온 어두운 그림자와, 임신한 몸으로 임질에 걸린 아내의 일그러진 얼굴뿐이다. 결과적으로 사랑하는 여인 춘심은 돈에 팔려 떠나고, 아무 잘못 없는 아내는 임질에 걸려 울부짖고, 그는 도저히 설명할 수 없는 삶의 아이러니에 갇혀서 몸부림을 치고 있다. 이를 두고 비극적인 아이러니라고 해도 좋을 것이다

현진건의 초기 3부작은 조혼한 아내로 대변되는 조선적 현실과 기생 춘심으로 대변되는 낭만적 사랑(근대에 대한 지향) 사이에 끼어 생산적인 가능성을 발견하지 못하고 방황하는 지식인의 외부적 상황과 내면 심리를 세밀하게 표현하고 있다. 또한 현진건의 소설적 과제가 1) 사랑 또는 연애의 문제 2) 아이러니적인 상황 3) 돈과 관련된 가난의 문제 등을 통해서 일상의 문제에 근접하고 있음을 보여주고 있다.[6]

3. 낭만적 사랑의 빛과 그림자

데뷔작 「희생화」에서 누이의 사랑 이야기를 다룬 바 있듯이, 그리고 초기 3부작을 통해서 낭만적 사랑의 문제가 부각되는 것을 살펴보았듯이, 현진건 소설의 중요한 관심사 가운데 하나는 연애이다. 오늘날의 관점에서 보자면 연애는 대단히 친숙해서 오히려 상투적이라는 느낌마저 주는 단어이지만, 현진건이 작품 활동을 시작했던 1920년대에 연애는 사회적으로 커다란 반향을 불러일

---

6 현진건의 초기 3부작을 종합하는 작품으로는 미완의 장편 「지새는 안개」(『개벽』, 1923. 2~10)이 있다.

으킬 만한 사건이었다. 연애라는 말이 사회적으로 널리 사용되게 된 것은 1910년대 말 또는 1920년대 초반의 일이다. 신문에 남녀의 연애와 관련된 기사들이 선을 보이고, 잡지에서는 연애에 대한 저명인사들의 논평이 엇갈렸다. 또한 연애를 위한 중요한 메신저였던 연애편지를 잘 쓰기 위한 지침서(척독)들이 발간되기 시작했다. 바야흐로 식민지 조선에서는 사회적으로 연애를 학습하고 있던 시기였던 것이다.[7]

따라서 현진건 소설에 등장하는 연애의 모습은 단순히 소설의 상투적인 레퍼토리로서 의미를 갖는 것이 아니라 한국사회에 연애가 처음으로 문제되기 시작하던 시기의 역사적 기록이기도 하다. 현진건이 주목한 연애의 공간은 학교이다. 연애가 근대적 풍경이라면 학교는 연애를 위한 공간이었다. 학교는 신학문을 배우는 공간이었지만 동시에 연애라는 새로운 풍속이 퍼져나가도록 하는 매개적 공간이었기 때문이다. 단편「희생화」「유린 」「까막잡기」「B사감과 러브레터」은 모두 학교를 배경으로 연애를 다루고 있는 작품이다.

데뷔작「희생화」의 경우, 작품의 구성이 평면적이기는 하지만, 학교를 배경으로 초창기 연애의 풍경을 사실적으로 묘사하고 있는 작품이다. 창경원 벚꽃놀이에 갔다가 우연히 4학년 급장인 '그'를 만나는 장면, "기착, 경례, 출석원 도합 ○○명"으로 이루어지는 출석 보고, 토요일에 수업이 끝난 후 1, 2학년을 강당에

---

7 권보드래,『연애의 시대』, 현실문화연구, 2005 참조.

몰아넣고 교우회 모임을 갖는 풍경, 그리고 지육부(智育部) 간사를 뽑기 위한 무기명 투표가 무엇인가고 묻는 모습 등은 이 시기에 학교의 모습을 고스란히 전달해준다. 또한 지육부 남녀 간사로 선임된 그와 누나가 모임을 통해서 연인으로 발전하는 모습, 특히 누이를 마중하러 갔던 나의 눈에 비친 그와 누나의 데이트 장면은 무척이나 흥미롭다. 다른 사람이 엿듣기라도 할까 봐 두려웠던 것일까. 그들은 영어로 밀어를 속삭인다. "Love is blind (사랑은 맹목적이라지요)." "But, our love has eyes(그런데 우리의 사랑은 보는 사랑이지요)!" 이 시기의 연애는 영어 love의 번역어였던 것이고, 연애는 영어를 배우듯이 학습하는 것이었고, 학생층이 자유연애를 이끌어가는 주체였던 것이다.

단편 「유린」은 ××여학교에 다니는 정숙이 애인 K와 함께 한강 뱃놀이를 한 후 일본식 여관에 갔다가 그가 강권하는 포도주를 마시고 정조를 유린당한 뒤 겪게 되는 심리적 갈등을 그린 작품이다. 자유연애의 흐름에 몸을 맡기고자 하는 욕망이 한쪽에 있다면, 순결과 관련된 전통적인 규범을 어겼다는 죄의식이 다른 한쪽에 자리하고 있다. 연애와 관련된 분열된 의식과 욕망을 그려낸 작품인데, 야외에서의 뱃놀이와 실내에서의 포도주는 연애를 표상하는 근대적 기호로서 제시되어 있다.

「B사감과 러브레터」는 학교 기숙사를 배경으로 연애와 관련된 억압된 무의식을 그리고 있는 작품이다. '독신주의자'이며 '야소꾼'(기독교신자)인 B사감은 연애에 대해 환멸적인 태도와 반응을 보이는 겉모습과는 달리 정욕의 감정에 휩싸여 한밤중에 일인극을 벌인다. 그녀는 낭만적 사랑에 대한 갈망과 도덕적 종교적 억압 사이에서 짓눌려 있는데, 이 작품은 B사감을 통해 외면(도덕적 엄격함)과 내면(연애에 대한 갈망) 사이의 아이러니를 탁월하게 그려내고 있다. 또한 「까막잡기」는 당시 연애하던 남녀 학생들이 즐기던 일종의 신체적 유희인데, 당대의 연애 풍속에 주목하면서 연애에 소외된 사람들의 서글픈 내면을 포착하고 있다.

현진건은 연애의 공간인 학교뿐만 아니라 '정사'(情死)와 같은 새로운 연애 풍속에도 주목하고 있다. 여기에는 신문사 기자로서의 감각이 작동하고 있는 것으로 보인다. 정사는 1920년대부터 신문을 통해서 널리 알려진 새로운 사회현상이었는데, 1923년 기생 강명화와 부호의 아들 장변천의 정사 사건은 많은 사람들의 관심을 끌었다.

「그리운 흘긴 눈」은 정사를 모티프로 한 소설이다. 기생 채선이 부잣집 자제와의 사랑이 이루어지지 않자 동반 자살을 결심한다. 하지만 그 과정에서 독약을 남자만 먹고 채선은 먹는 시늉만을 해서 살아남는다. 채선이 거짓으로 약을 먹었음을 알았을 때 남자가 보여준 그 눈, 바로 그 눈을 살아남은 채선이 그리워한다는 내용이다. 정사는 사랑과 죽음을 연결시킨 사건이다. 죽음이란 일체를 정당화하는 궁극의 방법이기 때문에, 죽음을 통해서 사랑의 순수성과 열정을 입증하는 방법이 정사였던 것이다. 그런 의미에서 정사는 낭만적인 연애의 순수성을 스스로 입증하는 가장 낭만적이며 가장 비극적인 절차라 할 수 있다. 하지만 현진건은 가장 낭만적이고 가장 비극적인 사랑 이야기의 배후에는 죽지 않으려고 약을 입에만 물고 있는 배신의 순간이 있고 혼자만 죽는 것이 억울해서 채선을 노려보는 분노의 시선이 있었음을 보여주고 있다. 낭만적이고 비극적인 사랑 이야기의 배후에 가로놓인 것은 숭고한 희생만이 아니라 배신과 기만이었다는 것, 이 지점에는 현진건 특유의 아이러니적인 시선과 투시적인 관찰의 시선이 반짝하고 빛을 발한다.

4. 상황과 심리의 아이러니

현진건의 소설은 일상적인 삶의 아이러니를 설득력 있게 보여준다. 겉에서 보면 작고 사소한 것 같지만 안을 들여다보면 사회적 연관성이 있는 사건들에 새로운 문학적 위치를 부여한다. 현진건의 단편소설들은 거대하고 복잡하며 역사적인 사건의 조합이 아니라, 개별 인간의 삶의 모습을 통해서 한 사회 또는 시대의 중층적인 표정을 드러내고자 한다. 그런 의미에서 개인적인 삶의 붕괴는 사회적 사실이며, 사회적인 붕괴는 개인의 경험과 심리 속에서 체험될 수 있는 것이었다.[8] 아이러니는 개인과 사회, 심리와 상황, 내면과 외부를 통합하고자 하는 수사학이자 구성 원리이며, 현진건 특유의 리얼리즘은 바로 이와 같은 지점에서 성립된다. 또한 현진건 소설의 강렬한 반전 또는 극적 구성 역시 아이

---

8 레이몬드 윌리엄스, 앞의 책, p. 206.

러니를 통해서 가능한 것이다.

낭만적 연애의 빛과 그림자를 다룬 작품들에서 알 수 있듯이 현진건의 시선은 사물과 사건의 안과 밖을 날카롭게 대비시켜 극적인 긴장과 이완을 이끌어낸다. 인간사의 밝은 측면과 어두운 측면을 대비시키는 그의 기법은 단편소설의 완결성을 확보하기 위한 장치였다고 할 수 있다. 「B사감과 러브레터」에서는 히스테리컬한 노처녀의 심리를 아이러니의 구조 속에 담아내고 있는데, 예상되는 것과 실제로 일어나는 것이 일치하지 않는 극적 아이러니가 탁월하게 제시된 작품이라 할 수 있다. 또한 뒤에서 보다 자세히 살피겠지만 「운수 좋은 날」의 김첨지의 경우 집 밖과 집 안의 상황이 극단적으로 대비된다. 집 밖에서는 아침부터 인력거 손님이 많아서 돈을 많이 번 날이지만, 집 안에서는 고생만 하던 아내가 돌보는 사람 없는 방에서 쓸쓸히 죽어간다. 운수 좋은 날은 운수 좋은 날이 아니었다는 것. 말이나 글의 문자적인 의미에 감추어져 있거나 그와 반대되는 의미를 나타내는 반어의 기법이 제목부터 적용된 경우라 할 것이다. 그러면 현진건 소설에 등장하는 아이러니의 양상을 조금 더 자세히 살펴보도록 하자.

「피아노」는 일본 유학을 다녀온 인텔리인 남편과 중등교육을 마친 신여성이 부부로 등장한다. 집안에 수만 원의 재산이 있는지라 신식 부부의 일과는 "독서, 정담, 화원, 키스, 포옹" 그리고 "이상적 가정에 필요한 물품을 사들이는 것"뿐이다. 그렇다면 이상적 가정에 필요한 것은 무엇이었을까. 당시에 인기가 있었던 피아노가 그것이다. 피아노가 놓인 집안 풍경이야말로 스위트 홈의 표상이었기 때문이다. 문제는 두 사람 모두 피아노를 칠 줄 모른다는 것. 칠 줄도 모르는 피아노를 마루에 진열해놓고 즐거워하는 두 사람의 모습, 다른 사람에게는 이상한 가정이겠지만 이들 부부에게는 그야말로 이상적인 가정이다. 신문명 또는 근대적 문물의 세례를 받으며 살아가는 중산 계층의 속물 근성과 허위의식을 날카롭게 형상화한 작품이다.

「발(簾)」은 신문 기사로 크게 다루어졌던 살인 사건의 배후를 살피고 있다. 신문 기사를 통해서 알려진 사실은 어느 경관이 가난한 발 장수를 발로 차 죽였다는 것이다. 소설은 신문에서 다루지 않은 숨겨진 이야기를 이끌어낸다. 다음 달이면 경부가 되어 월급이 팔십 원이 되는 남자는 그가 머물고 있는 여관의 주인 노파의 딸에게 구혼을 한다. 하지만 기생 출신인 그녀는 시골 부자의 아들인 김주사와 이미 내연의 관계에 있다. 이런 관계도 모르고 주인노파의 딸과 발을 사러 야시장에 나갔다가 자신의 권위를 세우기 위해 발 값을 지나치게 깎았고, 여자 앞에서 체면이 깎였다는 생각에 발장수를 죽이고 만다. 하지만 그가 수감된 날 밤에 그녀와 김주사는 그를 조롱하며 성희를 즐긴다. 그는 발장수를 죽인 가해자이면서 여관집 딸에게 농락당한 피해자이기도 했던 것이다.

「우편국에서」는 잡지사에서 받은 십 원짜리 어음을 돈으로 바꾸는 과정에서 빚어지는 내적 갈등을 다루고 있다. 돈을 받기 위해서는 자신의 이름이 아니라 다른 사람의 이름을 제시해야 하는 상황이다. 물론 그건 내 이름이 아니라며 자신의 이름을 밝히고 싶다는 도덕적 자존심이 치밀어 오른다. 하지만 바깥으로 표출된 그의 행동은 다른 사람의 이름을 대고 돈을 받아가는 것으로 마무리된다. 내면의 갈등과 외부적 행동 사이의 아이러니를 포착한 작품이다. 이러한 주제를 다룬 작품으로는「할머니의 죽음」이 있다.「할머니의 죽음」에서는 할머니의 병환을 걱정하며 모여든 가족들의 표면적인 태도와 할머니가 빨리 죽지 않는 것을 안타까워하는 심층의 심리를 대조적으로 보여주고 있다. 도덕적 허위로 포장된 인간의 이중성이 아이러니를 통해서 제시되고 있다.

「신문지와 철창」의 배경은 유치장이다. '나'는 경찰서장의 집에 침입한 살인강도에 대한 이야기를 듣고 그가 영웅적인 인물일 거라고 생각한다. 하지만 기대와는 달리 그는 깡마르고 검버섯이 가득한 초라한 노인이었다. 노인은 어미 없는 손자에게 주려고 밥을 싸갈 신문지를 어느 집 앞에서 줍는 과정에서 그 집 손녀를 지팡이로 밀었다는 것이다. 문제는 그 집이 바로 경찰서장 집이었던 것. 노인은 감방에 들어와서도 손자를 위해 콩밥을 훔치는 좀도둑 노릇을 해서 사람들의 조롱을 받는다. 영웅담으로 부풀려져서 사람들에게 알려진 이야기가 표면의 서사라면, 그 배후에는 손자에게 밥을 먹이기 위해 눈물겹게 노력하는 한 노인네의 이야기가 가로놓여 있었던 셈이다. 현진건 특유의 아이러니적인 기법 속에 가난의 문제가 함께 다루어진 작품이다.

5. 가난의 생태학——광기, 도덕적 분열, 생존에의 의지

현진건 작품들은 '사람들은 어떻게 사는가?'라는 물음을 던진다. 보다 정확하게 말하자면 무슨 일을 해서 돈을 벌고 어떻게 먹고사는가라는 물음을 가지고서, 식민지 지배하의 조선 사람들의 일상적인 삶 속에 자리를 잡은 '가난'이라는 주제를 면밀하게 관찰한다. 현진건의 작품에서 가난은 인간성의 극한과 윤리적 혼돈이라는 주제로 이어지는데, 작가의 시선은 대단히 우연하고 사소한 사건처럼 보이는 장면들을 통해서 식민지 조선의 궁핍한 표정들을 그려내고 있다. 이러한 모습들을 두고, 이재선의 말을 빌려 가난의 생태학이라고 해도 좋을 것이다.

가난의 생태학과 관련된 첫번째 계열의 특징은 극도의 가난에서 생겨나는 광기(狂氣)에서 찾을 수 있다. 「운수 좋은 날」(1924)은 인력거꾼 김첨지의 하루를 통해서 가난의 비극성을 형상화한 작품이다. 오늘은 나가지 말라는 아내의 만류를 뿌리치고 나온 김첨지는 마음 한구석이 무겁다. 하지만 이상하게도 그의 인력거에는 손님이 끊이질 않아 평소보다 몇 배의 수입을 올린다. 불길한 느낌을 밀쳐내려고 친구와 소주를 마시고 저녁이 되어 설렁탕을 한 그릇 사 들고 들어갔더니 아내는 이미 죽어 있고 어린 아들이 어미의 빈 젖을 빨고 있다. 벌이가 좋았다는 점에서는 운수가 좋은 날이었지만, 아내를 죽음에 이르도록 방치했다는 점에서는 운수가 사나운 날이기도 했다. 가난하기 때문에 간만에 밀려드는 돈벌이의 기회를 놓칠 수 없었고, 그 과정에서 그는 인생에서 가장 소중한 것들을 놓치고 말았다. 집에 들어가기 전에 김첨지가 보여주는 광기 어린 모습과, 죽은 아내를 걷어차며 넋두리를 늘어놓는 모습은 인간이 경험할 수 있는 가장 비참한 경험 가운데 하나일 것이다.

「불」(1925)의 주인공은 시집온 지 한 달 되는 새댁 순이이다. 하지만 시어머니의 모진 시집살이와 남편의 성행위는 열다섯 살인 그녀에게는 견딜 수 없는 고역이다. 노동과 성의 억압이 중층적으로 가로놓인 지점에 순이가 위치하고 있는 것이다. 모든 문제가 '그놈의 방'에서 비롯된다고 생각한 순이는 억압적인 상황에서 벗어나기 위해 집에 불을 지른다. 인간이 인간적인 삶의 최소 조건마저 박탈당했을 때, 과도한 수준의 억압이 한 개인에게 집중될 때, 광기는 자기 파괴의 욕망으로 그 모습을 드러낸다. 「불」은 사회적인 억압이 경제적으로 부유한 계층과 가난한 계층 사이에서만 존재하는 것이 아니라, 가난한 계층 내부에서도 점유하고 있는 성적 위치에 따라 중층적으로 작동하게 됨을 보여주고 있다.

「사립정신병원장」(1926)은 사회적인 모순 특히 빈부의 격차가 발작적인 광기로 이어짐을 보여준다. 가난한 W는 한 달에 쌀 한 가마니와 돈 10원을 받기로 하고 정신이상자인 친구 P를 돌본다. 그리하여 붙은 별명이 사립정신병원장이다. 그러던 어느 날 K가 주최한 술자리에서 식구들을 위해 남은 음식을 봉지에 싸던 W는 조롱의 대상이 되고, 그 일 때문에 발광하여 자신의 부인과 자식들에게 가해를 하고 P를 칼로 찔러 죽인다. W의 상황이 간접적으로 제시되기 때문에 현진건 특유의 아이러니적인 반전 효과는 조금 덜하지만, 가난과 광기의 문제를 명료하게 제시한 작품이라는 점에서 주목의 대상이다.

가난의 생태학과 관련된 두번째 계열은 윤리적 혼란인데, 여기에는 가난을 관찰하는 지식의 내적 분열이 함께 나타난다. 이와 관련된 작품은 「동정」과 「서투른 도적」이다. 「동정」은 지식인의 감정의 위선을 문제삼는다. 시간에 맞추기 위해 인력거에 탄 '나'는 추운 겨울에 비탈길을 오르는 인력거꾼이 안쓰러워 내려달라고 부탁을 한다. 하지만 인력거꾼은 삯이 깎일까 두려워 그대로 달리다가 내리막길에서 곤두박질을 친다. 인력거꾼의 유일한 생계 수단인 인력거가 망가졌고, 어떻게든 보상이 있어야 하지 않겠느냐는 표정을 하고 서 있다. 하지만 '나'는 제때 내려주지 않았기 때문이라며 일 원을 주고는 재빨리 그곳을 벗어난다. 동정에 휩싸이면 더 많은 삯을 주어야 하기 때문에, 속으로는 동정하고 싶지만 겉으로는 무시할 수밖에 없는 상황을 그리고 있다. 「서투른 도적」은 고향을 떠나 남의 집 안잠자기로 일하면서 좀도둑질을 하다 쫓겨나는 할멈의 이야기이다. 황해도의 농토를 빼앗기고 유민이 되어 서울로 기름 장사를 하러 흘러들어온 할멈을 집에 데려다 놓았는데 아들 부부를 데리고 오겠다며 방을 내달라는 등 들어줄 수 없는 요구를 한다. 결국 손자에게 주려고 쌀을 훔친 명목으로 아내는 할멈을 내쫓고 나는 아내의 일처리를 침묵으로 방관한다.

두 작품은 지식인의 도덕적 갈등을 보여주는 작품들이다. 인력거를 끄는 사람과 인력거를 타는 사람 사이에는 분명히 경제적인 격차가 있다. 또한 안잠자기로 일하는 사람과 할멈을 고용하는 사람 사이에도 분명한 경제적인 수준 차이가 있다. 하지만 망가진 인력거의 수리비를 감당할 수준은 되지 못하며, 할멈의 나머지 가족을 거두어줄 정도의 경제적 능력을 가지고 있지 않다. 가난은 상대적으로 부유하든 아니면 상대적으로 궁핍하든 간에 인간으로서의 최소한의 품격마저도 무화시킨다. 가난은 인력거꾼이건 안잠자기 할멈이건 점잖은 지식인이건 가리지 않는다. 가난은 식민지 조선 민족의 공통적인 표정이었던 것이다.

가난의 생태학과 관련된 세번째 장면은 「정조와 약가」에 나타난다. 이 작품에는 가난으로 인한 광기의 분출도 없고 지식인의 도덕적 분열도 등장하지 않는다. 가난의 극한에서 생존의 의지만이 빛나고 있다. 굶거나 병들어 죽느냐 아니면 어떻게든 살아남느냐가 문제되는 한계상황에서는 광기의 파괴적인 모습도 지식인의 도덕적 자의식도 개입할 여지가 없다. 「정조와 약가」는 중병에 걸린 남편을 치료하기 위해서 약값으로 정조를 교환하는 가난한 여인네의 이야기이다. 여인은 의원을 집으로 모시기 위해 약값으로 몸을 주었다는 고백을 남편에게 하고, 남편은 그 일을 문제 삼지 않을 뿐만 아니라 최주부와의 잠자리를 허락하기까지 한다. 열흘 후 남편은 회복을 하게 되고, 최주부는 부부의 전송을 받으며 움막에서 빠져나온다. 하지만 그는 도저히 그들을 이해할 수 없다. 극빈을 벗어나 생존을 유지해야 한다는 사실 말고는 다른 어떤 것도 고려의 대상이 될 수 없는 상황. 극빈(極貧)이라는 한계상황에서 피어나는 삶의 의지는 비극과 희극, 도덕과 위반, 인간과 짐승 등과 같은 기존의 가치 체계를 훌쩍 뛰어넘은 지점에 놓여 있다.

현진건의 소설들은 세상의 이면 또는 배후를 들여다본다. 하지만 이와 같은 투시적인 관찰이 새로운 삶에 대한 희망이나 전망으로 이어지지는 않는다. 도리어 모호한 방식으로 있는 그대로의 세계를 인준할 따름이다. 그런 의미에서 현진건의 리얼리즘은 비극적인 체념과 관련되어 있다. 세계는 뭔가 잘못되어 있고, 작가 또는 주인공을 포함한 우리는 이 잘못에 연루되어 있다는 것이다. 하지만 우리는 잘못된 세상을 살아간다. 그렇다면 살아갈 근거는 찾아야 하지 않을까. 어쩌면 「정조와 약가」에서 현진건은 먹고사는 생물로서의 인간, 달리 말하면 이성적인 인간성 이하의 동물성을 인간의 최저 조건으로 수락하고 있었던 것인지도 모른다. 극심한 가난 아래에서는 도덕이 아니라 생존이 삶의 목표였던 것이다. 극한의 가난과 대결하는 생존의 의지는 식민 지배하의 조선 민족이 지을 수 있었던 가장 비극적이면서도 가장 인간적인 표정들 가운데 하나가 아니었을까.

6. 조선의 얼굴——「고향」

대구에서 서울로 올라오는 차중에서 생긴 일이다. 나는 나와 마주 앉은 그를 매우 흥미 있게 바라보고 또 바라보았다. 두루마기 격으로 기모노를 둘렀고 그 안에선 옥양목 저고리가 내어 보이며 아랫도리엔 중국식 바지를 입었다. 그것은 그네들이 흔히 입는 유지 모양으로 번질번질한 암갈색 피륙으로 지은 것이었다. 그러고 발은 감발을 하였는데 짚신을 신었고 고부가리로 깎은 머리엔 모자도 쓰지 않았다. 우연히 이따금 기묘한 모임을 꾸미는 것이다. 우리가 자리를 잡은 찻간에는 공교롭게 세 나라 사람이 다 모이었으니 내 옆에는 중국 사람이 기대었다. 그의 옆에는 일본 사람이 앉아 있었다. 그는 동양 삼국 옷을 한 몸에 감은 보람이 있어 일본 말로 곧잘 철철대이거니와 중국말에도 그리 서툴지 않은 모양이었다. (「고향」, p. 206)

「고향」(1926)에서 남자의 언어와 의복은 대단히 상징적이다. 남자의 말과 의복에는 그가 경유했던 지리적 여정과 사회적인 경험이 중첩되어 짜깁기된 콜라주라고 할 수 있다. 그의 고향은 역둔토를 파먹고 살았지만 대대로 그런대로 살 만한 농촌이었다. 그런데 일제 강점 이후 역둔토가 동양척식회사에 넘어가면서 고향 마을의 전통적인 평온함은 붕괴되기 시작한다. 동양척식회사의 소작료가 너무 높아서 도저히 살 수 없게 된 사람들은 타처로 유랑을 떠날 수밖에 없는 지경에 이른 것이다. 남자 역시 17세 때 서간도로 이주했는데 부모를 그곳에서 여의고 신의주와 안동현 등지를 떠돌았다. 그리고 일본으로 건너가 규슈 탄광과 오사카 철공장에서 일을 하다가 26세가 되어 근 10년 만에 고향에 돌아온다. 하지만 그의 고향은 죽음의 땅이었고 황량한 폐허였고 수탈의 공간이었다. 말로만 고향이지 고향은 고향이 아니었다. 남자는 다시 고향을 떠나 일자리를 찾기 위해 서울로 가는 기차에 몸을 싣는다. 고향은 내가 태어나 자란 곳이며 언제라도 돌아가 편안함을 느낄 수 있는 공간이 아니라, 도저히 정을 붙이고 살 수가 없어서 어디론가 떠날 수밖에 없는 공간으로 제시되어 있다. 이를 두고 고향의 아이러니라고 해도 좋을 것이다.

달리는 기차 위에서 그가 늘어놓는 신세타령은 단순히 개인적인 불행이나 불우한 삶에 그치지 않는다. 일본 농민의 조선 이주가 시작되면서 한국 농민들은 해외로 유랑할 수밖에 없었는데, 「고향」이 발표된 1926년까지 모두 35만 명의 농민들이 만주로 옮겨간 것으로 알려져 있다. 해방(1945) 전까지 간도 · 만주 · 일본 · 연해주 등에 살던 한국인이 4백만 명이 넘는다는 통계가 있다. 식민지 기간 동안 조선의 인구를 대략 2천5백만으로 본다면 15퍼센트가량이 떠돌이 유랑민의 생활을 하고 있었던 것이다. 따라서 「고향」에서 그의 신세타령은 일제 강점기 동안 한국인들이 겪어야 했던 보편적 경험이다. 삶의 기반을 상실하고 돌아갈 곳 없이 유랑해야 하는 식민 지배하의 조선인 전체의 초상인 것이다.

그의 얼굴이면서 동시에 나와 너의 얼굴이고 우리의 얼굴이기에 조선의 얼굴이라고 할 수밖에 없는 지점. 이 지점에서 현진건 소설은 개인과 사회와 역사를 통합적으로 형상화하기에 이른다. 특히 '그'와 결혼 이야기가 오갔던 여인의 운명은 식민지배 아래에서 상대적으로 더욱 강고한 억압을 경험해야 했던 여성들의 삶을 대변하고 있는 것이기도 하다. 아버지의 손에 이끌려 단돈 이십 원에 유곽으로 넘겨졌고 이제는 병이 걸려 머리가 빠진 여성의 모습. 작품의 화자인 '나'는 처음에는 그의 이야기에 그다지 큰 관심을 보이지 않는다. 하지만 그의 이야기를 들으면서 '나'나 '그'나 '여인'이 동일한 세계 속에 몸을 담고 있음을 깨닫게 되고, 방관자의 입장에서 동감의 차원으로 움직여 온다. 처음에는 방관자이던 '나'는 그의 이야기를 들으며 그의 얼굴에서 10년은 더 나이 들어 보이고 웃기보다는 찡그리기에 적당한 '조선의 얼굴'을 본다. 그 과정에서 작품을 읽는 독자들의 반응 역시 화자인 '나'의 입장을 따라서 점점 공감의 폭과 깊이가 마련된다. 「고향」에 와서 현진건은 물질적인 면에서의 궁핍상과 정신적인 면에서의 박탈감을 1920년대 한국인의 집단의식 혹은 세계관으로 제시할 수 있었던 것이다.[9] 「고향」은 한 개인의 삶이 갖는 개별성과 사회 구성원이 공감할 수 있는 보편성 사이에 마련된 미학적인 특수성의 차원에 발을 디딘 작품이다.

---

9 조남현, 「현진건의 단편소설, 그 종횡」, 『조선의 얼굴』, 문학과비평사, 1988, p. 282.

1900년(1세) 대한제국 대구우체국장을 지낸 부 연주(延州) 현씨 경
운(玄昊運), 모 완산(完山) 이씨 정효(貞孝) 사이의 4남으로,
대구부명치정 2정목(현 중구 계산동 2가) 속칭 뽕나무골에서
출생함(9월2일).

1905년(6세) 동네에서 한학을 수학함.

1908년(9세) 부친 현경운이 설립한 대구노동학교에서 신학문을 익힘.

1910년(11세) 어머니 이정효 죽음(6. 13).

1915년(16세) 향리의 부호 이길우의 영애인 2년 연상의 순득과 혼인
함. 수정(竪町) 255번지(현 중구 인교동) 처가에서 신혼 생활
을 함. 보성고보에 입학함(11월).

1916년(17세) 보성고보를 자퇴함(7월). 중학 진학을 위해 도일해서
시험준비학교인 동경 세이소쿠[正則] 예비학교에 입학함.

1917년(18세) 귀국하여 대구에서 백기만, 이상화 등과 습작 동인지

『거화(炬火)』 발간에 관여하다 다시 도일하여 5년제 세이조
[成城] 중학교 3년에 편입함.

1918년(19세) 세이조 중학교 4학년에 재학중 귀국함. 잠시 체류하다
셋째형이 있는 상하이로 건너가 호강 대학 독일어 전문부에 입
학함.

1919년(20세) 학업 도중 다시 귀국함. 육군 공병 영관을 지낸 당숙 현
보운에게 입양되어 상경함. 서울 종로구 관훈동 52번지에서
거주함. 양부 사망으로 호주가 되었으며, 이때 장녀 경숙 출생
했으나 곧 사망함(12. 20).

1920년(21세) 양부 현보운의 친제인 현희운의 소개로 처녀작 「희생
화」(『개벽』 11월호)를 발표함. 동시에 번역소설 「행복」(아르치
바세프 원작)과 「석죽화」(쿠르트뮌체르 원작)를 『개벽』지에 발
표함. 조선일보사에 입사함.

1921년(22세) 단편 「빈처」(『개벽』 1월호), 「술 권하는 사회」(『개벽』
11월호)를 발표하고, 박종화 등과 『백조』 동인으로 가담함. 차
녀 애경 사망함(9. 11).

1922년(23세) 중편 「타락자」(『개벽』 1~4호), 단편 「유린」(『백조』 2호),
「피아노」(『개벽』 11월호), 수필 「영춘류(迎春柳)」와 번역작품
「고향」(치리코프 원작), 「가을의 하룻밤」(고르키 원작) 등을
발표함. 첫 창작집 『타락자』(조선도서주식회사)를 발간함(11.
13).

1923년(24세) 중편 「지새는 안개」(『개벽』 2~10월호), 단편 「할머니의
죽음」(『백조』 9월호) 등을 발표하고, 최남선 주재의 『동명(東

明)』편집인으로 참여하고 시대일보사에 입사함.

1924년(25세) 단편 「까막잡기」(『개벽』 1월호), 「그리운 흘긴 눈」(『폐허이후』 2월호), 「운수 좋은 날」(『개벽』 6월호), 「발(簾)」('시대일보', 4. 2~5)과 수필 「문단인상호기」(『개벽』 2월호), 「꿈에 본 신악양루기」(『개벽』 4월호) 등을 발표함.

1925년(26세) 단편 「불」(『개벽』 1월호), 「B사감과 러브레터」(『조선문단』 2월호), 「새빨간 웃음」(『개벽』 11월호)과 수필 「목도리의 복면」(『조선문단』 4월호), 「설 때의 유쾌와 낳을 때의 고통」(『조선문단』 5월호), 평론 「신춘문예소설평」(『조선문단』 10월호)등을 발표함. 시대일보사의 사회부장이 되었으나 폐간됨에 따라 조선일보사·동아일보사로 전직함. 삼녀 화수 출생함 (11. 9). 중편 『지새는 안개』(박문서관)를 발간함(1. 30).

1926년(27세) 단편 「사립정신병원장」(『개벽』 11월호), 평론 「신춘소설 만평」(『개벽』 2월호), 「조선혼과 현대정신의 파악」(『개벽』 11월호), 수필 「무명 영웅」(『조선문단』 2월호), 「그의 얼굴」(조선일보, 1. 4) 등을 발표함. 단편집 『조선의 얼굴』(글벗집)을 간행함(3. 20).

1927년(28세) 중편 「해뜨는 지평선」(『조선문단』 1~3월호)을 연재 발표함.

1928년(29세) 수필 「여름과 맨발」(『별건곤』 7월호)을 발표함. 상하이에서 한인청년회를 조직하고 독립운동을 해오던 셋째형 정건이 체포되어 본국으로 이송되어 서대문 형무소에서 복역함. 동아일보사 사회부장이 됨. 은평구 부암리로 이사함.

1929년(30세) 단편 「신문지와 철창」(『문예공론』 7월호), 「정조와 약가」(『신소설』 12월호), 시평 「같잖은 소설로 문제」(『별건곤』 2월호), 수필 「내가 좋아하는 여자」(『별건곤』 2월호), 「뜻깊은 모임」(『신생』 11월호), 「크리스마스 트리」(『신생』 12월호), 기행문 「고도 순례—경주편」('동아일보') 등을 발표함.

1930년(31세) 수필 「창의문 외에서」(『신소설』 5월호), 「첫 기고의 회상」(『별건곤』 7월호) 등을 발표함. 장편 「웃는 포사(褒姒)」(『신소설』 2월호 및 『해방』 12월호)를 4회 연재 중 중단함.

1931년(32세) 단편 「서투른 도적」(『삼천리』 10월호), 「연애의 청산」(『신동아』 11월호), 수필 「태백산하 단군한배님」(『삼천리』 4월호), 「내 소설과 모델」(『삼천리』 10월호) 등을 발표함.

1932년(33세) 형 정건 3년 만기 복역하고 출옥(6. 10)후 사망함(12. 30). 기행문 「단군성적순례」(동아일보)를 연재함(7. 29.~11. 9).

1933년(34세) 셋째 형의 부인(형수) 윤덕경이 자살함. 장편소설 「적도」(동아일보)를 연재함.

1935년(36세) 수필 「거리에서 만난 여자」(『조선문단』 4월호), 「금강산 정조」(『신가정』 10월호) 등을 발표함.

1936년(37세) 동아일보 사회부장 재직 중 일장기 말살 사건에 연루되어 피검, 1년의 선고를 받고 복역함.

1937년(38세) 출옥하면서 동아일보사를 사직함. 주거를 관훈동에서 서대문구 부암동 325-2로 이사하고 양계업을 시작함.

1939년(40세) 역사소설 「무영탑」(동아일보)을 연재함. 장편소설 『적도』(박문서관)를 간행함. 번역수필 「장주(莊周)와 프랑스」(『박문』12월호), 대담 「문학종횡담」(『문장』11월호), 역사소설 「흑치상지(黑齒常之)」(동아일보, 10. 25.~12. 28.) 연재 중 52회로 강제 중단됨. 평문 「역사소설문제」(『문장』12월호) 등을 발표함.

1940년(41세) 양계업과 기미(期米) 사업 실패로 부암동 주택을 처분하고 신설동으로 이사함.

1941년(42세) 역사소설 「선화공주」(『춘추』4~9월호)를 연재하다 미완으로 중단함. 단편집 『현진건 단편선』(박문서관), 역사소설 『무영탑』(박문서관)을 간행함.

1942년(43세) 신설동에서 다시 동대문구 제기동 137-61로 이주함.

1943년(44세) 외동딸 화수가 월탄의 장남 박돈수와 혼인함. 이해 4월 25일 밤 제기동 자택에서 지병인 폐결핵과 장결핵으로 별세함. 유해는 화장되어 한강에 뿌려지고 경기도 시흥군 신동면 서장리에 묻힘. 지금은 남서울 개발 관계로 묘소마저 없어짐.

1944년 부친 현경운 대구에서 사망. 부인 이순득도 친정에서 사망함.

1948년 기행문 「단군성적순례」(예문각)가 발간됨.

1996년 대구문인협회에서 『빙허 현진건소설선집』(대일)을 발간하고, 두류공원 예술의 동산에 문학기념비를 세움.

*연보는 『현진건 문학전집』(이강언 등 편저, 국학자료원, 2004)을 참조함.

작품 목록

단편소설

제목	발표지	발표 연월일	비고
희생화	개벽	1920. 11	
빈처	개벽	1921. 1	
술 권하는 사회	개벽	1921. 11	
유린	백조	1922. 5	미완작
피아노	개벽	1922. 11	
우편국에서	동아일보	1923. 1. 1.	
할머니의 죽음	백조	1923. 9	
까막잡기	개벽	1924. 1	
그리운 흘긴 눈	폐허이후	1924. 1	
운수 좋은 날	개벽	1924. 6	
발(簾)	시대일보	1924. 4. 2.~5	
불	개벽	1925. 1	
B사감과 러브레터	조선문단	1925. 2	
새빨간 웃음	개벽	1925. 11	장편 『적도』의 일부
사립정신병원장	개벽	1926. 1	

제목	발표지	발표 연월일	비고
그의 얼굴	조선일보	1926. 1. 3	
고향	조선의 얼굴, 글벗집	1926	「그의 얼굴」의 개제
동정	조선의 얼굴, 글벗집	1926	
해 뜨는 지평선	조선문단	1927. 1~3	장편『적도』의 일부
여류 음악가	동아일보	1929. 5. 31	합동 연작
신문지와 철창	문예공론	1929. 7	
황원행	동아일보	1929. 8. 23~9. 16	합동 연작
정조와 약가	신소설	1929. 12	
서투른 도적	삼천리	1931. 10	
연애의 청산	신동아	1931. 11	합동 연작, 1회
화형	박문	1939. 10	장편「무영탑」의 일부

중 · 장편 소설

제목	발표지	발표 연월일	비고
타락자	개벽	1922. 1~4	
웃는 포사	신소설, 해방	1930. 9, 1931. 1~3	
지새는 안개	개벽	1932. 2~10	
적도	동아일보	1933. 12. 20~1934. 6. 17	
무영탑	동아일보	1938. 7. 20~1939. 2. 7	
흑치상지	동아일보	1939. 10. 25~11. 16	미완작
선화공주	춘추	1941. 4~9	미완작

번안 · 번역소설

제목(원저자)	발표지	발표연월일
행복(아르치바세프Artsybashev)	개벽	1920. 8
석죽화(뮌체르Kurt Münzer)	개벽	1920. 9
영춘류(치리코프Chirikov)	개벽	1922. 1
고향(치리코프Chirikov)	개벽	1922. 7
가을의 하룻밤(고르키Gorky)	개벽	1922. 7
나들이(데카브Descaves)	동명	1923. 4
첫날밤(투르게네프Turgenev)	시대일보	1925. 5. 12~6. 30
돼지와 진주(르나르Rernard)	조선문단	1926. 3
조국(제롬스키Zeromski)	신동아	1932. 3~7
재활(뒤마Dumas)	광한서림	1938

수필 · 평론 · 기타

제목	발표지	발표연월일
몽롱한 기억	백조	1922. 5
6호 잡기	백조	1922. 5
문인인상호기	개벽	1924. 2
이러쿵저러쿵	개벽	1924. 2
꿈에 본 신악양루기	개벽	1924. 4
처녀작 발표 당시의 감상	조선문단	1925. 3
목도리의 복면	조선문단	1925. 4
설 때의 유쾌와 낳을 때의 고통	조선문단	1925. 3
조선문단과 나	조선문단	1925. 7
신추 문단 소설평	조선문단	1925. 10
조선문단 합평회	조선문단	1925. 3~8
물꽃 돋는 대로	동아일보	1926. 1
조선혼과 현대정신의 파악	개벽	1926. 1
신춘 소설 만평	개벽	1926. 2

제목	발표지	발표연월일
소설 될뻔댁	문예시대	1926. 11
무명 영웅	시종	1926. 2
별건곤은 대중의 잡지	별건곤	1927. 12
교섭 없던 그림자	별건곤	1928. 2
여름과 맨발	별건곤	1928. 7
소설 문체에 대하여	한빛	1928. 9(미간)
같잖은 소설의 문제	별건곤	1929. 1
홍도화식 미인	별건곤	1929. 2
고도 순례-경주	동아일보	1929. 7. 18~8. 19
사상의 로맨스	동아일보	1929. 10. 18~10. 28
애인과 아내	삼천리	1929. 12
내 소설과 모델	삼천리	1930. 5
창의문 외에서	신소설	1930. 5
첫 기고의 회상	별건곤	1930. 5
결혼제도 없는 사회	동광	1931. 12
단군성적순례	동아일보	1932. 7. 29~11. 9
거리에서 만난 여자	조선문단	1935. 4
금강산 정조	신가정	1935. 10
신년 신계획	학등	1936. 1
장주와 프랑스	박문	1938. 12
문학종횡담	문장	1939. 11
역사소설문제	문장	1939. 12

단행본

제목	발간한 곳	발간 연도	비고
타락자	조선도서 주식회사	1922	중단편집
악마와 같이	박문서관	1924	번안소설
지새는 안개	박문서관	1925	중편소설
첫날밤	박문서관	1925	번안소설
조선의 얼굴	글벗집	1926	단편집
재활	광한서림	1938	단편집
적도	박문서관	1939	장편소설
무영탑	박문서관	1939	장편 역사소설
현진건 단편선	박문서관	1941	단편집
단군 성적 순례	예문각	1948	기행문집

▌참고 문헌

강경화, 「현진건의 『적도』 재독」, 『성균어문연구』 32집, 1997.

강영주, 「현진건의 역사소설」, 『한국학보』 제 42집, 1986. 봄호.

고영학, 「현진건 역사소설 연구」, 『세종어문연구』 3~4집 합본, 1987.

곽학송, 「현진건과 나빈」, 『월간문학』 171호, 1983. 5.

구인환, 「현진건과 나도향의 소설고」, 『서울대 논문집』 제20집, 1975.

국립국어연구원, 『현진건의 20세기 전반기 단편소설 어휘 조사』, 국립
        국어연구원, 2002.

권은심, 『현진건 단편소설 연구』, 서울대 석사, 1983.

김교봉, 「현진건 소설의 민족문학적 성격 연구」, 『어문학』 55호, 1994.

김구중, 「현진건 「고향」의 배경 연구」, 『한국문학이론과 비평』 1권 1호,
        예림기획, 1997.

김근수, 「빙허의 처녀작과 문제점」, 『문학사상』 제 47호, 1976. 8.

김명인, 「현진건과 리얼리즘 문학론」, 『논문집』 9집, 경기대, 1981.

김무숙, 「현진건의 『무영탑』 연구」, 『국어국문학』 13집, 동아대, 1994.

김병걸, 「한국소설과 사회의식」, 『창작과 비평』, 1972. 겨울호.

김병욱, 「『무영탑』의 공간 구조」, 『국어국문학』 91집, 국어국문학회, 1984.

김상욱, 「현진건의 『적도』 연구」, 『선청어문』 24집, 1996.

김상태, 「행동의 문학인 현진건론」, 『현대작가연구』, 민음사, 1976.

김성수, 「현진건 소설의 리얼리즘」, 『반교어문연구』 3집, 반교어문연구회, 1991.

김영민, 『빙허 현진건의 단편소설 연구』, 연세대 석사, 1981.

김영실, 「현진건 연구」, 『논문집』 제5집, 진주교대, 1970. 8.

김영옥, 「노신과 현진건의 동명소설 「고향」에 관한 비교 연구」, 『한국어문교육』 11집, 한국교원대, 2002.

김영화, 「빙허소설연구」, 『국문학보』 제5집, 제주대, 1973. 12.

김영희, 「빙허 현진건의 현실인식과 그 변모의 양상」, 『어문논집』 18집, 1977.

김용재, 「현진건 단편소설의 전개」, 『한국언어문학』 29호, 한국언어문학회, 1991.

김우종, 「현진건론」, 『현대문학』 제 91호~93호, 1962. 7~9.

─────, 「집약적 상황도 ― 현진건론」, 『문학춘추』 제 1권 9호, 1964. 12.

김인권, 『현진건 소설 연구』, 영남대 석사, 1983.

김종균, 「현진건의 역사의식 연구」, 『국어국문학』 85호, 1981.

김종욱, 「달라진 빙허의 「운수좋은 날」」, 『문학사상』 52호, 1977. 1.

김중하,『빙허의 단편소설 연구』, 부산대 석사, 1974.

———,「빙허의 피부문학 소고」,『국어국문학』7집, 부산대, 1974.

김현실,「현진건의 번역소설에 관한 소고」,『이화어문논집』5집, 1982.

김현정,「현진건「불」의 수용미학적 분석」,『대전어문학』9집, 대전대, 1992.

문철주,「현진건의『무영탑』연구」,『일사천두현교수 정년퇴직기념논문집』, 일중사, 1991.

민현숙,『현진건론』, 단국대 석사, 1976.

박미희,『현진건의 소설 연구』, 전남대 석사, 1989.

박성국,『현진건 소설 연구』, 서울대 석사, 1987.

박순명,『현진건 단편소설 연구』, 연세대 석사, 1994.

박종홍,「현진건 역사소설의 '성'과 '정치'」,『향토문학연구』2호, 대구경북향토문학연구회, 1999.

박종화,「문인 상호 인상기」,『개벽』44호, 1923. 7.

———,「빙허 현진건군」,『신천지』, 1954. 10.

———,「빙허 현진건 장편소설의 기틀 마련」,『대한』, 1966. 4.

박철희,「문체와 인식의 방법」,『문학사상』, 1974. 4.

박해경,「빙허, 그 작품의 재인식」,『논문집』3집, 이화여대 대학원, 1970. 10.

박해준,『현진건의『적도』연구』, 경희대 석사, 1984.

———,『현진건 소설의 정신분석학적 연구』, 경희대 박사, 1988.

방인근,「빙허 회고기」,『현대문학』96호, 1962. 12.

백기만, 「빙허의 생애」, 『문학계』 창간호, 1958. 3.

백낙청, 「역사소설과 역사의식」, 『창작과 비평』, 1967. 봄.

백승철, 「리얼리즘과 형상화 문제」, 『문학사상』, 1974. 4.

백순재, 「현진건 소설의 한 트릭의 일면」, 『한국문학』 제 18집, 1977.

서연희, 「한국 단편소설의 서사적 구조 연구—동인, 횡보, 빙허의 작
　　　품을 중심으로」, 서강대 대학원, 1975.

서정록, 「『불』, 「뽕」, 「떡」에서의 한국적 리얼리티—현진건, 나도향,
　　　김유정의 공감대와 그 한국적 특성」, 동덕여대, 1975.

성옥련, 「작가 현진건과 사실주의」, 『국어국문학연구논문집』 1집, 경
　　　북대, 1956. 6.

송백헌, 「현진건의 역사소설 연구」, 『논문집』 9권 2호, 충남대, 1982.

송현호, 『현진건 문학연구』, 서울대 석사, 1982.

신동욱, 「현진건 작품론 시고」, 『계명논총』 5집, 1969.

―――, 「현진건론」, 『현대문학』 185호, 1970. 5.

신동욱 편, 『현진건의 소설과 그 시대인식』, 새문사, 1981.

신헌재, 『현진건 소설의 인물고』, 서울대 석사, 1982.

―――, 「현진건의 「신문지와 철창」고」, 『한국어문연구』 1집, 한국교
　　　원대, 1990.

신희교, 『현진건 소설의 반어고』, 고려대 석사, 1982.

유금호, 「현진건소설의 죽음고」, 『어문연구』 10권 3호, 1982.

윤병로, 「빙허 현진건론」, 『현대문학』 15호, 1956. 3.

―――, 「빙허 현진건의 생애와 비평」, 『대동문화연구』 20집, 1986.

윤정헌, 「현진건의 수필에 대하여」, 『향토문학연구』 2호, 대구경북향

토문학연구회, 1999.

이강언, 「현진건 소설과 리얼리즘 정신」, 『어문학』 34호, 1976.

이동희, 「문체론적 작품고—빙허의 경우」, 『논문집』, 안동교대, 1974.

이명희, 『현진건 상상력의 연구』, 이화여대 석사, 1984.

이상섭, 「신변체험소설의 특질」, 『문학사상』 7호, 1973. 4.

이상용, 「체홉과 현진건의 담론」, 『성곡논총』 29집 1권, 성곡학술문화
　　　 재단, 1998.

이수정, 「기형의 인간적 시학: 현진건 「고향」에 나타난 인물의 그로테
　　　 스크성을 중심으로」 『서강어문』 11집, 1995.

이영성, 「빙허 현진건의 「고향」 소고」, 『국민어문연구』 3집, 국민대,
　　　 1991.

이옥진, 「현진건 소설의 원천 연구」, 『한국어문학연구』 12집, 한국외
　　　 대, 2000.

이익상, 「빙허군의 「빈처」와 목성군의 「그날 밤」을 읽은 인상」, 『개벽』
　　　 11호, 1921. 5.

이인희, 『현진건의 단편소설』, 수도사대 석사, 1978.

이재선, 「개인과 사회의 갈등」, 『문학사상』 7호, 1973. 4.

─── , 「상실, 떠남과 궁민화와 에로스의 문제: 반어의 창과 사회적
　　　 딜레마—현진건의 경우」, 『한국현대소설사』, 1979.

이재춘, 「현진건 작품집의 오류와 누락의 양상」, 『우리말글』 28, 우리
　　　 말글학회, 2003. 8.

이주형, 「현진건 단편소설의 변화와 성취」, 『향토문학연구』 제2호, 대
　　　 구경북향토문학연구회, 1999.

이준영, 『빙허 현진건 연구』, 연세대 교육대학원 석사, 1980.

이해선, 「현진건 역사소설 연구」, 『교육논총』 17집, 중앙대, 2000.

이현정, 「현진건 후기소설의 작품구조 고찰」, 『어문학보』 15집, 강원
　　　대, 1992.

임제훈, 「현진건론」, 『고황』 13집, 경희대, 1966. 11.

임종수, 「현진건 소설의 문체 고찰」, 『논문집』 28집(2), 삼척산업대학,
　　　1995.

장두영, 『현진건 소설 연구』, 서울대 석사, 2002.

장양수, 「현진건 단편 「고향」의 항일문학적 성격」, 『한국문학논총』 15집,
　　　한국문학회, 1994.

전광용, 「빙허 현진건론」, 『새벽』 제4권, 7,8 합병호, 1957. 8.

전영진, 『현진건의 문장기교론』, 고려대 석사, 1970.

정인문, 「현진건 초기소설과 일본문학과의 관련 양상」, 『국어국문학』
　　　10집, 동아대, 1990.

정한숙, 「양면의식의 허약성―빙허 현진건론」, 『인문논집』 20집, 고
　　　려대, 1975.

정현기, 「작가의 사회의식론―현진건의 단편소설을 중심으로」, 『언
　　　어와 문학』 3집, 한국언어문학연구회, 1975.

조남현, 「현진건의 『무영탑』, 그 미문주의의 허실」, 『새국어생활』 10권
　　　3호, 국립국어연구원, 2000.

조동일, 「『적도』의 작품구조와 사회의식」, 『한국학보』 8집, 1977.

조진기, 「한국소설분석의 가능성―「B사감과 러브레터」를 중심으로」,
　　　『국어국문학연구』 9호, 청구대, 1966.

─────, 「현진건과 번역소설」, 『향토문학연구』 2호, 대구경북향토문학
　　　연구회, 1999.

채　훈, 「현진건 연구」, 『논문집』 7~8집, 충남대, 1968.

─────, 「주인공상을 통해 본 빙허문학의 특색」, 『국어국문학』, 1970.

최예열, 「현진건 소설에 나타난 식민지 현실 고찰」, 『대전어문학』 11집,
　　　1994.

최원식, 『현진건 연구』, 서울대 석사, 1974.

─────, 「현진건 소설에 나타난 지식인과 민중」, 『한국 현대소설사 연
　　　구』, 민음사, 1984.

최창록, 「표현언어와 서술자의 존재―현진건론」, 『대구어문논총』 8집,
　　　대구어문학회, 1990.

최태종, 『현진건의 작품연구』, 동아대 교육대학원 석사, 1976.

한상무, 「현진건의 역사의식 연구」, 『국어국문학』 94호, 1985.

─────, 「현진건 문학의 신화적 상상력」, 『어문학보』 20집, 강원대,
　　　1997.

한완순, 『현진건과 이효석의 문체 비교연구』, 부산대 석사, 1973.

한점돌, 「현진건 단편소설에 나타난 사랑의 변증법」, 『호서어문연구』,
　　　1993.

현길언, 『현진건 소설연구』, 한양대 박사, 1984.

─────, 「현진건 소설에 나타난 성(性)의 연구」, 『현대소설연구』 2호,
　　　1995.

홍경표, 「『적도』론」, 『향토문학연구』 2호, 대구경북향토문학연구회,
　　　1999.

홍현희, 『1920년대 한국단편소설에 나타난 죽음과 그 현실의식』, 영
        남대 석사, 1977.

홍효민, 「빙허 현진건론」, 『현대문학』 62호, 1960. 2.

황국명, 「『적도』의 구조와 이데올로기」, 『어문학』 29호, 한국어문학
        회, 1991.

황석우, 「「희생화」와 신시를 읽고」, 『개벽』 6호, 1920. 12.

한국문학전집을 펴내며

오늘의 한국 문학은 다양한 경험과 자산에서 비롯된 것이지만, 그중에서도 우리 앞선 세대의 문학 작품에서 가장 큰 유산을 물려받고 있다. 그럼에도 우리는 가끔 우리의 문학 유산을 잊거나 도외시한다. 마치 그것 없이는 살아갈 수 없는 소중한 물을 쉽게 잊고 사는 것처럼 그동안 우리는 우리가 이루어놓은 자산들을 너무 쉽게 잊어버리고 있었는지도 모르겠다. 인기 있는 외국 작품들이 거의 동시에 번역 출판되고, 새로운 기획과 번역으로 전 세계의 문학 작품들이 짜임새 있게 출판되고 있는 요즈음, 정작 한국 문학 작품들을 체계적으로 정리하지 못하고 있었다는 점을 최근에 우리는 깊이 반성하게 되었다. 그리고 이러한 때늦은 반성을 곧바로 '한국문학전집'을 기획하는 힘으로 전환하였다.

오늘의 시점에서 '한국문학전집'을 기획한다는 것은, 우선 그동안 양적으로나 질적으로 괄목할 만한 수준에 이른 한국 문학 연구 수준을 반영하는 새로운 시각이 전제되어야 할 것이다. 그리고 '우리 것을 지키자'는 순진한 의도에서가 아니라, 한국 문학이 바로 세계 문학이 되는 질적 확장을 위해, 세계 문학 속에서의 한국 문학의 정체성을 찾는 일을 간과해서는 안 될 것이다.

이번 기획에서 우리가 가장 크게 신경 썼던 점은 크게 두 가지이다. 하나는, 그동안 거의 관습적으로 굳어져왔던 작품에 대한 천편일률적인 평가를 피하고 그동안의 평가에 대한 비판적 평가와 더불어 새로운 평가로 인한 숨은 작품의 발굴이었다. 그리하여 한국 문학사를 시기별로 구분하여 축적된 연구 성과들 위에서 나름대로 중요한 작품들을 선별하는 목록 작업에 가장 큰 공을 들였다. 나머지 하나는, 그동안 여러 상이한 판본의 난립으로 인해 원전 텍스트가 침해되고 있는 심각한 상황을 고려하여 각각의 작가에게 가장 뛰어난 연구자들을 초빙하여 혼신을 다해 원전 텍스트를 확정하였다는 점이다.

장구한 우리 문학사의 주옥같은 작품들을 한자리에 모아, 세대를 넘고 시대를 넘어 그 이름과 위상에 값할 수 있는 대표적인 한국문학전집을 내놓는다. 이번에 출간되는 한국문학전집은 변화된 상황과 가치를 반영하는 내실 있고 권위를 갖춘 내용으로 꾸며질 것이며, 우리 문학의 정본 전집으로서 자리매김해 한국 문학의 전통을 계승하고 발전시키는 데 기여하고자 한다. 이 기획이 한국 문학의 자산들을 온전하게 되살려, 끊임없이 현재성을 가지는 살아 있는 작품들로, 항상 독자들의 옆에 있게 되기를 기대한다.

(주)문학과지성사

01 감자 김동인 단편선

최시한(숙명여대) 책임 편집

수록 작품 약한 자의 슬픔 / 배따라기 / 태형 / 눈을 겨우 뜰 때 / 감자 / 광염 소나타 / 배회 / 발가락이 닮았다 / 붉은 산 / 광화사 / 김연실전 / 곰네

극단적인 상황과 비극적 운명에 빠진 인물 군상들을 냉정하게 서술해낸 한국 근대 단편 문학의 선구자 김동인의 대표 단편 12편 수록. 인간과 환경에 대한 근대적 인식을 빼어난 문체와 서술로 형상화한 김동인의 주옥같은 작품들을 만날 수 있다.

02 탈출기 최서해 단편선

곽근(동국대) 책임 편집

수록 작품 고국 / 탈출기 / 박돌의 죽음 / 기아와 살육 / 큰물 진 뒤 / 백금 / 해돋이 / 그믐밤 / 전아사 / 홍염 / 갈등 / 먼동이 틀 때 / 무명초

식민 치하 빈궁 문학을 대표하는 최서해의 단편 13편 수록. 식민 치하의 참담한 사회적 현실을 사실적으로 전해주는 작품들. 우리 민족의 궁핍한 현실에 맞선 인물들의 저항 정신과 민족 감정의 감동과 울림을 전한다.

03 삼대 염상섭 장편소설

정호웅(홍익대) 책임 편집

우리 소설 가운데 서울말을 가장 풍부하게 살려 쓴 작품이자, 복합성·중층성의 세계를 구축하여 한국 근대 장편소설의 대표작으로 꼽히는 염상섭의 『삼대』. 1930년대 서울의 중산층 가족사를 통해 들여다본 우리 근대의 자화상이다.

04 레디메이드 인생 채만식 단편선

한형구(서울시립대) 책임 편집

수록 작품 논 이야기 / 레디메이드 인생 / 미스터 방 / 민족의 죄인 / 치숙 / 낙조 / 쑥국새 / 당랑의 전설

역설과 반어의 작가 채만식의 대표 단편 8편 수록. 1920~30년대의 자본주의적 현실 원리와 민중의 삶을 풍자적으로 포착하는 데 탁월했던 채만식. 사실주의와 풍자의 절묘한 조합으로 완성한 단편 문학의 묘미를 즐길 수 있다.

05 비 오는 길 최명익 단편선

신형기(연세대) 책임 편집

수록 작품 폐어인 / 비 오는 길 / 무성격자 / 역설 / 봄과 신작로 / 심문 / 장삼이사 / 맥령

시대를 앞섰던 모더니스트 최명익의 대표 단편 8편 수록. 병과 죽음으로 고통받는 인물 군상들을 통해 자신이 예감한 황폐한 현대의 징후를 소설화한 작가 최명익. 너무나 현대적이어서, 당시에는 제대로 평가받을 수 없었던 탁월한 단편소설들을 만난다.

06 사하촌 김정한 단편선

강진호(성신여대) 책임 편집

수록 작품 그물 / 사하촌 / 항진기 / 추산당과 곁사람들 / 모래톱 이야기 / 제3병동 / 수라도 / 인 간단지 / 위치 / 오끼나와에 온 편지 / 슬픈 해후

리얼리즘 문학과 민족 문학을 대표하는 김정한의 대표 단편 11편 수록. 민중들의 삶을 통해 누구보다 먼저 '근대화의 문제'를 문학적으로 제기하고 예리하게 포착한 작가 김정한의 진면목을 본다.

07 무녀도 김동리 단편선

이동하(서울시립대) 책임 편집

수록 작품 화랑의 후예 / 산화 / 바위 / 무녀도 / 황토기 / 찔레꽃 / 동구 앞길 / 혼구 / 혈거부족 / 달 / 역마 / 광풍 속에서

한국적이고 토착적인 전통 세계의 소설화에 앞장선 김동리의 초기 대표작 12편 수록. 민중의 삶 속에 뿌리 내린 토착적 전통의 세계를 정확한 묘사와 풍부한 서정으로 형상화했던 김동리 문학 세계를 엿본다.

08 독 짓는 늙은이 황순원 단편선

박혜경(인하대) 책임 편집

수록 작품 소나기 / 별 / 겨울 개나리 / 산골 아이 / 목넘이마을의 개 / 황소들 / 집 / 사마귀 / 소리 / 닭제 / 학 / 필묵장수 / 뿌리 / 내 고향 사람들 / 원색오뚝이 / 곡예사 / 독 짓는 늙은이 / 황노인 / 늪 / 허수아비

한국 산문 문체의 모범으로 평가되는 황순원의 대표 단편 20편 수록. 엄격한 지적 절제와 미학적 균형으로 함축적인 소설 미학을 완성시킨 작가 황순원. 극적인 사건 전개 대신 정적이고 서정적인 울림의 미학으로 깊은 감동을 전한다.

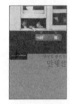

09 만세전 염상섭 중편선

김경수(서강대) 책임 편집

수록 작품 만세전 / 해바라기 / 미해결 / 두 출발

한국 근대 소설의 기념비적 작품인 「만세전」, 조선 최초의 여류화가인 나혜석의 삶을 소설화한 「해바라기」, 그리고 식민지 조선의 현실을 담아내고 나름의 저항의식을 형상화하기 위한 소설적 수련의 과정을 단적으로 보여주는 「미해결」과 「두 출발」 수록. 장편소설의 작가로만 알려진 염상섭의 독특한 소설 미학의 세계를 감상한다.

10 천변풍경 박태원 장편소설

장수익(한남대) 책임 편집

모더니스트 박태원이 펼쳐 보이는 1930년대 서울의 파노라마식 풍경화. 근대 자본주의 사회의 이데올로기와 일상성에 대한 비판에 몰두하던 박태원 초기 작품의 모더니즘 경향과 리얼리즘 미학의 경계를 넘나드는 역작. 식민지라는 파행적 상황에서 기형적으로 실현되던 근대화의 양상을 기층 민중의 생활에 초점을 맞춰 본격화한 작품이다.

11 태평천하 채만식 장편소설

이주형(경북대) 책임 편집

부정적인 상황들이 난무하는 시대 현실을 독자적인 문학적 기법과 비판의식으로 그려냄으로써 '문학적 미'를 추구했던 채만식의 대표작. 판소리 사설의 반어, 자기 폭로, 비유, 과장, 희화화 등의 표현법에 사투리까지 섞은 요설로, 창을 듣는 듯한 느낌과 재미를 선사하는 작품. 세태풍자소설의 장을 열었던 채만식이 쓴 가족사소설의 전형에 해당한다.

12 비 오는 날 손창섭 단편선

조현일(홍익대) 책임 편집

수록 작품 공휴일 / 사연기 / 비 오는 날 / 생활적 / 혈서 / 피해자 / 미해결의 장 / 인간동물원초 / 유실몽 / 설중행 / 광야 / 희생 / 잉여인간 / 신의 희작

가장 문제적인 전후 소설가 손창섭의 대표 단편 14작품 수록. 병적이고 불구적인 인간 군상들을 통해 전후 사회 현실에서의 '절망'의 표현에 주력했던 손창섭. 전쟁 그리고 전쟁 이후의 비일상적 사태를 가장 근원적인 차원에서 표현한 빼어난 작품들을 선별했다.

13 등신불 김동리 단편선

이동하(서울시립대) 책임 편집

수록 작품 인간동의 / 홍남철수 / 밀다원시대 / 용 / 목공 요셉 / 등신불 / 송추에서 / 까치 소리 / 저승새

「무녀도」의 작가 김동리가 1950년대 이후에 내놓은 단편 9편 수록. 전기 작품에 이어서 탁월한 문제의 매력, 빈틈없는 구성의 묘미, 인상적인 인물상의 창조, 인간에 대한 깊이 있는 통찰이라는 김동리 단편의 미학을 다시 한 번 경험할 수 있는 기회이다.

14 동백꽃 김유정 단편선

유인순(강원대) 책임 편집

수록 작품 심청 / 산골 나그네 / 총각과 맹꽁이 / 소낙비 / 솥 / 만무방 / 노다지 / 금 / 금 따는 콩밭 / 떡 / 산골 / 봄·봄 / 안해 / 봄과 따라지 / 따라지 / 가을 / 두꺼비 / 동백꽃 / 야앵 / 옥토끼 / 정조 / 땡볕 / 형

고단한 삶을 살아가는 순박한 촌부에서 사기꾼에 이르기까지 다양한 삶의 모습을 문학 속에 그대로 재현한 김유정의 주옥같은 단편 23편 수록. 인물의 토속성과 해학성, 생생한 삶의 언어와 우리 소리, 그 속에 충만한 생명감을 불어넣은 김유정 문학의 정수를 맛본다.

15 소설가 구보씨의 일일 박태원 단편선

천정환(성균관대) 책임 편집

수록 작품 수염 / 낙조 / 소설가 구보씨의 일일 / 애욕 / 길은 어둡고 / 거리 / 방란장 주인 / 비량 / 진통 / 성탄제 / 골목 안 / 음우 / 재운

한국 소설사상 가장 두드러진 모더니즘 작품으로 인정받는 「소설가 구보씨의 일일」을 비롯한 박태원의 대표 단편 13편 수록. 한글로 씌어진 가장 파격적이고 실험적인 작품으로 주목 받은 박태원. 서울 주변부 중산층의 삶이라는 자기만의 튼실한 현실 공간을 구축하여 새로운 소설 기법과 예술가소설로서의 보편성을 획득한 작품들이다.

16 날개 이상 단편선

김주현(경북대) 책임 편집

수록 작품 12월 12일 / 지도의 암실 / 지팡이 역사 / 황소와 도깨비 / 공포의 기록 / 지주회시 / 동해 / 날개 / 봉별기 / 실화 / 종생기

근대와 맞닥뜨린 당대 식민지 조선의 기념비요 자화상 역할을 하는 이상의 대표 단편 11편 수록. '천재'와 '광인'이라는 꼬리표와 함께 전위적이고 해체적인 글쓰기로 한국의 모더니즘 문학사를 개척한 작가 이상. 자유연상, 내적 독백 등의 실험적 구성과 문체로 식민지 근대와 그것에 촉발된 당대인의 내면을 예리하게 포착해낸 이상의 문제작들을 한데 모았다.

17 흙 이광수 장편소설

이경훈(연세대) 책임 편집

한국 최초의 근대 장편소설 『무정』을 발표하면서 한국 소설 문학의 역사를 새롭게 쓴 이광수. 『흙』은 이광수의 계몽 사상이 가장 짙게 깔린 작품으로 심훈의 『상록수』와 함께 한국 농촌계몽소설의 전위에 속한다. 한국 근대 문학사상 가장 많이 연구되고 있는 작가의 대표작답게 『흙』은 민족주의, 계몽주의, 농민문학, 친일문학, 등장인물론, 작가론, 문학사 등의 학문적·비평적 논의의 중심에 있는 작품이다.

18 상록수 심훈 장편소설

박헌호(성균관대) 책임 편집

이광수의 장편 『흙』과 더불어 한국 농촌계몽소설의 쌍벽을 이루는 『상록수』. 심훈의 문명(文名)을 크게 떨치게 한 대표작이다. 1930년대 당시 지식인의 관념적 농촌 운동과 일제의 경제 침탈사를 고발·비판함으로써, 문학이 취할 수 있는 현실 정세에 대한 직접적인 대응 그리고 극복의 상상력이란 두 가지 요소를 나름의 한계 속에서 실천해냈고, 대중적으로도 큰 호응을 불러일으킨 작품이다.

19 무정 이광수 장편소설

김철(연세대) 책임 편집

20세기 이래 한국인이 가장 많이 읽고 가장 자주 출간돼온 작품, 그리고 근현대 문학 가운데 가장 많이 연구의 대상이 된 작가 이광수의 대표작 『무정』. 씌어진 지 한 세기가 가까워오도록 여전히 읽히고 있고 또 학문적 논쟁의 중심에 서 있는 『무정』을 책임 편집자의 교정을 충실하게 반영한 최고의 선본(善本)으로 만난다.

20 고향 이기영 장편소설

이상경(KAIST) 책임 편집

'프로문학의 정점'이자 우리 근대 문학사의 리얼리즘의 확립을 결정적으로 보여주는 이기영의 『고향』. 이기영은 1920년대 중반 원터라는 충청도의 한 농촌 마을을 배경으로 봉건 사회의 잔재를 지닌 채 식민지 자본주의화가 진행되어가는 우리 근대 초기를 뛰어난 관찰로 묘파한다. 일제 식민 치하 근대화에 대한 문학적·비판적 성찰과 지식인의 고뇌를 반영한 수작이다.

21 까마귀 이태준 단편선

김윤식(명지대) 책임 편집

수록 작품 불우 선생 / 달밤 / 까마귀 / 장마 / 복덕방 / 패강랭 / 농군 / 밤길 / 토끼 이야기 / 해방 전후

'한국 근대소설의 완성자' '단편문학'의 명수. 이태준은 우리 근대 문학의 전개 과정에서 결코 간과할 수 없는 역할을 담당했던 작가 가운데 한 사람이다. 문학의 자율성과 예술성을 상실하지 않으면서도 현실 문제에 각별한 관심을 보여주었던 그의 단편은 한국소설사에서 1930년대를 대표하는 것으로 인정받고 있다.

22 두 파산 염상섭 단편선

김경수(서강대) 책임 편집

수록 작품 표본실의 청개구리 / 암야 / 제야 / E선생 / 윤전기 / 숙박기 / 해방의 아들 / 양과자갑 / 두 파산 / 절곡 / 얼룩진 시대 풍경

한국 근대사를 증언하고 있는 횡보 염상섭의 단편소설 11편 수록. 지식인 망국민으로서의 허무적인 자기 진단, 구체적인 사회 인식, 해방 후와 전후 시기에 대한 사실적 증언과 문제 제기를 포함한 대표작들을 통해 횡보의 단편 미학을 감상한다.

23 카인의 후예 황순원 소설선

김종회(경희대) 책임 편집

수록 작품 카인의 후예 / 너와 나만의 시간 / 나무들 비탈에 서다

인간의 정신적 순수성과 고귀한 존엄성을 문학의 제일 원칙으로 삼았던 작가 황순원. 그의 대표작 가운데 독자들의 가장 많은 사랑을 받은 장편소설들을 모았다. 한국전쟁을 온몸으로 체득하면서 특유의 절제되고 간결한 문장으로 예술적 서사성을 완성한 황순원은 단편에서와 마찬가지로 변함없는 감동의 세계를 열어놓는다.

24 소년의 비애 이광수 단편선

김영민(연세대) 책임 편집

수록 작품 무정 / 소년의 비애 / 어린 벗에게 / 방황 / 가실 / 거룩한 죽음 / 무명 / 꿈

한국 근대소설사와 이광수 개인의 문학 세계에서 중요한 의미를 갖는 단편 8편 수록. 이광수가 우리말로 쓴 최초의 창작 단편 「무정」, 당시 사회의 인습과 제도를 비판한 「소년의 비애」, 우리나라 최초의 서간체 소설인 「어린 벗에게」, 지식인의 내면적 갈등과 자아 탐구의 과정을 담은 「방황」, 춘원의 옥중 체험을 바탕으로 씌어진 「무명」 등 한국 근대문학의 장르와 소재, 주제 탐구 면에서 꼼꼼히 고찰해야 할 작품들이다.

25 불꽃 선우휘 단편선

이익성(충북대) 책임 편집

수록 작품 테러리스트 / 불꽃 / 거울 / 오리와 계급장 / 단독강화 / 깃발 없는 기수 / 망향

8·15 해방과 분단, 6·25전쟁으로 이어지는 한국 근현대사의 열병을 깊이 있게 고찰한 선우휘의 대표작 7편 수록. 평판작 「불꽃」과 「깃발 없는 기수」를 비롯해 한국 근현대사의 역동성과 이를 바라보는 냉철한 작가의식이 빚어낸 수작들을 한데 모았다.

26 맥 김남천 단편선

채호석(한국외대) 책임 편집

수록 작품 공장 신문 / 공우회 / 남편 그의 동지 / 물 / 남매 / 소년행 / 처를 때리고 / 무자리 / 녹성당 / 길 위에서 / 경영 / 맥 / 등불 / 꿀

카프와 명맥을 같이하며 창작과 비평에서 두드러진 족적을 남긴 작가 김남천. 1930년대 초, 예술운동의 볼세비키화론 주장과 궤를 같이하는 「공장 신문」 「공우회」, 카프 해산 직후 그의 고발문학론을 담은 「처를 때리고」 「소년행」 「남매」, 전향문학의 백미로 꼽히는 「경영」 「맥」 등 그의 치열했던 문학 세계의 변화를 일별할 수 있는 대표작 14편 수록.

27 인간 문제 강경애 장편소설

최원식(인하대) 책임 편집

한국 근대 여성문학의 제일선에 위치하는 강경애의 대표작. 일제 치하의 1930년대 조선, 자본가와 농민·노동자의 대립 구조 속에서 농민과 도시노동자가 현실의 문제를 해결하고자 하는 주체로 성장하는 과정과 그들의 조직적 투쟁을 현실성 있게 그려낸 작품. 이기영의 『고향』과 더불어 우리 근대 소설사에서 리얼리즘 소설의 수작으로 꼽힌다.

28 민촌 이기영 단편선

조남현(서울대) 책임 편집

수록 작품 농부 정도룡 / 민촌 / 아사 / 호외 / 해후 / 종이 뜨는 사람들 / 부역 / 김군과 나와 그의 아내 / 변절자의 아내 / 서화 / 맥추 / 수석 / 봉황산

카프와 프로문학의 대표 작가 이기영. 그가 발표한 수십 편의 단편소설들 가운데 사회사나 사상운동사로서의 자료적 가치가 높으면서 또 소설 양식으로서의 구조미를 제대로 보여주는 14편을 선별했다.

29 혈의 누 이인직 소설선

권영민(서울대) 책임 편집

수록 작품 혈의 누 / 귀의 성 / 은세계

급진적이고 충동적인 한국 근대의 풍경 속에 신소설이라는 새로운 서사 양식을 창조해낸 이인직. 책임 편집자의 꼼꼼한 텍스트 확정과 자세한 비평적 해설을 통해, 신소설의 서사 구조와 그 담론적 특성을 밝히고 당시 개화·계몽 시대를 대표하는 서사 양식에 내재화된 일본적 식민주의 담론을 꼬집는다.

30 추월색 이해조 안국선 최찬식 소설선

권영민(서울대) 책임 편집

수록 작품 금수회의록 / 자유종 / 구마검 / 추월색

개화·계몽시대의 대표적인 신소설 작가 3인의 대표작. 여성과 신교육으로 집약되는 토론의 모습을 서사 방식으로 활용한 「자유종」, 구시대적 인습을 신랄하게 비판한 「구마검」, 가장 대중적인 신소설 가운데 하나로 꼽히는 「추월색」, 그리고 '꿈'이라는 우화적 공간을 설정하여 현실 비판의 풍자적 색채가 강한 「금수회의록」까지 당대의 사회적 풍속과 세태의 변화를 민감하게 반영한 작품들을 수록했다.

31 젊은 느티나무 강신재 소설선

김미현(이화여대) 책임 편집

수록 작품 안개 / 해방촌 가는 길 / 절벽 / 젊은 느티나무 / 양관 / 황량한 날의 동화 / 파도 / 이브 변신 / 강물이 있는 풍경 / 점액질

1950, 60년대를 대표하는 여성 작가 강신재의 중단편 10편을 엄선했다. 특유의 서정적인 문체와 관조적 시선, 지적인 분석력으로 '비누 냄새' 나는 풋풋한 사랑 이야기에서 끈끈한 '점액질'의 어두운 욕망에 이르기까지, 운명의 폭력성과 존재론적 한계를 줄기차게 탐문한 강신재 소설의 여정을 한눈에 볼 수 있는 기회다.

32 오발탄 이범선 단편선

김외곤(서원대) 책임 편집

수록 작품 일요일 / 학마을 사람들 / 사망 보류 / 몸 전체로 / 갈매기 / 오발탄 / 자살당한 개 / 살모사 / 천당 간 사나이 / 청대문집 개 / 표구된 휴지 / 고장난 문 / 두메의 어벙이 / 미친 녀석

손창섭 · 장용학 등과 함께 대표적인 전후 작가로 꼽히는 이범선의 대표작 14편 수록. 한국 현대사의 비극에 대한 묘사를 바탕으로 하면서도 잃어버린 고향, 동양적 이상향에 대한 동경을 담았던 초기작들과 전후의 물질적 궁핍상을 전통적 사실주의에 기초해 그리면서 현실 비판적 성격을 강하게 드러낸 문제작들을 고루 수록했다.

33 메밀꽃 필 무렵 이효석 단편선

서준섭(강원대) 책임 편집

수록 작품 도시와 유령 / 깨뜨려지는 홍등 / 마작철학 / 프레류드 / 돈 / 계절 / 산 / 들 / 석류 / 메밀꽃 필 무렵 / 삽화 / 개살구 / 장미 병들다 / 공상구락부 / 해바라기 / 여수 / 하얼빈산협 / 풀잎 / 낙엽을 태우면서

근대 작가의 문화적 정체성이 끊임없이 흔들렸던 식민지 시대, 경성제대 출신의 지식인 작가로서 그 문화적 혼란기를 소설 언어를 통해 구성하고 지속적으로 모색했던 이효석의 대표작 20편 수록.

34 운수 좋은 날 현진건 중단편선

김동식(인하대) 책임 편집

수록 작품 희생화 / 빈처 / 술 권하는 사회 / 유린 / 피아노 / 할머니의 죽음 / 우편국에서 / 까막잡기 / 그리운 흘긴 눈 / 운수 좋은 날 / 발 / 불 / B사감과 러브 레터 / 사립정신병원장 / 고향 / 동정 / 정조와 약가 / 신문지와 철창 / 서투른 도적 / 연애의 청산 / 타락자

한국 근대 단편소설의 형식적 미학을 구축하고 근대적 사실주의 문학의 머릿돌을 놓은 작가 현진건의 대표작 21편 수록. 서구 중심의 근대성과 조선 사회의 식민성 사이에서 방황하는 지식인의 내면 풍경뿐만 아니라, 식민지 조선의 일상을 예리하게 관찰함으로써 '조선의 얼굴'을 담아낸 작가 현진건의 면모를 두루 살폈다.

35 사랑 이광수 장편소설

한승옥(숭실대) 책임 편집

춘원의 첫 전작 장편소설. 신문 연재물의 제약에서 벗어나 좀더 자유롭고 솔직한 그의 인생관이 담겨 있다. 이른바 그의 어떤 장편소설보다도 나아간 자유 연애, 사랑에 관한 작가의 생각을 엿볼 수 있는 작품. 작가의 나이 지천명에 이르러 불교와 『주역』 등 동양고전에 심취하여 우주의 철리와 종교적 깨달음에 가닿은 시점에서 집필된, 춘원의 모든 것.

36 화수분 전영택 중단편선

김만수(인하대) 책임 편집

수록 작품 천치? 천재?/운명/생명의 봄/독약을 마시는 여인/화수분/후회/여자도 사람인가/하늘을 바라보는 여인/소/김탄실과 그 아들/금붕어/차돌멩이/크리스마스 전야의 풍경/말 없는 사람

1920년대 초반 자연주의, 사실주의적 색채가 강한 작품 세계로 주목받았던 작가 전영택의 대표작선. 이들 작품에서 작가는, 일제 초기의 만세운동, 일제 강점기하의 극심한 궁핍, 해방 직후의 사회적 혼돈, 산업화 초창기의 사회적 퇴폐상에 대한 자신의 경험을 소박한 형식 속에 담고 있다.

37 유예 오상원 중단편선

한수영(동아대) 책임 편집

수록 작품 황선지대/유예/균열/죽어살이/모반/부동기/보수/현실/훈장/실기

한국 전후 세대 문학의 대표 작가 오상원의 주요작 10편을 묶었다. '실존'과 '행동'에 초점을 맞춘 그의 작품은, 한결같이 극한 상황에 처한 인간 존재의 의미를 묻는 데 천착하면서 효과적인 주제 전달을 위해 낯설고 다양한 소설적 실험을 보여준다.

38 제1과 제1장 이무영 단편선

전영태(중앙대) 책임 편집

수록 작품 제1과 제1장/흙의 노예/문 서방/농부전 초/청개구리/모우지도/유모/용자소전/이단자/B녀의 소묘/O형의 인간/들메/며느리

한국 농민문학의 선구자로 평가받는 이무영의 주요 단편 13편 수록. 이들 작품에서 작가는, 농민을 계몽의 대상이 아닌, 흙을 일구는 그들의 삶을 통해서 진실한 깨달음을 얻는 자족적 대상으로 바라본다. 이무영의 농민소설은 인간을 향한 긍정적 시선과 삶의 부조리한 면을 파헤치는 지식인의 냉엄한 비판 의식이 공존하고 있다.

39 꺼삐딴 리 전광용 단편선

김종욱(세종대) 책임 편집

수록 작품 흑산도/진개권/지층/해도초/GMC/사수/크라운장/충매화/초혼곡/면허장/꺼삐딴 리/곽 서방/남궁 박사/죽음의 자세/세끼미

1950년대 전후 사회와 60년대의 척박한 삶의 리얼리티를 '구도의 치밀성'과 '묘사의 정확성'을 통해 형상화한 작가 전광용의 대표 단편 15편 모음집. 휴머니즘적 주제 의식, 전통적인 서사 형식, 객관적이고 냉철한 묘사 태도, 짧고 건조한 문체 등으로 집약되는 전광용의 작품 세계를 한눈에 살필 수 있는 계기.

40 과도기 한설야 단편선

서경석(한양대) 책임 편집

수록 작품 동경/그릇된 동경/합숙소의 밤/과도기/씨름/사방공사/교차선/추수 후/태양/임금/딸/철로 교차점/부역/산촌/이녕/모자/혈로

식민지 시대 신경향파·카프 계열 작가로서 사회주의 리얼리즘 문학을 추구한 작가 한설야의 문학적 특징을 잘 드러내는 단편 17편을 수록했다. 시대적 대세에 편승하며 작품의 경향을 바꾸던 다른 카프 작가들과는 달리 한설야는, 주체적인 노동자로서의 삶을 택한 「과도기」의 '창선'이 그러하듯, 이 주제를 자신의 평생 과제로 삼아 창작에 몰두했다.

41 사랑손님과 어머니 주요섭 중단편선

장영우(동국대) 책임 편집

수록 작품 추운 밤 / 인력거꾼 / 살인 / 첫사랑 값 / 개밥 / 사랑손님과 어머니 / 아네모네의 마담 / 북소리 두둥둥 / 봉천역 식당 / 낙랑고분의 비밀

주요섭이 남녀 간의 애정 문제를 주로 다룬 통속 작가로 인식되어온 것은 교정되어야 마땅하다. 그는 빈민 계층의 고단하고 무망(無望)한 삶을 사실적으로 재현하는 데 탁월한 기량을 보였으며, 날카로운 현실인식과 객관적 묘사의 한 전범을 보여주었고 환상성을 수용함으로써 보다 탄력적인 소설미학을 실험하기도 하였다.

42 탁류 채만식 장편소설

우찬제(서강대) 책임 편집

채만식은 시대의 어둠을 문학의 빛으로 밝히며 일제 강점기와 해방기의 우리 소설사를 빛낸 작가다. 그는 작품활동 전반에 걸쳐 열정적인 창작열과 리얼리즘 정신으로 당대의 현실상을 매우 예리하게 형상화했다. 특히 『탁류』는 여주인공 초봉의 기구한 운명의 족적을 금강 물이 점점 탁해지는 현상에 비유하면서 타락한 당대의 세계상을 여실하게 드러내주고 있다.

43 벙어리 삼룡이 나도향 중단편선

우찬제(서강대) 책임 편집

수록 작품 젊은이의 시절 / 별을 안거든 우지나 말걸 / 옛날 꿈은 창백하더이다 / 여이발사 / 행랑 자식 / 벙어리 삼룡이 / 물레방아 / 꿈 / 뽕 / 지형근 / 청춘

위험한 시대에 매우 불안하게 살았던 작가. 그러나 나도향은 불안에 강박되기보다 불안한 자유의 상태를 즐기는 방식으로 소설을 택한 작가였다. 낭만적 환멸의 풍경이나 낭만적 동경의 형식 등은 불안에 대한 나도향 식 문학적 향유의 풍경으로 다가온다.

44 잔등 허준 중단편선

권성우(숙명여대) 책임 편집

수록 작품 탁류 / 습작실에서 / 잔등 / 속습작실에서 / 평대저울

한국 근대소설사에서 허준만큼 진보적 지식인의 진지한 자기 성찰을 깊이 형상화한 작가는 없었다. 혁명의 필연성을 기꺼이 인정하면서도 혁명과 해방으로 인해 궁지와 비참에 몰린 사람들에 대해 깊은 연민과 따뜻한 공감의 눈길을 던진 그의 대표작 다섯 편을 한데 모았다.

45 한국 현대희곡선

유치진 함세덕 오영진 차범석 이근삼 최인훈 이현화 이강백 이윤택 오태석

이상우(고려대) 책임 편집

수록 작품 토막 / 산허구리 / 살아 있는 이중생 각하 / 국물 있사옵니다 / 옛날 옛적에 훠어이 훠이 / 카덴자 / 봄날 / 오구─ 죽음의 형식 / 심청이는 왜 두 번 인당수에 몸을 던졌는가

한국 현대희곡 100년사를 대표하는 작품 열 편. 1930년대부터 1990년대까지 각 시기의 시대정신과 연극 경향을 대표할 만한 희곡들을 골고루 선별하였고, 사실주의 희곡과 비사실주의희곡의 균형을 맞추어 안배하였다.

46 혼명에서 백신애 중단편선

서영인 책임 편집

수록 작품 나의 어머니/꺼래이/복선이/채색교/적빈/낙오/악부자/정현수/학사/호도/어느 전원의 풍경—일명·법률/광인수기/소독부/일여인/혼명에서/아름다운 노을

일제강점기 한국문학을 대표하는 여성 작가이자 사회운동가인 백신애의 주요 작품 16편을 묶었다. 극심한 가난과 봉건적 인습의 굴레에 갇힌 여성들의 비극, 또는 그로부터 벗어나고자 하는 의지를 섬세한 필치와 치열한 문제의식으로 그려냈다. 그의 소설을 통해 '봉건적 가족제도와 여성의 욕망'이라는 해묵은 주제가 오늘날에도 여전히 풀리지 않는 과제로 존재하고 있음을 알게 된다.

47 근대여성작가선

김명순 나혜석 김일엽 이선희 임순득

이상경(KAIST) 책임 편집

수록 작품 의심의 소녀/선례/돌아다볼 때/탄실이와 주영이/경희/현숙/어머니와 딸/청상의 생활—희생된 일생/자각/계산서/매소부/탕자/일요일/이름 짓기/딸과 어머니와

일제강점기 한국문학을 대표하는 여성 작가들의 주요 작품 15편을 한 권에 묶었다. 근대 여성의 목소리로서 여성문학은 봉건적 가부장제에서 벗어나고자 개인으로서 여성의 자유로운 선택을 가로막는 온갖 질곡에 저항해왔다. 여성이 봉건적 공동체를 벗어나 개성을 찾아 나서는 길은 많은 경우 가출, 자살, 일탈 등으로 귀결되었지만, 그럼에도 여성 자신의 힘을 믿으면서 공동체의 인습에 저항하고 새로운 공동체를 지향하는 노력이 있었다. 여기에 식민지라는 조건 속에서 민족의 해방은 더 큰 과제이기도 했다. 이 책에 실린 여성 작가의 작품들은 신여성의 이러한 꿈과 현실, 한계를 여실히 드러내 보여준다.

48 불신시대 박경리 중단편선

강지희(한신대) 책임 편집

수록 작품 계산/흑흑백백/암흑시대/불신시대/벽지/환상의 시기/약으로도 못 고치는 병

여성의 전쟁 수난사를 가장 탁월하게 그려낸 작가 박경리의 대표 중단편 7편 수록. 고독과 절망의 시대를 살아내면서도 현실과 타협하지 못하는 결벽성으로 인간의 존엄을 고민했던 작가의 흔적이 역력한 수작들이 담겼다.